JOHN S. COOPER

ZERO

THRILLER

Aus dem amerikanischen
Englisch von Tim Avenhass

Kiepenheuer
& Witsch

Dies ist ein fiktionales Werk. Die handelnden Personen sind frei erfunden, ebenso die Mehrzahl der genannten Organisationen und Unternehmen. Die unter ihrem realen Namen auftauchenden Personen, Organisationen und Unternehmen stehen in keiner Verbindung mit den hier erzählten Vorfällen. Der Autor dankt den vielen auskunftsfreudigen Menschen, die ihn bei den Recherchen zu diesem Buch unterstützt haben und es vorziehen, namentlich nicht genannt zu werden.

1. Auflage 2010

Titel der Originalausgabe: *Zero*

Aus dem amerikanischen Englisch von Tim Avenhass

Umschlaggestaltung: Barbara Thoben, Köln
Gesetzt aus der Times Ten
Satz: Buch-Werkstatt GmbH, Bad Aibling
Druck und Bindung: CPI – Clausen & Bosse, Leck
ISBN 978-3-462-04213-9

Das Buch

Nach dem großen Erfolg seines Politthrillers »Das fünfte Flugzeug« stürzt John S. Cooper seine Leser und die Helden Max Fuller und Nick Larson erneut in ein konspiratives Abenteuer, das in Sachen Brisanz und Aktualität der Jagd nach den Hintermännern des 9/11-Terrors in nichts nachsteht: die globale Geld- und Finanzkrise.

Was der Journalist und verhinderte 9/11-Aufklärer Max Fuller eines Morgens in seinem E-Mail-Fach vorfindet, liest sich auf den ersten Blick wie ein hysterisches Ammenmärchen: Eine anonyme *Layla1990* behauptet, der öffentlichkeitsscheue Multimilliardär Robert Cuttler habe seinen Sohn David ermorden lassen – weil David und seine New-Age-Kommune eine digitale Ersatzwährung geschaffen hätten, den ZERO, der das globale Bankensystem ein für alle Mal aus den Angeln zu heben droht.

Fuller glaubt keine Sekunde lang an einen Scoop, nimmt aber gern die Gelegenheit wahr, vor seiner besorgten Freundin Liz nach Kalifornien zu flüchten. Bei seinem Pflichtbesuch in der ZERO-Kommune spricht er mit Layla und glaubt weiterhin nicht an eine Story. Doch dann bemüht er sich um einen harmlosen Termin mit Cuttler senior und bekommt statt einer Zusage umgehend Besuch von finster entschlossenen Mördern. Da begreift Fuller, dass er in die Ausläufer einer Verschwörung geraten ist, die weit mehr zum Ziel hat als nur eine neue Weltfinanzordnung. Und die Verschwörer sind keine mittellosen Terroristen, sondern gehören zu den einflussreichsten Männern der Welt …

»Ein Roadmovie auf Leben und Tod … Thriller, Satire und Polit-Groteske in einem, sofort und unmittelbar verfilmbar.« *Yassin Musharbash, Spiegel Online, über ›Das fünfte Flugzeug‹*

Der Autor

John S. Cooper, Historiker und Archivar, lebt in Vermont, USA. Sein spätes Debüt erlebte er mit dem Thriller »The Fifth Plane« (dt. »Das fünfte Flugzeug«, 2007, KiWi 1001). »ZERO« ist sein zweiter Roman.

Der Übersetzer

Tim Avenhass, geboren in Westfalen, lebt in Wyoming und arbeitet, wenn er nicht übersetzt, am liebsten im Garten.

»Kein normaler Konsument weiß heute auch nur ungefähr um die Herstellungstechnik seiner Alltagsgebrauchsgüter … Nicht anders aber steht es mit sozialen Institutionen, wie etwa dem Gelde. Wie dieses eigentlich zu seinen merkwürdigen Sonderqualitäten kommt, weiß der Geldgebraucher nicht – da sich ja selbst die Fachgelehrten darüber heftig streiten.«

(Max Weber)

»Als ich klein war, glaubte ich, Geld sei das Wichtigste im Leben. Heute, da ich alt bin, weiß ich: Es stimmt.«

(Oscar Wilde)

Fuller war zu neugierig, um wegzulaufen. Er blieb sitzen, als die Limousine vor dem *Starbucks* anhielt und Dillon ausstieg, gefolgt von zwei Kleiderschränken. Schrank drei, der Fahrer, blieb sitzen, wie eingeklemmt zwischen Dach und Lenkrad.

Fuller löffelte den Rest Milchschaum vom Boden seiner Tasse. Auf offener Straße erschießen würden sie ihn nicht.

Der kleine Mann mit dem leicht an Hitler erinnernden Frisurversuch blieb vor Fullers Tisch stehen. Fuller hob das Kinn und lächelte. Dillon nicht.

»Keine Laufschuhe?«, fragte Fuller. Da Dillon ihn verständnislos ansah, nickte er kurz in Richtung der Schränke. »Wie sollen die Hammerwerfer mich einholen, wenn ich laufe?«

»Sie laufen ja nicht«, sagte Dillon.

»Wenn Sie das vorher wussten, was machen dann Shrek und der Hulk hier?«

Dillon nickte in Richtung der Limousine. »Fahren wir um den Block.«

Fuller schüttelte den Kopf. »Ich hab mein Emissionsbudget für diese Woche schon verbraucht. Schicken Sie Shrek zwei Kaffee holen, Hulk kann ja weiter die Stoßdämpfer kaputtsitzen. Wir reden hier.«

Für einen Augenblick sah der fragwürdig Frisierte aus, als wollte er seinen Begleitern das Kommando geben, Fuller einfach vor den anderen Gästen des Cafés entführen zu lassen, aber dann beorderte er den kleineren der Schränke mit einem kurzen Kopfrucken zum Kaffeeholen und setzte sich auf den freien Stuhl Fuller gegenüber.

»Sie haben Nerven«, sagte Dillon.

»Danke«, sagte Fuller. »Wie wär's mit einem Geschäft?«

»Sie haben nichts anzubieten.«

Fuller schob die Unterlippe vor und nickte nachdenklich. Dann legte er den Kopf schräg, als wäre ihm doch etwas eingefallen. »Na ja«, sagte er und sah Dillon an. Er war inzwischen sicher, dass er sich richtig entschieden hatte. Sie wussten nicht, wie viel er wusste, und vor allem wussten sie nicht, was er wem inzwischen mitgeteilt hatte und welche Unterlagen sich in wessen Händen befanden.

Und solange das so blieb, mussten sie mit ihm verhandeln.

Er war so überzeugt von seiner Einschätzung der Situation, dass er erst im letzten Augenblick begriff, dass etwas nicht stimmte. Der vom Kaffeetresen zurückgekehrte Kleiderschrank stand schon einen Sekundenbruchteil zu lange direkt hinter ihm. Aber als diese Information in Fullers Hirn ankam, hatte der belebte sommerliche Park in San Francisco bereits einem pechschwarzen, sternlosen Abschnitt des Kosmos Platz gemacht.

Fuller blieb nur eine Frage, die ihm laut brüllend in die Dunkelheit folgte: *Wieso bist du nicht in deiner verdammten Hängematte geblieben, du Vollidiot?*

1

Nick Larson steuerte den GMC die Küstenstraße entlang und wiegte den Oberkörper im Takt von Bob Marleys *Turn The Lights Down Low*. Debbie hatte den Beifahrersitz ganz nach hinten geschoben, die langen Beine bis auf das Armaturenbrett ausgestreckt, die Betriebsanleitung des Pick-ups auf ihren Schoß gelegt und begonnen, auf dieser Unterlage einen Joint zu drehen. Neben den üblichen Einkäufen – Fisch, Lebensmittel, Getränke, ein paar Magazine und eine Flasche Lagavulin für Freund Max – hatte Nick dieses Mal in George Town auch frisches Gras besorgt. Danach hatten er und Debbie sich am Sunset Beach noch einen Milkshake und einen dicken Eisbecher genehmigt, und Nick hatte einmal mehr festgestellt, dass die Karibik ein wunderbares Stück Erde war. Zumindest wenn nicht gerade irgendein »Hugo« oder »Gustav« das Idyll mit Hurrikanhorror bedrohte – zumal wenn man mit einer Freundin wie Debbie unterwegs war.

Eigentlich hatte Nick vor ein paar Monaten nur einen kleinen Tauchkurs belegen wollen, um sich das fantastische Liveaquarium der Cayman Islands nicht länger entgehen zu lassen, aber dann buchte er auch noch einen Kurs im Surfen und einen im Segeln dazu. Nicht, weil er sich langweilte oder an sportlichen Großleistungen interessiert gewesen wäre, sondern wegen der Lehrerin, die all das unterrichtete und die ihn schon bei der ersten Anmeldung hingerissen hatte. Debbie war Jamaikanerin, Athletin, Studentin in Vancouver und in den Semesterferien Wasserinstruktorin auf den Caymans.

Bei ihr hatte es mit dem Interesse an Nick etwas länger

gedauert. Als der lange, schlaksige Blonde in das Büro der Tauch- und Surfschule geschlurft kam, hatte sie ihn zuerst für den typischen arroganten Ami gehalten, einen dieser gewollt jugendlichen Broker und Banker, die in Massen ihren Geschäften in der Steueroase der Caymans nachgingen. Bei den ersten Lektionen hatte sich herausgestellt, dass Nick zwar eine gute Figur hatte, sportliche Aktivitäten ihm aber eher fremd waren. Doch sein Bemühen und die Geschwindigkeit, mit der er lernte, hatten Debbie gefallen, und seine trockenen Kommentare hatten ihr gezeigt, dass er die typischen arroganten Amis genauso wenig mochte wie sie. Als Nick ihr dann beim Segeln während einer kleinen Flaute von seinen Computern und vom Hacken erzählt hatte, von seinem früheren Job im CBS-Archiv und von seiner Mission, mit Hanfanbau die Klimakatastrophe zu kontern, war sie neugierig geworden. Und hatte ihm von ihrem Großvater erzählt, der in den Sechzigerjahren auf einer abgelegenen Farm in den Blue Mountains begonnen hatte, Marihuana anzubauen, und mit dem Export genug verdient hatte, um jedem seiner vielen Kinder zu helfen, eine Existenz aufzubauen. So war ihr Vater zu einem Supermarkt in Port Antonio gekommen und Debbie auf die besten Schulen der Insel – und von dort wegen ihrer guten Noten und Bestleistungen im Sport zu einem Stipendium an der Uni Vancouver.

Als Nick bei der Abschlussparty des Surfkurses seine Hand auf die ihre legte, hatte sie sich das gefallen lassen. Weil es sich gut angefühlt hatte. Weil es sich angefühlt hatte, als wollte er ihr zumindest nicht *nur* an die Wäsche, wie all die Machotypen, die sie sonst anbaggerten. Und er hatte es dabei belassen, ihre Hand zu halten. Was sie ausgesprochen süß gefunden hatte.

Als ein paar Tage später ihr Laptop den Geist aufgegeben, Nick ihn in kurzer Zeit repariert und ihr bei einem

Strandspaziergang danach ganz bescheiden gesagt hatte, er würde gern öfter mit ihr hier spazieren gehen, hatte Debbie ihn umarmt und geküsst. Und ihn mit auf ihr Zimmer genommen.

Seither hatten sie fast jede Nacht zusammen verbracht, entweder in ihrer Surfpension neben der Tauchschule oder in dem großen Haus am Turtle Beach, in dem Nick und Max Fuller wohnten. Fuller hatte nicht schlecht gestaunt, als Nick eines Abends Arm in Arm mit einer milchkaffeebraunen Schönheit dort aufgetaucht war, die fast so groß war wie er.

»Hi, Debbie«, hatte er sie begrüßt, »jetzt weiß ich endlich, warum dieser schlappe Nerd, Datenfreak und Oberkiffer auf einmal tauchen, surfen und segeln lernen will«, und hinzugefügt, als sie ihre Dreadlocks nach hinten gestrichen und ihm ein strahlendes Lächeln geschenkt hatte, »und wer würde sich da nicht sogar mitsamt Rollstuhl auf ein Board montieren lassen?«

Worauf Nick ihn angegrinst und gesagt hatte: »Kein Problem, Max, Debbies Chefin hat einen Kurs für Silver Surfer im Programm und sogar Schnorcheltraining im rheumafreundlichen Warmwasser.«

Fuller hatte daraufhin etwas zurückgeknurrt und Nick einen scherzhaften Knuff mit dem Ellbogen versetzt: »Seien Sie vorsichtig mit dem Burschen, Lady, der spinnt, sobald er denn Mund aufmacht. Spätestens wenn er von Jesus anfängt, kaufen Sie ihm sofort ein Busticket Richtung Wüste – aber solange man ihm nicht zuhört, ist er eigentlich ganz in Ordnung.«

Debbie hatte schnell gemerkt, dass sich hinter den kleinen Spitzen, mit denen die beiden sich duellierten, eine tiefe Freundschaft verbarg. Aus den Tönen, in denen ihr Nick die Fähigkeiten und Verdienste des Investigativjournalisten Max Fuller schilderte, sprach nicht nur Respekt, sondern

Bewunderung, und dass er, seine eigene Rolle betreffend, eher tiefstapelte – »Ich bin nur sein Datenjäger und Sammler« –, hatte Nick auf Debbies Sympathieskala nur weiter nach oben klettern lassen. Sie mochte Männer, die was draufhatten, ohne groß darüber zu reden; und Männer, die etwas zu sagen hatten, ohne sich damit zu brüsten. Nick schien diesem doppelten Ideal ziemlich nahe zu kommen.

Als sie die Ausläufer der kleinen Inselhauptstadt erreicht hatten, fuhren sie an einem Stadion vorbei, auf dessen Rasen Männer in roten und blauen Trikots Fußball spielten. »Spielst du eigentlich auch Fußball?«, fragte Nick.

Debbie lächelte: »Nein, eher nicht, aber bei denen könnte ich vielleicht sogar mithalten. Die Kicker von den Caymans sind so ziemlich die schlechtesten in der ganzen Karibik. Gut, unsere jamaikanischen Jungs sind im Fußball auch nicht gerade Spitze, aber doch noch mindestens eine Klasse besser.« Sie hatte den Joint fertig gedreht und zündete ihn an: »Hab ich dir erzählt, dass mein Dad mit den Marleys gekickt hat, mit Bob, Bunny Wailer und ein paar Kumpels, auf einem großen Hof hinter ihrem Haus in Kingston?«

»Wirklich? Cool!«, erwiderte Nick. »Ich wusste gar nicht, dass Marley so ein sportlicher Typ war …«

»Na ja«, sagte Debbie, »Sport kann man das nicht wirklich nennen, die haben einfach ein paar Spliffs geraucht und den Ball rumgekickt. Marley war zu der Zeit noch nicht besonders bekannt. Das kam erst ein paar Jahre später, da lebte mein Dad dann schon in Port Antonio …«

Ein lautes Lastwagenhupen unterbrach sie – Nicks iPhone, das auf diese Weise den Eingang einer E-Mail signalisierte. Er zog es aus der Tasche und warf einen Blick auf das Display. Es war eine Mail des Servers für Whistleblower, den er eingerichtet hatte, Absender war eine Layla1990, die Betreffzeile lautete: »Bankster-Milliardär Cuttler lässt eigenen Sohn ermorden – das FBI vertuscht.«

Nick runzelte die Stirn und steckte das Gerät zurück in seine Tasche.

»Was?«, fragte Debbie.

»Wahrscheinlich mal wieder nichts«, sagte Nick.

»Gib die Hoffnung nicht auf.« Debbie legte ihre Hand auf seinen Unterarm, tröstend. »Irgendwann kommt wieder 'ne richtig große Nummer.«

Nick grunzte und klang nicht so belustigt, wie er wollte. »Und dann? Meinst du, Max würde deswegen aufstehen?«

2

Von seiner Hängematte im Garten aus sah Max Fuller Nick und Debbie über die Terrasse aufs Haus zugehen und blieb einfach liegen. Als Nick einen fröhlichen Blick in seine Richtung warf und die Hand zum Gruß hob, schloss Max die Augen, stellte sich schlafend und erteilte den beiden seinen stummen Segen. Hören wollte er nichts, und sprechen erst recht nicht, da nützten auch die vier Aspirin nichts, die er sich gegönnt hatte.

Etwas über ein Jahr war seine Beziehung mit Liz Brokaw gut gegangen, aber in den letzten Monaten hatte er immer heftiger zu seiner gefährlichen Jugendliebe, dem Lagavulin, zurückgefunden. Lagavulin war gnädig, Lagavulin verstand alles. Anders als Liz. Und Max war unzufrieden mit sich und der Welt. Denn die Villa am karibischen Strand, das luxuriöse Penthouse in New York, das zumindest in diesem Leben nie mehr versiegende Bankkonto, all das hatte nichts mit Max Fullers Vorstellung von Glück zu tun. Das unterschied ihn von jenen 99,5 Prozent der Weltbevölkerung, denen solche Lebensumstände absolut paradiesisch vorkommen mochten, aber es unterschied ihn auch wieder nicht, denn 99,5 Prozent der Weltbevölkerung kamen eben nie in den Genuss eines solchen Paradieses, sie träumten oder hechelten ihm nur hinterher und malten es sich in Fehlfarben aus. Die wenigen Auserwählten, die es tatsächlich erreichten, stellten dann aber erstaunt fest, dass Geld und Luxus keineswegs automatisch Erfüllung und Glück produzierten und Lebensfreude keine Frage des Kontostandes war.

Fuller kannte beide Seiten. Dass man bei ständig überzogenem Dispo die Lust am Leben verlieren kann, diese Erfahrung hatte er gemacht, nachdem er vom investigativen Superstar zum alkohol- und kokssüchtigen PR-Schreiberling abgestürzt war und sich mit Reportagen über Speedboatrennen oder Krokodiljagden eben noch über Wasser hatte halten können. Dass sich aber auch mit ein paar Millionen auf dem Konto Lebenslust und gute Laune nicht von selbst einstellten, diese Erfahrung war relativ neu für ihn. Fuller führte seinen verwöhnten Kummer auf die schlichte Tatsache zurück, dass er durch Verrat zum Millionär geworden war – nicht durch Verrat an irgendwelchen Menschen, wie die meisten anderen Millionäre, sondern durch Verrat an seiner Arbeit, an seiner Wahrheit. Die Wahrheit aufzudecken, das Falsche zu entlarven, die Betrogenen aufzurütteln, die Verantwortlichen an den Pranger zu stellen und so die Welt ein bisschen gerechter, ein bisschen besser zu machen – das waren die hehren Maximen, über die Max Fuller sich definiert hatte, als Schreiber, als Journalist und als Mensch. Dass man ihn für seine Abschlussarbeit an der Columbia-Universität, einer Recherche über den vom Weißen Haus organisierten Drogenhandel, der als »Iran-Contra-Skandal« berüchtigt wurde, mit dem Pulitzerpreis ausgezeichnet hatte, schien ihn in diesen Grundsätzen zu bestätigen.

Er ahnte damals allerdings nicht, dass er sich mit den falschen Leuten angelegt und die Decke an einer Stelle hochgehoben hatte, auf die die Augen der Öffentlichkeit auf keinen Fall gelenkt werden durften: auf die Finanzierung illegaler Außenpolitik mit Schwarzgeld aus illegalem Drogen- und Waffenhandel. *Harper's Magazine* hatte seine preisgekrönte Arbeit noch in drei Fortsetzungen gedruckt, doch schon ein Jahr danach hatte er seinen lukrativen Autorenvertrag bei *Newsweek* geschmissen, weil ihm der Ressortleiter die Fortsetzung dieser Geschichte ohne Rücksprache derart entschärft hatte, dass Fuller sie nicht mehr wiedererkannte. Die Konkurrenten von *Times* hatten dem Jungstar am Journalistenhimmel zwar sofort einen neuen Vertrag angeboten, doch als er dort eine wirklich heiße Kartoffel ausgegraben hatte – im Pentagon waren sieben Milliarden Dollar spurlos versickert –, bekam er es mit den hauseigenen Justitiaren zu tun, die einen Abdruck der Geschichte verhinderten, obwohl sämtliche Zeugen, die Fuller anonym zitiert hatte, eidesstattliche Versicherungen abgegeben hatten und bereit waren, ihre Aussagen vor Gericht zu beeiden. Und so war es weitergegangen mit seiner Karriere bei den medialen Topadressen des Landes – mit belanglosem Zeug über Popstars, Modetrends, die Lieblingsgerichte der First Lady oder Skandalgeschichten vom Kaliber ›Senator mit Nazikostüm sowie Nutten und Drogen erwischt‹: mit Infotainment-Scheiß.

So kam, was kommen musste – er trank häufiger, er kokste häufiger, stürzte immer häufiger völlig ab und ließ sich von nichts und niemandem aufhalten, bis zu jenem Tag Ende August 2001, als er zwei große Linien Koks gezogen hatte, die in den Nasenlöchern wie Säure brannten, ihm der dreifache Whisky, den er zur Beruhigung hinterhergekippt hatte, sofort wieder hochkam und er zwanzig Minuten kotzend vor Porzellan kniete. Das war kein »Übergeben« oder »Brechen«, er hatte ohnehin den ganzen Tag kaum etwas gegessen, es war ein nicht enden wollendes Würgen und Krampfen, als ob sein Magen, seine Därme, sein ganzes Inneres nach außen drängten, raus aus diesem misshandelten, verseuchten Körper.

Als das Würgen nach einer gefühlten Unendlichkeit nachgelassen hatte und Fuller, den Kopf immer noch über der Kloschüssel, schnaufend durchatmete, schoss ihm ein erstaunlich klarer Gedanke ins Hirn: »Wenn du mit dieser Scheiße nicht aufhörst, bist du definitiv tot.« Als er sich am Waschbecken von Rotz und Schleim befreit hatte und sein bleiches Gesicht im Spiegel sah, erschrak er – das »definitiv« war keine Floskel, er sah bereits aus wie eine Leiche.

Der Gedankenstrom, der in diesem Augenblick in ihm ablief wie ein Film, wie eine Lebensbilanz der letzten zehn Jahre – sein Abstieg im Job, der Anstieg des Alkohol- und Kokainkonsums, die beiden gescheiterten Ehen, die Kneipenschlägereien im Suff, der Schwachsinn, den er schreiben musste, um die Miete zu bezahlen und seinen Whisky und die Drogen –, dieser elende Film löste in diesem Moment nicht die übliche Welle von Selbstmitleid aus, nicht den notorischen Katzenjammer, der nach Abklingen des Katers in den nächsten Rausch mündete – sondern Widerstand. Bis hierher und nicht weiter. Mit diesem Selbstbefehl zog er seine Kleider aus und stellte sich unter die Dusche.

Am nächsten Morgen hatte er sich in Schale geschmissen, war zur Bank gegangen, hatte den gewünschten Kredit über zwanzigtausend Dollar tatsächlich bekommen, wegen irgendwelcher lang zurückliegender Regelmäßigkeiten, und war wenige Tage später in eine Rehaklinik eingezogen. Den Terror des 11. September erlebte er zugeballert mit Beruhigungsmitteln und Antidepressiva als ein irreales Stück aus einer anderen Welt, unwichtiger als eine neue Folge der »Sopranos«.

Zwei Monate nach Verlassen der Klinik hatte er als Textchef bei einem Speedboat-Magazin angefangen und ultrablöde Artikel über ultrastarke Boote redigiert. Er war trotzdem nüchtern geblieben und clean, hatte seine Kreditraten artig zurückgezahlt, einmal wöchentlich seine Psychotherapeutin aufgesucht und langsam wieder Boden unter die Füße bekommen. Als ihm dann sein alter Freund Kenneth Wilder, der inzwischen zum Chefredakteur der CBS-Nachrichtensendung *60 Minutes* aufgestiegen war, einen Job anbot, hatte Fuller sich stark genug gefühlt und war zurück nach New York gezogen. Nicht als Autor, schon gar nicht als Investigativreporter, sondern als einfacher Redakteur in der Dokumentationsabteilung, aber anständig bezahlt und bei einer der bekanntesten TV-Sendungen des Landes beschäftigt.

Dort erreichte ihn der Anruf eines Anwalts, dessen Klient sich an Max Fullers journalistische Glanzzeiten als Enthüller großer Staatsaffären erinnerte und nur ihm seine wahnsinnige Geschichte verkaufen wollte, nämlich die des Piloten des »fünften Flugzeugs«, des Schlüssels zu 9/11. Wenig später waren nicht nur der Pilot und dessen Anwalt tot und Fuller fast versehentlich der Story des Jahrhunderts auf der Spur, der Aufdeckung der Verbrechen des 11. September 2001, sondern Fuller stand selbst ganz oben auf der Liste derer, die seine Informanten ermordet hatten. Er konnte sein Leben nur retten, indem er die Geschichte zu Ende recherchierte, um die eigentlichen Drahtzieher des Massenmords an den weltöffentlichen Pranger zu stellen. Doch als er die wasserdichten Beweise für seine TV-Dokumentation zusammenhatte und mit einem Sendetermin in der CBS-Primetime kurz davor stand, Reporterlegenden wie Woodward, Bernstein oder Seymour Hersh mit diesem Jahrhundertscoop zu überflügeln und ein für alle Mal auf dem journalistischen Olymp zu landen, tat sich die Hölle auf. Um sein eigenes Leben und das seiner verbliebenen Vertrauten zu retten, musste Fuller einen Pakt mit dem Teufel schließen, einen Deal mit der rechten Hand von Darth Vader, in Gestalt des distinguierten Rechtsanwalts Buddy Rickler. »Das fünfte Flugzeug – die Wahrheit über den 11. September« war nie gesendet worden, und bis auf Rickler, dessen pakistanischen Geschäftspartner Omar sowie Fullers jungen Kollegen Nick Larson, den Computercrack und damaligen CBS-Archivar, hatte kein Mensch sie je gesehen.

Aber Fullers Schweigen hatte nicht nur Leben gerettet, es war auch Gold wert gewesen, besser: ein aus Ricklers schwarzen Kassen prall gefülltes Bankkonto in der Caymans-Steueroase. Und dass sich als persönliche Zugabe für Fuller eine Liebesgeschichte mit Liz entsponnen hatte, der Tochter des toten 9/11-Kronzeugen, auch das klang wie ein Hollywood-Happy-End. Und am Anfang war es das auch fast gewesen – der Honeymoon mit Liz, die sechswöchige Weltreise, die die Frischverliebten in die edelsten Luxusressorts des Planeten geführt hatte, das Penthouse mit der großen Terrasse, schräg gegenüber von Liz' Eigentumswohnung in New York, das Fuller – »Überraschung!« – gekauft hatte, die herrlichen Sommernächte, die sie dort oben verbracht hatten. Zum ersten Mal seit vielen Jahren hatte er sich tatsächlich glücklich gefühlt, wohl in seiner Haut, an der Seite einer attraktiven und intelligenten Frau.

Doch mehr als ein knappes Jahr hielt dieser Glückszustand nicht an. Liz ließ ihn immer häufiger spüren, dass ihr mit ihren 33 Jahren die Karriere als Pharmaforscherin wichtiger war als der Status der Vollzeitgeliebten eines 48-jährigen Multimillionärs – und Fuller wurde eifersüchtig. Nicht auf irgendwelche imaginären Nebenbuhler, sondern auf die Freude, mit der Liz ihrer Arbeit nachging, auf die leidenschaftliche Begeisterung für die Entdeckungen auf ihrem Fachgebiet der bewusstseinsverändernden Neurotransmitter, auf die Erfüllung, die sie in ihrem Job fand.

Genauso hatte er selbst in seinen besten Jahren gearbeitet. Wenn er einem Thema auf der Spur war, konnte nichts und niemand seine Neugier und seinen Enthusiasmus bändigen, und letztlich waren seine beiden Ehen an eben dieser Manie gescheitert. Die Dynamik und Energie, die Liz für ihre Arbeit entwickelte und ihn zwangsläufig in die zweite Reihe drängte, hätte eigentlich erfordert, dass sich auch Fuller einfach wieder in seine Arbeit stürzte, aber genau hier hatte der Deal mit Rickler einen Riegel vorgeschoben. Als Verrat an sich selbst hatte Fuller das nicht gesehen, anfangs, denn natürlich hatten Jake, Nick und er nicht vor, der Abmachung mit Rickler wirklich zu folgen, das 9/11-Thema für immer zu begraben und nur noch als Spin-Doktoren und Counter-Propagandisten in Ricklers Auftrag tätig zu werden, wenn irgendwelche Veröffentlichungen im Internet seine klandestinen Machenschaften bedrohten. Natürlich hatten sie ihre »Invisible Academy« gestartet und forschten den Aktivitäten dieses geheimen Machtzentrums weiter nach, natürlich hatten sie einen Server für Whistleblower aufgelegt und ihm so viel Glaubwürdigkeit verschafft, dass dort tatsächlich Zeugen über Missstände, Korruption und Vertuschungen in ihren Behörden oder Firmen berichteten, und natürlich hatten sie die eine oder andere Sache dann weiterrecherchiert und sie in geeignete Kanäle in den Mainstreammedien geleitet, die sie dann auch publizierten. Aber all das entsprach nicht dem, was er wollte, nämlich mit offenem Visier zu kämpfen, nicht mit dem Stilett, sondern mit seinem Stil, mit seiner spitzen Feder, nicht im Verborgenen und bezahlt aus dunklen Quellen, sondern in der Öffentlichkeit.

Nur der Liebesrausch, die Tatsache, dass er sein Herz verloren hatte, ließ Max nicht zu der Erkenntnis gelangen, dass er seine Seele verkauft hatte. Doch je mehr sich dieser Rausch verzog, desto unausweichlicher setzte sich diese Einsicht in ihm fest, nagend und quälend – und er war zu seinem alten Sorgentrost, dem Alkohol, zurückgekehrt. Nicht mehr in dem Ausmaß wie früher, aber drei, vier doppelte Lagavulin an zwei, drei Abenden der Woche – und zwei, drei Mal im Monat ein richtiger Gong mit einer halben Flasche – waren es schon gewesen in der letzten Zeit. Genauer: seit er vor acht Wochen aus New York abgehauen war und sich auf den Caymans verkrochen hatte. Vor Liz hatte er so getan, als ob er dringend die Ruhe der Karibik brauche, um ein Buch zu schreiben, sie hatte es ihm abgenommen und sich in den letzten Tagen vor seiner Abreise so anhänglich gezeigt, dass er am liebsten geblieben wäre.

Aber er war doch abgereist, ohne dass sich dadurch etwas an seiner Unzufriedenheit änderte. Denn dass die in ihm gärte, lag weder an Liz noch an Nick oder Jake, seinen Freunden und Partnern, es lag an seinem ureigenen inneren Beobachter, der diesen tollen Max – mit seiner jungen Freundin, seiner Villa in der Karibik, seinem Luxuspenthouse mit Central-Park-Blick, seinem fetten Bankkonto, seinem dunkelgrünen Jaguar E-Type und den beiden anderen luxuriösen Oldtimern, die er sich geleistet hatte – betrachtete und permanent meckerte: *Super! Prima! Und das soll es jetzt gewesen sein? Kauf dir doch noch ein paar teure Karren, kannste jeden Tag ne andere fahren! Dich zuknallen mit Konsum aller Art, das hast du drauf, ganz groß, Macker. Das größte Verbrechen des Jahrhunderts nicht nur auf sich beruhen lassen, sondern vom goldenen Teller der Superschweine auch noch fressen – hey, bravo!* So raunzte dieser innere Beobachter, nölte und spottete und ließ sich einfach nicht abschalten.

Mitten in Fullers Stammhirn meldeten die Duftsensoren plötzlich etwas Angenehmes, Vertrautes – Kaffee. Nick zog die Espressotasse zurück, die er dem Dösenden unter die Nase gehalten hatte, und stellte sie auf den kleinen Beistelltisch. Fuller öffnete die Augen und rieb sich das Gesicht.

»Wachmacher, Max?«, fragte Nick.

Fuller gähnte, massierte sich den Hinterkopf und nahm die Tasse. »Espresso, brillante Idee, Watson. Danke.« Er schlürfte einen kleinen Schluck und sah auf die Uhr. »Zwei Stunden weggeratzt? Meine Fresse.«

Nick sah ihn mit einem leichten Grinsen an. »Ja, hab die Aspirin in der Küche gesehen. Dicker Schädel?«

Fuller schüttelte versuchsweise den Kopf. »Hält sich in

Grenzen jetzt, aber der Nacken, die Hölle.« Er rekelte seine Schultern und massierte sich mit der rechten Hand die Halswirbel. »Ist Debbie noch da? Ich könnt' mal wieder so 'ne Zaziki-Massage vertragen.«

»Shiatsu.«

»Auch gut.«

»Macht sie bestimmt gern, wenn du sie nett fragst.«

»Ich bezahl sogar nett.«

»Umso besser. Aber vorher kochen wir was, und davor hörst du dir erst mal das hier an, kam vorhin auf dem Whistleblower-Account der Academy rein. Bist du wach?«

»Klar«, log Fuller.

Nick tippte sein iPhone an und las Fuller den Text der E-Mail vor:

»Betreff: *Bankster-Milliardär Cuttler lässt eigenen Sohn ermorden – das FBI vertuscht.«*

»Pressemitteilung? National Enquirer?«

»Nein. Hör zu. *In der Nacht zum 2. Mai wurde David Cuttler in seinem Haus in der ZERO-Community von einem Killerkommando ermordet. Das FBI übernahm die Ermittlungen und stellte sie schon nach wenigen Stunden wieder ein, mit dem Ergebnis: ›Raubmord – Täter unidentifiziert und flüchtig‹, Fall abgeschlossen. Obwohl dem FBI Beweismittel übergeben wurden, die auf eine Täterschaft von Davids Vater, dem Großbankster und Multiindustriellen Robert Cuttler hindeuten, werden diese Spuren nicht weiterverfolgt. Dabei ist offensichtlich, dass David nicht bei einem Raub erschossen wurde – außer einem alten Notebook im Wert von etwa 250 Dollar wurde aus seinem Haus nichts gestohlen –, sondern dass er sein Leben lassen musste, weil der ZERO, die digitale Dollaralternative, die Macht von Wall Street, des Bankensystems und Milliardären wie Richard Cuttler bedroht. David hat als Kopf und Motor der ZERO-Community diese evolutionäre Ersatzwährung ins Leben gerufen, die mittler-*

weile schon von Zehntausenden Nutzern verwendet wird. Wenige Tage vor seinem Tod hat er Gespräche über die Akzeptanz des ZERO mit großen Internetfirmen geführt. Wenn die Gespräche erfolgreich abgeschlossen worden wären, hätte dies den endgültigen Durchbruch für den ZERO bedeutet. Sowie das Ende der Banken und ihres Betrugskartells, der Federal Reserve.

Dem FBI liegt die Dokumentation dieser Ereignisse vor, die ein eindeutiges Motiv für den Mord liefern, auch die Presse wurde darüber informiert (siehe Presseerklärung der ZERO-Community, anhängend) – doch Veröffentlichungen erfolgten ebenso wenig wie Ermittlungen in dieser Richtung. Stattdessen wurde unsere Kommune in einem Beitrag von FoxNews als Gruppe verwirrter Linksradikaler porträtiert (Nähe zu Koresh – eine absurde Darstellung), als Gruppe, die den schwer trauernden Gutmenschen Robert Cuttler mit ›zynischen Verschwörungstheorien‹ des Mordes bezichtigt. Doch Cuttler senior und die Wall-Street-Mafia sind die Einzigen, die ein Motiv für diesen Mord hatten, und das nicht nur allein wegen des ZERO, der als neue Volkswährung ihre Macht bedroht, sondern auch, weil David bestimmte Dinge über die kriminellen Machenschaften seines Vaters und seiner Milliardärsfreunde herausgefunden hatte. Dafür haben wir Beweise, die wir allerdings weder dem FBI noch den Mainstreammedien zukommen lassen werden, die sie nur verwenden würden, um den Fall weiter zu vertuschen oder unsere Community als durchgeknallte Sekte zu denunzieren.

Dennoch: Diese Fakten müssen an die Öffentlichkeit, und wir sind bereit, sämtliche Dokumente und Informationen zur Verfügung zu stellen. Weitere Recherchen können wir aber nicht allein durchführen, deshalb bitte ich einen Vertreter der Academy um vertrauliche Kontaktaufnahme, um das weitere Vorgehen zu besprechen. Layla.«

»Layla wer?«

»Nur Layla. Layla, ZERO. Slogan: Eine Welt – eine Währung.«

Fuller runzelte die Stirn und nahm einen weiteren Schluck Espresso. »ZERO?«, sagte er, »wo sind wir denn jetzt gelandet, im Club Méditerranée? Muschelgeld und All-inclusive-Bändchen? Und reden wir hier von *dem* Cuttler? Der letzte der Milliardensammler, seit Opa damals die Eisenbahndynastie hingestellt hat, quer durchs Indianerland?«

Nick strich mit dem Finger über das Display. »Ich hab's noch nicht komplett recherchiert, nur die Eckdaten. Geboren 1939 in San Francisco, Unternehmer und Financier, Hauptaktionär und CEO von Cuttler Incorporated – Schwerindustrie und Rüstung – sowie von CMM, *Cuttler Multinational Management,* einem Konglomerat internationaler Firmenbeteiligungen. Aktueller Börsenwert des Pakets: 380 Milliarden US-Dollar, Cuttler selbst ist unter den Forbes-Top-20. Großvater war Carl Cuttler, 1835 bis 1917.«

»Eisenbahnen.«

»Korrekt. Der hat zusammen mit seinem Sohn – Ronald, 1888 bis 1959 – den Konzern zu einem der größten Privatunternehmen der Vereinigten Staaten ausgebaut. Dann übernahm dessen Sohn Robert. Und dessen Sohn, David, ist die Leiche, über die wir reden.«

»Und wer erbt jetzt?«, fragte Fuller und sah Nick an.

»Erben? Keine Ahnung, was hat denn das mit dem ZERO zu tun …?«

»Nicht mit dem ZERO, aber dafür mit dem Mord. Ist doch wohl klar. 380 Milliarden? Und der Alleinerbe ermordet? Wenn wir da nach einem Motiv suchen, dann doch wohl nicht vierzigtausend Fuß hoch im Verschwörungsorbit, sondern bodenständiger, in der Verwandtschaft. Uneheliche Geschwister, Cousins, Cousinen – oder der Nachwuchs, den möglicherweise David schon selbst in die Welt gesetzt hatte. Dann aber hat er die schwangere Mutter verlassen, die hat ein paar Hells Angels angeheuert, die ihn an seine Unterhaltspflicht erinnern sollten, und – bang! – ist ihr Balg mit einem harten Schlag in den Top 20 der Superreichen, wenn es zum ersten Mal in die Windel scheißt und ein Gentest gemacht wird. Also wenn du mich fragst, das klingt gut ...« Fuller grinste sein Gegenüber an und verschränkte zufrieden die Hände hinter dem Kopf.

Nick schüttelte fassungslos den Kopf.

»Erstens: Von Nachwuchs ist nichts bekannt, und Hells Angels waren die Killer wohl auch nicht, eher Professionelle, wenn Layla nicht spinnt. Außerdem bist du 'ne Fehlbesetzung als Max Marple, hast du überhaupt zugehört?«

»Klar hab ich zugehört, aber ich darf ja wohl mal auf das Naheliegende hinweisen.«

»Das wäre dann genau das, was Layla schreibt. Der ZERO ist nämlich kein Hippiequatsch. Hier ...«, Nick scrollte wieder über den kleinen Bildschirm, »Artikel aus *Wireless*, Herbst letzten Jahres: *Geld ist letztlich nichts anderes als Vertrauen, und dieses hat das bestehende Geld- und Bankensystem gründlich ruiniert. Immer mehr Web-Communities suchen deshalb nach alternativen Tauschmitteln für ihre Ökonomie, und mit dem ZERO hat sich ein erstes schon etabliert. Einige IT-Experten sagen ihm ein ähnlich rapides Wachstum voraus, wie es vor zehn Jahren der digitale Marktplatz eBay erlebte. Aus den geschätzt knapp 100000 Usern, die den ZERO bisher nutzen, könnten schnell Millionen werden.*«

Nick ließ das iPhone sinken und sah Fuller an. »Klingt nicht unbedingt nach Quatsch, und *Wireless* ist kein Käseblatt – so wie *Wired*, wo sie inzwischen jeden neuen Nintendo DS zum Paradigmenwechsel hochjazzen. Nach dem Essen mach ich mich mal ran, ein bisschen mehr rauszukriegen über Cuttler senior und junior. Und du, mein Alter«, Nick sah seinen Freund an, »solltest dich vielleicht mal in menschliche Form bringen, rasieren und so, duschen wäre auch nicht verkehrt. Wenn ich mich recht entsinne, kommt Liz heute Abend.«

Fuller blinzelte in den Himmel und atmete tief aus.

In der Tat, Liz – der Grund, weshalb er gestern Abend Trost in den Armen einer halben Flasche gesucht hatte. Weil er Liz nicht verlieren wollte und gleichzeitig wusste, dass eine enge Beziehung nicht gut gehen konnte. Und weil er nicht wusste, wie er damit umgehen sollte.

Er wusste es immer noch nicht, als er fünf Stunden später am Flughafen von George Town in die himmlischen blauen Augen blickte, die ihm entgegenstrahlten, als Liz die Passkontrolle durchschritten hatte. Aber als sie ihn an sich drückte und ihn mit einem langen Kuss auf den Mund begrüßte, war eins sicher: Max Fuller, 48, war in Dr. Liz Brokaw, 33, noch immer so verschossen wie ein 15-Jähriger in den atemberaubenden Klassenstar aus der Zwölften. Es reichte, sie nur von Weitem zu sehen, um seine Stimmung in einem Sekundenbruchteil von Melancholie in Euphorie zu verwandeln; wenn sie ihn anschaute und lächelte, ging sein Herz auf, und wenn sie ihn umarmte und streichelte, geriet sein Blut in Wallung. Es gab gar keinen Zweifel, er war genauso verrückt nach Liz wie die ganzen Kerle nach Cameron Diaz in »Verrückt nach Mary«. Und er hasste sich dafür, seine Gefühle nicht wenigstens halbwegs unter Kontrolle zu haben; sowie für den goldenen Käfig, den er sich selbst gebaut hatte und der verhinderte, dass er Euphorie, Enthusiasmus, Begeisterung auch wieder für seine Arbeit entwickeln konnte. Anstatt all seine Energie ausschließlich auf Liz zu richten. Was allerdings jetzt, wo er seinen Arm um sie gelegt hatte und sie eng aneinandergeschmiegt aus dem Flughafengebäude schlenderten, völlig unausweichlich war.

Als sie das Cabrio sah, den dunkelgrünen Jaguar E-Type,

hinter dessen Sitzen Fuller ihren kleinen Koffer verstaute, sagte Liz: »Wozu brauchst du denn mit deinem Schwanz so ein Auto?«

Fuller hielt ihr die Tür auf und war für eine Sekunde hingerissen von dieser Mischung aus Verachtung und Kompliment, mit der ihn Liz lächelnd und kopfschüttelnd bedachte.

»Alte Wunde«, sagte er. »Verletzung beim Kartenspielen. Genau der, british racing-grün mit Speichenrädern, V12, 268 PS, war der stärkste Wagen in unserem Autoquartett, das ich mit meinen Freunden im Baumhaus gespielt habe«, sagte er, »ich hab dem immer entgegengefiebert, wenn die Karten ausgeteilt wurden, und ich hab ihn *nie* gekriegt.« Er zuckte die Achseln. »Und als ich ihn vor ein paar Monaten leibhaftig bei diesem Händler rumstehen sah, dachte ich, näh! Bevor mir irgendein Danny oder Phil den jetzt wieder wegschnappt, lass ich mir den mal lieber gleich einpacken.«

Er ließ den Wagen an und entlockte den 12 Zylindern ein energisches Röhren. »Ah, Musiiik!«

»Du bist ein Irrer, Fuller«, sagte Liz. »Und obendrein ein kaltblütiger Klimakiller.«

»Es ist nie zu spät für eine glückliche Kindheit«, antwortete er strahlend und fuhr los.

Der Abend verlief angenehmer, als Fuller erwartet hatte. Liz war gut gelaunt, freute sich, Nick und Debbie wiederzusehen, plauderte mit den beiden, bewunderte Nicks neueste *Apps* und Gadgets und ließ sich nur allzu gern von Debbie überreden, mit ihr zusammen das Abendessen zu machen. Als die beiden Frauen zusammen kochten und Nick und Fuller mit launigen Bemerkungen daran hinderten, wenigstens das Gemüseschnippeln zu übernehmen, war Fuller endgültig alarmiert.

Liz war normalerweise nicht direkt versessen aufs Kochen.

Er wartete bis nach dem sehr guten Essen, trug Liz die Teller hinterher, in die Küche, und fragte: »Sollten wir vielleicht mal … reden?«

Sie sah ihn an, und für jeden, der sie nicht kannte, hätte ihr Lächeln echt ausgesehen. »Worüber?«

»Oh, die Erderwärmung? Die Rohstoffpreise? Uns? Was ist los, Liz?«

»Nichts.«

»Nichts.«

Sie lächelte weiter. »Nein. Ich freue mich, euch alle zu sehen.«

»Uns«, nickte Fuller. »Schön. Kann es sein, dass *wir* ein Problem haben?« Fuller deutete die Größe des Problems an, indem er Daumen und Zeigefinger hochhielt, einen Millimeter voneinander entfernt.

»Dein Problem liegt in unserem Schlafzimmer, Max, im Mülleimer. Zwei große braune Flaschen und circa ein Dutzend Blechdosen.«

Fuller ächzte. »Die Putzfrau hat 'ne Erkältung, die war seit Wochen nicht da.«

»Seit vorgestern«, sagte Liz. »Sagt jedenfalls Debbie.« Sie stellte die Teller in den Geschirrspüler, lächelte wieder, und es war noch weniger als vorher so gemeint. »Wir reden, Max. Aber nicht jetzt, nicht heute Abend. Vielleicht haben wir ein bisschen Zeit, morgen, wenn ich fertig bin.«

»Fertig?«

»Mit meinem Vortrag. Ich fliege übermorgen Abend nach Mexico City, Edgar hat mich gebeten, für ihn einzuspringen.«

»Edgar.« Nachname Frinton, Überflieger in Sachen Synapsentuning und Liz' kongenialer Laborpartner, Mitte dreißig, trainierte wie ein Triathlet und war, wie Fuller wusste, seit er den Typen einmal versehentlich am Telefon gehabt hatte, maulfaul wie John Wayne im Koma sowie obendrein vollkommen ironiefest. »Eddy, der Zirkusautist?«, fragte er.

Sie nickte einfach.

Was ihn erst recht nervte. »Du meinst, wenn du schon mal deine Arbeit liegen lässt und hierher kommst, dann bringst du dir gleich neue Arbeit mit …?«

Sie unterbrach ihn, und jetzt war das Lächeln weg.

»Max. Ich mag meine Arbeit. Ich mochte meine Arbeit immer. Du mochtest deine Arbeit auch, irgendwann mal, das hab ich verstanden, das hab ich sogar bewundert. Das hat uns verbunden, unter anderem.«

»Ich mag meine Arbeit immer noch.«

»Ach ja? Welche Arbeit? Die Hängematte kaputtliegen? Quartett-Autos kaufen?«

Fuller schwieg sie an. Empört, weil sie ihm plötzlich wie eine ganz normale Frau vorkam, eine nörgelnde, nervtötende Person.

Sie senkte den Blick und machte eine beschwichtigende Handbewegung. »Das geht mich nichts an, Max. Es ist dein Leben, du bist erwachsen. Ich verstehe es nur nicht, und es gefällt mir nicht.«

»Was? Dass ich mir eine Auszeit gönne?«

»Nimm dir deine Auszeit.«

»Was stört dich daran? Das Leben besteht nicht nur aus Arbeit, was ist das für ’ne abwegige Idee? Leben ist mehr, Leben ist …«

»Jeden Tag eine Flasche Lagavulin? Ich glaube nicht.«

»Ich trinke nicht jeden Tag eine Flasche Lagavulin, was soll der Scheiß?«

»Guck in deinen Mülleimer. Oder frag Nick.« Liz sah ihm in die Augen. »Ja, Max, wir reden miteinander, Nick und ich. Nick liebt dich, Max. Ich liebe dich. Und wir machen uns Sorgen.«

Fuller konnte förmlich hören, wie ihm der Geduldsfaden

riss. »Super«, sagte er. »Ich hab dafür gesorgt, dass ihr alle erstens überhaupt noch lebt, und dass ihr zweitens für den Rest eures Lebens machen könnt, was ihr wollt. Und dafür kriege ich das Label ›versoffener Pflegefall‹ an die Stirn gepappt? Habt ihr sie noch alle?«

Liz feuerte ihm einen Blick zwischen die Augen, der Elefanten hätte töten können.

»Okay, Max«, sagte sie und ging an ihm vorbei. »Wir reden gelegentlich mal. Vielleicht über deine neue Story, ich find's ja immer interessant, woran du arbeitest.«

»Ich arbeite!«, rief er ihr hinterher und brüllte, als sie die Küche längst verlassen hatte: »Und du bist hier nicht die Einzige, die leidenschaftlich in ihren Beruf verknallt ist! Ich fliege morgen *sehr früh* nach L.A., mach dir nicht die Mühe, mit mir aufzustehen!«

3

Matt Brooks wartete vor der Ankunftshalle des LAX auf ihn. Entspannt und grinsend auf ein Miniauto gelehnt.

»Hi, Max«, sagte er und umarmte Fuller, »siehst gut aus, alter Schluckspecht.«

»Schön, dich zu sehen, hast dich auch gut gehalten«, erwiderte Fuller und deutete auf das Auto, »aber was ist das? Zu heiß durch die Waschanlage und eingelaufen?«

»Das ist der kleinste Mercedes der Welt, ein Smart, das sparsamste Auto, um zwei Personen von A nach B zu bringen«, antwortete Matt und öffnete die putzige Heckklappe, um Fullers Koffer zu verladen.

»Immer noch der alte Energiesparfuchs ohne Sinn für Ästhetik?«, fragte Fuller und stieg ein.

»Und selber, immer noch fresssüchtig mitten in der Pubertät und ohne jeden Schimmer, wie sich täglich der Kühlschrank füllt?«, sagte Matt.

Nach zwei Stunden auf der Autobahn lenkte Matt den Smart zwischen Bakersfield und Wasco auf eine Landstraße, der Duft von Pinien strömte durch das offene Dach, und nach weiteren 20 Minuten auf der Kern River Canyon Road rumpelte der kleine Wagen den Feldweg entlang, der zu Brooks' Haus am Flussufer führte. Er hatte es vor zehn Jahren gebaut, nachdem er von seiner verstorbenen Mutter etwas Geld geerbt und seinen Job an der Universität gekündigt hatte.

Auf einem »New Frontiers«-Seminar Ende der Achtzigerjahre, bei dem man den Pulitzerpreisträger Max Fuller versehentlich mit dem Juniorprofessor der Anthropologie Matt Brooks auf ein Doppelzimmer gebucht hatte, hatten sich die beiden kennengelernt und angefreundet. Und diese Freundschaft hatte gehalten, auch nachdem Fuller vom journalistischen Olymp entfernt worden und in die Niederungen der Drogensucht abgestürzt war. Matt hatte, anders als die meisten, Verständnis für Fullers Absturz, denn er wusste, dass es nicht die mangelnde Qualität seiner Recherchen oder seiner Schreibe war, die dazu geführt hatte, dass er sich mit Artikelchen über Alligatorenjagd und Speedbootrennen über Wasser halten musste, sondern schlicht die Tatsache, dass er sich mit den falschen Leuten angelegt hatte. Der internationale Waffen- und Drogenhandel war ein Multimilliardendollar-Geschäft, und Journalisten wie Fuller, die dessen Spuren bis ins Weiße Haus nachschnüffelten und sie offenlegten, waren eine Gefahr, wenn sie sich nicht kaufen ließen. Und Fuller hatte sich damals nicht kaufen lassen, was Matt Brooks ihm hoch anrechnete.

»Willkommen auf dem Schlangenhügel«, sagte Brooks, als er die Haustür aufschloss und sie seinem Freund aufhielt.

Das Erdgeschoss des Hauses bestand aus einem einzigen großen Raum mit großen Fenstern nach Süden und Osten und einem fantastischen Blick auf den Fluss und die staubroten Felsen des Kern River Canyon. Brooks' *Snake Hill* genanntes Stück Wildnis machte seinem Namen allerdings keine Ehre mehr, denn der Professor hatte sein Grundstück nach allen Regeln der Kunst kultiviert – es gab nicht nur ein Stück sattgrünen Rasen, sondern auch verblüffend viele Pflanzen, Büsche, Stauden und sogar kleine Palmen. Fuller pfiff anerkennend.

»Bist du unter die Oasenbauer gegangen?«

Brooks lächelte. »Man tut, was man kann. Man muss die Natur nur ein bisschen überreden. Und wenn so ein freigiebiger Fluss wie der Kern River nur einen Steinwurf entfernt vorbeifließt, lässt sich viel bewirken. Wie du siehst.«

Fuller nickte und sah sich im Wohnzimmer des Professors um. Zwischen den beiden Fenstern stand ein großer Schreibtisch, gegenüber ein Kamin mit zwei abgewetzten Ledersofas im englischen Stil, sämtliche Wände waren bis unter die Decke mit Regalen bestückt und quollen über von Büchern, die teilweise in Stapeln auch noch vor den Regalen lagen. In der nördlichen Ecke des Raums, unter der Treppe, die in den oberen Stock führte, waren eine Küchenzeile und ein kleiner Tresen untergebracht, vor dem sich jetzt ein buschiges schwarzes Etwas erhob und auf die Besucher zutrabte.

»Ah, der gute alte Bruno«, begrüßte Fuller den Hund, der seine Schnauze an seinem Knie rieb, »immer noch fit?« Fuller streichelte Bruno über den Kopf, und der Hund trabte zu seinem Platz zurück.

»Na ja«, sagte Brooks, »Giordano ist jetzt wirklich ein alter Herr und döst meistens den ganzen Tag, hier oder auf der Terrasse. Um seinen Jagdtrieb noch hochzukitzeln, muss ein Stinktier schon direkt vor seiner Nase langspazieren.« Er füllte zwei Näpfe mit Wasser und Futter und stellte sie auf den Boden. »Uns mach' ich auch 'ne Kleinigkeit zu essen, wären Nudeln mit Tomaten recht?«

»Absolut«, antwortete Fuller, nahm eine Plastiktüte aus seinem Koffer, setzte sich auf einen der Barhocker und packte zwei Flaschen aus. »Ein guter Roter zum Essen und hier der Absinth, den du dir gewünscht hast, La Valote, Originalabfüllung, aus dem Val de Travers – hatten sie tatsächlich im Dutyfreeshop.«

»Oh, wunderbar.« Brooks strahlte und nahm die Flasche. »Ja, das ist er – der einzige Stoff, der den Namen Absinth verdient, aus dem Schweizer Jura, da wo man ihn erfunden hat und wo die richtigen Kräuter wachsen. Der perfekte Aperitif.«

Er füllte eine Karaffe mit Wasser, gab Eiswürfel aus dem

Kühlschrank dazu, öffnete die Absinthflasche und füllte zwei Gläser, andächtig. »Ein Finger Absinth, vier Finger eiskaltes Wasser und kein Zucker – meine favorisierte Mischung. Santé, Max, schön, dass du da bist.«

Fuller hob sein Glas, prostete seinem Freund zu und nahm einen Schluck.

»Pernod für Erwachsene?«, sagte er und sah Brooks an.

Brooks nickte. »Pernod ist nichts anderes als kastrierter Absinth. Ende des 18. Jahrhunderts war Pernod der einzige industrielle Absinthhersteller der Welt, nach dem Verbot um 1900 musste er Artemisia Absinthium, das Wermutkraut, weglassen und produzierte nur noch Anisschnaps. Auch im Absinth ist Anis drin, aber du schmeckst hinten, beim Schlucken, dann das Bittere, das ist der Wermut.«

Während Brooks Tomaten und Zwiebeln schnitt, hielt er für Fuller ein Privatissimum zur Geschichte und den Mythen seines Lieblingsgetränks, das Napoleons Soldaten, denen man es auf dem Ägyptenfeldzug als Medizin gegen Cholera mitgegeben hatte, nach der Heimkehr zum Kultgetränk der Pariser Moderne gemacht hatten. Nur Pernod und eine Handvoll anderer Hersteller in diesem kleinen Tal des Jura stellten es her, doch sie hatten den Namen nicht geschützt, und so kamen Dutzende Sorten aus Industriealkohol und ein paar Gewürzen als Absinth auf den Markt. Eine Flasche dieses hochprozentigen Fusels kostete weniger als eine Flasche Wein, und diese Fälschungen sorgten dann für den massenhaften Missbrauch und schlechten Ruf des Absinths, die schließlich zum Verbot führten.

»Aber im Grunde«, beendete Brooks seinen Vortrag, »ist es die bekömmlichste Spirituose überhaupt, und jetzt kann sie in der Schweiz auch wieder hergestellt werden. Und nur diesen Absinth sollte man trinken, alles andere ist zweite Wahl.« Er leerte sein Glas und füllte ein zweites. Fuller hob auf seinen fragenden Blick dankend die Hand. So richtig anfreunden konnte er sich mit dem Geschmack nicht, aber Matts Geschichten anhören konnte er stundenlang. Es gab kaum ein Gebiet, von den Höhen der Astrophysik bis zu den Niederungen des Absinthverbots, auf dem sich sein gelehrter Freund nicht auskannte, kein Thema, zu dem er nicht sämtliche Standardwerke gelesen und sich – in den meisten Fällen – eine abweichende Meinung zu eigen gemacht hatte. Brooks hatte selbst ein gutes Dutzend Bücher veröffentlicht und hätte auf der akademischen Karriereleiter weit nach oben steigen können, wäre ihm nicht ein Leben als Ökogärtner und Privatgelehrter lieber gewesen als eines als Dekan in Berkeley oder Yale. Und so hatte Professor Dr. Brooks sich in dieses Stück kalifornische Wildnis verkrochen – nicht allzu weit entfernt von der Zivilisation, ein paar Freunden, seiner Exfrau und den erwachsenen Kindern, aber weit genug, um seinen Leidenschaften in Ruhe nachgehen zu können: dem extensiven Lesen, dem gelegentlichen Schreiben und dem Garten mit seinen Lieblingspflanzen, den Nachtschattengewächsen. Dass er dort draußen öfter zugange war, sah man ihm an: Sein haarloser Schädel, den nur ein kleiner Kranz Locken zierte, war ebenso braun gebrannt wie seine kräftigen Arme, und mit seinem in den Jahren immer länger gewordenen grauen Rauschebart hatte er inzwischen verblüffende Ähnlichkeit mit Robert Crumbs *Mr. Natural.*

»So«, sagte Brooks, nachdem er und Fuller sich nach dem Essen auf den Sofas niedergelassen hatten, »was treibt dich her, Max? Bist du im Auftrag deiner Bankster unterwegs?«

»Bankster« war der Ausdruck, mit dem Brooks die herrschende Klasse belegte, die in seinen Augen nichts anderes als eine »kleptokratische Elite« darstellte. Bei seinem letzten Besuch hatte Fuller seinem Freund fast alles über seinen Deal mit Rickler erzählt und dass er sich, um sein und das Leben seiner Freunde zu retten, diesmal hatte kaufen lassen müssen.

Brooks hatte das eingesehen und war angesichts von Fullers Enthüllungen über das fünfte Flugzeug und die wahren Drahtzieher des 11. Septembers nicht sonderlich überrascht gewesen. Als Selbstdenker und Querkopf hatte er dem allgemeinen Medientenor, dass 19 Araber aus einer afghanischen Höhle allein mit Teppichmessern das World Trade Center hatten zu Fall bringen können, ohnehin nur eine Wahrscheinlichkeit von 0,5 Prozent eingeräumt. Die Wahrscheinlichkeit, dass die Bankster ihre Finger drin hatten, hatte in seinen Augen von Anfang an bei mindestens 90 Prozent gelegen.

»Ich habe keinen Auftrag von Rickler«, sagte Fuller, »und er weiß auch nichts von der Sache, wegen der ich hier bin. Vermutlich nur Hysterie, aber manchmal höre ich ja auf die Jugend – ich meine, auf Nick.«

Brooks sah ihn fragend an.

»Mein Juniorpartner«, sagte Fuller. »Hochbegabt. Übernimmt für mich das Denken, dafür gebe ich sein Gehalt aus.«

Brooks lachte. »Du bist ja doch schlauer geworden im Lauf der Jahre.«

»Nicht wirklich. Und wenn einer was aufs Maul kriegt, bin das immer noch ich. Nick hat diesen verschlüsselten Server für Whistleblower aufgesetzt, auf der Academy-Site, und vor ein paar Tagen die Nachricht von einer Layla bekommen, dass ihr Freund, mit dem sie in irgendeiner Kommune hier in der Nähe lebt, ermordet wurde – wegen einer digitalen Alternativwährung. Das FBI ermittelt angeblich nicht, beziehungsweise hat den Fall gleich zu den Akten gepackt, weil die mit den Killern unter einer Decke stecken. Ich halte das, ehrlich gesagt, für Quatsch, aber Nick hat einen Haufen Material über die Kommune und ihre Ersatzwährung ausgebuddelt. Das Zeug nennt sich ZERO, hat sich wohl in verschiedenen Web-Communities schon verbreitet, und das Mordopfer ist David Cuttler, Erfinder des Ganzen und Gründer dieser Kommune. Der einzige Sohn von Robert Cuttler, dem Eisenbahnerben und Multimilliardär …«

»Der Name ist mir ein Begriff«, unterbrach ihn Brooks, »und dem Enkel ist jetzt offenbar dasselbe zugestoßen wie seinem Urgroßvater, der allerdings erst am Ende seines Lebens erschossen wurde. In meinem Buch *Die Devianz der Eliten,* du erinnerst dich …«

Fuller schwieg sicherheitshalber, Brooks grunzte missbilligend. »Ich habe den alten Cuttler als einen der Phänotypen der industrialisierten Räuberei skizziert; war ein Kämpfer, der Alte, ein kaltblütiger und skrupelloser Cowboy. Sein Enkel wurde dann einer der erfolgreichsten Wall-Street-Zocker und machte aus Großvaters Millionen Milliarden; es gibt wohl kaum einen Großkonzern, an dem er nicht beteiligt ist. Und der Urenkel soll jetzt erschossen worden sein, weil er Schwundgeld im Internet verbreitet?«

Fuller nickte. »Ich halte das, wie gesagt, eher für eine Verschwörungstheorie von einem Haufen Internethippies. Das FBI hat nichts gefunden – außer natürlich David. Und der lag einfach morgens in seinem Häuschen auf dem Gelände, mit einem Loch im Kopf und leeren Taschen. Gut, sein Notebook war ebenfalls weg, aber irgendwas muss so ein beschaffungskrimineller Totschläger ja auch mitnehmen, wenn er dringend Geld braucht, um sich Uncle Sams Drogen am Bahnhof kaufen zu können. Niemand hat irgendetwas gesehen, nur eine Bewohnerin, die nicht schlafen konnte und zum Rauchen an der frischen Luft war. Die hat gegen halb vier morgens ein Auto gehört, das mit quietschenden Reifen vom Parkplatz losfuhr. Dickes Auto, angeblich, aber nachts sind alle Autos dick. Drei Leute, angeblich, könnten aber auch zwei gewesen sein. Ein Motiv hat die Polizei nicht finden können, die Kommunenbewohner wurden verhört, niemand kommt infrage, auch keine persönlichen Gründe, keine Eifersucht oder so was. Layla, oder wie immer sie heißt, war Davids Freundin – und zur Tatzeit bei ihrer kranken Mutter in Florida. Und ist sich sicher, dass ›Wall-Street-Killer‹ ihren Süßen hingerichtet haben, weil er dieses Internet-Kindergeld erfunden hat.«

Brooks hatte Rotwein nachgeschenkt, hob sein Glas und nahm einen Schluck. »Na ja«, sagte er, »ich hab von diesem ZERO zwar noch nichts gehört, aber kindisch ist so ein Geld sicher nicht. Schon Irving Fisher hat so etwas ja gelegentlich propagiert, in den Dreißigern. Stamp Scrip.«

Er sah Fuller fragend an. Fuller zuckte die Achseln.

»Ein Stamp-Geldschein im Wert von einem Dollar verlor kontinuierlich an Wert, außer man ließ ihn regelmäßig gegen eine Gebühr von zwei Cent bei der Gemeinde abstempeln. Wer also den Wert seines Ersparten erhalten wollte, zahlte drauf. Verschiedene Experimente hatten gezeigt, dass mit einer solchen Umlaufgebühr eine starke Beschleunigung der Geldzirkulation und damit ein fantastisches Investitionsklima geschaffen werden kann, weil niemand dieses ›rostende‹ Geld behalten will, also jede nicht benötigte Einnahme sofort reinvestiert wird. Um zu sparen oder Rücklagen zu schaffen, musste man in Sachwerte investieren, was der gesamten Industrie vom Handwerk bis hin zum Kunstgewerbe unmittelbaren und dauerhaften Auftrieb verschaffte. Mit dieser Geldreform wollte Fisher die große Depression nach dem Schwarzen Freitag bekämpfen – aber über ein, zwei Anhörungen bei einer Senatskommission ist das Konzept nicht hinausgekommen.«

Brooks war aufgestanden und suchte eines der Bücherregale ab, bis er fündig wurde und ein paar zusammengeheftete Seiten herauszog. »Hier ist es, eine Kopie, *Stamp Scrip*, August 1932.« Er blätterte und las vor: »Erstens: Stamp

Scrip ist wie Geld, es kann investiert oder ausgegeben werden. Zweitens: Stamp Scrip ist nicht wie Geld, es kann nicht gehortet werden.« Er legte die Kopien auf den Tisch. »Eine rechtschaffen geniale, revolutionäre Idee – und Fisher war nicht irgendwer, sondern eine Kapazität der Yale University, und mehr als 500 Gemeinden in den ganzen USA wollten dieses Geld auf regionaler Ebene einführen.«

»Und?«, fragte Fuller. »Warum zahle ich immer noch mit Dollar und nicht mir Stamp Scrips?«

Brooks beugte sich vor und sah ihn an. »Dreimal darfst du raten. Das Federal Reserve Board, die Bankster, haben das Ganze gestoppt. Der Chefberater des Finanzministeriums ließ Fisher ausrichten, das Konzept sei eindeutig vielversprechend, aber gerade deshalb nicht umsetzbar, denn ein Erfolg der Scrips müsste zu einer Reform des amerikanischen Geldwesens führen. Und so etwas sei nicht zu verantworten. Insofern, Max, muss dieses Mädchen nicht zwangsläufig paranoid sein, weil sie ›Wall-Street-Killer‹ für den Tod ihres Freundes verantwortlich macht. Das Konzept von Fisher, das ursprünglich schon um 1910 von Silvio Gesell, einem Deutschen, erdacht worden ist, wurde bis heute nicht widerlegt – und wenn jemand jetzt so etwas im Web umsetzt …«

Fuller hatte die Stirn in unzufriedene Falten gelegt. Bis hierher war es ein netter und entspannter Ausflug gewesen, aber dass Brooks Nicks Theorie noch immer nicht lachend vom Tisch gewischt hatte, gefiel ihm nicht. Er setzte sein verächtlichstes Grinsen auf. »Nick meint, dass sich dieser ZERO ähnlich rapide verbreiten wird wie eBay. Angeblich nutzen schon hunderttausend User diese Spezialkröten, aber hunderttausend ist ja nicht direkt die Schwelle zur Weltherrschaft.«

»Mag sein, dass dein Freund ein bisschen zu optimistisch ist. Ein paar Nerds machen noch keine Geldreform – aber lass es mit dem Dollar nur noch ein bisschen weiter abwärts und mit den Pleiten und der Arbeitslosigkeit ein bisschen weiter aufwärts gehen, dann ist die Zeit gekommen, diese alten Reformkonzepte endlich anzupacken – und sie, von Seiten der Bankster, aufs Schärfste zu bekämpfen.«

Fuller seufzte, öffnete ein Fach seines Koffers und zog einen Stapel Ausdrucke und eine CD heraus. »Das ist das Material, das Nick zu dem Fall zusammengetragen hat. Wenn du Lust hast, schau mal rein. Ich würde mich jetzt gern aufs Ohr legen, war ein langer Flug …«

Der alte Brooks lächelte. »Entspann dich, mein Alter.«

Als Fuller am nächsten Morgen gegen acht aufwachte und nach unten ging, saß Brooks bereits an seinem Schreibtisch.

»Morgen, Max, gut geschlafen?«

»Wie 'ne Leiche.«

»Drüben stehen Kaffee und Toast.«

Er stand auf, setzte sich zu Fuller an den Küchentresen und füllte seinen Kaffeebecher auf. Fuller gähnte und rieb sich die Augen. »Bis du schon wach oder immer noch?« Anders als sein Freund brauchte Fuller morgens mindestens eine Viertelstunde und einen Kaffee, um verhandlungsfähig zu werden.

»Schon?«, antwortete Brooks. »Es ist acht.«

»Eben.«

Brooks schüttelte den Kopf. »Wer nach der Sonne aufsteht, schafft sein Tagwerk nicht. Ich hab mir die Papiere über den jungen Cuttler und seine Idee durchgelesen, habe mir diese ZERO-Seite im Netz angeschaut und ein bisschen gegoogelt. Cuttler und seine ZERO-Bewegung, das sind echte Jünger von Fisher, aber noch einen Zacken schärfer.«

»Heißt?«, fragte Fuller und rührte Rohrzucker in seinen Kaffee.

»Heißt, dass diese Idee durch das Internet noch eine ganz

neue Dimension bekommen hat. Fisher und Gesell stellten sich das Ganze damals als lokales, regionales Programm vor und ermunterten Gemeinden und Landkreise, ihr eigenes Geld zu emittieren. Aber mit dem Web sind Lokales und Globales zusammengerückt, und mit dem ZERO kannst du mittlerweile schon in Onlineshops in Europa einkaufen oder Ferienhäuser auf Jamaica mieten.«

Fuller gähnte. »Gut, aber das sind trotzdem nur ein paar Internetfreaks, die sich untereinander mit Muschelgeld bezahlen.«

Brooks schüttelte den Kopf. »Beileibe nicht. Allein im Monat nach dem Bankencrash im September 2008 haben sich über viertausend Einzelhändler und Dienstleister dem System angeschlossen. Zugegeben, dieses Wachstumstempo konnten sie in den Monaten danach nicht halten, aber es wächst immer noch rasend schnell – und mit jedem, der dazukommt, wird das Ganze für alle attraktiver. Dein Freund Nick hat schon recht, wenn er in seinem Briefing von einer Revolution in den Startlöchern schreibt.«

»Der schreibt immer so«, winkte Fuller ab. »Nick übertreibt, wo er kann, der sollte Science-Fiction …« Er bremste sich, als er Brooks' Blick bemerkte. »Matt – Nick ist doch auch so ein Nerd, klar, dass der darauf abfährt. Aber ich kann mir nicht vorstellen, dass irgendein Boss an der Wall Street zwei Killer engagiert, um diesen Cuttler deshalb umzunieten.« Fullers Gehirn hatte langsam Betriebstemperatur erreicht. »Vor allem, weil das gar nichts nützt, denn das Muschelgeld ist ja nicht an seine Person gebunden, das gibt's ja weiterhin. Warum also dem Bengel deshalb ein Loch in den Kopf machen?« Er nahm einen Schluck aus der Tasse und schüttelte den Kopf. »Sogar Killer können logisch denken.«

Brooks hob die Schultern. »Ich sage nur, dass du dich täuschst, wenn du dieses Muschelgeld für eine Kinderei hältst. Das ist es nicht, im Gegenteil, es ist in höchstem

Grade subversiv – und gefährlich, für die Bankster und ihre Milliardäre, die herrschende Klasse. Aber auch die Kommunisten konnten sich damit nie anfreunden, weil es nach Marx allein auf den Besitz der Produktionsmittel ankommt und Geld und Zins gar keine Rolle spielen auf dem Weg zu einer gerechten Gesellschaft.«

»Mag ja sein«, erwiderte Fuller, »mit Marxismus hatte Cuttler junior vermutlich nichts am Hut – oder doch? Ich werde mir die Kommune jedenfalls heute mal anschauen, obwohl ich nicht glaube, dass das was bringt. Aber vielleicht kriege ich ja einen grünen Tee. Oder steht in Nicks Dossier auch was von freier Liebe?«

4

Dass Matt Brooks neben dem umweltfreundlichen Miniauto seinen gemütlichen alten Ford Pick-up behalten hatte, wusste Fuller zu schätzen, als er wenig später den Highway Richtung Nordosten nahm. Die ZERO-Kommune befand sich im San Joaquin Valley, am Ufer eines Sees nahe Selma, Nick hatte die genaue Position auf einem Kartenausdruck angekreuzt.

Als Fuller an der letzten Ortsausfahrt eine Tankstelle mit einem kleinen Restaurant sah, hielt er an. Es war kurz vor elf, ein zweites Frühstück konnte nichts schaden. Vor dem Restaurant saßen zwei klapprige Männer auf klapprigen Stühlen und blinzelten in die Frühjahrssonne.

Fuller nickte ihnen zu, betrat den leeren Gastraum und wartete.

»Guten Morgen, Sir, was kann ich für Sie tun?«

Fuller wandte sich um. Einer der beiden Alten war ihm gefolgt. Er trug einen sauberen Overall mit einem Texaco-Logo und lächelte beim Näherkommen.

»Morgen, ich hätte gern einen Kaffee und ein paar Rühreier, wenn's geht.«

»Kein Problem, Kaffee kommt sofort, die Eier in zehn Minuten – Elly, einmal Rührei!«, brüllte der Texaco-Rentner nach hinten, Richtung Küche, und wandte sich wieder Fuller zu. »Wollen Sie's schattig oder draußen?«

Fuller entschied sich für den Tisch im Freien, ging voraus und nahm Platz. Der zweite Mann, weißhaarig und mit einem karierten Hemd bekleidet, sah ihn an. Sein Grinsen war ebenfalls offen, aber wegen der fehlenden Zähne ein bisschen weniger freundlich als das von Mr. Texaco.

»Schönes Wetter heute!«, maulte der Zahnlose.

Fuller streckte sich auf dem Stuhl und nickte. »Wunderschön.«

»Ja!«, brüllte der Alte. »Wird auch Zeit, wird aber auch Zeit!«

Texaco brachte den Kaffee und einen Korb mit Brot. »Eier dann in acht Minuten.«

»Danke für die präzise Auskunft. Können aber auch achteinhalb sein, ich hab's nicht besonders eilig«, sagte Fuller.

»Wo soll's denn hingehen?«, sagte der Wirt, der sich wieder auf seinen Stuhl gesetzt hatte.

»Ich will zu dieser Kommune hier in der Nähe, ZERO … Carl Bernfield«, stellte Fuller sich vor, »*Vanity Fair.* Wir machen eine Serie über alternatives Leben im 21. Jahrhundert. Kennen Sie die Leute?« Fuller fingerte seine Sonnenbrille aus der Jackentasche und setzte sie auf.

»Oh, die Cuttler-Kids.« Texaco schob anerkennend die Unterlippe vor. »Ja, klar. Klar kennen wir die, und er, Jimbo« – der Wirt deutete mit dem Daumen auf den Zahnlosen – »kannte sogar noch den Großvater …«

»Großvater?«, fragte Fuller. »Wie lange gibt's denn die Kommune schon?«

»Naa, das ist ja erst fünf oder sechs Jahre her, wie Davy hier mit sein' bunten Vögeln angekommen is'. Aber 120 Jahre davor, da hat ja sein Opa, Ronald, hier die Eisenbahn betrieben, und da am See unten, da war ein Camp für die Arbeiter, da wo jetzt Davy seine Kommune wohnt. Weil, Ronnie hat ja die Trans-Pacific Railroad besessen, der war'n Eisenbahnbaron.«

»Räuberbaron, Räuberbaron!«, bellte der alte Jimbo dazwischen. »Fünf Cent die Stunde für die Maloche im Kohlebergwerk!« Ein veritabler Hustenanfall stoppte ihn.

»Jimbo hat in der Depression, damals, in den Dreißigern, als kleiner Junge noch für die TPR schuften müssen«, ergänzte der Wirt. »Hat er nicht vergessen, ist nachtragend, Jimbo, obwohl die Strecke jetzt schon seit fast vierzig Jahren stillgelegt ist.«

Jimbo hatte aufgehört zu husten und nickte zustimmend.

Aus der Küche erklang ein bestialisches Bellen. Texaco stand auf, ging nach drinnen und kehrte kurz darauf mit einem radkappengroßen Teller zurück, auf dem ungefähr zwei Kilo Rühreier und Speck gestapelt lagen.

»Kommt noch jemand zum Essen?«, fragte Fuller.

Die beiden älteren Herren sahen ihn verständnislos an. Fuller winkte ab und grub seine Gabel in den gelben Berg.

»Die Kommune hat das Gelände also geerbt?«, fragte Fuller.

»So wird das wohl gewesen sein«, sagte der Wirt, »jedenfalls kam der junge Cuttler hier an, 2003 war das, oder?«

Jimbo nickte.

»Und dann haben die angefangen zu bauen, auf dem Gelände zu bauen, diese merkwürdigen Häuser, die sie *Domes* nennen ...«

»Alles Außerirdische!«, fuhr Jimbo wieder dazwischen.

»Na, das wohl nich'«, sagte Texaco. »Bisschen verrückt sind sie aber schon, vor allem diese Mädels mit den Ringen in der Lippe, Brillanten an der Nase und denen ihre Tattoos, ich sag Ihnen, an Stellen, da kann man gar nicht hin...« Texaco grinste Fuller an. »Aber nett sind sie. Tun ja keinem was. Und sie haben was gemacht aus dem Gelände, muss man schon sagen.«

Fuller mampfte sein Rührei und goss einen großen Schluck Kaffee hinterher.

»Wahnsinnige sind das, Kommunisten!«, krächzte Jimbo.

»Ich denke, Außerirdische?«, sagte Fuller.

»Außerirdische Kommunisten!«

»Ach, Jimbo, das verstehst du nicht.« Texaco klopfte seinem Freund besänftigend auf den Oberschenkel.

»Er meint das elektronische Geld, diesen ZERO, den sie da entwickelt haben?«, fragte Fuller.

»Ja.« Texaco nickte. »Mag Jimbo nicht. Mögen hier viele nicht. Aber bei mir können sie auch damit bezahlen.« Er zeigte schräg hinter sich an die verglaste Eingangstür zum Gastraum, über den Aufklebern der üblichen Kreditkartenfirmen klebte ein großer Sticker: *One world – one currency: ZERO.*

»Jimbo ist dafür zu alt«, sagte Texaco, als wäre Jimbo nicht da oder weggetreten, »für den ist das ganze Internet Teufelszeug, aber ich find's praktisch. Und wenn einer mit ZERO zahlt, die er auf seinem Handy oder so'm USB-Stick hat, is mir das lieber als 'ne Kreditkarte, weil, da werden mir ja gleich immer Prozente abgezogen.«

Fuller nickte und lächelte: »Bargeld nehmen Sie aber auch noch, oder?«

»Klar, aber was das noch wert ist, sehen Sie doch an den Spritpreisen. Drei Dollar für 'ne Gallone? Wenn mir das einer vor ein paar Jahren erzählt hätte, den hätt' ich für verrückt erklärt. Noch 'n Kaffee?«

Fuller nickte. Wenn schon der lokale Tankwart den ZERO akzeptierte, schienen Nick und Matt doch nicht so ganz unrecht zu haben. »Kann man auch noch in anderen Läden hier in der Gegend mit ZERO zahlen?«

»Hier im Ort? Fast bei allen, würde ich sagen, also, außer bei den großen Ketten wie beim Walmart. Aber sonst ... sogar der Pfarrer hat sich letztes Jahr einen Account eingerichtet, als er für die Reparatur des Kirchendachs Spenden gebraucht hat.«

»Die nehmen's vom Lebendigen!«, raunzte Jimbo dazwischen, »Aasgeier allesamt, katholische Aasgeier ...«

Texaco sah Fuller an und zuckte entschuldigend die Achseln. »Dem kann man nichts mehr recht machen, das geht schon seit zwanzig Jahren so, aber er ist 88 und immer noch topfit, bis auf die Zähne. Typischer Fall von KdN, sagt Elly immer, Kraft durch Nörgeln.«

Fuller grinste den Alten an, der das Gesicht verzog und eine wegwerfende Handbewegung in Richtung seines Kumpels machte.

»Und was machen Sie mit den ZEROs, die Sie hier an der Tankstelle einnehmen, wie funktioniert das?«, fragte Fuller.

»Ganz einfach«, antwortete der Wirt, »ich bezahl damit den Bäcker, der mir die Brötchen liefert, das Bier von der Mexicali-Brauerei oder die Eier von der Hühnerkooperative. Letzten Monat musste ich hier die Auffahrt neu asphaltieren lassen, hab ich auch in ZERO bezahlt. Hat mich 5000 gekostet, aber 4000 hab ich auf Kredit bekommen, ohne Zinsen, den zahle ich jetzt ein Jahr lang ab. Kein Thema. Hab auf der ZERO-Website den Antrag und Projektbeschreibung ausgefüllt, zwei Stunden später hatte ich 'ne Zusage.«

Fuller sah auf die frisch geteerte Ausfahrt, die am Rand von großen tönernen Blumenkästen begrenzt war. Was Matt ihm erzählt hatte – dass das sogenannte Schwundgeld zu einem schnellen Geldumlauf und leichter Kreditvergabe führt, weil niemand das Geld behalten will, sondern sofort wieder investiert –, schien zumindest hier zu funktionieren. Und wenn er sich daran erinnerte, wie er noch vor ein paar Jahren um eine Überziehung seines Dispos bei der Bank förmlich hatte betteln und dafür sagenhafte 21 Prozent Zinsen bezahlen müssen, schien so ein kostenloser ZERO-Kredit geradezu paradiesisch. Und dieser Tankwart und Cafeteria-Besitzer war alles andere als ein alternativer Traumtänzer, der utopischen Spinnereien nachhing.

»Wie war das eigentlich mit diesem Raubmord vor zwei Wochen?«, fragte Fuller möglichst beiläufig. »Der junge Cuttler wurde erschossen?«

Texaco konnte auch anders als freundlich blicken. Zum Beispiel verdammt skeptisch.

»Haben Sie davon was mitgekriegt?«, fragte Fuller.

Der Wirt schüttelte den Kopf. »Nein«, sagte er, »nur, was in der Zeitung stand. Und unser Sheriff weiß auch nicht viel mehr, weil sich sofort das FBI eingeschaltet hat. Soll einer nachts aufs Gelände gefahren sein.«

»Oder drei.«

»Oder drei.« Texaco zuckte die Achseln.

»Alles drogenabhängige Kommunisten!«, brüllte Jimbo.

»Wahrscheinlich«, sagte Texaco. »Aber selbst wenn der hier vorbeigefahren wär, hätt' ich nichts gesehen, ich mache den Laden hier abends um zehn zu.«

Fuller nickte.

»Aber von den Kids da oben«, nickte der Wirt in Richtung Seeufer, »war das bestimmt keiner. Die kenn' ich fast alle, und die haben Davy alle gemocht, war ja ihr Bürgermeister, sozusagen. Schon tragisch, das Ganze.«

Fuller nickte, legte einen Zehner auf den Tisch, erhob sich und hielt dem Tankwart die Hand hin. »So ist das Leben«, sagte er und schüttelte die Pranke des Alten.

»Sie kriegen noch was raus.«

»Für die Köchin«, sagte Fuller. Er hielt auch Jimbo die Hand hin, aber Jimbo nickte ihm bloß grimmig zu. Offenbar hatte er sich noch nicht entschieden, ob nicht auch Fuller ein drogensüchtiger außerirdischer Kommunist war. Fuller beließ es bei einem freundlichen Nicken.

»Und sagen Sie Elly, dass sie fantastische Rühreier macht. Nächstes Mal zahle ich mit ZEROs.«

»Das mit den Eiern sag ich ihr gern.«

Fuller nickte erneut, ging zu seinem Wagen und stieg ein. Sein Handy auf dem Beifahrersitz zeigte mit blauem Blinken den Eingang einer SMS an. »Habe Layla eben gemailt«, schrieb Nick, »sie erwartet dich.«

5

Das Erste, was Fuller von der kleinen Ansiedlung sah, waren die Scheiben einer großen Glaskuppel, die in der Sonne glänzten. Die Kuppel schien aus lauter Sechsecken zu bestehen, von denen einige aber nicht aus Glas, sondern aus einem schwarzen Material bestanden, sodass das Ganze von Weitem aussah wie ein überdimensionierter halber Fußball.

Fuller parkte seinen Wagen am Eingang des Geländes auf einem Parkplatz, auf dem bereits einige Autos und ein Kleinbus standen. An der Zufahrt zum Gelände saß in einer Art Pförtnerhäuschen, dessen Tür offen stand, ein junger Mann an einem Computer.

»Guten Morgen, Sir«, begrüßte er Fuller mit einem freundlichen Lächeln, »gehören Sie noch zu der Gruppe?«

Fuller schüttelte den Kopf. »Nein, ich bin mit Layla verabredet. Wo finde ich die?«

»Dann müssen Sie doch zur Gruppe, im großen Saal im Dom.« Der Pförtner zeigte auf das Glasgebäude. »Layla macht gerade die Einführungspräsentation für die Besucher, aber sie müsste gleich fertig sein.« Er sah auf seinen Bildschirm und nickte. »Ja, die sind schon vierzig Minuten drin. Sie können ruhig reingehen. Oder davor im Café warten.«

Fuller ging über einen gepflasterten Weg, der auf beiden Seiten von ordentlich frisierten Oleanderbüschen flankiert wurde. Zu seiner Linken sah er mehrere kleinere Holzhäuser mit schwarz glänzenden Solarkollektoren auf den Dächern. Auch die schwarzen Flicken in der großen Kuppel vor ihm, dem halbierten Fußball, entpuppten sich beim Näherkommen als Kollektoren. Dass das Ganze ein Dom war wie jene, die Max' berühmter Nachnamensvetter Buckminster Fuller in den Fünfzigerjahren des vorigen Jahrhunderts erfunden hatte, war Max bereits aufgefallen. Der Durchmesser dieses Exemplars betrug etwa fünfzig Meter, und seine untere, komplett verglaste Hälfte erinnerte an ein Gewächshaus. Unter einem großen Zeltdach rechts vor dem Eingang standen einige Tische und Stühle vor einem Tresen, links prahlte eine große Stelltafel, es handle sich bei dem Gebilde um ein Nullenergiegebäude. *Alle Energie, die im ZERO-Energy-Dom verbraucht wird – Beleuchtung, Klimatisierung, Ventilation –, erzeugt das Gebäude selbst!*

Fuller betrat den Dom. Im Inneren der Kuppel nahm ein großer weißer Würfel fast die gesamte Fläche ein und ließ nur an den Seiten einen Rundgang frei, an dessen Rand ein etwa ein Meter fünfzig breites Beet abgegrenzt war, üppig bepflanzt mit verschiedenen Gemüse- und Obstsorten. An der Seite des Würfels führten Wendeltreppen nach oben, wo direkt unter der Kuppelwölbung ebenfalls Pflanzen zu sehen waren – sowie einige Sitzgelegenheiten. Beim Betreten des Doms durch die Drehtür hatte Fuller sich an die viktorianischen Tropenhäuser erinnert gefühlt, die er bei seinem lange zurückliegenden ersten Besuch in London besichtigt hatte – auch da hatte dieser dumpfe, feuchte Geruch in der Luft gehangen, der Schlechtgelaunte an ihre eigene Sterblichkeit erinnerte und Zenbuddhisten selig lächeln ließ.

Vor Fuller führte eine breite Treppe nach oben zu zwei großen Türen, die offenbar in den Saal führten, das Zentrum des Würfels. Fuller wandte sich nach links und folgte dem mit Terracotta gepflasterten Rundgang. Tomaten, Salatköpfe, Brokkoli, ein Orangenbäumchen – die Anpflanzungen schienen keinem besonderen Plan zu folgen, und der Untergrund war nicht mit Erde und Torf bedeckt, wie er das aus dem Gemüsegarten seiner Großmutter in Oregon kannte, sondern mit Gras und Holzhäckseln. Dennoch schien diese Unordnung System zu haben, denn Fuller entdeckte Bewässerungsschläuche, Sprenkler und Vorrichtungen zum Öffnen der dreieckigen Glasfenster an den Seiten.

Nachdem er eine Runde gedreht hatte, nahm er die Treppe am Eingang und öffnete vorsichtig eine der Türen. In dem abgedunkelten Saal sah er etwa drei Dutzend Leute, vor der Bühne stand eine Frau mit einem Laserpointer, auf der Leinwand das Bild einer Präsentation, auf der man zwei wie von Kinderhand gezeichnete Häuschen sah. Über dem einen stand »Leihhaus«, über dem anderen »Bank«.

»Hier haben wir noch ein einfaches Beispiel für den Unterschied«, sagte die Frau. »Wenn Ihnen das Geld ausgeht und Sie dringend welches brauchen, können Sie Ihre Wertgegenstände verleihen. Eine echte Perlenkette oder eine wertvolle Schweizer Uhr. Sie bringen sie ins Leihhaus, hinterlegen sie als Pfand und erhalten Bargeld. Wenn Sie nach einer Weile wieder flüssig sind, zahlen Sie das Geld wieder ein und bekommen Ihr Pfand zurück. Oder – Sie gehen zu einer Bank. Auch die Bank will eine Sicherheit, ein Pfand von Ihnen, bevor sie Ihnen einen Kredit gibt – Sie müssen Ihre Lebensversicherung oder Ihr Grundstück als Sicherheit verpfänden. Genauso wie im Leihhaus, könnte man meinen. Aber genau das ist es nicht. Denn was macht der Leihhausbesitzer mit Ihrem Pfand? Er legt es in den Safe, bis Sie wiederkommen und es auslösen. Und genau das macht der Bankbesitzer nicht. Stattdessen verleiht er das Pfand, das Sie ihm gegeben haben, an jemand anderen weiter. Er verwahrt es nicht für Sie, sondern er macht damit Geschäfte. Und das Verrückte ist: Er verleiht es nicht nur einmal weiter, sondern fünfmal, zehnmal, zwanzigmal. Aus der realen Tatsache, dass Sie ihm ein Pfand, eine Sicherheit gegeben haben für, sagen wir, 1000 Dollar, macht der Banker 5000, 10000 oder gar 20000 Dollar. Dollar, die es nie gab und nie geben wird. Deshalb …«

Das nächste Bild der Präsentation wurde eingeblendet, es zeigte wieder zwei Häuser, doch war die Bank jetzt zehnmal so groß wie das Leihhaus.

»... kann das Bankhaus so extrem wachsen. Es hat, anders als das Leihhaus, das Ihre Uhr nicht weiterverleihen und schon gar nicht vervielfachen kann, die Möglichkeit, aus Ihrem realen Pfand ein Vielfaches an Geld zu zaubern. Keinem anderen Geschäft – keinem Kaufmann, keinem Bauern, keinem Uhrenfabrikanten, keinem Leihhausbesitzer – ist eine derart wunderbare Wertvermehrung möglich, nur einer Bank ist solche Magie erlaubt. Es ist, wie wir eingangs schon gesehen haben, letztlich nichts als ein Schneeballsystem, ein Pyramidensystem, ein Betrugsschema, bei dem die Letzten immer die Hunde beißen. Und die Letzten, das sind wir, die Kleinanleger, die Masse. Das sehen Sie an der aktuellen Krise der Großbanken, die angeblich nur mit unserem Steuergeld gerettet werden konnten. Aber sie werden nicht gerettet, denn ihre Magie, Geld aus dem Nichts zu schaffen und mit Zins und Zinseszins ins Unendliche zu vermehren, ist fauler Zauber, Schwindel, Betrug. Und es ist allerhöchste Zeit, aus diesem System auszusteigen. Mit dem ZERO haben wir jetzt alle die Möglichkeit dazu.«

Auf der Leinwand erschien ein Schriftzug: *Nichts ist so stark wie eine Idee, deren Zeit gekommen ist,* dann darunter das Logo des ZERO und das Motto: *Eine Welt – eine Währung.*

Das Licht wurde langsam heller, das Publikum begann zu applaudieren. Die Rednerin, die bisher etwas an der Seite gestanden hatte, ging in die Mitte des Raumes. »Ich danke Ihnen sehr für Ihre Aufmerksamkeit. John und Lisa aus unserem Team« – sie deutete zu einem seitlich der Bühne stehenden Tisch, an dem die beiden saßen – »werden jetzt gern Ihre Fragen beantworten. Wir sehen uns vielleicht später noch, wenn Sie einen Rundgang über das Gelände machen. Danke sehr.«

Die Rednerin nickte noch einmal freundlich in den Applaus, dann ging sie im Mittelgang des Auditoriums nach oben, wo Fuller neben der Tür stand. Bevor sie ihn erreichte, ging er nach draußen und hielt ihr die Tür auf. Sie nickte ihm zu, lächelnd, und Fuller lächelte zurück.

»Layla?«

Sie blieb stehen und sah ihn fragend an.

»Max Fuller.« Er hielt ihr die Hand hin. »Nick Larson hatte mich angekündigt …«

»Ah, ja. Hi, Max«, sagte Layla und reichte ihm die Hand, »gut, dass Sie da sind.« Sie strich sich über ihr dunkles Haar, das hinten zu einem Pferdeschwanz zusammengebunden war. »Kaffee?«, fragte sie und deutete in Richtung Café.

»Kaffee wäre prima«, antwortete Fuller und folgte ihr Richtung Ausgang. »Ist ja ein tolles Gebäude hier«, sagte er, »Gewächshaus, Gemüsegarten, Auditorium, Kinosaal – alles in einem.«

Layla blieb an der Tür stehen: »Ja, und vor allem energieneutral, das Haus verbraucht nur so viel Energie, wie wir mit den Solarzellen und der Wärme gewinnen. Das reicht selbst für den Beamer im Saal und im Sommer für die Kühlung. Und von den Permakultur-Pflanzungen können wir das ganze Jahr über Gemüse und Obst ernten.«

Fuller nickte. ZEROland war nicht die schräge Kommune, die er sich vorgestellt hatte, und Layla keine Durchgeknallte mit hektischem Blick. Sondern eine sehr normale, ruhige und attraktive junge Frau, die in ihrer Khakihose und dem engen schwarzen T-Shirt eher aussah wie Lara Crofts kleine Schwester mit abgeschlossenem Wirtschaftsstudium.

»ZERO«, sagte Fuller, um nicht gleich mit sämtlichen Türen ins Haus zu fallen.

Sie nickte. »Wie viel wissen Sie schon darüber?«

Die dunkelgrünen, klaren Augen, mit denen sie ihn ansah, ließen Fuller kaum eine andere Wahl, als mit offenen Karten zu spielen. »Ich verstehe eure Begeisterung. Aber mir scheint das Ganze doch eher eine coole Idee von ein paar Computerfreaks, selbst wenn es ein paar Hunderttausend sind. Dass es gleich auf die ganze Gesellschaft oder gar auf die globale Ebene übertragbar ist, glaube ich nicht.« Fuller hob entschuldigend Hände und Schultern.

Layla lächelte: »Wie groß müsste die Versuchsanordnung sein, bis Sie daran glauben? Wir sind jetzt vierhunderttausend. Wenn es vier Millionen sind oder vierzig, die den ZERO als Zahlungsmittel verwenden, glauben Sie dann daran? Dass der ZERO grundsätzlich funktioniert, müssen wir nicht mehr beweisen.«

Fuller sah sie fragend an.

»Sie haben oben im Dom ja nur den Schluss unserer Präsentation gesehen, Sie müssen sich noch das Video dazu im Netz ansehen. Geld beruht auf Vertrauen. Dem Vertrauen, dass eine Schuld zurückgezahlt wird. Die Banken haben dieses Vertrauen missbraucht und aus diesem Missbrauch ein gigantisches Geschäft gemacht. Die ZERO-Community stellt das Vertrauen quasi automatisch wieder her, indem sie das Geschäft mit Geld eliminiert und Geld wieder zu dem macht, was es ursprünglich war: das Mittel, der Maßstab, das Medium des Tauschs. Der ZERO ist reines Zahlungsmittel, und die Abwertungsgebühr sorgt dafür, dass niemand ihn hortet. Der ZERO bleibt flüssig, und genau das ist es, was Liquidität soll: liquide bleiben.« Sie hob ihr Wasserglas und prostete ihm zu.

Fuller hatte Mitleid. »Okay«, sagte er, »dann erklären Sie mir mal das System: Ich bin freier Autor und verkaufe meine Geschichten an Verlage und TV-Sender. Die zahlen mir einen Vorschuss, ich mache meine Recherchen, schreibe ein Buch und bekomme mein Honorar, in Dollar. CBS zahlt nicht in ZERO, der Time-Verlag oder andere auch nicht. Ich müsste also, wenn ich einsteigen wollte, einen Verlag oder einen Sender finden, der schon Mitglied bei euch ist und in ZERO bezahlt. Und ich müsste mir eine neue Wohnung suchen, die ich damit bezahlen kann. Und weil ich keine Dollar mehr habe, könnte ich nur noch in der Handvoll ZERO-Läden einkaufen, die in meiner Nähe sind, nicht in den drei Dutzend anderen im Block, und so weiter ...« Fuller schüttelte den Kopf. »Klingt nicht besonders reizvoll.«

Layla schwieg einen Moment und nahm einen Schluck von ihrem Kaffee. Über den Tassenrand sah sie ihn an. Wunderschöne Augen, dachte Fuller. Sie stellte die Tasse ab und setzte sich in eine aufrechte Position. »Gut« sagte sie, »das Gegenbeispiel. Sie sind Schriftsteller und wollen ein Sachbuch schreiben, zu einem brisanten und aktuellen Thema, das Tausende von Lesern interessiert. Für die Recherchen brauchen Sie fünf Monate, für das Schreiben nochmals fünf Monate. Wohnen, essen, eventuell reisen müssen Sie in dieser Zeit auch, sagen wir, das kostet alles 3000 im Monat, also 30000 Dollar. Dann kommen die Druckkosten, sagen wir 5000 Exemplare à zwei Dollar, macht 10000, zusammen 40000. Nehmen wir an, Sie stellen jetzt in der ZERO-Community einen Kreditantrag, bekommen diesen Betrag, und in zehn Monaten ist das Buch da. Wenn das Thema nur ein Prozent unserer Mitglieder interessiert, das wären im Moment 4000, und sie es über den ZERO-Onlineshop kaufen, sagen wir das Stück für 12 ZERO für eine gedruckte Ausgabe und 3 ZERO für ein E-Book, sind die Kosten schon wieder drin. Und immer noch 1000 Bücher auf Lager. Wozu brauchen Sie noch einen Verlag? Die Distribution und die PR laufen über das Internet, und jemanden, der Korrektur liest, finden Sie auch so.«

Fuller zündete sich eine Zigarette an und schüttelte den

Kopf: »Sorry, aber das ist doch ein bisschen naiv. Ein Autor will doch nicht nur eine Sekte von ZERO-Freaks erreichen, sondern möglichst alle – und die zahlen nun mal in Dollar oder Euro oder Pfund.«

Layla ließ sich nicht aus der Ruhe bringen. »Ist schon klar, im Moment sind wir noch relativ klein, aber mit unserm nächsten Schritt, der Transmissionsbank, werden wir den Ausstieg aus dem Dollar wesentlich erleichtern, das wird einen Quantensprung bringen …«

Fuller unterbrach sie: »Transmissionsbank? Was soll das werden?«

»Wie der Name schon sagt«, erwiderte Layla, »die Transmission der kranken, destruktiven Währungen in den nachhaltig gesunden ZERO ermöglichen.«

»Ich zahle also Dollar ein und bekomme ZERO dafür – zu welchem Kurs?«

»Die Transmission müssen Sie sich wie eine Freihandelszone vorstellen, in der die verschiedenen Währungen getauscht werden. Sie können zweigleisig fahren: die Miete weiter in Dollar zahlen, aber Ihren Internetprovider, der schon zu unserer Community gehört, in ZERO. Im Moment ist der Kurs eins zu eins, aber weil der ZERO stabiler ist, gehen wir davon aus, dass er bald mehr wert sein wird als ein Dollar.«

Layla lächelte, und Fuller schüttelte grinsend den Kopf. »Was für ein Gras baut ihr hier an? Oder woher sonst nehmt ihr diese Überdosis Optimismus?«

Layla atmete hörbar aus und sah ihn an. »Okay«, sagte sie, »kleiner Test für Anfänger. Welches Merkmal setzt sich in der Natur, in der Evolution durch: A, eine Gewohnheit, von der etwa 10 Prozent einer Spezies profitieren, oder B, eine, von der 90 Prozent profitieren?«

Fuller kniff die Augen zusammen: »Was gibt das hier? Glücksrad?«

»Sie wollten wissen, warum wir optimistisch und vom ZERO überzeugt sind. Also los, A oder B?«

»Ich war nie gut in Biologie, würde aber sagen: eindeutig B.«

Layla nickte. »Wenn Geld statt Zinsen für 10 Prozent der Geldbesitzer Umlaufgebühren für 90 Prozent der Gemeinde abwirft – der ZERO kostet 3 oder 4 Prozent Gebühr im Jahr, die in öffentliche Ausgaben investiert werden –, welches Konzept hat bei der nächsten Wahl mehr Chancen: A, weiter mit Zinsgeld in den Abgrund wie bisher, oder B, solider Aufschwung mit neutralem Geld, das allen nützt?«

»Sie sollten in die Politik gehen, Layla«, grinste Fuller.

»Der ZERO ist Politik. Aber zugegeben: Wir brauchen unterstützende steuerpolitische Maßnahmen, Spekulation mit Grund und Boden muss verhindert werden, denn darauf werden sich die Bankster stürzen, sobald der ZERO aus den Kinderschuhen kommt. Und die Steuern auf Arbeit müssen weg, stattdessen müssen die Produkte besteuert werden, dann wird Arbeit billiger, die Arbeitslosigkeit verschwindet. Das sind Rahmenbedingungen, die die Politik herstellen muss, den Rest schafft der ZERO.«

»Indem er dauernd weniger wert wird? Entschuldigung – das ist doch alles Schwachsinn. Rente zum Beispiel, für Sie vielleicht kein Thema, aber in meinem Alter will man schon wissen, wovon man in zwanzig Jahren leben kann. Die hundert ZERO, die ich bei euch anlege, sind dann nämlich wirklich zero, nichts mehr wert.«

Dass Layla immer noch ruhig dasaß und ihn freundlich anlächelte, obwohl er ein bisschen lauter geworden war, irritierte Fuller. Und während er noch nach dem nächsten Argument gegen diesen Schwachsinn suchte, kam sie ihm zuvor: »Erstens: Fragen Sie mal die Leute, die bei Fanny Mae oder bei Enron angelegt haben, was ihre Ersparnisse heute noch wert sind. Zweitens: Für Altersvorsorge können gewisse Beträge im ZERO-System von der Umlaufgebühr ausgenommen werden. Drittens: Das Spekulationsverbot für Grund und Boden führt dazu, dass immer mehr Land in öffentliche Hand kommt, die es nicht mehr verkauft, sondern auf hundert Jahre verpachtet. Aus diesen Geldern wird ein Grundsicherungsfonds für Kinder und Alte gespeist.«

»Der reinste Kommunismus ...«

»Nein. Endlich eine freie, von destruktiven Zinslasten befreite Marktwirtschaft. Endlich nachhaltige Investitionsbereitschaft dank sprudelnder Liquidität, freies Spiel der Ideen und Kräfte, weder zentralistische Planwirtschaft noch Bankster-Regime, Stärkung kleiner und kleinster Unternehmen und der Regionen ...«

Fuller schüttelte mit zusammengekniffenen Lippen den Kopf, und Layla unterbrach sich selbst: »Ich gebe Ihnen unsere Einführungs-DVD mit, aber jetzt«, unvermittelt ließ sie die rechte Hand auf die Tischplatte fallen, »sollten wir über David sprechen.«

Fuller nickte. »Ist mir recht.«

Sie stand auf. »Nicht hier draußen. Bei mir.«

Layla stand auf, deutete mit der Hand in Richtung des Weges, der zu einer Reihe kleiner Häuser führte, und ging voraus. Ein Stück links hinter dem Glasdom sah Fuller ein großes rundes Zelt, dessen Seitenwände hochgeklappt waren und das mit Teppichen und großen Kissen ausgelegt war, daneben eine Feuerstelle. Weiter entfernt noch ein kleines Kuppelgebäude, das fast vollständig mit Solarkollektoren bedeckt war und wie ein Schildkrötenpanzer aus dem Boden ragte. Auf dem Dach war eine große Satellitenschüssel montiert.

Layla war stehen geblieben und kam Fullers Frage zuvor: »Das ist die ZERO-Computerzentrale, das heißt, das Dach davon, sie hat zwei Stockwerke, die im Keller liegen. Unsere eigentlichen Server sind aber dezentral und weit weg von hier. Zu einfach wollen wir es den Bankstern ja nicht machen, den ZERO einfach auszuknipsen.«

Fuller schob sich die Sonnenbrille von der Stirn auf die Nase, bemühte sich um ein entspanntes Gesicht und nickte. »Und um die Feuerstelle werden abends Beschwörungstänze gegen Mammon und die Götter des Geldes aufgeführt?«

Das Lächeln, das sie ihm dafür schenkte, war schlecht gefälscht. »Wenn schon, dann Göttinnen. Für Fruchtbarkeit, Wachstum, Wohlstand waren schon immer die Frauen zuständig. Gaia, falls Ihnen das was sagt.«

Sie deutete auf ein Reihenhaus, das am Ende des Weges hinter einer Reihe Büschen zu sehen war, und ging weiter. Von der gemeinsamen Veranda gingen vier Haustüren ab, an deren erster Fuller ein gebrochenes Polizeisiegel auffiel. Layla ging daran vorbei, öffnete die nächste Tür zur Linken und ging voraus ins Innere.

Sie wies auf eines der beiden Sofas, die im kleinen Wohnzimmer des Hauses standen. »Setzen Sie sich, ich bin sofort wieder da«, sagte sie und ging eine hölzerne Wendeltreppe nach oben.

Fuller nahm Platz und sah sich um. An den ganzen hinteren Teil des Hauses war ein großes Glashaus angesetzt, mit Beeten und Pflanzen, wie er sie eben auch in dem großen Dom gesehen hatte. Durch Glaswände konnte er einen größeren Garten erkennen und dahinter eine Fläche in der Größe von zwei oder drei Tennisplätzen, die mit Solarkollektoren bestückt war. Daneben stand ein merkwürdiges Gestell, vier Stahlträger, die etwa sieben Meter in die Höhe ragten, wie vier überdimensionierte Tischbeine. Zwischen ihnen hing etwa auf halber Höhe eine große Kugel, die wie ein Globus aussah. Fuller war aufgestanden, um sich diese Konstruktion genauer anzusehen, als Layla zurückkam, mit einem MacBook und einer DVD in den Händen.

»Was ist das da?«, fragte Fuller. »Cape Canaveral für Gaia?«

Layla schüttelte den Kopf: »Das sind unsere Energiereserven, nur halb voll im Moment. Wenn sie gefüllt sind, ist die Kugel ganz oben.«

»Ziemlich aufwendig für eine Tankuhr.«

Layla setzte sich auf eines der Sofas. »Das ist keine Tankuhr, das ist die Batterie selbst. Wir speichern die überflüssige Energie, die über die Sonnenkollektoren hier auf dem Gelände gewonnen werden, mechanisch, indem wir die dreißig Tonnen schwere Kugel anheben. Wenn die aktuelle Energieproduktion nicht ausreicht, lassen wir das Gewicht sinken und treiben damit einen Generator an.«

Fuller kratzte sich am Kopf. »Gibt's hier irgendwas, was nicht die Lösung für alles ist?«

»Details«, sagte sie und nickte in Richtung Kugel, ohne hinzusehen. »Aber das ist vergleichsweise banal. Eine der rationellsten Speichermethoden, einfache Mechanik und wartungsfrei, ideal für Sonnenfarmen in der Dritten Welt und anderswo. Dies hier ist die erste größere Anlage dieser Art, und sie läuft seit zwei Jahren problemlos. David wollte …«

Sie verstummte und sah zu Boden. Zum ersten Mal brach die Fassade ihrer ruhigen Gefasstheit für einen Moment.

Fuller räusperte sich. »Es … tut mir wirklich leid, was mit Ihrem Freund passiert ist.« Er war nicht besonders gut in Sachen Beileid und hoffte, dass Layla nicht weinen würde. Weinende Frauen hatten ihn schon immer überfordert.

Aber Layla weinte nicht. »Danke«, sagte sie und sah ihn an, »dann lassen Sie uns alles dafür tun, seine Mörder zu finden.«

Fuller nickte, dankbar und beeindruckt. Sie klappte den Computer auf. »Sie haben meine Mails gelesen?«

»Ja, und alles, was in der Presse über den Fall erschienen ist – was ja nicht allzu viel war. Mein Partner Nick hat mir noch ein Dossier zusammengestellt, über Ihren Freund, über den ZERO, Ihre Kommune hier und so weiter. Und, äh ...«, Fuller zögerte einen Moment und räusperte sich: »Also, ich finde dieses ZERO-Projekt und dieses Gelände, Ihre Gemeinschaft hier, wirklich beeindruckend, aber wenn Sie glauben, dass unser Bankensystem und die Wall Street sich davon bedroht fühlen, überschätzen Sie Ihre Internetwährung einfach. Ich glaube, man muss die Täter in einer anderen Richtung suchen.«

Layla schüttelte energisch den Kopf: »Es wird ja in gar keiner Richtung gesucht; es gibt sonst weit und breit kein Motiv für einen Mord an David. Weder hier in unserer Gemeinschaft noch irgendwo sonst; und Raubmord ist einfach lächerlich. Sie können sich das Haus von David ansehen. Außer einem alten Powerbook, das die Mörder mitgenommen haben, gibt es da nichts zu rauben; keine Wertgegenstände und schon gar keinen einzigen müden Dollar. Nein. David wurde hingerichtet, und die Killer wurden von seinem Vater geschickt.«

Layla hatte die Schuhe abgestreift und saß im Schneidersitz auf dem Sofa. Die Bestimmtheit und Ruhe, mit der sie sprach, und die Direktheit ihres Blicks verliehen der jungen Frau eine Autorität, die Fuller für einen Moment unheimlich war. Kein Wunder, dass die ZERO-Leute Layla die Einführungsvorträge halten ließen, denn gegen die Ausstrahlung dieses Mädchens wirkt eine Condoleezza Rice wie ein Papiertiger.

»Selbst wenn es so wäre«, sagte Fuller, »dass euer ZERO die Macht der Banker und von Milliardären wie Cuttler bedroht, wäre die Bedrohung mit dem Mord doch nicht beendet, im Gegenteil. Nick hat mir erzählt, dass der Mord an dem Communitygründer bei allen eine Jetzt-erst-recht-Stimmung erzeugt hat.« Er schüttelte bedauernd den Kopf.

»Kriminalstatistisch gesehen stehen Eifersucht und Geld bei Erschießungsdelikten nicht zufällig ganz oben, und, sorry, er war Milliardärssohn. Wer erbt?«

Layla schüttelte den Kopf. »Als Davids Mutter sich vor 15 Jahren vom alten Cuttler scheiden ließ, wurde eine Art Voraberbschaft für David vereinbart, 50 Millionen Dollar. Er hatte keine Geschwister und auch keine Nachkommen, und er hat testamentarisch verfügt, dass sein gesamtes Vermögen im Falle seines Todes der ZERO-Stiftung zugutekommt. Aber das meiste steckt ohnehin schon in der Transmissionsbank. Also: keine Erbschaftsstreitigkeiten. Und auch kein Motiv für die Kommune. Aber Sie haben trotzdem nicht ganz unrecht.«

Fuller schaute Layla erwartungsvoll an.

»Der ZERO«, sagte sie, »ist nicht der eigentliche Grund für den Mord. Zumindest nicht direkt.« Aus ihrer Hosentasche zog sie einen USB-Stick. »Eine Woche vor dem Mord war David bei der Creative-Commons-Konferenz in New York. Am Abend zuvor hat er mir eine DVD gegeben und den Stick hier, seine Lebensversicherung. Seine Worte. Dann bekam ich drei Tage später die Nachricht, dass meine Mutter in Florida im Sterben liegt, und flog nach Miami. Einen Tag nach dem Tod meiner Mutter bekam ich die Mitteilung, dass David ermordet wurde. Da bin ich zusammengeklappt. Die Ärzte haben mir irgendwelche Beruhigungsmittel gespritzt, ich hab zwei Tage fast nur geschlafen, und das war gut so. Übers Wochenende war ich bei meinem Dad, am Dienstag war ich wieder hier, da waren die FBI-Ermittlungen schon abgeschlossen. In meinem Haus hier lag ein Schreiben, dass ich mich bei ihnen melden solle, wenn ich sachdienliche Hinweise zur Ermittlung geben könnte. Da erst fiel mir wieder dieser Stick ein.«

»Und?«, fragte Fuller. »Was ist drauf?«

»Unmengen Dokumente und E-Mails. Am interessantesten sind die, die David und sein Vater gewechselt haben, und ein gescannter Brief, den der Alte an einige Geschäftsfreunde geschrieben hat. Alles Multimilliardäre wie er, die er zu einem diskreten Treffen einlädt. Wie David da rangekommen ist, weiß ich nicht, aber er erwähnt das geplante Treffen in einer Mail, und sein Vater ist empört und bezichtigt ihn des Diebstahls.«

»Hat das Treffen stattgefunden?«

»Der Alte bestreitet es, er bestreitet sogar, dass die Einladung je ausgesprochen wurde.«

»Selbst wenn. Das wäre kein Hinweis auf gar nichts, außer dass der alte Cuttler sich mit Freunden treffen wollte. Wo ist die Verschwörung?«

Layla atmete tief ein und wieder aus. »Seit David klar geworden war, dass der ZERO funktioniert und damit bewiesen ist, dass eine Neuordnung des Geldsystems mit einfachen Mitteln zu leisten ist, wollte er die Netzwerke seines Vaters, des Großkapitals, nutzen, um diese Idee voranzubringen. Wir haben hier lange diskutiert, ob das überhaupt Sinn hätte, ob es nicht richtiger wäre, das Ganze langsam und von unten durchzusetzen. Ob wir nicht schlafende Hunde wecken, wenn wir ausgerechnet unseren natürlichen Feinden die Brillanz unseres Systems vorführen, das ihnen ja über kurz oder lang den Stecker rauszieht. Aber David wollte es versuchen, und anfangs ließ es sich auch gut an. Jedenfalls schien es so, aber letztlich war der Alte, der auf die Siebzig zugeht, wohl nur gerührt, dass sein einziger Sohn zu ihm zurückkehrt, und hat deshalb vorgeheuchelt, ihn zu unterstützen. In Wahrheit hat er mit ihm genau das getan, was er mit allen Menschen macht: sie ausbeuten und Profit daraus schlagen.«

Layla war aufgestanden und zur Küchenzeile gegangen. »Auch einen grünen Tee?«, fragte sie.

»Danke, nein«, sagte Fuller. »Was für einen großartigen

Profit kann ein Multimilliardär noch aus seinem Sohn schlagen, der seine paar Millionen schon in ZEROs verwandelt hat?«

Layla kam mit einem Becher zurück, in dem lauwarmes Wasser grüne Blätter aufquellen ließ. »Er kann ihm seine Ideen absaugen, sie von den Füßen auf den Kopf stellen und für seine Zwecke missbrauchen.«

Fuller runzelte die Stirn und versuchte sich zu erinnern, wie man Besessene am besten von ihren fixen Ideen kurierte.

Layla nahm einen Schluck Tee. »Vor etwa acht Monaten kam David begeistert von einem Treffen mit seinem Vater zurück. Das war das erste Mal, dass ich ihn positiv über seinen Vater sprechen hörte. In der Zeit davor hatte er bei ihm auf Granit gebissen, immer. Aber dann, nach einigen Monaten, schlug Davids Begeisterung um, zuerst in Resignation, dann in Misstrauen, und nach seinem letzten Besuch in Entsetzen.«

»Warum?«, fragte Fuller.

Sie zuckte die Achseln. »Er hat mit niemandem richtig darüber gesprochen, auch mit mir nicht. Aber er hat Andeutungen gemacht. Ich habe es nicht richtig verstanden, aber nach den E-Mails, die er mit seinem Vater danach gewechselt hat, und den anderen Dokumenten, scheint es darum zu gehen, dass sein Vater in seinem Konzern unter der Hand eine Ersatzwährung einführen wollte – oder bereits eingeführt hatte. Und nicht nur in seinem Megakonzern, der Hunderte Unternehmen und Betriebe umfasst, sondern auch in den Unternehmen der sechs anderen Big Player, die er diskret eingeladen hat.« Layla schwieg einen Moment. »Das wären Zehntausende Firmen, weltweit.«

»Ja, aber das ist doch wunderbar, dann habt ihr doch fast gewonnen, wenn die alle mitspielen«, sagte Fuller.

»Hätten wir«, sagte Layla, »wenn diese sieben Konzernherren wirklich auf den ZERO eingestiegen wären. Aber genau das haben sie wohl nicht getan. Wie und was sie genau getan haben, weiß ich nicht, und David macht in dem Briefwechsel mit seinem Vater nur Andeutungen, dass sie die Idee pervertiert hätten. Und er droht seinem Vater, die Absprachen der Sieben an die Öffentlichkeit zu bringen, wenn sie ihre Pläne in die Tat umsetzen. Und deshalb musste er sterben.« Layla sah ihn an.

»Haben Sie dem FBI den USB-Stick gezeigt?«, fragte Fuller.

»Ja, natürlich.« Layla nickte. »Und ich hab den Beamten vier Stunden lang, noch viel ausführlicher als Ihnen jetzt, alles erzählt. Aber es hat sie nicht wirklich interessiert. Und als ich zum vierten oder fünften Mal nachfragte, ob es weitere Ermittlungen gäbe, jedes Mal abgewimmelt wurde und am Ende nur hörte, man hätte die Dokumente geprüft und keine Anhaltspunkte auf mögliche Täter gefunden, habe ich die Nachricht an eure Whistleblower-Adresse geschickt.«

Fuller nickte. »Kann ich eine Kopie von dem Stick haben?«, fragte er. »Und kann ich hier heute irgendwo übernachten? Ich würde gern noch mit ein paar Leuten sprechen.«

»Ja«, sagte Layla. »Ich habe im Gästehaus ein Zimmer für Sie reserviert. Und das hier« – sie reichte ihm den USB-Stick – »ist bereits Ihre Kopie. Sie kriegen noch die DVD dazu, aber fragen Sie mich nicht, was da alles drauf ist, ich glaube, alles, was David überhaupt je gelesen, geschrieben und gesammelt hat.«

Sie stand auf und sah auf ihre Uhr. »Um fünf Uhr ist Yoga-Session im Zelt – da können Sie gerne teilnehmen, zwanzig Minuten –, und um sieben habe ich noch eine Präsentation im Dom für eine weitere Gruppe. Danach hätte ich dann wieder Zeit, wenn Sie noch Fragen haben. Und morgen den ganzen Vormittag. Jetzt würde ich Ihnen gern Ihr Zimmer zeigen.«

Sie gingen ein Stück des Weges zurück und bogen dann nach rechts ab zu einem Bungalow mit einer Veranda, von der vier Türen abgingen. Layla öffnete eine davon und ging voraus. Der Boden war mit Terracotta gefliest, die Wände beige verputzt, ein großes Bett, Schrank, Schreibtisch, zwei Stühle.

»Der Luxus des Einfachen«, sagte Fuller, »alles, was der Mensch braucht.«

Layla nickte. »WLAN gibt es auch. Der Username ist ›Gast‹, das Passwort ›Zerozero‹. Kommen Sie mit zum Yoga?«

Fuller hob abwehrend die Hände und grinste schief. »Danke. Sonnengruß am Nachmittag ist nicht in meiner Zeitzone. Ich schau mir lieber mal die DVD und die Dokumente an.«

Layla nickte. »Wir sehen uns später.«

Sie wandte sich zum Gehen, und Fuller sah ihr nach. Ein wunderbares Mädchen, dachte er, nur leider komplett paranoid.

6

Fuller legte sich aufs Bett. Durch die halb geöffnete Tür schienen die letzten Strahlen der Nachmittagssonne ins Zimmer, und im Gegenlicht konnte er einen Teil des Zelts erkennen, in dessen Rund die Kommunarden ihre Yoga-Übungen absolvierten.

Für diese Techniken, für fernöstliche Weisheiten und Mystik, schwer angesagt schon in seiner Collegezeit, hatte Fuller sich nie wirklich begeistern können. So locker und sympathisch die Hippies und Blumenkinder damals auch gewesen waren und sosehr er sich mit 17 für Mädchen mit hennagefärbten Haaren und fast durchsichtigen indischen Seidenblusen interessiert hatte – sobald sie missionarisch geworden waren mit ihrem Yin und Yang und Wassermannzeitalter-Blödsinn, hatte er unweigerlich allergisch reagiert. Sich von der starren herrschenden Denkungsart zu befreien, wunderbar; aber nur, um sich direkt nach der Befreiung im neuen, nunmehr fernöstlichen Dogma häuslich einzurichten – das schien ihm dann doch auf besonders blöde Weise konservativ. Als ein paar Jahre später das New Age in Blüte stand, hatte er für *Harper's* einen Essay geschrieben – *Esoterik? Okay! – Esoterror? Nein, danke!* – und den naiven Weltrettungsquatsch einiger Szeneapostel nach Strich und Faden gegeißelt.

Gleichzeitig hatte ihn aber fasziniert, wie sich die neuesten Erkenntnisse der Quantenphysik sehr wohl mit den Aussagen zweitausend Jahre alter Weisheitsbücher deckten, nicht aber mit dem Weltbild des modernen, rationalistischen Materialismus. Als recherchierender Journalist war er zwar generell hinter Tatsachen und Fakten her wie der

Teufel hinter der armen Seele, doch oft genug, vielleicht zu oft, hatte er feststellen müssen, dass scheinbar harte Fakten sich bei näherer Betrachtung als brüchige Fassaden erwiesen und von den Medien mit Inbrunst hinausposaunte »Tatsachen« als Fiktionen, Fälschungen, Täuschungen. Und das hier, diese millionärsgesponsorte CO_2-neutrale Öko-Hippie-Kommune, war zwar real und durchaus sympathisch, aber dass sie mit ihrem Spielgeld ein Killerkommando auf den Plan gerufen haben sollte, gehörte in Fullers Augen nach wie vor ins Regal zwischen Fiktion und Paranoia.

Er fuhr sein Notebook hoch und überflog die Dokumente auf dem Stick – ein paar Dutzend E-Mails, die Cuttler junior und senior ausgetauscht hatten, dazu die pdf-Datei des Einladungsbriefs, den der Alte angeblich an seine Milliardärskollegen geschickt hatte. Immerhin, Laylas Bericht entsprach so weit der Wahrheit. Wirklich Präzises ging aus dem E-Mail-Wechsel allerdings nicht hervor, und das Schreiben des Alten lud lediglich zu einem Charity-Frühstück auf eine Airbase in Kansas – »für keinen von Euch mehr als zwei Flugstunden entfernt« –, um dort »die Sache endgültig zu besiegeln«.

In dem Verteiler, der am Ende des Schreibens aufgeführt war, fanden sich sechs Namen aus den obersten Rängen der *Top 50,* die das *Forbes Magazine* regelmäßig veröffentlichte: Hector Barrita, Wendell Barnes, Stan Milowski, Samuel Silverman, Charles Keen und John Bodano. Fuller hängte die Files des USB-Sticks an eine E-Mail an Nick und hatte gerade auf Senden geklickt, als ihn eine dröhnende Lastwagenhupe aufschreckte. Erst eine Sekunde später erinnerte er sich an das von Nick präparierte iPhone und nahm das Gerät fluchend aus der Hosentasche.

»Kann das Ding auch normale Klingeltöne?«, fragte er in die Leitung.

»Klar«, sagte Nick. »Aber wie öde ist das denn?«

»Ich mag öde, ich bin schon über siebzehn.«

»Wieso stellst du eigentlich den Peilsender nicht an, ich hab dir den doch nicht umsonst mit…«

»Wenn das angeht«, sagte Fuller, »denke ich, ich werde überfahren! Wie kann ich den Ton an diesem Scheißding ändern?«

»Brüllen reicht nicht, Max, so schlau ist nicht mal dein iPhone.«

»Ich will mein Nokia wiederhaben.«

»Du klickst auf *Einstellungen* und *Töne,* da kannst du dir Klingeltöne aussuchen. Benutzerfreundlich, für Höhlenmenschen, das schaffst sogar du, *Einstellungen* und dann *Töne,* aber der Sender, warum …«

Fuller unterbrach ihn erneut: »Weil es keinen Grund gab, den einzuschalten, keine unvorhersehbaren Ereignisse, bin seit heute Mittag hier, hab bis eben mit Layla gesprochen.«

»Und?«, fragte Nick.

»Nichts und. Ihr würdet euch prima verstehen, das Mädchen glaubt auch an die große Weltverschwörung. Sie ist absolut sicher, dass der alte Cuttler dahintersteckt. David hatte *angeblich* irgendwas über irgendwelche *angeblichen* Machenschaften seines Vaters herausgefunden, beziehungsweise die eines *angeblichen* diskreten Clubs von sieben Milliardären, dem sein Vater angehört, und der Junge hat offenbar gedroht, damit an die Öffentlichkeit zu gehen. Layla hat mir eine Kopie des USB-Sticks gegeben, den David ihr eine Woche vor seinem Tod zur Aufbewahrung gegeben hatte – aber sie sagt selbst, dass sie nicht richtig schlau daraus wird. Geht mir genauso. Ich hab mir das gerade mal angesehen und dir eine Kopie geschickt.«

»Könnte aber passen, das mit den Sieben«, sagte Nick. »Ich hab dir gerade auch ein paar Infos gemailt, die ich über Cuttler senior recherchiert habe. Aber die passen nun auf den ersten Blick gar nicht: Der Alte scheint ein Bilderbuchkapitalist und Gutmensch vor dem Herrn zu sein und so ganz und gar kein gemeiner Sohnesmörder. Und sein bester Kumpel, Hector Barrita, Platz drei in den weltweiten Kohlecharts, Telekommilliardär, 78, ist sogar noch ein viel besserer Gutmensch. Hat vor ein paar Jahren eine russische Miss geheiratet, damals Anfang 30 – so was sollte verboten sein –, und ist danach offenbar zum Buddhismus übergelaufen. Seitdem wirft der mit Großspenden nur so um sich, hat diverse philanthropische Stiftungen am Laufen. Für einen dieser Vereine hat der alte Cuttler vor Kurzem lässige 200 Millionen lockergemacht.«

»Nicht schlecht«, sagte Fuller.

»Nee, gut. Viel zu gut, und zwar alles. Was Negatives ist auf die Schnelle gar nicht zu finden über die beiden. Aber schau dir an, was ich gemailt hab. Ich suche weiter. Und ich finde auch was, garantiert, sonst geht nämlich mein ganzes Weltbild in die Grütze. Die Brüder sind derart barmherzig, das geht gar nicht. Und jetzt schalte bitte mal den Sender ein – ich will wissen, ob der funktioniert.«

Fuller schüttelte den Kopf und machte sich an seiner Armbanduhr zu schaffen. Seit Nick nicht mehr nur über Omas Erbschaft verfügen konnte, sondern zudem über einen Teil des Budgets der *Invisible Academy*, hatte sich sein Faible für technische Gerätschaften in Fullers Augen zu einer echten Vollmeise ausgewachsen, und der letzte Schrei war die Uhr, die er seit seiner Abreise am Handgelenk trug. Ein gefälschter IWC-Chronograph, in dem statt einem präzisen Schweizer Laufwerk ein billiges Quarz-Uhrwerk und ein Peilsender untergebracht waren.

»Über Google Latitude kann ich dein Phone jederzeit orten, aber wenn du wieder zielsicher in irgendeine Bredouille latschst, nehmen sie dir das zuerst ab. Aber nicht die Uhr …«, hatte Nick dieses *gadget* kommentiert, und Fuller hatte ihm den Gefallen getan, das Ding zu tragen.

»Okay, Max«, sagte Nick jetzt, »ich hab dich auf dem Schirm, lass es an, die Batterie hält mindestens einen Monat.«

»Stell dir vor, ich möchte gar nicht, dass du immer weißt, wo ich bin.«

»Ich werd dich nie zur Rechenschaft ziehen, wenn du mal länger als zehn Minuten auf dem Klo hockst.«

»Na, herrlich.«

Nick lachte. »Deine Mail ist gerade reingekommen, ich kümmere mich mal um die anderen Jungs und schicke dir ein Briefing, wenn ich durch bin. Ach so, und Liz …«

»Liz ist noch da?«

»Nein, sondern gerade mit Debbie beim Kung-Fu. Fliegt wie geplant heute Abend, aber deinen Abgang fand nicht nur sie komplett *Movie of the week.* Also, nichts für ungut, Alter, aber wenn du meine Meinung …«

»Verzichte dankend, da lese ich doch lieber 'ne Frauenzeitschrift. Vielleicht nimmst du einfach zur Kenntnis, dass nicht nur Frau Professor Doktor Neuropharma manchmal Wichtiges zu tun hat, sondern auch ich. Und sei es nur, paranoiden Hirngespinsten irgendwelcher Neohippies die Luft aus den Reifen zu lassen. Bis später.«

Fuller tippte die Verbindung weg und danach auf die Symbole für »Einstellungen« und »Töne«. Nick hatte ihm wirklich eine beindruckende Liste von selbst geschneiderten Klingeltonsequenzen auf das Gerät gepackt. Er entschied sich für »Little Wing«.

»Oh, ein neuer Gast!«, sang unvermittelt eine Frauenstimme in die Anfangsakkorde der unsterblichen Jimi-Hendrix-Ballade.

Fuller blickte auf. In der immer noch halb offenen Tür sah er zuerst das Gesicht einer Frau mit dunkeln, von Kajalstrichen umrahmten Augen und einem Batik-Stirnband, das wallendes Mahagoni im Zaum hielt.

»Ich bin Elfie, von nebenan«, lächelte sie.

»Äh, hallo … Max.« Normalerweise reagierte Fuller schnell und schlagfertig, aber der Anblick seiner Besucherin brachte ihn ins Stottern. Eben noch hatte er beim Anblick der Yoga-Schüler an die Mädchen seiner Collegezeit denken müssen, die nach Patschuli dufteten und keine BHs trugen, und jetzt stand mit Elfie ein typisches Exemplar vor ihm – ein paar Jahre jünger als er, aber im klassischen Outfit und unter der verblüffend transparenten Seidenbluse mit zwei prallen nackten Brüsten, die es mit denen jeder Zwanzigjährigen aufnehmen konnten.

»Ein … Freund von Layla«, sagte Fuller und bemühte sich um einen möglichst beiläufigen Tonfall. »Nur heute hier.«

»Ach, Layla, die Arme, furchtbar, das mit David. Aber sein Tod wird bestimmt nicht umsonst gewesen sein, das ist mal sicher«, sagte Elfie.

Fuller runzelte die Stirn und versuchte sich auf ihr Gesicht zu konzentrieren.

»Wie das?«, fragte er und deutete mit der Hand auf den zweiten Stuhl. »Setz dich, bitte – warst du hier, als das passiert ist?«

Elfie ließ den Stuhl links stehen und nahm auf dem Bett Platz, im Schneidersitz. »Nein«, sagte sie, »ich bin erst seit drei Tagen hier, zu einem Intensivseminar über den ZERO. Aber was ich über den Mord gehört habe …« Sie machte eine Pause, Fuller sah sie erwartungsvoll an. »Mein Arbeitsfeld ist astrologische Tiefenpsychologie, Einfluss des Kosmos auf die kollektive Psyche.« Elfie setzte sich etwas aufrechter und nahm beide Hände an die Hüften. »Der Zeitpunkt des Mordes an David ist absolut signifikant. Er markiert exakt das Ende der Saturn-Neptun-Opposition, eine Phase der extremen Spannungen, des Aufeinanderprallens der Gegensätze, von Hoffnungen, Idealen und Licht auf der einen Seite und dem Dunklen und Kalten, der harten Realität, auf der anderen. Und das ist an diesem Tag kulminiert, in dieser Nacht, in genau dem Moment, mit dem Mord am Initiator und Innovator des ZERO, des neuen, idealen Geldes, durch die dunklen Kräfte des alten Geldsystems. Aber jetzt sind wir in einer anderen Phase, in einer Saturn-Konstellation, wie zuletzt 64 bis 68, einer Zeit der großen Umbrüche und Veränderungen. Davids Tod war ein Fanal, die letzte tragische Zuspitzung eines Konflikts ...«

»Die Mörder kamen also vom Saturn oder vom Mars, jedenfalls aus dem Weltraum«, lächelte Fuller freundlich.

»Jedenfalls nicht von Cassiopeia«, lächelte sie freundlich zurück. »Schon mal gehört?«

»Nein. Sorry, Elfie, das ist mir ein bisschen zu weit weg, da kann ich nicht folgen.«

»Ah, ja.« Elfie lächelte umso breiter. »Kein Problem, Max. Du musst mir nicht folgen. Das hab ich doch gleich gespürt: skeptischer, erdgebundener Materialist, bisschen kleinteilig. Weniger offen für das große Ganze, eher fixiert auf Konkretes, Handfestes, wie zum Beispiel meine Titten.« Ihr breites Lächeln blieb.

Fuller spürte für einen Moment jene Säfte in sich aufsteigen, die ihn als Jungen zu einem denkbar schlechten Lügner gemacht hatten, weil schon die leiseste Andeutung, dass er bei irgendetwas ertappt worden war, seinen Kopf knallrot werden ließ. Mehr als vier Jahrzehnte Training hatten zwar bewirkt, dass er diesen Impuls mittlerweile gut unterdrücken konnte und sein Gegenüber sein Erröten nicht mehr bemerkte, aber er selbst spürte den Impuls noch sehr genau. Und auch, wie kurz danach ein Adrenalinschub seine Abwehr mobilisierte, zu einem schnellen, schlagfertigen Konter, mit dem sich die peinliche Situation auflösen ließ. Fuller kratzte sich nur sehr kurz am Kopf.

»Ertappt, aber das da ist auch echt waffenscheinpflichtig«, sagte er, nickte ihren Brüsten freundlich zu und schob ein breites Grinsen hinterher.

Elfie strahlte. »Ja, die Männer der Baby-Boomer-Generation, die wissen so was noch zu schätzen.« Sie rekelte sich und schob dabei ihre Brüste wippend nach vorn. »Diese jungen Typen hier stehen ja eher auf Magermodels und androgyne Kleiderständer, und die Mädels tragen sogar BHs, wenn es absolut nichts zu halten gibt. Aber kein Wunder, die stehen ja auch auf Heiraten, Monogamie, Kleinfamilie. Das wird sich aber auch bald wieder ändern, glaub's mir, wir kriegen wieder einen kosmischen Schub wie in den Sechzigern. Im Moment halten einige Youngsters so was«, sie umfasste ihre herrlichen Brüste mit den Händen, »also, ohne BH, geradezu für obszön. Aber das dauert nicht mehr lange. Die Zwänge, die Zugeknöpftheit, das wird verschwinden – und das gilt nicht nur für Brüste ...«

Fuller wusste auf Elfies offenherziges Geplauder nicht anders zu reagieren als mit langsamem Nicken und zustimmendem Brummen. Was den Mord an Cuttler betraf, war sie als Zeugin wertlos, und von Astrologie hielt er noch weniger als von Yoga, aber für einen Diskurs über Freiheit, Schönheit und Festigkeit erschien Elfie ihm wie geschaffen.

»Mir soll es recht sein«, sagte er, »schon Schopenhauer spricht ja bei den weiblichen Formen von einem Knalleffekt der Natur, und ich gestehe, in der Beziehung bin ich ganz Naturbusche.«

Auf ein leises Fiepen hin drehte sich Elfie zur Seite, machte weiterhin lächelnd eine entschuldigende Handbewegung und nestelte ihr Telefon aus einer kleinen Tasche. Fuller stand auf, nahm sein Zigarettenpäckchen in die Hand und deutete damit Richtung Ausgang. Elfie nickte ihm zu und nahm das Gespräch an.

»Hi, Ralph. Was ich gerade mache? Oh, ich unterhalte

mich mit Max über Brüste. Was? Ja. Auch ein Besucher hier. Das Seminar? Spannend, ja, absolut, Schatz.«

Fuller hatte auf einem der Korbsessel auf der Terrasse vor seiner Tür Platz genommen und schaffte es problemlos, nicht weiter zuzuhören. Elfie brauchte keine fünf Minuten, dann kam sie aus dem Zimmer und setzte sich neben ihn.

»Entschuldigung. Das war mein Mann.«

»Verheiratet? Kleinfamilie? Du überraschst mich«, sagte Fuller.

»Auf dem Papier verheiratet, ja, wegen Steuern und so weiter, seit fünfzehn Jahren, seit Ralph Professor geworden ist. Berkeley, psychologische Fakultät.« Elfie hatte sich auch eine Zigarette angesteckt und nahm einen Zug. »Aber keine Kleinfamilie, nur zwei Katzen und einen Hund. Und die goldene Regel: *If you can't be with the one you love, Honey – love the one you're with.*« Mit den letzten Worten legte sie ihre rechte Hand kurz auf Fullers Unterarm. Er registrierte ihre weiche Haut. »Und du, Max?« Sie zog ihre Hand sacht zurück und sah ihn an. »Was treibt dich so um?«

Wäre Fuller ehrlich gewesen, hätte er sagen müssen »Liz«, denn an sie hatte er gedacht, als er Elfies Haut gespürt hatte, und daran, dass er nichts mehr wünschte, als dass sie seine Hand nähme und sagte: »Alles ist gut, Max, ich liebe dich.« Aber er wusste, dass keine Aussicht auf solche Harmonie bestand, dass die Unterschiede zwischen ihnen einfach zu groß waren. Sie war zu hoffnungsfroh und zu dynamisch, um mit einem zynischen Zausel glücklich zu werden, er war zu alt und zu desillusioniert von der Welt und vom Leben. Und er war deprimiert, weil er nach zwei Ehen mit 24 und mit 34, die jeweils nur drei Jahre hielten, jetzt endlich, mit 48, die Frau seines Lebens getroffen hatte und nur ein Jahr lang mit ihr glücklich hatte sein dürfen wie noch nie zuvor. Aber in Zukunft, seiner Zukunft, bliebe ihm nichts anderes mehr, als sie aus der Ferne, wie eine Göttin, zu verehren.

All das sagte Fuller nicht, sondern räusperte sich. »Mich treibt eigentlich nur noch meine Arbeit als Reporter um. War zwei Mal verheiratet, ist ewig her, ist zwei Mal schiefgegangen. Seitdem verweigere ich feste Bindungen und bin nur noch Freelancer …«

Elfie lachte. »Freelancer ist gut! Da kommen wir noch drauf zurück.« Sie stand auf und strich sich die rote Mähne zurück. »Ich hab jetzt noch das Abendseminar. Wir sehen uns später.« Sie hob die Hand, Fuller hob den Zeigefinger und lächelte. »Okay, bis dann.«

Er sah ihr nach, als sie wegging. Sie sah sich noch einmal kurz um, über die Schulter. Er blieb sitzen und dachte eine Weile darüber nach, mit welch simpler Mechanik Mutter Natur die Menschenmännchen ausgestattet hatte, dass sie selbst in fortgeschrittenem Alter noch von zwei simplen Fleischhügeln aus der Fassung und in Wallung zu bringen waren. Dann ging er in sein Zimmer zurück und schloss die Tür.

Nachdem er sich Nicks neue Lieferung und noch einmal Laylas Dokumente angesehen hatte, wusste er, dass er Bewegung brauchte. Weitere Recherchen in der Kommune brächten vermutlich nicht mehr viel, also würde er am nächsten Morgen nach San Francisco fahren und dem alten Cuttler auf den Zahn fühlen. Fuller verließ das Zimmer und machte noch einen Rundgang über das Gelände. Mit der Frau hinter dem Tresen des Cafés, das gerade leer war, führte er ein kurzes Gespräch, erfuhr jedoch nichts, was er nicht auch schon von Layla gehört hatte. Diese kam kurz darauf mit einer Gruppe aus dem Dom, verabschiedete sich und kam zu Fuller hinüber.

»Ich habe mir Ihre Sachen angesehen«, sagte er.

»Und?«

»Ich fahre morgen hoch nach San Francisco und höre mir mal an, was der alte Cuttler zu sagen hat.«

Layla sah ihn erstaunt an. »Er wird Sie einwickeln.«

»Haben Sie ihn kennengelernt?«, fragte Fuller.

Sie nickte. »Einmal war er einen Nachmittag hier, David hat ihm alles gezeigt, wir haben zusammen gegessen. Ganz der charmante alte Gentleman, Small Talk, Komplimente, freundliches Lächeln. Doch der Haifisch hat Zähne. Sie müssen ihm nur in die Augen schauen.« Layla rieb sich mit den Händen über Gesicht und Nacken. »Ich bin ein bisschen erschöpft, zwei Gruppen heute, war ein langer Tag. Wenn Sie noch etwas wissen müssen von mir, könnten wir auch morgen früh noch …«

Fuller winkte ab. »Brauchen wir nicht, ich schau mir zuerst mal den alten Cuttler an, und auf dem Rückweg komme ich wieder hier vorbei. Dann sind wir garantiert schlauer.«

7

CMM, die Zentrale von Cuttlers Konzernimperium, residierte in einer der viktorianischen Villen, wie sie in Presidio Heights zwar öfter zu finden waren, aber nicht nur die auffallende Größe des Hauses und des Grundstücks, sondern auch die extra hohen Zäune und zahlreiche andere Sicherheitseinrichtungen verrieten, dass hier nicht bloß ein erfolgreicher schwuler Modedesigner oder ein Ex-General mit Aufsichtsratsposten in einer Rüstungsfirma residierte, sondern ein noch etwas ranghöheres Tier. Mit den drei Buchstaben CMM, die in das Klingelschild eingraviert waren, konnten Normalsterbliche allerdings wenig anfangen – anders als die weltbekannten Firmen und Marken, an denen Cuttler mehrheitlich beteiligt war, führte die private Holding, in der alle diese Geschäftsaktivitäten zusammenliefen, ein überaus lichtscheues Dasein. Sie war weder börsennotiert, noch verfügte sie über irgendwelche Teilhaber oder Gesellschafter; Offenlegungspflichten existierten nicht; *Cuttler Multinational Management* hatte seit seinem Bestehen noch nie irgendwelche Geschäftsberichte veröffentlicht und der alleinige Besitzer Robert Cuttler stets jede Auskunft verweigert.

Forbes schätzte allein sein Privatvermögen aktuell auf 35 Milliarden Dollar.

Auf der langen Fahrt über die Interstate 580 Richtung Norden hatte Fuller mit Nick telefoniert, der bei seinen weiteren Recherchen über Cuttlers diskreten Milliardärsklub einiges herausgefunden hatte, vor allem über ein Netz von Stiftungen, die von Cuttler in den letzten Jahren mit gewaltigen Mengen Kapital versorgt worden waren und mit millionenschweren Spenden nur so um sich warfen. Dazu hatte

Nick eine Studie der Eidgenössischen Technischen Hochschule Zürich, »Geldwäsche in Stiftungen und Steueroasen«, erwähnt. Aber selbst wenn die Herren ihre Milliarden aus illegalen Geschäften so auf Gutmenschenart säuberten und sich bei den Hilfsfonds der Vereinten Nationen, des Roten Kreuzes und anderer karitativer Großinstitutionen in die erste Reihe drängten, eine Spur in die ZERO-Kommune war das noch lange nicht, geschweige denn ein Motiv für den Mord an David Cuttler. Und je länger Fuller auf der Fahrt über die ganze Angelegenheit nachdachte, umso weniger schien ihm irgendein Motiv greifbar. Warum sollte der alte Cuttler das Alternativgeld seines Sohnes »pervertieren«, wenn er mit alten Dollar so wunderbar und von Steuerbehörden oder Justiz ungehindert zurechtkam, dass er Millionen davon verschenken konnte?

Als Fuller einmal den Block von Cuttlers Anwesen umfahren, seinen Wagen am Rand des Presidio-Parks abgestellt hatte und gerade ein paar Schritte gegangen war, um sich nach der langen Fahrt noch ein bisschen die Beine zu vertreten, klingelte sein Telefon.

Liz.

Fuller zögerte einen Moment und betrachtete ihr Foto auf dem Display, ihre Augen, ihr Gesicht, ihr Haar. Dann atmete er tief aus und nahm das Gespräch an. »Hallo …«

»Hi, Max, wo steckst du, mein Schatz?«

Sosehr die klare, kühle Harmonie von Liz' äußeren Formen ihn bezauberte, noch hingerissener war er von ihrer Stimme, deren dunkler, geheimnisvoller Ton in solch einem Gegensatz zu der lichten und hellen Schönheit ihres Äußeren stand. Und jetzt, nachdem sie zuvor in heftigem Streit auseinandergegangen waren, »mein Schatz«.

Fuller spürte seinen Widerstand dahinschmelzen. »San Francisco, ein paar Leute treffen und recherchieren, wegen ZERO-Cuttler.«

»Dem Verschwörungsopfer.«

Fullers Widerstand erholte sich umgehend. »Eben. Scheint ein ziemlicher Hammer zu sein, das Ding, wir haben einige sehr heiße Spuren, ich …«

Liz fiel ihm ins Wort. »Max?«

»Ja, Schatz?«

»Ich habe eben länger mit Nick gesprochen. Ich weiß, ich weiß, ich habe gesagt, ihr sollt wieder zusammen arbeiten …«

»Eben. Und ich höre auf dich, wie du merkst.«

»Ja. Das ist schön. Aber nichts für ungut, Max, ist *das* eine Story? Ich hab die Mail von dieser Layla gelesen, ihr stochert komplett im Nebel, und außer einem Verdacht habt gar nichts.«

»Sagt Nick?«

»Sage ich. Nick hat …«

»… vermutlich zu viel Respekt vor dir. Aber der klickt ja auch nur im Netz rum, und ich bin hier vor Ort, ich putze die Klinken, ich rede mit Leuten, und das Ganze stinkt zum Himmel. Sieben superreiche Typen, die irgendeine Superschweinerei planen, und ein schwarzes Schaf mitten in der Familie.«

Es war einen Moment ruhig in der Leitung.

»Na, dann bin ich ja beruhigt«, sagte Liz, »ich dachte schon, dass du diese Recherchen nur erfunden hast und aus lauter Wut über mich abgereist bist, weil ich statt Zeit für dich nur Arbeit mitgebracht hatte. Dafür will ich mich entschuldigen, es tut mir wirklich leid, aber es ging eben nicht anders in diesem Fall. Edgar hat mich nämlich erst vorgestern gefragt, und ich konnte nicht Nein sagen. Dachte ich jedenfalls. Lass uns noch mal von vorn anfangen, ich sage Mexiko ab.«

»Das musst du nicht.«

»Will ich aber.«

»Wie du immer sagst: Du bist erwachsen.«

Sie lachte. »Erwachsener als du. Wie lange brauchst du? Ich will dich sehen und riechen und bei mir haben.«

Und ich erst, hätte Max am liebsten gesagt. Und: *Natürlich bin ich nur aus Wut abgereist, und diese Recherche ist komplett überflüssig, und ich war stinksauer auf dich, aber vor allem auf mich, weil ich mit meinem ganzen Herz an dir hänge wie eine Klette.* Stattdessen murmelte er: »Ich weiß nicht, zwei Tage vielleicht, vielleicht aber auch nur bis morgen. Ich bin gerade auf dem Weg zum alten Cuttler. Kann sein, dass sich danach schon alles erledigt hat. Ich melde mich, sobald ich da wieder raus bin. Und ich beeile mich.«

Am Ende des Parkwegs sah er ein Starbucks-Café, setzte sich mit einem Cappuccino auf die Terrasse und versuchte, nicht an Liz, sondern an Cuttler zu denken. Dass dieser sich zu Hause aufhielt, wie sie dank Nicks Lokalisierung von Cuttlers Mobiltelefon – die Nummer hatte er aus den E-Mails des Alten an den Junior – mit hoher Wahrscheinlichkeit wussten, half allein wenig. Ohne einen Termin zu solchen Kalibern wie Cuttler vorgelassen zu werden, war nahezu unmöglich. Es mit einem überfallartigen Bluff zu versuchen, schien auch nicht erfolgversprechend. Denn wie sollte das aussehen? *Max Fuller, CBS,* 60 Minutes, *wir haben über ein Leck im Nobelpreiskomitee aus Oslo vorab erfahren, dass Hector Barrita und Robert Cuttler für den Friedensnobelpreis nominiert sind. Offiziell wird das erst in drei Tagen bekannt werden. Wenn Mr. Cuttler mir jetzt ein Zwei-Minuten-Statement für die Kamera gibt, halte ich ihm die Meute von Journalisten bis dahin vom Leib …* Bestenfalls käme er so tatsächlich bis in Cuttlers Büro, flöge aber auch bestenfalls gleich hochkant wieder raus, sobald er die erste Frage nach Sohnemann stellte. Max stand auf und schlenderte den Parkweg zurück zur Straße vor Cuttlers Anwesen und drückte die einsame Klingel auf dem Messingschild.

»Ja, bitte?«, fragte eine männliche Stimme aus dem Lautsprecher.

»Max Fuller, CBS, 60 Minutes, für Mr. Cuttler.«

Statt zu antworten, raschelte der Besitzer der männlichen Stimme vor sich hin. »Ich habe hier keinen Besuchstermin notiert.«

»Bitte?«, sagte Max ungläubig.

»Ich habe hier keinen Besuchstermin …«

»Ja, ich habe Sie gehört. Aber ich habe einen Termin, und ich kriege gerade schlechte Laune, denn wenn ich zu einem seit Wochen stehenden Termin von New York hierher fliege, dann …«

»Einen Moment«, sagte die Stimme. Es rauschte leise aus dem Lautsprecher der Gegensprechanlage, dann knackte es, und diesmal war die Stimme weiblich.

»Büro von Dr. Cuttler.«

Fuller runzelte die Stirn. Er musste dringend mit seiner Rechercheabteilung reden – seit wann war Cuttler Doktor?

»Max Fuller, CBS, 60 Minutes, ich habe einen Termin mit Dr. Cuttler.«

»Den müssten Sie mit mir gemacht haben, und ich habe Ihren Namen noch nie gehört.«

»Miss …?« Sie tat ihm nicht den Gefallen. Statt die »Miss« zu korrigieren und ihm ihren Namen zu verraten, ließ sie ihn einfach hängen und wartete. Sofern er den Termin mit ihr gemacht hatte, musste er ihren Namen schließlich kennen.

»Okay«, sagte er. »Okay, Miss Wieauchimmer, Sie haben recht, und ich habe keinen Termin. Aber einige Fragen zum Tod von David Cuttler, und die kann leider nur Dr. Cuttler beantworten.«

»Dr. Cuttler gibt keine Interviews, Mr. Focker, einen schönen …«

»In diesem Fall schon«, sagte Fuller mit Nachdruck. »Denn wir berichten morgen in *60 Minutes* über die sonderbaren Umstände des Mordes an seinem Sohn, und da sollte der Vater in seinem eigenen Interesse zu einem kurzem Statement bereit sein.«

Miss Wieauchimmer stellte unter Beweis, dass auch sie mit Nachdruck sprechen konnte. »Mr. Cuttler entscheidet seit jeher selbst, wann er die Öffentlichkeit worüber informiert, ich wünsche Ihnen noch einen guten …«

»Jetzt hören Sie mal gut zu«, sagte Fuller, richtete seinen Blick nach oben und streckte Arm und Zeigefinger in Richtung der Überwachungskamera aus, die über der Gegensprechanlage angebracht war. »Bestellen Sie Ihrem Chef, dass er noch genau eine Gelegenheit hat, mit mir unter vier Augen zu sprechen, morgen um 11 Uhr, im Starbucks oben am Park – und reden werden wir über den Club der Sieben und den Mord an seinem Sohn. Wir wissen alles, über ihn, über Barrita, über seine Stiftungsfreunde und über den großen Plan. Aber bevor wir darüber berichten, sollte Dr. Cuttler mit mir sprechen. Dringend. Angekommen?«

Fuller legte den Kopf schräg und zog die Augenbrauen fragend hoch.

Einen Augenblick blieb es still, dann knirschte die Sekretärinnenstimme eisig ins Freie. »Ich habe Sie verstanden.«

Mit einem leisen Knacken endete das Gespräch.

Fuller wandte sich ab und ging die Straße hinunter zu seinem Wagen. Er war nicht besonders zufrieden mit sich. Aber mehr hatte er nicht tun können, denn »wir wissen alles über den großen Plan« war schon ein waghalsiger Schuss ins Stockfinstere. Mit etwas Glück schickte Miss Wieauchimmer einen Irrenarzt zum Termin am nächsten Morgen. Mit etwas Pech kriegte sie Ken Wilder bei *60 Minutes* ans Telefon, und mit noch etwa mehr Pech war Ken nicht geistesgegenwärtig genug für ein »Wer will das denn wissen?«, sondern verriet ihr, dass Max Fuller längst nicht mehr für ihn arbeitete.

8

Bevor er schlafen gegangen war, hatte Fuller am Abend noch mit Liz und etwas länger mit Nick telefoniert. Nick hatte herausgefunden, dass David Cuttler bei seiner letzten Reise nach New York nicht nur eine Konferenz besucht, sondern auch ein vertrauliches Treffen mit einem Vizepräsidenten von Google gehabt hatte. Laut Google-Gerüchte-Blog sei es dabei um letzte Einzelheiten zur Einführung des ZERO als Zahlungsmittel im G-Universum gegangen. »Wenn das stimmt«, hatte Nick gesagt, »wenn ein Gigant wie Google auf den ZERO einsteigt, dann müssen sich die Federal Reserve und die Bankster wirklich langsam warm anziehen.« Worauf Fuller nur gelacht hatte. Sie vereinbarten, dass er sich umgehend melden würde, sobald das Gespräch mit Cuttler am nächsten Tag beendet war – sofern es denn überhaupt zustande käme.

Am Morgen war er nach einem ausgiebigen Frühstück im W Hotel nach Presidio gefahren. Es war kurz nach halb elf, als er auf der Terrasse des Starbucks mit einem Cappuccino Stellung bezog, mit Blick zum Eingang und hinüber zur Straße. Über sein iPhone konnte er auf Nicks Server zugreifen, der den Standort von Cuttlers Mobiltelefon anzeigte. Der Alte, oder zumindest das Telefon mit seiner Nummer, das sie in seinen E-Mails an David gefunden hatten, schien noch zu Hause zu sein.

Fuller blätterte die aktuelle Ausgabe des *Chronicle* durch. Die *49ers* waren mal wieder in die Saison gestartet wie die Feuerwehr ohne Schlauch und Wasser, und wenn nicht bald irgendein Gengenie Joe Montana oder Jerry Rice in einer Garage klonte, würde das Team nie wieder seine Division gewinnen, geschweige denn die *Superbowl.* Fullers Herz hing zwar an den Jets, aber dass das einstige *Team of the Decade* seit Jahren so grausam vor sich hin stümperte, verärgerte ihn aus ganz persönlichen, abergläubischen Gründen. Die späten Achtziger waren die besten Jahre der *Niners* gewesen. Und die besten von Max Fuller.

Um zehn vor elf tippte er das iPhone erneut an, im Wissen, dass Cuttler sich jetzt langsam in Bewegung setzen musste, wollte er pünktlich erscheinen, doch der Anzeige zufolge waren Handy und Besitzer noch am selben Platz, zwei Blocks vom Café entfernt. Fuller beunruhigte das aber nicht im Geringsten. Eine akademische Viertelstunde, das war für einen Doktor ja wohl das Mindeste.

Aber als er aufsah, rollte ein langes Lincoln Town Car mit verdunkelten Scheiben langsam heran, einer jener Autotypen, in denen sich Superreiche und solche, die dafür gehalten werden wollen, gerne chauffieren lassen. Fuller war so optimistisch gestimmt, dass er daraus nur eine einzige logische Schlussfolgerung zog: Cuttler hatte sein Handy zu Hause liegen lassen.

Die Limousine hielt direkt vor dem Starbucks, und ein kleiner Mann, der offensichtlich nicht Cuttler war, stieg aus, gefolgt von zwei Kleiderschränken. Schrank drei, der Fahrer, blieb sitzen, wie eingeklemmt zwischen Dach und Lenkrad.

Fuller löffelte den Rest Milchschaum vom Boden seiner Tasse. Auf offener Straße erschießen würden sie ihn nicht.

Der kleine Mann mit dem leicht an Hitler erinnernden Frisurversuch blieb vor dem Tisch stehen. Sein Anzug saß perfekt, seine Krawatte war schlicht und tadellos gebunden, seine Augen waren fast so schwarz wie seine Haare.

»Mr. Fuller?«

Fuller nickte.

»Mein Name ist Dillon, ich komme im Auftrag von Dr. Cuttler.« Obwohl der Mann höchstens eins siebzig groß war, kam seine Stimme von sehr weit oben herab. Fuller hob das Kinn und lächelte. Dillon nicht.

»Keine Laufschuhe?«, fragte Fuller. Da Dillon ihn verständnislos ansah, nickte er kurz in Richtung der Schränke. »Wie sollen die Hammerwerfer mich einholen, wenn ich laufe?«

»Sie laufen ja nicht«, sagte Dillon.

»Wenn Sie das vorher wussten, was machen dann Shrek und der Hulk hier?«

Dillon nickte in Richtung der Limousine. »Fahren wir um den Block.«

Fuller schüttelte den Kopf. »Ich hab mein Emissionsbudget für diese Woche schon verbraucht. Schicken Sie Shrek zwei Kaffee holen, Hulk kann ja weiter die Stoßdämpfer kaputtsitzen. Wir reden hier.«

Für einen Augenblick sah der fragwürdig Frisierte aus, als wollte er seinen Begleitern das Kommando geben, Fuller einfach vor den anderen Gästen des Cafés zu lynchen, aber dann beorderte er den kleineren der Schränke mit einem kurzen Kopfrucken zum Kaffeeholen und setzte sich auf den freien Stuhl Fuller gegenüber.

»Sie haben Nerven«, sagte Dillon.

»Danke«, sagte Fuller. »Wie wär's mit einem Geschäft?«

»Sie haben nichts anzubieten.«

Fuller schob die Unterlippe vor und nickte nachdenklich. Dann legte er skeptisch den Kopf schräg, als wäre ihm doch etwas eingefallen. »Na ja«, sagte er und sah Dillon an. Er war inzwischen sicher, dass er sich richtig entschieden hatte. Sie wussten nicht, wie viel er wusste, und vor allem wussten sie nicht, was er wem inzwischen mitgeteilt hatte und welche Unterlagen sich in wessen Händen befanden.

Und solange das so blieb, mussten sie mit ihm reden.

Er war so überzeugt von seiner Einschätzung der Situation, dass er erst im letzten Augenblick begriff, dass etwas nicht stimmte. Der vom Kaffeetresen zurückgekehrte Kleiderschrank stand schon einen Sekundenbruchteil zu lange direkt hinter ihm. Aber als diese Information in Fullers Hirn ankam, hatte der belebte sommerliche Park in San Francisco bereits einem pechschwarzen, sternlosen Abschnitt des Kosmos Platz gemacht.

Fuller blieb nur eine Frage, die ihm laut brüllend in die Dunkelheit folgte: *Wieso bist du nicht in deiner verdammten Hängematte geblieben, du Vollidiot?*

Die anderen Gäste auf der Starbucks-Terrasse hatten von Fullers Flug ins Dunkle nichts mitbekommen. Nur einige Sekunden lang hatte einer der Schränke ihm mit seiner Pranke einen nach Chloroform riechenden Lappen ins Gesicht gedrückt, Dillon hatte ausgerufen: »Max, ist dir nicht gut?«, war aufgesprungen und hatte dabei versucht, besorgt auszusehen. Dann hatten die beiden Hünen ihn links und rechts untergehakt und zum Auto geschleift. Als Fuller wenig später auf dem Rücksitz zwischen den beiden wieder erste Geräusche von sich gab, hatte Dillon sich umgedreht und mit einem kurzen seitlichen Kopfnicken dafür gesorgt, dass ihm eine weitere Ladung verpasst wurde. Das Erste, was Fuller dann wieder wahrnahm, war eine in ihm aufsteigende Übelkeit und das scheppernde Quietschen eines Rolltors, das sich hinter ihrem Wagen gerade wieder schloss.

»Da wären wir«, sagte Dillon mit einem schiefen Grinsen, als er sah, dass Fuller wieder die Augen öffnete, und bedeutete seinen zwei Begleitern auf dem Rücksitz mit einem Wink, ihre Fracht auszuladen. Doch noch bevor der links sitzende Hüne ihn ganz aus dem Wagen gezogen hatte, warf Fuller sich bäuchlings auf den Rücksitz, hielt den Kopf aus dem Wagen heraus und entlud mit einem lauten Würgen die Reste seines halb verdauten Frühstücks.

»Nein, wie sensibel«, sagte Dillon, der die Szene amüsiert betrachtete. Fuller blickte nach oben, in seinem Schädel hämmerte es wie nach einer durchzechten Nacht. Dillon machte eine kurze Handbewegung, und seine beiden Begleiter zogen Fuller aus dem Wagen.

»Sei froh, dass du nicht das Auto vollgekotzt hast, Arschloch«, brummte einer der Hünen in sein Ohr. Sie packten ihn an den Oberarmen und folgten ihrem Chef, der durch die große, leere Halle, die nur durch einige Oberlichter spärlich beleuchtet war, auf eine Tür zuging.

Fuller war noch halb benommen, als sie in den Raum traten und ihn auf einem Stuhl absetzten. An den Wänden zogen sich türkisfarbene Kacheln bis knapp unter die Decke. Außer dem Stuhl, auf dem Fuller saß, standen nur noch ein großer metallener Schreibtisch und zwei weitere Stühle in dem Raum, zwei grelle Neonröhren beleuchteten das Ganze. Aus einer der Schubladen des Schreibtischs nahm Dillon eine Rolle Klebeband und warf sie einem der Hünen zu, der damit zuerst Fullers Unterschenkel an die Stuhlbeine fesselte und danach beide Hände hinter der Lehne. Die beiden Schränke verließen den Raum, und Dillon nahm gegenüber von Fuller am Schreibtisch Platz. Er zündete sich eine Zigarette an, lehnte sich zurück und legte die Füße auf den Tisch. »Ich höre«, sagte er.

9

Um zehn nach zwölf legte sich Nick Larsons Unruhe und machte echter Besorgnis Platz. Auf der Karte von San Francisco, die er auf seinem Schirm hatte, waren nicht mehr zwei »Buddies« – Cuttler und Fuller – angezeigt, sondern nur noch das Mobiltelefon von Cuttler. Die Tracking-History zeigte an, dass sich dieses seit mehr als 24 Stunden am selben Ort befand und dass Fullers Telefon um zehn Minuten nach elf ausgeschaltet worden war. Seine letzten Koordinaten entsprachen ziemlich genau dem Block von Cuttlers Villa. Anfangs hatten diese Informationen Nick nicht irritiert. Dass ein Gesprächspartner bei einem vertraulichen Gespräch darum bat, alle Telefone auszuschalten, um unerwünschte Aufnahmen oder Mithörer zu unterbinden, war ja nicht unüblich, und dass ein diskreter Milliardär wie Cuttler darauf bestand, durchaus naheliegend. Dass Fullers iPhone jetzt schon fast eine Stunde offline war, deutete darauf hin, dass es sich um ein ziemlich ausführliches Gespräch handelte – oder aber, dass Fuller einfach nur vergessen hatte, sein Gerät wieder einzuschalten.

Doch auch diese Erklärung erwies sich bei genauerem Hinsehen als nicht wirklich beruhigend, denn als Nick um zwölf den zweiten Schirm anklickte, der den Standort des Peilsenders in Fullers Uhr anzeigte, lieferte der verwirrende Informationen: Die Uhr befand sich nicht in Cuttlers Villa im feinen Presidio, sondern in einem Block im Hafenviertel von San Francisco. Da der Peilsender normalerweise genauer arbeitete als die Telefonlokalisierung, konnte Nick das Gebäude über Google Earth identifizieren – es handelte sich um eine große ältere Lagerhalle mit zwei rostfarbenen

Schiebetüren an der Front. Mit Straße und Hausnummer startete er eine schnelle Suche, um den Besitzer des Gebäudes ausfindig zu machen, die aber zu nichts führte – die Adresse war in keiner der gängigen Firmendatenbanken zu finden. Sicher war nur, dass dies kein Ort war, an dem man Gespräche mit Konzerninhabern wie Cuttler führte.

Nick verfluchte sicherheitshalber seinen Peilsender.

Er rief bei Matt Brooks an und bei Jake Williams, ihrem Partner in der *Invisible Academy* und Fullers ältestem Freund, der inzwischen wieder in Washington lebte, doch bei beiden hatte sich Max nicht gemeldet.

Nick blieb ruhig, sagte sich sein Mantra vor, dass auch Computer manchmal Scheiße bauten und dass es für die meisten Panikattacken keinen Grund gab, und wartete, bis Liz und Debbie vom Karatetraining nach Hause kamen.

»Hat Max sich heute schon bei dir gemeldet?«, fragte er Liz.

»Nein, gestern Abend zuletzt … Was ist denn mit dir los?«

»Was?«

»Du bist kreidebleich.«

Nick schwieg, dann winkte er sie nach oben in sein Arbeitszimmer.

»Max' Handy ist jetzt seit zwei Stunden ausgeschaltet. Zuletzt war er in diesem Starbucks in der Nähe von Cuttlers Haus. Um elf war er dort mit ihm verabredet, zehn Minuten später wurde das Telefon ausgeschaltet, seitdem ist es tot. Aber Max ist nicht mehr in diesem Café und auch nicht in Cuttlers Haus, sondern im Süden von San Francisco, am Hafen. Sagt der Peilsender.«

Liz zuckte mit den Schultern: »Vielleicht reden sie da. Oder er interviewt noch jemand anderen?«

Nick schüttelte den Kopf. »Glaube ich nicht, hier, schau mal« – er zoomte das Satellitenbild der Gegend näher heran – »das ist kein Wohn- oder Büroviertel, nur Lagerhallen, und in dieser hier«, er drehte das Bild in die Horizontale, sodass man die Eingangstore der Halle erkennen konnte, »in dieser hier ist Max. Und ich habe das ganz und gar nicht gute Gefühl, dass er in der Scheiße steckt.«

Liz sah ihn an. Skeptisch. Er kannte ihre Bedenken gegen seine »Gimmicks und Gadgets« auswendig, sie brauchte sich nicht zu wiederholen.

Nick schwieg, dann nickte er. »Okay, ich schau mir das jetzt noch eine Stunde an. Wenn er sich bis dahin nicht gemeldet hat oder der Sender anzeigt, dass er dieses gottverdammte Lagerhaus verlassen hat, müssen wir etwas unternehmen. Kennst du zufällig jemanden in San Francisco, der da mal vorbeischauen kann?«

Liz schüttelte den Kopf und sah ihn an. »Rufen wir doch einfach die Polizei an und bitten die, einen Streifenwagen vorbeizuschicken. Oder wir schicken selbst einen Privatdetektiv, den findest du vermutlich in zwei Minuten mit deinem Equipment. Obwohl, wie ich Max kenne, würde er ausrasten, wenn wir irgendeinen Schnüffler auf ihn ansetzen, obwohl er nur vergessen hat, sein Telefon einzuschalten.«

Nick hatte mittlerweile eine Flugsuche aufgerufen und ein paar Eingaben gemacht. »Okay«, sagte er, »wir warten. Eine Stunde. Der Nachmittagsflug von American Airlines nach Los Angeles ist reserviert.«

Als sie elf Stunden später in die Ankunftshalle des Los Angeles International Airport traten, war Nick mit seinem iPhone schon wieder online und sah, dass sich der weiterhin schweigende und unbewegliche Fuller noch immer am selben Ort befinden musste. Vor dem Abflug hatte er Matt Brooks ihre Ankunftszeit durchgegeben, und der Professor erwartete sie vor der Ankunftshalle. Sie nahmen ein Shuttle zu dem Dauerparkplatz, auf dem Nicks Wohnmobil abgestellt war. Auf den nächsten Flug nach San Francisco zu warten und die 500 Kilometer zu fliegen hätte keinen großen Zeitgewinn gebracht – und am Flughafen hätten sie nur einen normalen Mietwagen nehmen können.

Matt staunte nicht schlecht, als Nick die Schiebetür öffnete und das mit Computern und Elektronik gespickte Innere des Vans sichtbar wurde.

Nick stieg hinten ein. »Du fährst«, sagte er zu Liz, »wenigstens das erste Stück.« Er tippte die Koordinaten ihres Ziels in San Francisco in das Navigationsgerät ein, überließ Liz den Fahrersitz und ließ sich auf die Rückbank fallen.

»Glaubt ihr wirklich, dass Max etwas Ernsthaftes passiert ist?«, fragte Matt.

»Ich hoffe nicht«, sagte Liz, »aber es ist schon ziemlich merkwürdig. Er hat am Abend noch mit mir telefoniert und wollte sich am nächsten Tag wieder melden. Nick hat er versprochen, nach dem Gespräch mit Cuttler sofort anzurufen. Er ist jetzt seit über 15 Stunden überfällig. Wie machen uns einfach Sorgen. Max ist eigentlich halbwegs zuverlässig. Vier Stunden Verspätung kommen schon mal vor, aber nicht ganze Tage.«

Matt nickte. »Stimmt«, sagte er nur.

Liz hatte gerade den Parkplatz verlassen und war auf den Freeway Richtung Norden eingebogen, als Nick, der vor dem großen Display im hinteren Teil des Wagens saß, sich verblüfft zu Wort meldete. »Er bewegt sich. Max hat sich in Bewegung gesetzt.«

Matt drehte sich um und schaute auf den Schirm.

»Hier«, Nick zeigte auf einen blauen Stern auf dem Bildschirm, der sich langsam bewegte. »Moment.« Er tippte kurz auf dem Keyboard, hinter dem blauen Stern wurde eine Straßenkarte eingeblendet. »Er fährt auf der 580 nach Südosten. Wenn er in etwa 50 Meilen auf die Interstate 5 abbiegt, kommt er uns genau entgegen.«

An der nächsten Tankstelle deckten sie sich mit Benzin,

Getränken und Sandwichs ein, Nick übernahm das Steuer. Die Anzeige des Peilsenders hatte er auf die Navigationsanzeige neben dem Lenkrad gelegt, auf dem jetzt ein blauer Stern und ein roter Punkt, ihr eigener Wagen, zu sehen waren.

Zwei Punkte, die langsam aufeinander zukamen.

10

Max Fuller kam zu sich, schon wieder. Alles war durcheinander, schon wieder, weiterhin, durchgehend. Sein ganzes Leben schien nur noch aus Wegsacken, Aufwachen und Wegsacken zu bestehen, und soweit er sich erinnerte, hatte das alles beim Kaffeetrinken im Starbucks angefangen. Aber wann war das gewesen? Gestern? Vor vier Wochen? In einem anderen Leben?

Sein Gehirn meldete Schmerz, pochenden, starken Schmerz in seiner Hand, und Fuller fiel wieder ein, was zuletzt geschehen war. Aber glauben konnte er es nicht, deshalb sah er auf seine linke Hand. Der Mittelfinger war schlampig verbunden, mit einem dreckig verkrusteten Klumpen Mull. Schwarz und Rot. Die Fingerkuppe darunter fehlte, fiel Fuller ein. Deshalb der Schmerz.

Wieder wurde ihm schwarz vor Augen, aber diesmal stemmte er sich gegen die Ohnmacht.

Das Dröhnen war nicht nur in seinem Kopf, es kam auch vage von unten und klang eindeutig nach einem Motor. Und Fuller saß nicht, wie beim letzten Wegsacken, auf einem Holzstuhl, festgeklebt an Händen und Armen, in einer stinkenden Halle, die vom Boden bis zur Decke grün gekachelt war. Diesmal lag er mit dem Gesicht auf einem Lederpolster, wie beim ersten Mal. Er musste wieder im Lincoln liegen. Oder lag er immer noch und hatte den Rest geträumt?

Sein Finger pochte wie verrückt unter dem Verband.

Er hatte nicht geträumt. Nichts davon. Nicht den großen Metallschreibtisch. Nicht die Kacheln. Nicht die Neonröhren an der Decke.

Aus einer der Schubladen des Schreibtischs hatte Dillon eine Rolle Klebeband genommen und sie einem der Hünen zugeworfen, der damit zuerst Fullers Unterschenkel an die Stuhlbeine fesselte und danach beide Hände hinter der Lehne. Die beiden Schränke verließen den Raum, und Dillon setzte sich Fuller gegenüber auf die Schreibtischplatte. Er zündete sich eine Zigarette an und legte die Füße auf den Tisch. Und sagte: »Ich höre.«

Fuller erinnerte sich an den stechenden Blick aus den braunen Knopfaugen seines Gegenübers. Daran, wie absurd er das Ganze gefunden hatte. Und an seine eigene Gelassenheit, trotz der Kopfschmerzen.

»Max Fuller, CBS, Redaktion *60 Minutes.* Ich recherchiere eine Story über den Mord an David Cuttler und den Club der sieben Wohltäter. Ich wollte Mr. Cuttler die Chance geben, vor der Sendung vertraulich mit mir ....«

Während Max sprach, war Dillon nachdenklich auf ihn zugekommen, mit gesenktem Kopf, als hörte er aufmerksam zu, und hatte ihn dann jäh unterbrochen, mit einem Schlag, einer harten Vorhand quer durchs Gesicht. Danach hatte er Fuller sehr sachlich darauf hingewiesen, CBS plane keine Sendung über Cuttler.

Fuller hatte in Sekundenbruchteilen mehr gedacht und begriffen als sonst binnen ganzer Tage. Der Typ, Dillon, war nicht ganz dicht. Der Typ würde ihn vermutlich noch einmal schlagen, aber vermutlich wäre das auch schon alles. Falls der Typ wirklich für Cuttler arbeitete, hatte Cuttler Dreck am Stecken, sonst ließe er keine Journalisten entführen und einschüchtern, an Laylas Story war also vielleicht doch etwas dran. Oder an der »Verschwörung der Sieben«. Aber vielleicht hielt Cuttler ihn auch nur für irgendeinen Schleimbeutel, der Unsinn über den geliebten Sohn auszubuddeln versuchte. Das Missverständnis ließe sich aufklären.

Sofern das das Missverständnis war. Sofern Dillon überhaupt für Cuttler arbeitete. Und das glaubte Fuller, jedenfalls derzeit noch.

»Ich weiß nicht«, sagte er, »mit wem Sie da gesprochen haben. Natürlich kündigen wir solche Enthüllungen vorher nicht groß an im Programm – sonst wären sie ja keine mehr.« Er bekam sogar ein freundliches Lächeln zustande. »Aber wenn Sie Ken Wilder, den Redaktionschef von *60 Minutes* anrufen, und den freundlich von mir grüßen, wird er das bestätigen. Ich bin kein Paparazzo …«

Diesmal schlug Dillon ihm mitten ins Gesicht, und diesmal tat es richtig weh. Fuller blieb die Luft weg, sein Kopf pendelte wieder nach vorn, und seine Wange begann zu brennen wie die Hölle selbst.

»Ich höre«, sagte Dillon noch einmal.

Und Fuller versuchte sich darüber klar zu werden, wie irre der Mann wirklich war.

»Was wollen Sie wissen?«

»Für wen arbeiten Sie?«

»Für 60 …«

Dass Dillon einen Ring trug, hatte Max bei den ersten zwei Schlägen gar nicht gemerkt. Diesmal traf ihn eine lässig, aber hart geschlagene Rückhand. Max sah Sterne und kurz schwarz, dann schaute er wieder nach vorn. Und spürte den Geschmack seines eigenen Blutes im Mund, im Überfluss.

»Für wen?«, fragte Dillon.

»Für mich selbst.«

Dillon ließ den Kopf leicht zur Seite sinken und gab einen leisen enttäuschten Laut von sich, als hätte sein Lieblingsitaliener ihn mit der Mitteilung enttäuscht, er habe statt Spaghetti ausnahmsweise nur Spaghettini.

Als hätten der Hulk und Shrek hinter der Bühne auf dieses Signal gewartet, rollten die beiden heran, ausgerüstet mit einem Lederkoffer, einer zu groß geratenen Autobatterie und einem Überbrückungskabel.

Fuller lag ein geeigneter Kommentar auf der Zunge, aber dort ließ er ihn auch liegen.

Während Dillon den beiden Schränken beim Abstellen des Garagenkrempels zusah, suchte Fullers endgültig alarmiertes Gehirn nach einer Antwort auf die allerwichtigsten Fragen: Was sollte das Ganze, wohin sollte es führen, und wo war der Grundsatz der Verhältnismäßigkeit geblieben? Wer war Dillon, wer hatte Dillon gerufen, und was hatte der Mann vor? Einen Journalisten zu foltern und gegebenenfalls umzubringen, nur weil der, ohne irgendetwas in der Hand zu haben, bei Cuttler geklingelt hatte? In Fullers Gehirn ließ sich das nicht mal annähernd mit Cuttlers sonstigem Tun und Treiben synchronisieren. Der Gutmensch als Folterkönig? Hatte Cuttler zu oft mit Rumsfeld Kaffee getrunken? Fuller erschien das äußerst unwahrscheinlich. Aber konnte es sein, dass die Anweisung, ihn zu »befragen«, gar nicht von Cuttler kam?

»War das Cuttlers Idee?«, fragte Max.

»Ich frage«, sagte Dillon und wandte sich Max wieder zu, »Sie antworten.«

»Okay«, sagte Max. »Kein Problem. Sie verstehen mich aber besser, wenn Sie meine Zähne drin lassen.«

Dillon lächelte. Max war nicht sicher, ob ihm das besser gefiel als die Rückhand.

»Für wen arbeiten Sie?«

Max seufzte. »Für verschiedene Formate, Sender und Zeitungen. In diesem Fall, wie sonst auch, auf eigene Rechnung. Invisible Academy.«

Dillon runzelte die Stirn.

»Finden Sie im Netz. Wir sind die Adresse für Whistleblower, ansonsten sind wir eher eine Putzkolonne. Wir kümmern uns gewohnheitsmäßig um Dreck, sammeln ihn und schütten ihn auf die Straße – dorthin, woher er kommt. Pharma, Waffen, Drogen, was Sie mögen. Und in diesem Fall haben wir einen Tipp bekommen, dass David Cuttler umgebracht wurde.«

Dillon schwieg einen Augenblick und betrachtete seine Fingernägel. »Von wem?«

»Einem Informanten.«

»Name?«

Fuller zuckte die Achseln. »Bislang kenne ich nur einen *Nickname* und ein paar wilde Anschuldigungen. Ich bin hergekommen, um ein Treffen mit dem Informanten zu vereinbaren, aber vorher wollte ich von Mr. Cuttler hören, was an der Sache dran ist.«

Fuller hielt Dillons skeptischem Blick problemlos stand.

»Und dieser Informant hat Ihnen nichts gegeben. Nur ein paar Anschuldigungen.«

»Bisher, ja.«

»Und deshalb kommen Sie extra her?«

»Ja.«

»Von woher?«

Fuller zögerte einen Augenblick. »New York.«

»Nett. Verdient man so viel mit Putzen?«

»Ernährt seinen Mann.«

»Und Sie arbeiten allein.«

»Mein Assistent bucht meine Flüge.«

Dillon nickte. Und nickte noch ein bisschen weiter. Dann schüttelte er bedauernd den Kopf. »Nicht gut genug. Wer ist Ihr Auftraggeber, und wer ist der Informant?«

Fuller seufzte. »Sind wir wieder da angelangt. Ich hab's Ihnen gesagt, überprüfen Sie's, rufen Sie meinen Assistenten an, Mr. Larson, die Nummer ist in meinem Handy. Kein Auftraggeber, kein Informant. Aber wer ist Ihrer? Cuttler sicherlich nicht, der hat keinen Grund. Woher die Panik? Verraten Sie's mir einfach, geben Sie mir einen Tipp, dann kann ich meinen irren Whistleblower links liegen lassen und halte artig die Schnauze. Ich bin doch nur neugierig.«

»Hat schon Bessere umgebracht«, sagte Dillon und streckte die Hand nach hinten aus, ohne den Blick von Max zu wenden.

Als Max erkannte, was der Hulk seinem Boss von hinten in die Hand legte, wurde er von einer Adrenalinwelle regelrecht überrollt. Dillon hielt eine Art Seitenschneider in der Hand und schielte fast gelangweilt um Max herum, in Richtung seiner hinter der Stuhllehne gefesselten Hände.

»Links oder rechts?«

Fuller weigerte sich einfach zu glauben, was geschah.

»Hören Sie auf mit dem Scheiß«, sagte er, und er stellte beruhigt fest, dass er trotz seines rasenden Pulses nicht ängstlich klang, sondern angemessen sauer.

Dillon trat neben ihn und ließ die scharfen Klingen einmal zusammenschnappen.

»Namen«, sagte Dillon, und Fuller konnte immer noch nicht glauben, was geschah.

Als er spürte, wie sich die Klingen um das vorderste Gelenk seines Mittelfingers schlossen, glaubte er es noch immer nicht.

Der Schmerz war unbeschreiblich und stand in keinem Verhältnis zu dem absurd leisen Knirschen, mit dem die Fingerkuppe sich vom Rest des Fingers trennte. Max' ungläubiges Gehirn schaffte es, seinen Besitzer direkt nach dessen lautem, langem Schrei in eine gnädige Ohnmacht zu versetzen.

Auf der Rückbank des Lincoln dachte Fuller daran zurück, wie er wieder zu sich gekommen war. Dass er hatte tapfer sein wollen, diesmal. Denn ihm war klar, dass jemand, der anderen Leuten Finger abschnitt, sich der Konsequenzen bewusst sein musste. Sie würden ihn nicht laufen lassen, wenn er ihnen alles gesagt hatte. Sie würden ihm einen Finger nach dem anderen abschneiden, und dann vermutlich noch den einen oder anderen zum Spaß, nachdem er ihnen längst wirklich alles verraten hatte, was er wusste, und dann würden sie ihm einen Revolver an die Stirn halten und kommentarlos abdrücken. Laufen lassen konnten sie ihn nicht, nicht mehr nach diesem Intro.

Mit den Klingen am Ringfinger seiner anderen Hand hatte Fuller seinem Peiniger alles gesagt, was der wissen wollte. Er gab den Namen seines Geldgebers preis, Buddy Rickler, und er nannte den Namen seiner Informantin, Layla. Und er gab zu, dass sie über einen USB-Stick und eine DVD verfügte, randvoll mit noch nicht gesichteten Informationen.

Die Klingen verschwanden von seinem Finger. Während er noch in das Pochen in seiner anderen Hand hineinfühlte, kamen die riesigen Füße des Hulk näher, und im nächsten Augenblick traf ihn ein Hammer am Hinterkopf, der seine nächste Ohnmacht einläutete.

Und jetzt starrte er wieder in die grünen Ledersitze des Lincoln, auf dessen Rückbank sie ihn verschnürt hatten, spürte den massigen Körper von Shrek neben sich und wusste, dass der Hulk und sein Boss auf den Vordersitzen saßen.

Er konnte sich denken, wohin sie fuhren. Was er nicht verstand war, weshalb er noch lebte.

Aber das sollte ihm umgehend klar werden.

11

»Max ist auf dem Weg zur ZERO-Kommune«, sagte Nick, »er ist von der Interstate nach Südosten abgebogen.« Er wirbelte mit den Fingern über die Tastatur des Navigationsgeräts. »Wir nehmen die übernächste Abfahrt, dann könnten wir gut eine Stunde vor ihm dort sein.« Nick zögerte. »Aber was soll das?«, fragte er. »Warum fährt er dahin zurück, ohne sich vorher bei uns zu melden?«

Matt sah ihn an. »Er fährt nicht selbst, und er fährt nicht freiwillig.«

»Aber warum, warum bringen … die ihn dahin?«, fragte Nick.

»Und wer sollen *die* sein?«, sagte Liz.

»*Die* halten jedenfalls gerade irgendwo an«, sagte Nick mit einem Blick auf den Monitor des Navis. Und nach dem Tippen einer Taste: »Tankstelle und Restaurant – und mit ziemlicher Sicherheit sind *die* eine Abordnung von Cuttler. Den Max mit seiner Anfrage offenbar genau getroffen hat.«

»Aber was wollen sie von ihm?«, fragte Liz.

»Nehmen wir mal an«, sagte Matt, »Layla hat absolut recht: Der junge Cuttler ist ermordet worden, weil seine ZERO-Idee so bedrohlich ist für die Bankster, und die haben über ihre Connections zum FBI weitergehende Ermittlungen verhindert. Dann ist so ein Schlammwühler, so ein hartnäckiger Journalist, durchaus eine Bedrohung. Vielleicht zwingen sie ihn, sie zur Quelle seiner Informationen zu führen. Aber …«, Matt zögerte einen Moment und runzelte die Stirn, »sie würden da auch ohne ihn hinfinden. Das ergibt keinen Sinn.«

»Wir müssen diese Frau informieren, Layla«, sagte Liz.

»Bin dabei«, sagte Nick, das Handy in der Hand, »ihr Handy ist ausgeschaltet, ich habe ihr eine SMS geschickt.«

»Aber warum sie Max dorthin bringen, ist mir immer noch nicht klar«, sagte Matt.

»Vielleicht haben sie von Max die Informationen von diesem USB-Stick bekommen und wollen an das Original, wobei …«, Nick schüttelte den Kopf, ebenfalls ratlos, »dafür müssten sie ihn auch nicht unbedingt mitnehmen, da könnten sie ihn vorher …« Nick unterbrach sich und fuhr sich durch die Rastazöpfe. »Egal, wir sind eine Stunde vor ihnen da und können Layla informieren.«

Dass seine Rechnung zwar stimmte, aber nicht aufgehen würde, sah Nick im gleichen Moment durch die Frontscheibe, denn das *Highway Maintenance Department* nahm keine Rücksicht auf seine Planung. Die Sperrung der maroden Talbrücke zehn Kilometer vor ihnen hatte Google nicht ausgespuckt, und auch das Navigationssystem hatte davon nichts gewusst.

Nick starrte ungläubig auf die kilometerlange Rücklichterkette, die sich bis zum hügeligen Horizont erstreckte, brachte einen lange unterdrückten Fluch zustande und konstatierte völlig fassungslos, dass es zwar eine Ausweichroute gab, diese allerdings erst sechs Kilometer weiter vorn beginnen würde. Und dazwischen standen sechs Kilometer Blech.

Als sie die Einfahrt zum Gelände der ZERO-Community endlich passierten, war der blaue Punkt, den sie auf dem Bildschirm verfolgten, seit etwa zehn Minuten an seinem Ziel angekommen. Es war ein schwarzes Lincoln Town Car, das vor einer der kleinen Hausreihen stand.

Nick parkte den Van in einigem Abstand, entnahm dem Handschuhfach ein kleines Gerät mit einem Antennenstummel und richtete es auf den Wagen. Er machte sich kurz an der Steuerung zu schaffen, dann leuchteten die beiden hinteren Blinkleuchten des Lincoln zweimal auf.

»Scheint leer zu sein.« Nick sah Matt an, der seinerseits ihn und das Gerät fragend ansah. »Ich hab seine Zentralverriegelung gehackt. Wenn jemand drinsäße, käme er jetzt raus. Sehen wir uns mal vorsichtig um.«

Bevor sie ausstiegen, wies Nick Liz auf einen Matchsack hin, aus dem zwei Baseballschläger lugten, und nahm aus einer Schublade zwei kleine Dosen. Als sie den Lincoln passierten, hielt er die Dosen unter den vorderen und den hinteren Kotflügel des Wagens, wo beide mit leisem metallischen Klicken verschwanden, wie von Geisterhand angezogen.

Aus einem der vier Fenster unter dem Terrassendach schien Licht.

Liz deutete einen weiten Bogen nach links an, schweigend. Während sie eilig und geduckt um das Haus herumschlichen, tippte Nick auf seinem Telefon zum hundertsten Mal die Nummer von Layla. Doch als sie wenige Sekunden später die Rückseite des Hauses erreicht hatten und durch das große Wohnzimmerfenster spähten, wussten sie, warum sie nicht antwortete. Nick konnte einen Fluch nicht unterdrücken, Matt schnappte kurz nach Luft, Liz schwieg.

Die Frau, die dort in einer wunderschön bestickten Bluse und seidenen Pumphosen komplett entspannt auf dem Sofa saß, war keine Bollywood-Queen. Es war Layla mit einem Loch in der Stirn. Und neben dem Sofa stand Max Fuller, mit einem Verband an der linken Hand und mit der Rechten in der Pranke eines schrankgroßen Mannes, der ihm gerade eine Beretta mit Schalldämpfer zwischen die Finger drückte. Ein zweiter Riese hielt Fuller von hinten mühelos fest, und ein kleiner Mann, der ebenfalls eine Pistole in der Hand trug, sah zu.

Nachdem die Pranke Fullers Hand an die Pistole gepresst hatte, fasste der Kleine sie mit einem Tuch am Lauf und legte sie auf den Boden. Als die drei Späher von außen diese Bewegung verfolgten, entdeckte Nick, dass die gläserne Schiebetür einen kleinen Spalt offen stand.

»Ablenken, rauslocken, rausholen«, flüsterte Nick Liz und Matt zu und nahm das Gerät mit dem Antennenstummel in die Hand. Sekunden später erklang ein hektisches Piepen aus dem Wohnzimmer. Einer der beiden Riesen klopfte sich auf den Hosentaschen herum und zog schließlich den Funkschlüssel des Lincoln ins Freie, der piepte wie ein Elektrowecker. Nachdem die ohnehin nicht auf herausragende geistige Fähigkeiten deutenden Gesichtszüge des Schlüsselbesitzers für einen Moment ins Grenzdebile abgerutscht waren, fing sich der Riese und schüttelte den Kopf, während seine Kameraden spöttisch die Gesichter verzogen und der kleine Mann ihm mit einem barschen Kopfnicken Richtung Tür bedeutete, nach dem Wagen zu sehen. Der Hüne trollte sich, der kleine Mann wandte sich an Fuller.

»Dein Auftritt«, sagte Dillon zu Fuller, der ihn aus seinem ramponierten Gesicht anschaute.

Fuller war klar, was jetzt unweigerlich folgen musste. Sie würden ihn erschießen und Layla die zweite Pistole in die Hand drücken. Kein großer Showdown im ZEROland, sondern eine einfache, sehr ökonomische Lösung. Für die Behörden, die sich mit dem neuerlichen Todesfall auf dem ZERO-Gelände zu befassen hätten, wäre das Ganze eine glasklare Angelegenheit. Dabei spielte es keine große Rolle, worüber die beiden Leichen sich vor ihrer Schießerei gestritten hatten, vermutlich würde es auch niemanden interessieren. Vielleicht hatte die frische Witwe Trost bei dem durchreisenden Säufer gesucht, vielleicht war sie ihm auch mit ihren Avancen oder ihrem grünen Tee auf den Keks gegangen, jedenfalls hatten sie Streit bekommen, waren offensichtlich bewaffnet gewesen und hatten einander ebenso offensichtlich über den Haufen geschossen.

Kein sonderlich komplizierter Fall.

Dillon trat hinter das Sofa, nahm Laylas tote Hand und schloss ihre Finger um den Griff des Revolvers. Dann hob er die Waffe, und unter seinen schwarzen Augen blickte ein drittes, ebenso ausdruckslos, in Fullers Richtung.

Fuller wartete auf den Film. Sein ganzes Leben im Zeitraffer, vor seinem geistigen Auge. Er kannte auch schon die letzte Emotion des Protagonisten: Frust. Niemand würde seinen guten Ruf post mortem wiederherstellen, und vermutlich würde sogar Liz für den Rest ihres Lebens glauben, er habe sich von einer Weihrauchkönigin im Streit über ein Glas Lagavulin über den Haufen schießen lassen.

Aber Fullers innerer Lebensfilm fiel an diesem Abend aus.

Dennoch kam ihm später das, was er in den nächsten Sekunden erlebte, wie eine Nahtoderfahrung vor, wie einer jener Berichte von Menschen, die über die Grenze des Lebens schon hinausgetreten und klinisch tot gewesen waren, deren bewusstes Erleben aber jenseits des Körpers weitergegangen war. Sie sahen die Ärzte und Schwestern bei ihren Wiederbelebungsmaßnahmen, die Rettungskräfte am Unfallort, oder sie berichteten von einem Lichtkanal oder einem Kontakt mit Engeln und verstorbenen Angehörigen, von denen sie dann noch einmal zurück ins Leben geschickt wurden. Selbst der bekennende Nichtmystiker Fuller war von diesen Berichten so beeindruckt gewesen, dass er einem Weiterleben nach dem Tod seither eine Wahrscheinlichkeit von bis zu zwei Prozent eingeräumt hatte. Zu wenig, um tiefenentspannt zu bleiben, wenn ein Psychopath wie Dillon die Probe aufs Exempel machte. Aber wohl die einzige Hoffnung, die blieb, wenn einem ein geistesgestörter Sadist mit einer Pistole gegenüberhockte und das eigene

Genick in der seitwärts augestreckten Pranke des Hulk eingeklemmt war.

Eben diese völlige Ausweglosigkeit seiner Lage führte dazu, dass die Ereignisse, die folgten, auf Fuller wie ein Wunder wirkten, wie die mystischen Erfahrungen jener ins Leben zurückgekehrten Extoten – auch wenn er noch gar nicht tot war und sich das Ganze eher der fortgeschrittenen Funk- und Pyrotechnik seines Partners Nick verdankte.

Denn kaum hatte der Riese mit dem piependen Autoschlüssel das Haus verlassen, tat es draußen vor dem Haus einen lauten Knall. Dillon ließ die bewaffnete Hand der toten Layla sinken, murmelte einen verdutzten Fluch, durchquerte den Raum und den Flur, öffnete die Haustür und fing nach einem weiteren, lauteren Fluch an zu rennen.

Im gleichen Augenblick, in dem die Haustür hinter ihm zufiel, flog die Terrassentür auf. Fuller wunderte sich über seine Vision, denn im wirklichen Leben trug Liz grundsätzlich keine Baseballschläger, und erst recht schlug sie solche Keulen nicht mit unwiderstehlichem Schwung riesigen Männern quer durchs Gesicht.

Während Fuller noch starr vor sich hin staunte, fühlte er sich hochgerissen und von starken Gärtnerhänden nach draußen gezerrt, durch die offene Terrassentür ins Freie. Er sah einen brennenden Lincoln zu seiner Linken und im nächsten Moment die Seitenschiebetür seines Lieblingsautos direkt neben sich im Vorgarten, Nicks Van, eindeutig falsch geparkt. Eindeutig eine Vision, nicht real. Er hörte Nick schreien, er hörte die Schüsse, und während der Wagen davonschoss, wollte er noch darauf hinweisen, man solle vor dem Losfahren grundsätzlich die Türen schließen, aber irgendetwas sagte ihm, dass man hier, in dieser Nahtodzone, sowieso nicht auf ihn hören würde.

12

Dass Fuller sich an seine Befreiung lebenslang wie an ein übernatürliches Ereignis erinnern sollte, hatte auch damit zu tun, dass er sich bei seiner Rückkehr in die Normalität nicht nur auf dem Rücksitz des vertrauten Nickmobils befand, sondern auch in den Armen seines blauäugigen persönlichen Lieblingsengels. Was ihm im ersten Moment so paradiesisch vorkam, dass er glaubte, doch im Jenseits gelandet zu sein. Erst als Liz ihn an der Wange berührte und er mit einem lauten »Autsch« zurückzuckte, um dann, als er entschuldigend seinen Arm um sie legen wollte, an seinen heftig schmerzenden Finger erinnert zu werden, war Fuller wieder vollständig im Hier und Jetzt angekommen.

»Hi, Max«, rief Nick von vorn, »willkommen an Bord, alles noch dran?« Er drehte sich kurz nach hinten und grinste.

»Was macht ihr denn hier?«, fragte Fuller.

»Haben wir dich bei irgendwas gestört?«

»Woher wusstet ihr …«

Liz nahm seinen Arm und streichelte ihn. »Bedank dich bei Nick. Und bei deiner schicken Uhr«, sagte sie leise. Und dann, lauter, an alle gerichtet: »Wir müssen die Polizei alarmieren, vielleicht schnappen sie die Typen noch.«

Fuller schüttelte den Kopf. »Keine gute Idee, Schatz.«

»Ich weiß, dass du Polizisten nicht leiden kannst, aber …«

»Nein. Meine Fingerabdrücke sind an der Waffe, mit der sie Layla erschossen haben.«

Er nahm eine kleine Wasserflasche aus der Halterung an der Seite und trank sie halb leer. »Habt ihr 'ne Zigarette?«, fragte er.

»Die könnte ich jetzt auch brauchen«, sagte Matt.

»Du rauchst doch gar nicht«, sagte Fuller.

»Heute schon.«

»Links, in der untersten Schublade«, sagte Nick und deutete hinter sich, »da liegt ein Päckchen. Müssten auch noch zwei, drei fertig gerollte Joints drinliegen, so einen könnte ich jetzt gut gebrauchen. Für dich wären ein paar Züge auch nicht schlecht, Max, medizinisch, zum Runterkommen, Schmerzlinderung.«

»Ja, sicher«, knurrte Fuller und nahm die Zigaretten, die Matt ihm reichte. »Die Schweine haben mir den halben Mittelfinger amputiert, da hilft dein bisschen Pot gar nichts.« Und während er rauchte, erzählte er, wie es dazu gekommen war. Wie sie ihn auf der Terrasse des Starbucks betäubt und in das Lagerhaus verschleppt hatten, wie ihn Dillon zuerst mit Schlägen verhört und dann mit seinem Seitenschneider gefoltert hatte, und wie er dann nahezu alles, was er über Cuttler junior und senior und den Mord und die Sieben wusste, erzählt hatte. Und von den E-Mails auf dem USB-Stick. Weshalb sie Layla ermordet hatten.

Es war lange still im Wagen.

Liz drückte Fullers gesunde Hand. »Nicht deine Schuld«, sagte sie.

»Fühlt sich trotzdem beschissen an.«

Matt hustete, drückte seine Zigarette halb geraucht aus und räusperte die Beklemmung sachlich weg. »Wenn die das FBI davon abhalten können, ernsthaft zu ermitteln«, sagte er, »wieso waren sie dann so hinter diesen E-Mails her? Die hatte Layla doch dem FBI übergeben, ich dachte, da war nichts drin? Warum interessiert sich Cuttler derart dafür, dass er Leute umbringen lässt?«

»Vergiss jedenfalls mal das FBI«, sagte Nick. »Da geht 'ne Menge verloren auf dem Dienstweg. Denk an 9/11, an die Phoenix-Memos, an Sibel Edmonds und den ganzen anderen Kram in den richtigen Papierkörben. Wie viele Feldagenten des FBI haben ordentlich ihre Arbeit gemacht, im Vorfeld und danach, und wurden von oben abgehalten, weiter zu ermitteln, weil sie an irgendwelchen V-Männern der Geheimdienste dran waren? Das läuft mit Cuttler garantiert ähnlich. Wenn ein Beamter eine Telefonüberwachung von Cuttler anfordert oder Registerauszüge von sieben Multimilliardären, zack, geht in der Zentrale ein rotes Lämpchen an, und ein, zwei Telefonate später ist der Beamte nach Tuscaloosa befördert und die Akte geschlossen. Finito.«

»Jetzt wird sie wieder aufgemacht, nach dem zweiten Mord«, sagte Fuller, »und ich stecke mittendrin. Unsere Story ...«, fügte er hinzu und unterbrach sich selbst, weil er bemerkte, dass nicht nur seine Stimme zitterte, sondern auch seine Hand. Er ignorierte Liz' besorgten Blick, verstaute seine schmerzende Rechte in der Linken, räusperte sich und fuhr fort: »Was wir haben, wird die Behörden nicht von meiner Unschuld überzeugen, wenn die mich erst mal am Wickel haben. Wir haben nichts in der Hand, außer ein paar E-Mails, die das FBI schon kennt – oder jedenfalls kannte –, und einer DVD mit dem Inhalt von Davids Festplatte, die nicht viel hergibt, außer Bergen von Material über alternatives Geld und Parallelwährungen. Ist die DVD bei dir angekommen, Matt?«

Matt schüttelte den Kopf. »Bis heute Morgen nicht. Aber inzwischen müsste sie im Kasten sein.«

Die Sendung, die Fuller vor seinem Besuch im Starbucks mit UPS abgeschickt hatte, lag tatsächlich im Kasten, als sie am Haus von Matt Brooks angekommen waren. Liz bugsierte Fuller schnurstracks ins Badezimmer, um seinen Finger und die Schürfwunden zu versorgen.

Als sie kurze Zeit später nebeneinander im Bett des Gästezimmers lagen, schmiegte sie sich an ihn.

Fuller zitterte immer noch. Oder mehr denn je.

»Bisschen kalt«, sagte er, obwohl er wusste, dass sie ihm das nicht abkaufen würde.

»Du stehst unter Schock.«

»Ach was«, bibberte er zurück.

»Alles andere wäre merkwürdig, Max.«

»Bruce Willis hat auch nie Schüttelfrost«, klapperte er zurück.

»Du bist nicht Bruce Willis. Außerdem hätte der auch Schüttelfrost.«

»Nicht in *Stirb langsam.*«

»Wenn in dem Lagerhaus eine Filmcrew gewesen wäre, hättest du jetzt auch keinen Schüttelfrost.«

Max bibberte zustimmend.

»Was machst du nur immer für Sachen«, sagte sie und küsste ihn sanft auf die Schläfe.

»Du hast doch gesagt, ich soll wieder arbeiten.«

»Aber nicht, dass du dich gleich umbringen sollst vor Arbeit.«

Fuller hämmerte seine Zähne noch einmal aufeinander und seufzte betont laut. »Wie man's macht ...«

»Vielleicht machst du einfach mal halblang. So wie jeder normale Mensch.«

»Kann ich doch nicht. Ich kann nur ganz. Wenn ich fahre, fahre ich und halte nicht an, um Mittag zu essen. Kaffee aus 'nem Drive-in, okay, aber nur wenn das Personal auf Zack ist, sonst bin ich ohne Kaffee schon wieder weg. Wenn ich schreibe, schreibe ich, wenn ich liebe, liebe ich. Und wenn ich mich in die Nesseln setze, dann mit nacktem Arsch ... nur diesmal hab ich doch gar nichts gemacht, oder ich hab keine Ahnung, was ich Besonderes gemacht habe, was soll der Scheiß, wegen nichts, wegen Peanuts, wegen Muschelgeld, das ist doch alles komplett krank ...«

Sie brachte ihn zum Schweigen, indem sie ihn auf den Mund küsste. Lange und innig.

»Wenn du liebst, liebst du?«

»Zweifel?«

Sie zuckte die Achseln. »Weiß ich, was heute alles in dir kaputtgegangen ist? Oder an dir?«

»Der Arsch hat mir nur den Finger abgeschnitten.«

»Da bin ich aber erleichtert.«

13

Als Matt Brooks am nächsten Morgen um halb acht im Ort seinen Hund Bruno bei einem Freund abgeholt und an der Tankstelle frische Brötchen besorgt hatte, wunderte er sich auf dem Rückweg zum Snake Hill über einen Jogger vor ihm auf der Straße. Da er keine direkten Nachbarn hatte, waren solche Frühsportler hier sonst nicht zu sehen. Erst als er näher gekommen war, erkannte Matt an den flatternden Rastazöpfen, dass es sich bei dem Jogger um Nick handelte. Als er auf gleicher Höhe war, verlangsamte er die Fahrt und öffnete das Seitenfenster.

»Morgen, leider kein Rücksitz«, sagte er mit einem Blick zu Bruno, der souverän auf dem Beifahrersitz hockte.

»Kein Problem«, antwortete Nick, »ich laufe.« Und setzte zu einem kurzen Sprint an. Matt lachte und fuhr winkend an ihm vorbei.

Als Nick von der asphaltierten Straße auf den unbefestigten Weg abbog, der zu Matts Haus hinaufführte, blieb er stehen und sah sich den alten Hickorybaum an, der dort stand. Er suchte nach einem Platz für die kleine Funkkamera, um die Zufahrt zum Snake Hill vom Van aus im Auge behalten zu können. Ein langer Ast des Baums, der halb über dem Weg hing, schien dafür geeignet. Nick fand eine Stelle, an der er hinaufklettern konnte, nahm die kleine Kamera aus seiner Gürteltasche und befestigte sie mit einem Gummiband.

Nachdem er die etwa 800 Meter bis zum Haus hinaufgerannt war, setzte er sich, noch schnaufend, vor den Computer in seinem Wagen, um die Ausrichtung der Kamera zu überprüfen. Sie war eine Idee zu steil aufgehängt, zeigte ihm aber alles, was er sehen wollte. Er lud den Stream der Kamera auf den Server hoch, schnappte sich eine Jeans und ein frisches T-Shirt und ging ins Haus.

Matt hatte Kaffee gekocht und saß mit einer Zeitung beim Frühstück.

Nick setzte sich zu ihm und zog sein iPhone aus der Tasche. »Schau mal.«

Matt sah auf das kleine Display. »Sieht aus wie die Piste unten an der Straße.«

»Ist die Piste unten an der Straße«, sagte Nick. »Die Videokamera hat einen Bewegungsmelder. Wenn wir Besuch bekommen, muss der jedenfalls nicht selbst hupen.« Er ließ die Lastwagenhupe seines iPhone ertönen.

Matt schüttelte anerkennend den Kopf. Er wunderte sich nicht, dass Max seinen jungen Partner zwar immer mal wieder als Spinner abkanzelte, aber gleichzeitig große Stücke auf den Jungen hielt.

»Im Moment vielleicht noch unnötig«, sagte Nick und steckte das iPhone ein, »aber wenn Max wirklich zur Fahndung ausgeschrieben wird, ist er hier auf Dauer nicht sicher.«

Matt nahm seine Lesebrille ab und kraulte seinen Bart. »Ich verstehe das Ganze immer noch nicht. Wie kann man zu solchen Methoden greifen, nur wegen ein paar E-Mails, in denen ein Sohn seinem Vater droht, weil der angeblich seine Ideen *pervertiert* hat. Heute Morgen habe ich schon mal das Inhaltsverzeichnis der DVD überflogen, aber das sagt mir auch nichts. Der junge Cuttler muss mehr gewusst haben. Und der Alte muss wesentlich mehr Dreck am Stecken haben, als wir bisher wissen.«

Nick schlürfte an seinem Milchkaffee und stand auf, mit der Tasse in der Hand. »Ich gucke mir das noch mal an. Es ist alles, was wir haben. Und es hat gereicht, um Layla zu töten. Muss was drauf sein. Oder dran. Danke für den Kaffee.« Er schnappte sich die DVD und ließ Matt mit seiner Morgenzeitung und den Brötchen allein.

Als Nick eine Dreiviertelstunde später ins Haus zurückkam, saßen Liz und Max auf den Hockern am Küchentresen und tranken Kaffee. Fuller hielt seine Tasse mit beiden Händen fest umklammert. Matt saß an seinem Computer.

Nick legte die DVD auf den Tresen. »Bingo.«

»Heißt?«, sagte Fuller. »Und vorher: guten Morgen.«

»Morgen war schon. Auf der DVD ist ein versteckter, unsichtbarer File, passwortgeschützt«, sagte Nick. »Ich lasse gerade eine Routine laufen, aber die Verschlüsselung ist nicht schlecht, das kann dauern, Stunden, mit Pech: Tage. Hat jemand eine Idee?«

Die drei sahen ihn an, Liz und Matt schüttelten die Köpfe.

»*Layla* hast du garantiert probiert«, sagte Fuller.

Nick schlug sich mit großer Geste vor die Stirn. »Verdammt! Verdammt, Max, du bist *genial!* Wieso ist *mir* das nicht eingefallen, ich Vollhorn!«

Liz prustete in ihren Kaffee.

Nick ließ die Hand sinken und sah Fuller vorwurfsvoll an. »Irgendwas Originelles? Die Katze, die er als Kind gequält hat?«

Fuller schüttelte den Kopf. »Ich kannte den nicht direkt aus der Sandkiste. Sondern gar nicht.«

»Okay«, sagte Nick, »dann müssen wir Geduld haben. Was ist der Plan?«

»Langsam«, sagte Matt. »Vorher lautet die Frage: Was ist das Problem?«

»Welches willst du zuerst hören?« fragte Fuller. »*Sei Teil der Lösung, nicht Teil des Problems,* ist das nicht dein Credo?«

Matt war aufgestanden und stand neben dem Drucker an seinem Schreibtisch. »Ich habe eine Mindmap angelegt«, sagte er und legte die Ausdrucke auf dem Tisch zwischen den beiden Sofas aus.

»Kindergeburtstag mit Ballons und Fähnchen?«, fragte Fuller und sah sich die Grafik mit sich überlappenden Kreisen, Pfeilen und verschiedenfarbigen Markierungen an.

»Eher eine Schnitzeljagd«, erwiderte Matt lächelnd und legte seinen Finger oben auf einen der Ausdrucke. »Wir haben das Cuttler-Imperium und die Sieben auf der einen Seite und die ZERO-Kommune auf der anderen, also eine Schnittmenge, in der wir die beiden Mordopfer David und Layla finden, sowie Dillon und seine Killer. Das Motiv für die Morde sind die Informationen von David und Layla, die zum Teil oder ganz, das wissen wir noch nicht, bei Max gelandet sind. Deshalb waren und sind die Killer jetzt auch hinter Max her, und möglicherweise auch das FBI, weil er wegen der Abdrücke auf der Mordwaffe unter Verdacht steht.«

Während Matt weiter dozierte, zwang Fuller sich, sitzen zu bleiben. Alle für ihn relevantem Stichworte waren nämlich bereits gefallen. Morde, Killer, FBI, hinter ihm her. Und spontan wusste er ganz genau, wie seine Reaktion darauf auszusehen hatte. Beine in die Hand nehmen, weglaufen, das Land verlassen und sich einen Bart stehen lassen.

»Problem Nummer eins ist also«, sagte Matt ungerührt, »wie wir Max aus dieser Gefahrenzone herausbringen, und Problem Nummer zwei, wie wir Cuttler und seinen Killern ihre Taten nachweisen können. Wenn wir Nummer zwei lösen, ist Nummer eins auch erledigt und Max außer Gefahr. Aber dazu, und das ist der dicke Pfeil hier, brauchen wir vor allem eins, deshalb steht es hier fett: mehr Information.«

Matt sah in die Runde. »Journalistische Fleißarbeit ist gefordert, Kollegen. Recherche, Quellensuche, Informationsbeschaffung. Wir sind völlig ahnungslos, wir sind blind. Wir brauchen *alles* über Cuttler, Barrita, Milowski, Barnes und die anderen Vögel aus diesem Superclub. Wir brauchen *alles* über die Firmen, Stiftungen und Netzwerke, an denen sie beteiligt sind – und zwar unter besonderer Berücksichtigung der Frage, ob und inwieweit der ZERO bei all dem eine Rolle spielt. Und weil der Faktor Zeit so enorm wichtig ist, brauchen wir nicht nur das alles, sondern auch noch alles so schnell wie möglich.«

»Kein Problem«, sagte Nick, »ich schau mal kurz nebenan, ob unsere fünfzehn Praktikanten schon angefangen haben.«

Fuller kam zu sich und sah seinen grinsenden Freund an. »Matt hat völlig recht«, sagte er. »Wir wissen entschieden zu wenig. Gib mir mal dein Telefon, Nick.«

Nick sah ihn überrascht an. Fuller nahm ihm das Telefon ab, wählte Jake Williams' Nummer, stand auf und trat ans Fenster. Während er wartete, sah er nach draußen, in die karge blasse Landschaft vor dem Canyon. Beruhigend war, dass niemand sich von dort draußen Matts Hütte nähern konnte, ohne reichlich Staub aufzuwirbeln. Nicht so beruhigend war, dass sie den Staub nachts nicht sehen würden.

Jake Williams war nach dem dritten Klingeln dran.

»Hallo, Nick«, begrüßte er seinen Anrufer.

»Hallo, Jake«, sagte Fuller. »Reines Ablenkungsmanöver, das mit Nicks Handy, sonst wärst du ja nicht rangegangen.«

»Vermutlich«, lachte Jake.

»Wo steckst du?«

»Washington.«

Fuller brauchte einen Augenblick, um das zu begreifen. »Sag nicht, du bist bei Lauren.«

»Ihre Eltern … kommen heute Abend zum Essen.«

»Scheiße, Jake, hast du Alzheimer?«

»Max, wir …«

»Okay. Egal. Ich erspare dir die Details, du ersparst mir die Erklärung. Wir müssen reden, und wir müssen arbeiten.

Schwing deinen Arsch in den nächsten Flieger, und sag mir, wann der in L.A. landet. Und komm nicht auf die Idee, erst nach den *Hors d'oeuvres* loszufahren.«

Fuller legte auf, ohne Jakes Antwort abzuwarten.

Er ging zu den anderen zurück und warf Nick das iPhone zu.

»Hey! Schmeiß hier nicht mit meinem Gehirn rum, Mann!«

»Der hat sie doch nicht alle«, sagte Fuller.

»Wer?«

»Jake.«

»Weil?«, sagte Nick.

»*Laurens Eltern kommen heute Abend zum Essen.* Hat der was am Kopf? Herrgott, ist der irre, die hätte ihn fast gekillt, die hat ihn an Rickler förmlich verfüttert, und jetzt sitzt der da wieder mit 'ner Austernzange am Tisch, mit den *Eltern* seiner weißen Herrin? Himmelarsch!« Fuller warf die Arme gen Himmel, traf den Deckenfluter mit der falschen Hand und fluchte sich die Seele aus dem Leib.

Besorgte Blicke trafen ihn, aber er hätte nicht sicher sagen können, ob Liz und Nick an einen Notarzt oder einen Nervenarzt dachten.

Matts Blick war einfach nur verständnislos. Er hatte Jake einige Male zusammen mit Max getroffen, wusste, dass der sein ältester Kumpel aus Collegezeiten und sein ehemaliger Quarterback war und dass Jake bei irgendeinem *think tank* Karriere gemacht hatte. Auch dass Jake an Max' 9/11-Story beteiligt gewesen war, zuerst auf der falschen Seite und dann auf der Seite von Max und Nick, mit denen er seither die Invisible Academy betrieb, hatte Matt gehört. Aber nichts davon, dass Jake Williams vor einigen Monaten zu seiner Frau Lauren zurückgekehrt war. Oder wieso man deshalb die Hände über dem Kopf zusammenschlagen musste, ob mit oder ohne Deckenfluter.

»Reg dich ab, Max«, sagte Liz und zog Fuller neben sich auf das Sofa. Sie strich ihm mit der Hand über den Arm, dann wandte sie sich Matt zu. »Lauren hat das damals nicht freiwillig gemacht. Sie wurde erpresst und gezwungen, man hat ihr gedroht, dass ihrem Sohn etwas zustößt …«

»Ja, sicher«, sagte Fuller, und das klang so, wie er es meinte.

Liz fuhr unbeeindruckt fort: »Jake lebt seit Anfang des Jahres wieder mit ihr und ihrem Kind zusammen. Und Jake und Max haben sich … vertragen.«

Matt runzelte immer noch die Stirn und nickte.

Nicks iPhone auf dem Couchtisch signalisierte den Eingang einer SMS.

Ankunft LAX, 19 Uhr 10.

»Jake landet kurz nach sieben«, sagte Nick und hielt das Gerät in die Höhe. Liz lächelte Fuller an, der verächtlich grunzte.

»Das ist ja wohl auch das Mindeste …«, sagte er. Dann unterbrach ihn ein lautes Hupen, und im gleichen Augenblick machte Fuller einen Satz rückwärts, Richtung Terrassentür, Richtung Fluchtweg.

Nick sagte beschwichtigend, begleitet von einer beruhigenden Handbewegung: »Keine Panik!«

Fuller rief gleichzeitig: »Was ist das, wer?«, und Nick hielt das iPhone hoch, auf dessen Display ein Kleinlaster zu sehen war, der eben die Auffahrt zum Snake Hill hochkam.

Ein Kleinlaster, auf dessen Seite die Buchstaben D, H und L gemalt waren.

»Du brauchst ein neues Telefon und einen Rechner, und für die Anlage im Wagen brauchte ich auch noch ein paar Teile.« Er zuckte entschuldigend die Achseln. »Ist nur die Post.«

Fuller atmete tief ein und gründlich wieder aus. Er suchte ein paar Sekunden nach einer wahlweise vorwurfsvollen oder kolossal heiteren Bemerkung, mit der er seine Nervosität hätte herunterspielen können, aber ihm fiel partout nichts ein.

Und in die Stille hinein sagte Nicks iPhone *Bing*.

»Und was ist das?«, fragte Fuller. »Essen auf Rädern?«

»Nein«, lächelte Nick und steckte seinen elektronischen Helfer zufrieden in die Tasche. »Wir haben das Passwort.«

Er trat an Matts Schreibtisch, betätigte ein paar Tasten und lud das Dokument vom Server hoch. Die anderen versammelten sich hinter ihm und schauten wie er auf den Bildschirm.

»Das Datum, an dem diese Datei zuletzt bearbeitet wurde«, sagte Nick, »ist identisch mit dem der Dateien auf dem Stick. Vielleicht wollte David sie mitkopieren, aber das konnte er nicht, wegen des versteckten Dateinamens.«

Er klickte die Datei an, die schlicht mit *RE: Contenance!* beschriftet war. David Cuttler hatte in dieser offenbar letzten Antwort auf jede Anrede verzichtet. Sowie auf fast alle Großbuchstaben.

nein, weil euer beschissener plan die ganze idee von den füßen auf den kopf stellt und sie zur optimierung eures alten systems von macht und profit nutzt. und ihr nutzt sie zur erpressung, um zu den neuen machthabern einer neuen weltordnung zu werden, zu herrschern über das eine geld, zu den neuen illuminaten.

ich weiß, dass du ein armes schwein bist, dad. du hast nie bekommen, was ich von layla und vielen anderen bekomme: liebe und zuneigung. du hast deshalb geglaubt, dieses fehlen, dieses loch, mit immer mehr geld auffüllen zu müssen – und bist süchtig geworden danach, du kannst nicht anders, wie ein triebtäter. eine zeitlang habe ich geglaubt, dass du mich verstanden hast und einsiehst, dass der ZERO für dich so etwas wie einen

entzug bedeuten könnte und dass es noch nicht zu spät ist, diesen weg zu gehen, aber seit ich weiß, dass du in deiner unersättlichen gier immer nur darauf geschielt hast, wie du die idee und die software ausbeuten kannst, habe ich kein mitleid mehr, sondern bin nur noch entschlossen, dich irren und deine wahnsinnigen kollaborateure zu stoppen. CONTENANCE? leck mich am arsch! du wirst aufhören. ihr werdet aufhören. warum? sieh hin. die liste ist vollständig, und es liegt allein bei dir, wo sie landet. irs, fbi und finanzministerium? liegt bei dir. komm zu dir, alter mann. das hier ist vorbei, euer kranker traum ist aus.
d.

»Diagnose«, sagte Fuller, als er zu Ende gelesen hatte, »Ödipus, Rechtschreibschwäche und schwere Paranoia.«

Nick klickte kommentarlos auf das angehängte Dokument.

Es war eine endlos lange Excel-Liste, auf der über 2000 Unternehmensnamen notiert waren, von *AAI* (American Apparel Industries) bis *ZZ-Low* Australia (Tieftemperaturanlagen), in alphabetischer Reihenfolge, ohne weitere Angaben.

»Okay«, sagte Nick, »die Liste schicke ich Jimmy, der ist irre genug und hat den ganzen Quark auf seinen Rechnern, so kriegen wir die Besitzverhältnisse, Verflechtungen und Beteiligungen am schnellsten serviert. Da ist aber noch einiges mehr an Mails und Material, ich stell das mal auf unseren internen Server, dann könnt ihr alle darauf zugreifen.«

»Ich nicht«, sagte Fuller und sah unter den verwunderten Blicken der anderen auf seine Uhr. »Ich muss Jake abholen.«

»Nein«, sagte Liz und schüttelte den Kopf. »Du gehst da garantiert nicht raus.«

»Na, komm«, sagte Fuller, der seine vagen Fluchtpläne massiv gefährdet sah.

»Du wirst gesucht, Max Fuller«, sagte Liz und sah Matt an. »Leihst du mir dein Auto?«

»Sicher«, lächelte Matt.

Nachdem Liz aufgebrochen war, ließ Fuller sich die gesamte Firmenliste und einen ziemlich wahllosen Haufen Dokumente ausdrucken, verzichtete dankend auf seinen neuen Laptop und ging mit dem Papierstapel und einem großen Becher Kaffee nach draußen auf die Terrasse. Dort blieb er aber nicht, sondern ließ auch die Stühle und den Tisch links liegen, durchquerte die Oase, trat in die dürr bewachsene Wildnis dahinter und ging Richtung Fluss, bis er fast zweihundert Meter von Matts Hütte entfernt war.

Er setzte sich auf einen komplett unerschütterlich wirkenden Felsbrocken, legte den Papierstapel neben sich in den Sand und stellte die Kaffeetasse obendrauf. Und sah auf den Fluss. Der ebenfalls unerschütterlich seine Bahn zog. Als ginge ihn das alles nichts an. Was es ja auch nicht tat. Ihm war es egal, wer wo warum und weshalb starb. Oder wer einen Finger verlor.

Fullers Problem war nicht der Finger. Der tat bloß höllisch weh. Sein Problem war, dass er sich plötzlich wichtig nahm. Sich, beziehungsweise sein Leben. Er verstand Nick, Matt und Liz, ihren Eifer, ihre Neugier, schließlich war er oft genug in der gleichen Position gewesen. Ein Rätsel war zu lösen, ein *Scoop* lockte, vertrauliche Informationen waren zu ihnen durchgesickert. Der Traum jedes investigativen Journalisten, der Traum jedes Weltverbesserers.

Dillon hatte ihm nicht nur den Finger abgeschnitten, er hatte ihm auch einen Revolver an den Kopf gehalten. Er, Fuller, war praktisch tot gewesen. Er hatte bloß Schwein gehabt, im letzten Augenblick.

Journalisten starben. Neugierige Journalisten starben eher.

Manchmal krähte ein Hahn danach, in den Spätnachrichten. Wenn wieder mal ein russischer Kollege endgültig den Griffel abgegeben hatte. Und am nächsten Tag gab es wieder frische Meldungen. Ein prügelnder Footballer. Ein Senator mit Dreck am Stecken. Ein Beinahe-Störfall. Ein tragischer Unfall auf dem Highway.

Weshalb der Journalist gestorben war? Interessierte keinen mehr. Es war eh zu kompliziert, meistens. Die Mafia war's. Immer. Irgendeine.

Mafia klang gut. Oder Al Qaida. *Und damit zu unserer nächsten Meldung.*

Max Fuller war selbst überrascht, wie wenig Verlangen er danach hatte, die Meldung vor der nächsten Meldung zu werden. Und er war überrascht, dass er darüber nie ernsthaft nachgedacht hatte, nicht bis zu seinem scheinbar letzten Lebensmoment auf Laylas Sofa. Und merkwürdigerweise interessierte ihn bei all diesem selbstsüchtigen, lebensverliebten Nachdenken und Fühlen nicht im Geringsten, weshalb Cuttler und Dillon sich von ihm gestört fühlten. Weshalb sie ihn umzubringen versucht hatten. Weshalb sie es vermutlich wieder versuchen würden, sofern sie ihn zu fassen kriegten. Ihre Motive waren ihm scheißegal.

Fuller sah hinunter auf den gleichgültigen Fluss.

Und er fluchte. Weil er nicht gleichgültig war. Weil er Angst hatte.

Natürlich wusste er, dass Angst der beschissenste Berater von allen war. Aber das änderte nichts daran, dass genau dieser Berater sich in ihm so breit gemacht hatte, dass er selbst kaum mehr geradeaus denken konnte.

Er sah auf den Fluss. Entschlossen, von ihm zu lernen.

Und setzte sich in Bewegung.

Als Fuller am Abend zum Haus zurückkam, saßen Matt und Nick auf der Terrasse und waren so vertieft in Berge von ausgedruckten Unterlagen, vollgeschmierten Zetteln und ihr Gespräch, dass sie den Rückkehrer kaum zur Kenntnis nahmen.

Erst als Fuller sich auf den freien Platz am Tisch setzte, sah Nick ihn an und fragte: »Was gefunden?«

»Interessanter Fluss«, sagte Fuller. »Am Eingang zum Canyon ist ein Wasserfall.«

»Da warst du?«, fragte Matt überrascht.

Fuller nickte.

»Strammer Marsch«, sagte Matt.

»Bewegung ist gut fürs Gehirn«, sagte Fuller. Dann legte er seinen praktisch ungelesenen Schwung Papier auf den Tisch. »Fleißkärtchen für David. Tolle Sache. Jetzt kennen wir also alle Firmen, an denen der Alte und seine Freunde beteiligt waren.«

Nick drehte seinen Laptop so, dass Fuller die Grafik sehen konnte, die er gerade aufgerufen hatte. »Mehr als das. Post von Jimmy. Hat die 2023 Firmen auf der Liste mit seinen Datenbanken abgeglichen.«

Das Gewimmel auf der Grafik sah auf den ersten Blick aus wie ein Schnittmusterbogen. Als Nick es vergrößerte, erkannte Fuller die einzelnen Firmen und den Stammbaum ihrer Beteiligungen und Verflechtungen.

Jede Linie führte zu einem der sieben Namen am Ende der Tabelle.

»Schön«, sagte Fuller und zuckte die Achseln, »Fleißkärtchen mit Auszeichnung. Und was sagt uns das?«

»Wir kriegen bis heute Abend noch eine erweiterte Übersicht, in der alle erhältlichen Finanz- und Börsendaten berücksichtigt sind.«

»Noch mal: schön«, sagte Fuller. »Aber soll ich etwa mit dieser wirren Grafik als Phantomzeichnung zum Staatsanwalt rennen und sagen: ›Ich war's nicht, aber der Mörder sieht irgendwie so aus‹?«

Nick kratzte sich verwirrt in den Locken. »Wir waren, offen gestanden, gerade nicht irgendwelchen Mördern auf der Spur …«

»Sondern«, sagte Matt, »der Frage, wie man mit 2023 Firmen Alternativgeld pervertiert.«

»Gute Frage«, nickte Fuller. »Aber da wir ja gerade auf der akademischen Ballon- und Fähnchenkarte unterwegs sind, vergessen wir doch nicht die eigentliche Frage, nämlich die, die sich vorher stellt: Wieso sollte jemand, der aus 2023 Firmen Gewinne in Form von *Dollars* zieht, so blöd sein, so was zu wollen? Und solange mir das keiner sagt …«

Nicks iPhone gab einen dezenten Laut von sich, er sah auf das Display und runzelte die Stirn.

»*Breaking News.* Der Polizeibericht über den Mord aus der Lokalzeitung, Southwest Ledger.« Er sah Fuller an. »Relevante Information für Spaziergänger?«

Fuller nickte. »Sag an.«

Nick las vom Bildschirm ab: »*Gestern wurde Layla W., 32, ein Mitglied der ZERO-Kommune, in ihrem Haus auf dem Gelände ermordet aufgefunden. Sie starb durch einen Schuss in die Stirn, der aus nächster Nähe abgefeuert wurde. Der oder die Täter konnten unerkannt entkommen, die Mordwaffe wurde am Tatort gefunden. Dies ist bereits der zweite Todesfall in kurzer Zeit, nachdem vor sieben Wochen David Cuttler, 33, der das Nachbarhaus bewohnte, ebenfalls ermordet wurde. Er war mit Layla W. befreundet und der einzige Sohn des Milliardärs Robert Cuttler. Das FBI hat die Ermittlungen aufgenommen, und es scheint einen dringend Tatverdächtigen zu geben, über dessen Identität allerdings aus Behördenkreisen noch nichts in Erfahrung zu bringen war.*« Nick ließ das iPhone sinken. »Schöne Scheiße«, sagte er.

Fuller zog die Schultern hoch und breitete seine Handflächen vor sich aus. »Die eine Flosse kaputt, der Abdruck der anderen auf einer Mordwaffe – und kein Ausweg, außer einer dubiosen Geldverschwörung nachzugehen. Also, wenn die Scheiße den Ventilator noch nicht erreicht hat, scheint sie mir doch mitten im Landeanflug.«

»Aber Layla hat immer noch recht«, sagte Matt, »das FBI ermittelt auch dieses Mal und findet im besten Fall wieder nichts und im schlechtesten dich. Dillon und seine Freunde werden jedenfalls alles dafür tun, dass dieser schlechteste Fall eintritt.«

Fuller schüttelte den Kopf. »Falsch. Cuttler und Dillon sind höchstens daran interessiert, dass das FBI mich auf der Flucht erschießt, und wenn wir Pech haben, arbeiten daran bereits genau die Agenten, die schon in Laylas Unterlagen nichts gefunden haben. Wenn wir Glück haben, hab ich nur Dillon und Cuttler am Hals.«

Nick sah ihn nachdenklich an. »Jake muss als Erstes seine FBI-Verbindungen checken und rauskriegen, ob wirklich du zur Fahndung ausgeschrieben bist. Wenn ja, hängt zumindest das FBI nicht mit drin.«

»Zumindest nicht das ganze FBI? Sondern nur die paar gekauften Jungs, die das Ding hier vor Ort vertuschen? Na, das ist ein Trost.«

»Kannst du mal fünf Minuten nicht negativ sein?«

»Klar, wenn du mir mal zwei Sekunden einen Grund nennst. Außer: *Die Sonne scheint.«*

»Wenn das FBI nach dir sucht, ist unser Problem überschaubar.«

»Solange die mir nicht versehentlich in den Rücken schießen.«

Nick fuhr unbeeindruckt fort: »Wenn die Feds dich suchen, haben die nicht mehr nur eine durchgeknallte Braut aus irgendeiner Kommune auf dem Schirm, sondern immerhin Mr Expulitzer Max Fuller. Bist du allerdings *nicht* zur Fahndung ausgeschrieben, sondern irgendein Strohmann, haben wir ein echtes Problem. Denn dann hat Cuttler sehr, sehr lange Arme.«

»Mit sehr vielen entsicherten Waffen dran. Danke, das meinte ich mit *Sag mir was Positives*.«

Nick seufzte. »Du brauchst echt was zu rauchen, Max.«

Das iPhone hupte ein Ausrufezeichen.

Diesmal zuckte Fuller nicht zusammen, sondern sah bloß auf das Display. Es war inzwischen dunkel, aber Liz betätigte im Vorbeifahren an der Baumkamera zweimal die Lichthupe.

»Kannst du den Sound auch unterschiedlich einstellen, je nachdem, ob Post, Freunde oder Feinde auftauchen?«

Zwei Minuten später schwang Jake Williams seine ein Meter vierundneunzig erstaunlich mühelos aus dem Smart und kam auf Fuller zu. Jake sah blendend aus, wie immer. In einem tadellosen Anzug, mit weißem Hemd und roter Krawatte und mit einer Figur, mit der er den jungen Muhammad Ali jederzeit hätte doubeln können. Jake Williams, wie er leibte und lebte, immer in Form, immer tadellos, immer dynamisch, auf dem Weg nach oben. So war es schon in ihrem Footballteam im College gewesen – Max, obwohl zwölf Zentimeter kleiner, der talentiertere, einfallsreichere Spieler, aber trainingsfaul und leichtsinnig; und Jake, der eisern an sich arbeitende, konstante und besonnene Quarterback.

Der von Baumwollsklaven in Georgia abstammende Modellathlet und der bullige Urenkel eines irischen Seemanns und einer deutschstämmigen Bäuerin waren zuerst Sportskameraden, dann Kommilitonen an der Columbia-Universität und danach Freunde fürs Leben geworden. Auch nach Fullers Absturz vom journalistischen Olymp, nach seinen diversen Zusammenbrüchen und dem Scheitern seiner beiden Ehen war Jake für ihn so etwas wie die letzte Instanz gewesen – der Freund, der einen unter keinen Umständen fallen lässt. Deshalb hatte Fuller vor 18 Monaten, als Jake von Rickler in die Falle gelockt worden war, auch nicht gezögert, sein Lebenswerk, seinen *9/11-Scoop,* für das Leben seines Freundes zu opfern. Aber Fuller sehnte sich oft nach der Zeit zurück, in der noch er in Jakes Schuld gestanden hatte und nicht Jake in seiner.

»Hey, Max, alter Wühler«, lachte Jake und nickte in Richtung von Fullers formidablem Veilchen, »was hast du gemacht? Mike Tyson interviewt und gefragt, ob er wirklich einen kurzen Schwanz hat?«

»Vorsicht«, sagte Fuller, als Jake seine Arme ausbreitete und ihn an sich drücken wollte, hob seinen verletzten Finger und klopfte ihm mit der Rechten auf den Rücken. »Schön, dass du da bist, Jake, aber die Schwanzwitze hab ich schon alle in einem Genderseminar zur Förderung von Balkonrauchern und Schwiegerelternverstehern verbraucht.«

Jake lachte und wandte sich zu Liz, die neben ihm stand: »Wie hältst du das nur aus mit diesem Freak?«

Liz lächelte, während sie mit den beiden aufs Haus zuging. »Der Kinderarzt meinte, es ist wie bei einem ganz normalen Vierjährigen, man sollte ihn nur nicht allein wegrennen lassen, sonst stellt er Unsinn an oder bringt sich selbst in Gefahr.« Dazu drückte sie Max einen Kuss auf den Hals, und Fuller bedankte sich mit einem gequälten Lächeln.

Nick und Matt begrüßten den Neuankömmling auf dem Weg ins Haus, aber ehe es zu ausführlicherem Small Talk kommen konnte, setzte Fuller seine ernsteste Miene auf. »Du bist im Bilde?«

Jake nickte. »Liz hat mir alles erklärt, und die Unterlagen hab ich weitgehend studiert, im Flieger. Beeindruckende Liste, das liest sich ja wie ein *Who's who* der nationalen und internationalen Industrie.«

Nick deutete auf den Laptop auf dem Tisch. »Der Rest ist da. Alle Querverbindungen.«

Jake sah auf den Bildschirm und überflog die Liste schweigend. Dann pfiff er anerkennend und sagte: »Und alle diese Firmen werden von Barrita, Cuttler und ihren Freunden kontrolliert? Wo kommt die Liste her?«

»Jimmy, ein alter Freund«, sagte Nick, »hat früher für LexisNexis und andere große Datenbanken gearbeitet und eine Software speziell für solche Abfragen geschrieben. Steht aber heute auf der richtigen Seite.«

»Guter Mann.«

»Gut, dass du nicht mehr für die Regierung arbeitest. Jedenfalls gut für uns. Ist nur der erste Überblick, wir bekommen später noch einen mit allen erhältlichen Finanz- und Börsendaten.«

»Interessant«, nickte Jake, »zumindest für die Kartellaufsicht oder die Monopolkommission, wenn es so etwas noch wirklich gäbe.«

»Expertenmeinung«, sagte Fuller. »Was sollen diese Oligarchen mit ihren Industrie-, Rüstungs-, Pharma- und Handelskonglomeraten mit Muschelgeld, die leben doch wunderbar mit dem Dollar, auch in der Krise?«

»Du kriegst deine Expertenmeinung«, sagte Jake, »aber nur, wenn du mir sagst, warum sie sofort eine Killertruppe aussenden, sobald man mal vorsichtig nachfragt. Der angepisste Hund bellt, okay – aber zwei, zweieinhalb Menschen einschließlich dir, kaltblütig zu ermorden, ist ziemlich energisches Beißen.«

»Was heißt?«

»Was heißt, dass ihr einem ziemlich großen Köter auf die Pfoten getreten seid. Und zwar mit Skischuhen. Und hiermit«, er zeigte auf den Bildschirm vor sich, »haben wir zum ersten Mal eine Vorstellung, wie groß der Höllenhund ist, der sich da so gestört fühlt.«

»Einverstanden«, Fuller hob seinen verbunden Finger, »er ist eindeutig bissig. Aber diese Mails von David an seinen Vater, was er dem Alten vorwirft, die *Perversion des ZERO?* Bleib mal in deiner Rolle, Jake, *du* bist der seriöse Politikberater, *ich* bin der Spinner, der bescheuerte Vierjährige. Also sag mir bitte, dass das alles Quatsch ist, dass es keine ZERO-Verschwörung gibt. Perverse Oligarchen fahren meinetwegen in SS-Uniform Formel-1-Autos oder missbrauchen kleine Jungs, aber doch kein Alternativgeld. Was soll das bringen?«

»Sie könnten es zum Beispiel als Parallelwährung einsetzen«, sagte Jake, »als neues Bonussystem, wo doch Bonuszahlungen gerade allgemein in Verruf geraten sind. Und wenn ich jetzt diese Liste sehe und mir vorstelle, dass all diese Unternehmen ein paralleles Währungs- und Abrechnungssystem installieren, dann …«

»Ja!«, unterbrach Nick ihn. »Genau. Und das wird dann das Geld der Neuen Weltordnung, der Illuminaten. Eine zentralisierte Weltwährung, nicht mehr unter Kontrolle der Staaten, sondern …«

»Okay, wenn ihr beide nicht mitspielt, gebe *ich* den Erwachsenen«, versuchte Fuller dazwischenzugehen, aber Nick ließ ihn nicht und wandte sich an Jake: »Was meinst du? Eine Parallelwährung in einem internationalen Konzernverbund wie diesem? Das wäre doch ein gigantisches Druckmittel.«

»In der Tat«, sagte Jake, »das wäre eine Kampfansage, gerade in der gegenwärtigen Vertrauenskrise und mit dem ohnehin nur noch künstlich am Leben gehaltenen Patienten namens Dollar.« Er nickte. »Finden wir's raus. Ich frage morgen beim IRS an und leuchte mal ein bisschen weiter in die Firmen. Wenn jemand ein Interesse hat, irgendwelchen diskreten Bonussystemen auf die Spur zu kommen, dann die Steuerbehörden.«

»Und die geben dir so einfach Auskunft?«, wunderte sich Matt, »also, wenn wir an der Uni, damals für die Studie über die Devianz der Eliten, beim FBI oder IRS angefragt haben, wollten sie nicht mal anonymisierte Daten rausrücken, und wenn, dann dauerte das Monate.«

Fuller winkte ab. »Du warst aber auch bloß Professor, Professor. Jake war mit diesen ganzen Eliten im Bett, bei seiner *Federal Freedom Foundation.* Höchste Sicherheitsstufe, der Junge durfte an fast alles ran, was die Datenbanken von NSA, CIA und Cheneys Schattenkabinett zu bieten hatten. Und das ist auch jetzt noch so, auch wenn mit Obama ein etwas anderer Wind weht – aber die Windmacher, die Hengste in der zweiten Reihe, die Präsidentenflüsterer und Spin-Doktoren werden ja nicht alle ausgewechselt. Sie pusten jetzt nur einfach in die andere Richtung. *Yes, we can!*« Fuller grinste, und Jake schickte einen Luftkinnhaken in seine Richtung.

»Jimmy hat die zweite Liste geschickt«, sagte Nick, der sein MacBook wieder auf den Knien hatte und tippte, »ziemlich umfangreich, hab sie auf den Server gestellt, 7-f.pdf. Würde aber sagen, das schauen wir uns morgen früh an.« Er gähnte.

»Okay, Kameraden«, rief Fuller im Befehlston. »Ich schmeiße eine Lokalrunde von Matts Absinth, falls noch welcher da ist, und dann ab ins Bett. Morgen früh, Schlag acht, heben wir die Welt aus den Angeln.«

14

Es war nicht bei dem einen Absinth geblieben. Es waren drei oder vier geworden. Dennoch war Fuller nicht betrunken, sondern nur sehr, sehr schlaftrunken, als er sich nachts in der Küche wiederfand und aus halb geschlossenen Augen in den Kühlschrank spähte, auf der Suche nach kaltem Wasser. Er brauchte einen Moment, um zu begreifen, dass etwas nicht stimmte. Es dauerte, bis er wenigstens begriff, dass das Licht im Kühlschrank zwar immer aus ist, nicht nur nachts, aber dass es auch immer angeht, nicht nur tagsüber, wenn man die Tür öffnet.

Was es diesmal nicht tat.

Das ergab keinen Sinn. Nicht mal in Fullers entsetzlich müdem Kopf. Aber während er noch im dunklen Kühlschrankinneren herumtastete, beschloss er, dass das nicht sein Problem war. Die Glühbirne musste defekt sein. Was allerdings nicht erklärte, weshalb seine Hände keine Wasserflasche fanden.

Als die Stehlampe neben dem Sofa mit einem sanften *Klick* anging, kniff Fuller die Augen zusammen.

Um sie im nächsten Augenblick aufzureißen, hellwach.

Sehr viele Dinge wurden ihm gleichzeitig schmerzhaft klar, als er Dillon hinter dem Sofa stehen sah, mit dem Messer an Liz' Halsschlagader. Ihm wurde klar, dass sie naive Idioten gewesen waren, die geglaubt hatten, allein mit einer Minikamera im Baum das Böse bannen zu können. Aber er hatte keine Zeit, sich darüber Gedanken zu machen, er hatte nicht mal Zeit, Dillon zu fragen, was der wollte, was er, Max, tun könne, um wenigstens Liz' Leben zu retten. Denn Dillon war nicht gekommen, um zu verhandeln.

Der Mund unter den pechschwarzen Augen zuckte kurz und sagte dann mit unnatürlich sanft zischendem Klang: »Du glaubst doch an Wiedergeburt, oder, Max?«

Dillon stach die Klinge tief in Liz' Hals, und das Blut schoss aus ihrem zuckenden Körper, und Fuller stürzte mit einem lauten, verzweifelten Schrei auf sie und Dillon zu.

Und schrie und schrie und begriff erst ganz allmählich, wo er war, als er Liz' Gesicht direkt vor seinem sah und sie energisch sagen hörte: »Max! Max, es ist gut!«

Im nächsten Augenblick flog die Tür krachend gegen die Wand, und Max sah eine Klinge im fahlen Licht aufblitzen, die mindestens doppelt so lang war wie die, die Dillon eben Liz in den Hals gerammt hatte. Liz schrie, Fuller stockte endgültig der Atem, weil er nicht verstand, wie man aus einem Albtraum in den nächsten fallen konnte, und dann begriff er, dass von hinter der Klinge nicht Dillons alarmierte Augen in seine Richtung starrten, sondern die von Matt.

Jake und Nick tauchten aus dem Flur hinter Matt auf, und Matt ließ sein ellenlanges Jagdmesser durch den Raum pendeln.

»Er hat geträumt«, sagte Liz. »Es ist okay, Matt. Er hat geträumt.«

Matt ließ das Messer sinken. Langsam. Und sah seinen verschwitzt im Bett sitzenden Freund besorgt an.

»Alles okay?«, fragte Nick.

Liz nickte und strich Fuller sanft über den Rücken.

»Alles okay«, sagte sie.

Fuller sagte nichts. Er nahm mehr am Rande zur Kenntnis, dass Matt, Jake und Nick einen Blick wechselten und dann, nach kurzem Zögern, die Tür von außen schlossen. Behutsam. Als zögen sie die Tür eines Krankenzimmers hinter sich zu.

Er spürte Liz' Hand auf seinem Rücken. Sie streichelte ihn, beruhigend.

»Es ist gut«, sagte sie.

»Nicht wirklich«, sagte Max und sah sie an.

»Was hast du geträumt?«

Er sah sie weiter an. »Ich war wieder auf dem College und musste bei *Wendy's* arbeiten.«

»Max.«

Er seufzte und ließ sich auf sein Kissen zurücksinken. »Egal.«

»Dillon?«

Fuller nickte. »Ja. Der ist noch nicht fertig mit uns. Mit mir, meine ich.«

»Wenn wir Cuttler kriegen, fällt Dillon mit.«

»Falls, ja.«

»Was ist los, Max?« Die blauen Augen sahen ihn besorgt an, so besorgt wie noch nie, und er versuchte noch einmal, sich zusammenzunehmen.

»Gar nichts. Ich hab schlecht geträumt.«

»Es ist normal, dass du … Angst hast.«

»Aber nicht besonders hilfreich. Im Gegenteil.«

Sie ließ sich ebenfalls zurücksinken. Und schaute an die Zimmerdecke, genauso wie er. »Mach dir einfach klar, wovor du Angst hast.«

»Davor, dass er mich nächstes Mal trifft. In die Stirn.«

»Also vor dem Tod.«

»Vermutlich«, sagte Fuller und verschwieg den entscheidenden Rest. Dass in seinem Traum sie gestorben war, nicht er.

»Sterben müssen wir aber alle«, sagte sie zur Zimmerdecke.

»Breaking News«, sagte er und lächelte, als er ihr leises, belustigtes Schnauben hörte.

»Irgendwo fährt der Kleinlaster schon rum, der mich überfährt«, sagte sie. »Oder ist der Eisklumpen unterwegs nach unten, aus irgendeinem Transatlantikflieger.«

»Der Eisklumpen?«, fragte er ungläubig.

»Was da ins Klo gerät, wird auf dem Weg nach unten ein ziemlich großes Stück Eis. Ich stand mal fünf Meter weiter links, als so ein Brocken gelandet ist, bei einer Freundin, im Sommer. Lauter glückliche Menschen, Barbecue auf der Terrasse, und plötzlich macht es Peng und die Terrasse liegt voller blassgelber Eisstücke.«

»Die Kellner sind auch nicht mehr das, was sie mal waren.«

Sie lachte. »Du bist so blöd.«

»Schon wieder nichts Neues«, sagte er und wandte sich ihr zu.

Ihre Blicke trafen sich.

»Es gibt unzählige Arten zu sterben«, sagte sie. »Und die meisten sind nicht besonders gut. Aber man kann vorher für was Gutes leben. Das tust du.«

Er strich ihr sanft über die Wange. »Du bist ein Engel.«

»Jein«, sagte sie. »Engel sind nicht besonders lebendig.« Ihr Mund näherte sich seinem, und sie flüsterte: »Und Engel haben garantiert keine unbedingte und sehr dringende Lust auf einen *kleinen Tod.*«

15

Als Nick am frühen Morgen von seinem Lauf zurück ins Haus kam, bot sich ihm ein überraschender Anblick. Matt, Jake, Liz und Max saßen bereits mit je einem Becher Kaffee bewaffnet am Tresen und studierten die Ausdrucke der neuen Listen, die Jimmy am Vorabend gemailt hatte.

»Hochinteressant«, begrüße Jake Nick, »was dein Kumpel da zusammengestellt hat. Hab es eben schon an meinen Kontakt beim IRS gemailt. Für so was braucht selbst die NSA zwei Tage, und er macht das in ein paar Stunden. Wie?«

Nick zuckte die Achseln. »Schuftet seit fast zwanzig Jahren 24/7 in den Datenminen, kennt Hintertüren wie kein anderer. Würde aber für die NSA nie einen Finger rühren, Anarcho der alten Schule, Texaner, Scharfschütze.«

Nick schwang sein Handtuch und verschwand Richtung Dusche.

Matt lächelte Jake an. »Clever, euer Juniorpartner. Und erstklassig ausgerüstet, ohne sein ferngesteuertes Feuerwerk in der Kommune wäre Max ...« Er räusperte sich und versuchte die Taktlosigkeit mit einem unsicheren Grinsen aus der Welt zu schaffen.

»Tot«, sagte Fuller und erwiderte das Grinsen. »Keine Sorge, ich bin wieder ganz. Ich hatte gestern Nacht Besuch von einem erbarmungslosen Engel. Hat mir fürchterlich den Kopf gewaschen.«

Liz lachte. »Ein Engel, der als Friseur arbeitet?«

Dass in diesem Augenblick die Anfangsakkorde der Gladiator-Hymne *Now We Are Free* erklangen, erschien Fuller zwar passend, aber auch einigermaßen skurril – jedenfalls bis Jake sein Handy herauszog und den Klingelton abwürgte, indem er den Anruf entgegennahm. Er sagte »Ja«, stand auf und trat ans Fenster. Er sagte nicht viel. Er hörte vor allem zu. Dann klappte er das Handy zu und trat zurück an den Tisch.

»Max ist nicht zur Fahndung ausgeschrieben.«

»Im Ernst?«, sagte Fuller.

Jake nickte.

Liz sah Fuller glücklich an. »Das heißt, wir können zum FBI gehen?«

Fuller wechselte einen Blick mit Matt und Nick, dann sah er wieder Liz an. »Nein. Eher das Gegenteil. Das FBI hat meine Fingerabdrücke, ich werde trotzdem nicht gesucht, jedenfalls offiziell. Das heißt, Cuttler kontrolliert die Ermittlungen.«

»Verstehe ich nicht«, sagte Liz. »Und wen suchen sie dann als Mörder?«

Fuller zuckte die Achseln. »Unbekannter Täter? Oder sie haben einen von ihren Schränken geopfert. Den findet das FBI dann vermutlich auch, tot in irgendeinem Hinterhof. Nur: Wenn ich da hingehe und ausgerechnet an einen von den Agenten gerate, die auf Cuttlers Payroll stehen, lege ich mich gleich dazu. Oder werde gelegt.«

Die Stille, die folgte, war ohrenbetäubend.

Matt brach sie, indem er in die Hände klatschte. »Information. Focus. Konzentration. Zweitausend Firmen, die in irgendeiner Weise zusammenhängen, bei denen irgendwas hinter den Kulissen läuft. Wie kommen wir an die Information ran?«

Fuller lächelte dankbar. »An die vermutete Großverschwörung, die strikt geheime Geheimbuchhaltung der Firmen?«

Matt nickte.

»Gar nicht?«, bot Fuller an.

»Außer«, sagte Nick, »wir kennen jemanden, der jemanden kennt, der an der Quelle sitzt – und das ist nach allen statistischen Gesetzen bei mehr als zweitausend Firmen mehr als wahrscheinlich.«

Fuller wechselte einen Blick mit den anderen. Jake verzog skeptisch den Mund und schüttelte den Kopf. Aber dann nickte Matt.

»Er hat recht«, sagte er in Nicks Richtung. »Das sind Hunderttausende von Angestellten, Hunderttausende von Kontakten. Und wir treffen auf jeder x-beliebigen Party im Nirgendwo jemanden, der jemanden kennt, den wir kennen. Irgendwo da drin, in diesem Wust von Firmen, ist der Mann oder die Frau, die weiß, was wir wissen wollen. Und einer von uns kennt diese Person. Wir müssen sie nur finden. Den Namen.«

Es war logisch. Und es war richtig. Aber es entpuppte sich als eine entsetzliche Arbeit.

Denn es dauerte. Bei dieser Suche halfen ihnen kein Programm und auch kein Jimmy in irgendeinem Keller, der Suchprogramme laufen ließ. Die Daten im Rechner ließen sich nicht mit den persönlichen Erinnerungen derer verknüpfen, die die Nadel im Heuhaufen suchten. Die Schnittstelle war noch nicht erfunden, die die internen Festplatten von Max Fuller und seinen Mitstreitern mit der Festplatte in Nicks Laptop zu verbinden in der Lage gewesen wäre. Was blieb, war nur ein langer, mühsamer Fußweg.

Sie mussten die Namen auf der Liste einzeln durchgehen und sich zu erinnern versuchen, ob sie zu irgendeiner der Firmen Kontakt gehabt hatten – und wenn, zu wem dort. Und herausfinden, ob der oder die Kontaktperson noch im jeweiligen Unternehmen tätig war. Und falls ja, ob er oder sie Zugang zu vertraulichen Informationen hatte, gehabt hatte oder vermutlich inzwischen hatte. Ob die Kandidaten überhaupt noch für die jeweilige Firma tätig waren, war der leichte Teil der Übung, denn das konnten sie auf den Hompages der Unternehmen in Erfahrung bringen. Aber der Weg zu dieser letzten Frage war lang. Und die Ausbeute war dürftig: Am Ende blieben *Modern Media,* eine große Werbeagentur, für die Fuller längere Zeit als »Freier« gearbeitet hatte, *Plantasan,* ein Hersteller von pflanzlichen Antidepressiva, dessen Forschungschefin Liz aus dem Studium kannte, und *ACRC,* ein Unternehmen, auf das Jake den Finger legte. Obwohl er dort niemanden kannte.

»Das wäre auch ein Weg«, sagte er.

Die anderen sahen ihn fragend an.

»ACRC ist eine Archivierungs- und Dokumentationsfirma – mit denen habe ich in einer anderen Sache zu tun. Die Stiftungssache, an der ich gerade arbeite.«

»Für Lauren?«, sagte Fuller spöttisch.

»Für eine bessere Welt«, erwiderte Jake entspannt. »Die Stiftung will umfangreiche Archivierungsarbeiten vergeben, und der Zustifter, der den Spaß finanziert, meinte, wir sollten doch am besten gleich eine geeignete kleine Firma kaufen, statt ihre Dienste über Jahre zu bezahlen. ACRC ist so ein Kandidat auf der Liste, die ich gerade abarbeite.«

»Und?«

»Der Laden ist eine hundertprozentige CMM-Tochter.«

»Gehört also Cuttler.«

Jake nickte. »40 Millionen Jahresumsatz. Das wäre ein prima Aufhänger, dem Alten mal auf die Pelle zu rücken.«

»Wie?«, fragte Fuller.

Jake legte seinen Papierstapel beiseite. »Vorschlag«, sagte er. »Modern Media und *Plantasan* sind beide in New York, beziehungsweise in der Nähe. Perfekt für Liz und Max.«

Fuller wechselte einen Blick mit Liz. »Perfekt ist was anderes. Aber wir könnten bei der Gelegenheit mal wieder nach unseren Zimmerpflanzen gucken, da hast du recht.«

»Und ich«, sagte Jake, »mache noch heute ein Gebot für

ACRC und bestehe auf einem Treffen mit dem alten Cuttler. Persönlich.«

Fuller sah ihn überrascht an.

»Warum sollte der kommen?«

»Weil wir ihm seinen Laden abkaufen.«

»Haben wir so viel Geld?«

»Nein. Aber wir haben genug Geld, um es so aussehen zu lassen, als hätten wir so viel Geld.«

»Versuch's mal in meiner Sprache.«

»Bei Gelegenheit«, sagte Jake und lächelte. »Bei dir muss ich mit dem kleinen Einmaleins anfangen, und dazu fehlt uns momentan die Zeit. Geh mal davon aus, dass man jedem Besitzer von zehn Millionen gern glaubt, dass er dreißig weitere hat oder wenigstens auftreiben kann. Ist sozusagen das Prinzip hinter dem ganzen Unsinn, der weltweit passiert, und wieso sollen wir das Prinzip nicht ausnahmsweise mal für uns arbeiten lassen?«

»Ich hab alle Zeit der Welt«, sagte Fuller.

»Aber ich nicht«, sagte Jake und sah auf die Uhr. »Weil ich heute Mittag zurück nach Washington fliege.«

»Ah, verstehe, die Schwiegereltern.« Fuller grinste ihn an. »Gut, genehmigt.« Er sah Liz an. »New York?«

Sie nickte.

»Ich rede mit Doreen. Sofern sie mir einen Termin einräumt – und mir eine gute Ausrede einfällt, wieso ich mich plötzlich wieder für sie und Solunia interessiere.«

Fuller nickte. »Garry, der Chef von Modern Media, schuldet mir noch einen Gefallen. Der wird mir schon verraten, ob in seinem Konzern irgendetwas läuft mit Muschelgeld. Schlimmstenfalls besteche ich ihn mit 'ner Coke Zero.«

16

Das Taxi vom Flughafen JFK hatte zuerst Liz an ihrer Wohnung in der East 63 Street abgesetzt und war dann einen halben Block weiter zu dem Haus gefahren, in dem Fuller vor einem Jahr eine Dachgeschosswohnung gekauft hatte. Zu einem irrsinnigen Preis, der ihn allerdings kaum interessiert hatte, weil Ricklers Schweigegeld noch für ein weiteres halbes Dutzend solcher Wohnungen gereicht hätte sowie ein paar Häuser wie dem auf den Caymans. Genauso wenig wie der Kaufpreis des Penthouses hatte Fuller seither auch interessiert, dass schon ein paar Monate später die Immobilienpreise in den freien Fall geraten waren und dass er inzwischen für die Wohnung, wenn er sie wieder hätte verkaufen müssen, nicht einmal mehr die Hälfte bekommen würde.

Aber Fuller wollte nicht verkaufen, vielmehr hatte er Liz nahezubringen versucht, dass sie doch ihre Wohnung vermieten und bei ihm einziehen könne, hatte damit aber auf Granit gebissen. Nicht nur weil Liz ihre eigene Wohnung liebte, obwohl sie weniger als halb so groß war und nicht über eine luxuriöse Terrasse mit Blick auf den Central Park verfügte, sondern weil es für sie grundsätzlich nicht infrage kam, sich und ihr Leben von einem Mann abhängig zu machen. Weder von einem der gegelten Jungmänner, die einer promovierten und ledigen Schönheit wie ihr überall auf der Welt energisch den Hof machten, noch von einem halb trockenen Exalkoholiker wie Fuller, der 16 Jahre älter war als sie. Selbst wenn sie seine Intelligenz und seinen Humor von ganzem Herzen schätzte und ihn gern um sich hatte: Ihre Autonomie würde sie niemals aufgeben.

Vielleicht hatte Fuller insgeheim gehofft, dass Liz es sich anders überlegen würde, als er die für eine Person viel zu große Wohnung mit der grandiosen Aussicht kaufte – aber andererseits kannte er ihren Standpunkt und verstand sie. Weil er die Geschichte ihres Vaters kannte, der ohne ein Wort einfach verschwunden war und ihre Mutter in eine tiefe Depression und einen frühen Tod getrieben hatte – und damit Liz, die das im Teenageralter miterlebte, eine tief sitzende Lektion erteilte, die ihren Umgang mit Männern nachhaltig geprägt hatte. Nicht weil sie keine Männer mochte, das Gegenteil war der Fall, sondern weil sie unter keinen Umständen zulassen wollte, dass sie ihr Herz und damit ihre Unabhängigkeit an einen dieser Männer verlor. Bei einigen, während des Studiums, war ihr das schwergefallen, bei einem – John, den sie kurz vor ihrer Promotion kennenlernte – hätte es ihr fast das Herz gebrochen, so sehr konnte sie sich ein trautes Heim und eine Familie mit ihm vorstellen. Aber letztlich waren die Erinnerung an das Trauma ihrer Mutter und die Angst, dasselbe zu erleben, stärker gewesen, und sie war Single geblieben. Und würde es bleiben.

Das war auch für Fuller klar und immer klar gewesen, von Anfang an, und genau das hatte ihn angezogen, weil er nach zwei gescheiterten Ehen ein solches Debakel auf keinen Fall ein weiteres Mal erleben wollte. Und weil eine selbstständige, autonome Frau wie Liz geradezu garantierte, dass eine Beziehung sich nicht in diese Richtung entwickelte.

Aber ihm war es passiert.

Er hatte, nach ihrer gemeinsamen Reise, angefangen, jedem Treffen mit Liz entgegenzufiebern wie ein 15-Jähriger seiner ersten Freundin in der Milchbar; er hatte nervös auf das Telefon gestarrt, wenn sie nicht, wie versprochen, um acht Uhr anrief, sondern erst um Viertel nach; er hatte, nachdem er seine neue Wohnung bezogen hatte, permanent nach Gründen gesucht, die 300 Meter zu ihrer Wohnung zu kommen, nur um sie zu sehen. Und es war nicht Sex, was ihn trieb, es waren nicht die Schönheit ihres Äußeren, die Anmut ihrer Bewegungen, es war nicht ihre Schlagfertigkeit und ihr Lachen oder ihre Stimme, wenn sie beim Teekochen in der Küche einen Hit aus dem Radio mitsang.

Es war das alles zusammen, was ihn in ihre Nähe zog, und wenn Fuller abends vor dem Einschlafen darüber nachdachte, kam er unausweichlich zu dem Schluss, dass er total verliebt war in Liz. Und dieser Gedanke behagte ihm nicht. Denn er wusste, dass dieses Verliebtsein nur Unfug in seinem Gehirn anrichtete, ihm eine rosarote Brille aufsetzte, einen amourösen Tunnelblick annehmen ließ, der ihn zu einem Verhalten zwang, das er hinterher bereute. So war es bei Jane gewesen, der Schönheitskönigin aus Texas, die er zufällig im Flugzeug kennengelernt und in die er sich bis zur Selbstaufgabe vernarrt hatte. Gut, er war gerade mal 24 gewesen und Jane mit einem Sexappeal gesegnet, der selbst uralte Ritter mit prekärem Testosteronhaushalt daran erinnerte, dass sie noch über eine Lanze verfügten – was konnte ein junger, sportiver Mann da schon tun? Dass Fuller dann aber sein bewährtes, soeben pulitzergekröntes Gehirn völlig ausschaltete und Jane nicht nur ins nächste Bett, sondern drei Wochen später vor den Traualtar führte, hatte mit jener sich hinter euphorischer Begeisterung versteckenden Bewusstseinstrübung zu tun, die man Verliebstein nennt. Es hatte ein halbes Jahr gedauert, bis sich sein Blick für die Realität wieder langsam schärfte und er erkannte, dass ihm die Prädikate »sehr nett« und »äußerst sexy« für die Partnerin in einer dauerhaften Beziehung nicht ausreichten – und weitere zwei Jahre, bis sie sich endgültig getrennt hatten.

Dass er nochmals in dieselbe selbst gestellte Falle laufen würde, hätte er sich nicht träumen lassen – doch genau sieben Jahre später geschah eben dies. Obwohl er sich länger Zeit gelassen hatte, obwohl Judy anders als Jane auch seinem Geist und Intellekt etwas zu bieten hatte, obwohl er sich dieses Mal ganz sicher war – war es wieder schiefgegangen. Und nachdem er eine Weile wie ein Hund gelitten hatte, hatte er begonnen, den Whisky in sich hineinzuschütten wie ein Loch und die unvermeidlichen Kater und Durchhänger mit Koks zu bekämpfen – anfangs nur zwei Mal die Woche und am Ende alle zwanzig Minuten. Und dann, nach der Entziehungskur im September 2001, als er sich ohne jeden Tropfen Alkohol und ohne jede andere legale oder illegale Droge wieder langsam hochgerappelt hatte, mit »ordentlicher« Arbeit, und bereit war für einen neuen Start, waren ihm die drei reizvollen Schönheiten bewusst geworden, von denen er sich fernhalten musste, wollte er nicht erneut abstürzen: Koks, Alkohol und Liebe.

Was das Kokain betraf, war ihm das vollständig gelungen, was den Alkohol betraf, nur halb, genauer, seit dem Zeitpunkt, als er sich eingestehen musste, dass Dr. Elisabeth Brokaw auf fatale Weise die positiven und anziehenden Seiten seiner beiden Exfrauen vereinte und ihn stärker anzog als je eine Frau zuvor. Und dass ein weiteres Debakel vorprogrammiert war, wenn er diesen Gefühlen nachgab. Diese Angst und die Tatsache, dass sein bewährter Ausweg, derlei Gefühle zu bekämpfen – sich manisch in die Arbeit zu stürzen und mit den Scheuklappen »Redaktionsschluss« und »Abgabetermin« alles andere auszublenden –, seit dem Pakt mit Rickler verbaut war, hatte Fuller im letzten halben Jahr so zugesetzt, dass er immer öfter glaubte, sie nur mit dem warmen Seelentröster von der kalten schottischen Islay-Insel aushalten zu können. Und auch jetzt, als er die Tür zu seiner Wohnung aufschloss, war sein erster Gedanke, ob unter der Spüle in der Küche nicht noch eine Flasche Lagavulin stand.

Sie stand.

Doch er hatte sie nach nur einem kleinen Schluck oder

höchstens zwei oder drei Schlucken wieder zurückgestellt, denn Liz hatte angerufen, ihm eine gute Nacht gewünscht und gesagt, dass sie morgen nach der Arbeit gerne für ihn kochen und mit ihm essen würde. Er hatte nach dem Auflegen selig gelächelt, einen Kuss in Richtung Telefon geschickt und, ehe wieder Selbstmitleid wegen seiner unausrottbaren romantischen Sentimentalität in ihm aufsteigen konnte, dankbar registriert, dass er in den nächsten Tagen Wichtigeres zu tun haben würde, als seinem Schmachten und Sehnen nachzuhängen.

Die Flasche blieb unter der Spüle.

Am nächsten Morgen telefonierte Fuller mit Ken Wilder, dem Chefredakteur von *60 Minutes*, konnte seinen ehemaligen Boss zu einem dringenden Mittagessen noch am selben Tag überreden und riet ihm, die Mail zu lesen, die er ihm noch während des Telefonats schickte. Anschließend wählte er die Nummer von Gary Webber bei *Modern Media*. Webber steckte in einem Meeting, würde aber laut Auskunft seiner Sekretärin am Nachmittag im Haus sein.

»Tragen Sie bitte ein, dass sein alter Kumpel Max Fuller ihn um 16 Uhr kurz besuchen kommt«, sagte er, »wenn es nicht passt, soll er bitte zurückrufen.«

Danach verbrachte er anderthalb Stunden im Wartezimmer eines Arztes in der 2nd Avenue, erfuhr aus den ausliegenden Zeitschriften ungeheuer viel Unwichtiges und begriff beim Blättern durch die Seiten, wie unwichtig den meisten Menschen etwas wie eine *Geldverschwörung* vorkommen musste, wo doch Ashton Kutcher gerade wieder sensationell getwittert hatte, Frauchen Demis Köter hätte zweihundert Gramm zugenommen.

Der Arzt versorgte die wüst pochende Wunde an seinem verstümmelten Finger und stülpte ihm einen giftgrünen Fingerhut als Schutzmanschette über den Verband. Fuller nahm das Rezept für die Schmerzmittel entgegen, obwohl er wusste, dass kein Mittel gegen die Kopfschmerzen helfen würde, die er sich im Wartezimmer eingefangen hatte.

Er ließ die auf der Straße vor der Praxis wartenden Taxis links stehen und ging Richtung Central Park. Das Wetter war herrlich, und nachdem er auf seine Uhr gesehen hatte, beschloss er, den Weg bis zur 52. Straße zu laufen.

Als er um kurz vor zwölf das *Dolce* betrat, saß Kenneth Wilder bereits an einem Tisch am Fenster. Wilder hatte einen kleinen Stapel Papier vor sich, einen Stift in der Hand und las. Erst als Fuller direkt vor ihm stand, sah er auf und nahm die Lesebrille ab.

»Max. Schön, dich zu sehen.«

»Ebenfalls. Wie geht's?«

Ken stand auf, die beiden Männer umarmten sich. Als Ken den grünen Fingerhut sah, fragte er: »Hey, was ist mit deiner Hand? Vagina dentata, oder nur zu heftig in der Nase gebohrt?«

»Nase, würde ich sagen. Aber nicht meine.« Fuller setzte sich.

»Sondern?«

»Hast du die Mail gesehen, die ich dir geschickt habe, über die sieben Herrschaften, Barrita, Cuttler, Barnes und Konsorten?«

Wilder nickte. »Die Elite der Gutmenschen, oder die Gutmenschen der Elite. Barrita hatten wir gerade letzte Woche im Studio, mit seiner neuen Frau, dieser jungen Russin. Interessantes Pärchen. Hab kurz mit ihnen gesprochen. Immer noch der alte Herrenmensch, aber jetzt nicht mehr mit Reitpeitsche und Pistole, sondern am Stock mit Silberknauf, hatte wohl 'ne Hüftoperation vor ein paar Jahren. Sie wie vom Cover der *Vogue,* aber ohne Make-up und Kinkerlitzchen, natürliche Schönheit; erinnerte mich ein bisschen an diese Mafiabraut und Öloligarchin, die da in der Ukraine mitregiert, aber jünger und ohne diese dämlichen Zöpfe. Könnte ihre kleine Schwester sein. Jedenfalls sehr straight, die Lady, ganz wie *Conquistador* Barrita in jungen Jahren, aber: beide volles Rohr auf dem Buddhistentrip. *Wir können das Leiden der Welt nicht beenden, die Erde ist nun mal kein glücklicher Ort und das Leben ein immer leidvolles Geschehen. Aber wir können das Leid dort ein wenig mildern, wo es einfach unerträglich geworden ist.*« Wilder gähnte und grinste gleichzeitig.

Fuller zog die Augenbrauen hoch. »Überraschend. Aus dem Mund des Tycoons, der sich den Weg zur Übernahme der staatlichen Telefongesellschaft Mexikos damals buchstäblich freigeschossen hat?«

»Eben. Indem er alle Mitbewerber hat umlegen lassen. Aber jetzt: eine Fünfzigmillionen-Spende hier, eine Zweihundertmillionen-Stiftung da – Soros und Buffett sind nichts dagegen. So hemmungslos, wie der seine Milliarden gescheffelt hat, scheint er sie jetzt zu verteilen.«

»Soll ja öfter vorkommen, dass alte Geldsäcke zum Lebensende plötzlich freigiebig werden«, sagte Fuller. »Cuttler und die anderen sind offenbar auf demselben Trip. Wusstest du, dass diese sieben sich zu einem diskreten Kartell zusammengetan haben?«

Wilder schüttelte den Kopf. »Kann ich mir auch nicht vorstellen. Wohltaten ja, aber nicht auf den eigenen Geschäftsfeldern. Und die sieben sind Konkurrenten.«

»Kann sein, aber irgendetwas läuft da. Cuttlers Sohn und seine Freundin sind erschossen worden – und mir sollte dasselbe Vergnügen zuteilwerden, nur weil ich beim alten Cuttler mal vorsichtig nachgefragt habe. Könntest du den nicht mal ins Studio einladen – ich bereite dann gern die Fragekarten vor.«

»Robert Cuttler?« Wilder lachte. »Keine Chance. Der hat doch seit dreißig Jahren kein Interview mehr gegeben und kommt schon gar nicht ins Fernsehen. Und sein Sohn wurde ermordet?«

Fuller nickte. »David. Vor drei Wochen. Und seine Freundin vor drei Tagen. Von der Abteilung für nasse Jobs, *Courtesy of* Robert Cuttler.« Er gab Ken eine Kurzfassung von dem, was in der ZERO-Kommune vorgefallen war.

»Und warum bist du nicht sofort zur Polizei?«, fragte Wilder. »Ihr seid doch alle Zeugen dieses Mordes.«

»Kenny, es ist nicht der Sheriff, der da ermittelt, und auch nicht die Staatspolizei, es sind unsere Freunde mit den Florsheim-Schuhen, das FBI, und die ermitteln nicht, sondern halten die Decke drüber.«

Ken kräuselte die Stirn, schüttelte den Kopf und presste die Lippen zusammen. »Klingt nicht besonders schlüssig«, sagte er.

»Mann«, sagte Fuller, »denk an John O'Neill, den Antiterrorismusexperten, der zufällig als Sicherheitschef des World Trade Center ums Leben kam. Und an all die anderen toughen FBI-Agenten, die Osama, Moussaoui und den wilden Islamisten auf der Spur waren und von ihrer Zentrale zurückgepfiffen wurden. Nein, den Brüdern traue ich nur genau so weit, wie ich meine Waschmaschine werfen kann. Aber natürlich werden wir hingehen und eine Aussage machen – aber erst, wenn wir die ganze Story haben, inklusive der Motive für die Morde, und die Typen einem Staatsanwalt ans Messer liefern können.«

Der Kellner brachte die große Schüssel Salat, die sie bestellt hatten, und sie begannen zu essen.

»Welche Motive?«, kaute Ken.

Fuller zögerte einen Moment. »Also, meine Mitstreiter, Nick Larson – den kennst du noch aus eurem Archiv – und Professor Brooks, sehen die Sache eindeutiger als ich. Sie gehen davon aus, dass der alte Cuttler und seine Freunde mit dieser Alternativwährung des Sohnes irgendetwas vorhaben. Nick als notorischer Diplomparanoiker glaubt, dass sie heimlich schon für die Währungsreform der Neuen Weltordnung üben.«

»Nh«, unterbrach Wilder ihn, indem er seine Gabel zum Zeigefinger umdeutete, »apropos. Miller vom Wirtschaftsressort bereitet gerade eine Sendung dazu vor, soll in 14 Tagen laufen, mit Studiodiskussion im Anschluss und ein paar Harvard- und Yale-Experten und einem Vertreter dieser Aktivistengruppe, FTF.«

Fuller sah ihn fragend an.

»Fuck The FED. Ist ein heißes Thema gerade, logisch. Früher war es scheißegal, ob und wann in China ein Sack Reis umfällt, jetzt hängt die ganze Dollarökonomie an dem Sack, sozusagen. Wenn der Chinamann schwächelt, gibt's den Totalschaden hier. Wenn das der große Führer Mao noch hätte erleben dürfen, der würde sich ein drittes Ei in den Sack freuen …«

»Wenn der nicht längst abgefallen wäre.«

Wilder brüllte vor Lachen und verschluckte sich an seinem Salat. Nachdem Fuller ihm eine Weile auf den Rücken geklopft hatte, aß er mit Tränen in den Augen weiter.

Fuller neigte den Kopf zur Seite und kniff die Augen zusammen. »Das heißt, der ZERO wäre tatsächlich eine Alternative und damit eine Bedrohung für die Wall Street?«

»So weit würde ich nicht gehen«, sagte Wilder, »aber wenn es einen Zeitpunkt gibt, zu dem Alternativen zum herrschenden Geld- und Finanzsystem eine Chance haben, dann jetzt. Keine Bank traut mehr der anderen – und kein Kunde traut noch irgendeiner Bank.« Er sah auf seine Uhr. »Ich hab leider nur noch zehn Minuten, Max, muss zurück in die Redaktion.« Er winkte die Kellnerin heran, und sie bestellten Espresso.

»Tu mir einen Gefallen«, sagte Fuller.

»Kommt drauf an.«

»Setz mal einen deiner Suchhunde auf die Verbindungen der sieben an. Ich maile nachher noch eine andere Liste, insgesamt über zweitausend Unternehmen, die von ihnen kontrolliert werden. Eine beeindruckende Zahl von Weltmarken und internationalen Konzernen, deren Fäden bei ihnen zusammenlaufen. Das erklärt auch diese riesigen Spendensummen – sie lenken sämtliche steuerabzugsfähigen Spendenaufwendungen dieser Unternehmen in ihre Stiftungen um. Schon das allein wäre mal ein Thema für euch, denke ich.«

Ken nickte und lächelte Fuller an: »Du kannst es nicht lassen, Max, was? Dabei hast du mir vor einem halben Jahr, auf der Party zu Jennifers Geburtstag, noch erzählt, wie toll es sei, nie mehr irgendetwas zu müssen, schon gar nicht zu arbeiten, zu recherchieren, sich die Nase wund zu scheuern. Und wie du es genießt, für ein einmaliges Nichtveröffentlichen so gut honoriert zu werden wie für alle deine Veröffentlichungen vorher zusammen, und dass dein mysteriöser neuer Arbeitgeber dich nur für Faulheit bezahlt und nicht für Fleiß ...«

Fuller studierte die makellose Tischdecke und kratzte sich am Kopf.

»... und du wolltest mir eine Million Dollar schenken, was mir einen Heidenschreck eingejagt hat, weil ich dachte, du hättest wieder mit Koks und der Sauferei angefangen.«

Ken lachte, und Fuller stimmte in sein Lachen ein.

»Ja, und du Idiot hast abgelehnt. Aber es war ernst gemeint, Ken, und das ist es noch immer. Du warst der Einzige, der mir damals noch mal eine Chance gegeben hat. Ohne dich wäre ich zu diesem Haufen Geld nie gekommen. Also mein Lieber, wie alt bist du jetzt, 52, 53?«

»56.«

»Ich wollte höflich sein.«

»Sei lieber ehrlich.«

»Schön, du siehst älter aus. Aber wenn du mal keine Lust mehr hast, in diesem Medienbordell die Puffmutter zu geben: Deine Ehrenrente ist beim Fuller-Pensionsfund jederzeit abrufbar.«

»Okay, Max«, sagte Ken und lächelte, »wenn ich's brauche, komme ich darauf zurück. Sofern es dann noch Dollar gibt.«

Er packte den Stapel Papiere, den er auf einen freien Stuhl gelegt hatte, in eine kleine Tasche. »Hier«, er zog eine Klarsichthülle heraus, »das ist ein Dossier über Barrita und seine Frau, hat die Dokumentationsabteilung vor dem Interview mit ihm gemacht.« Er reichte ihm die Hülle. »Zu den anderen lass ich dann auch mal etwas zusammenstellen.«

Sie standen auf und umarmten sich zum Abschied. Ken Wilder ging zurück in sein Büro bei CBS, und Fuller winkte sich ein Taxi heran, um nach Hause zu fahren. Dass das CBS-Dossier über Barrita nichts Relevantes enthielt, was nicht auch schon Nick recherchiert und zusammengestellt hatte, überraschte ihn kaum, schließlich war Nick »The Nut« Larson einer der Schnellsten und Besten im Recherchekeller des Ladens gewesen. Nur in Sachen Klatsch war CBS besser. Dem Dossier lagen ein paar Geschichten aus Magazinen über Olga Raschnikowa bei, die sich jetzt »Parvati« nannte, über ihr Vorleben als erotische Tänzerin auf internationalen Bühnen, wobei sie besonders mit der Soloperformance »Die zartgrüne Schlange« beeindruckt hatte. Das völlig transparente Ganzkörperkostüm, das sie bei dieser Darbietung getragen hatte, ließ mehr als ahnen, warum sich der 78-jährige Hector Barrita von seiner vierten Ehefrau hatte scheiden lassen, um die 34-jährige Russin zu heiraten – »oder sie ihn«, wie es in der *Vanity Fair* despektierlich hieß, »denn wer in dieser Beziehung die Schlange ist und wer das Kaninchen, scheint nur zu offensichtlich. Auch wenn Olga, wie die Fotos beweisen, als Playboy-Bunny jederzeit in die erste Reihe tanzen könnte«.

Gegen drei Uhr fuhr Fuller dann mit dem Wagen den Hudson River entlang nach Norden und erreichte nach etwa einer Stunde das vierstöckige unauffällige Bürogebäude, in dem Modern Media untergebracht war. »MoMe« war nicht eine jener Agenturen in der Werbebranche, die mit Kreativ- und Designpreisen überschüttet wurden und wegen ihrer knackigen Slogans oder Spots berühmt waren, sondern sie waren diejenigen, die diese Spots und Anzeigen im Fernsehen, in Zeitungen und auf Plakatwänden unterbrachten, buchten, schalteten. Sie fädelten die Geschäfte ein, verhandelten die Preise, machten das Geld. Und sie waren in Verruf geraten, vor zwanzig Jahren, als über einen Arbeitsgerichtsprozess ein Korruptionsskandal in der Musik- und Unterhaltungsindustrie aufflog, in dem auch der Chef von MoMe, Gary Webber, in Verdacht geriet.

Fuller hatte den Fall recherchiert, in einer Geschichte im *TIME Magazine* den tatsächlich unschuldigen Firmengründer rehabilitiert und seitdem bei Gary Webber einen dicken Stein im Brett. Dass er die Firma mittlerweile verkauft hatte, aber weiter dort arbeitete, konnte Fuller verstehen, denn Gary war ein Maniac, ein Dauerarbeiter – so einer konnte mit 65 nicht einfach aufhören und Hochseeangeln gehen. Auch wenn regelmäßige Workouts mit Omega-3-Hanteln seinem etwas zu kleinen Herzen, das 200 Pfund Lebendgewicht auf Trab halten musste, sicher besser bekommen wären als die Leitung einer Anzeigenagentur mit einem Dutzend Filialen und über 300 Angestellten. Dass er, wenn nichts Außerordentliches dazwischenkam, das auch noch in zehn Jahren würde tun können, lag an Webbers Gemüt. Bei jeder Castingagentur auf der Suche nach einem gemütlichen Dicken, der durch nichts aus der Ruhe zu bringen ist, wäre er nach fünf Minuten im Geschäft gewesen.

»Max Fuller!« Gary Webber stand mit ausgebreiteten Armen und strahlendem Gesicht vor seinem Schreibtisch, als Fuller ins Zimmer trat. »Welche Freude, dich mal wieder zu sehen.« Er ging auf ihn zu, und sie umarmten sich.

»Gary, siehst gut aus, wie immer«, sagte Fuller.

Sein Gastgeber deutete auf zwei Ledersessel und einen Couchtisch mit einer Schale Keksen und Kaffeetassen. Sie setzen sich und schenkten sich Kaffee ein. Webber lehnte sich im Sessel zurück und lächelte.

»Du hast den Laden verkauft?«

Webber nickte. »Schon länger her.«

»Und?«

»Der Preis war anständig.«

»Cuttler ist ein guter Boss?«

»Ich bin ein guter Boss. Cuttler ist bloß der Besitzer.«

»Kennst du ihn?«, fragte Fuller.

Webber schüttelte den Kopf. »Nein. Ich habe an Melphin verkauft, und dann hat Cuttler sich dort eine Aktienmehrheit verschafft. Und seitdem, diese Bastarde …«

»Wieso, was ist los?«

»Max, dir muss ich nichts erzählen, dieser Laden läuft seit fast dreißig Jahren zuverlässig wie ein Uhrwerk. Okay, wir sind, wie alle in der Werbung, konjunkturabhängig. Das ist wie für den Landwirt das Wetter. Kann man nichts machen. Aber ansonsten arbeiten wir hochprofessionell und gut. Und da kommt dieser neue Melphin-Vorstand und will mir als altem Bauern erzählen, dass ich trotz allgemeiner Dürreperioden höhere Ernten einfahren kann, wenn ich dies oder das mache. Dreißigjährige McKinsey-Fuzzis, die außer irgendeiner beknackten *business school* nichts vom Leben und Geschäft gelernt haben, schicken sie mir als Berater für ›Umstrukturierungen‹ und ›Optimierungsprozesse‹. Es ist zum Kotzen. Aber was interessiert dich das, was interessieren dich Melphin oder Cuttler?«

»Cuttler interessiert mich«, sagte Fuller. »Und diese ›Optimierungsprozesse‹. Worum geht's, die üblichen Controllerscherze, Bleistifte zählen und so?«

»Ach, was weiß ich, ich mache gute Miene zum bösen Spiel und einfach so weiter wie bisher. Wichtig ist, was hinten rauskommt – und bei uns kommt was raus. Deshalb höre ich diesen Harvard-Schnöseln freundlich zu, mache aber weiter, was ich für richtig halte. Und das werde ich, solange Melphin mich nicht offiziell abmahnt, was sie bei einer Kapitalrendite von 16 Prozent im letzten Jahr nicht tun werden. Die ganzen Papiere, die sie mir schicken, drucke ich artig aus und lege sie unbesehen weg. Aber was interessiert dich dieser ganze Mist, Max, erzähl doch mal, was treibst du so, wie geht's dir?«

»Ich recherchiere gerade etwas über alternative Währungssysteme, neues Geld sozusagen, und es gibt den Verdacht, dass große Konzerne wie die von Cuttler so etwas unter der Hand einführen wollen oder schon eingeführt haben. Ist das vielleicht einer dieser ›Optimierungsprozesse‹?«

»Keine Ahnung«, sagte Webber, zuckte die Achseln und nahm sich einen Keks vom Teller. Er kaute und runzelte dabei interessiert die Stirn, als versuchte er herauszuschmecken, von welchem Hang die Macadamianuss stammte, die er gerade in noch kleinere Stücke zerlegte. »Irgendwas war da, mit so einem Chip.«

»Chip«, echote Fuller höflich.

»Chip«, sagte Webber, steckte sich den restlichen Keks in den Mund und stand auf. Er ging zu einem Sideboard, das mit Stapeln von Computerausdrucken bedeckt war, von denen er einen nahm und sich wieder setzte. »Hier, das ist der Kram, den sie mir da schicken, so einen Stapel jeden Monat.« Er fing an, darin zu blättern. »Irgendetwas war da, mit einem neuen Bezahlsystem. War vor zwei oder drei Wochen … hier.« Er zog ein Blatt heraus, las und schüttelte den

Kopf: »... *können dann alle Melphin-Beschäftigten künftig bargeldlos mit CHIPS einkaufen, die ohne Transaktionskosten oder irgendwelche Gebühren direkt mit ihrem Gehaltskonto verrechnet werden.* Was soll der Scheiß, frag ich dich? Hab ich nicht schon ein Dutzend Visa-, Master-, Meilen-, Bonus-, Treuekarten? Was soll ich mit noch einer?«

Webber reichte ihm das Blatt.

Fuller las weiter: »... *wird die Betaphase Ende Mai beginnen, wenn die CHIP-Software auf allen Servern des Konzernverbunds installiert ist. Dann werden auch die ersten Testkarten ausgegeben. Betriebsangehörige, die an dem Test teilnehmen möchten, können sich dann registrieren. Allen Testern wird ein CHIP-Dispositionskredit in Höhe von zwei Monatsgehältern zinsfrei zur Verfügung gestellt.*«

Fuller blickte auf und sah Gary an, der immer noch missbilligend den Kopf schüttelte. Er wedelte mit dem Blatt. »Hast du noch mehr Informationen darüber?«

Webber nahm den Stapel Ausdrucke nochmals zur Hand. »Das war das Einzige bisher«, sagte er und blätterte die Papiere durch. Doch dann zog er ein weiteres Blatt aus dem Stapel. »Aber hier ist noch Seite zwei: *Was mit CHIP alles bezahlt werden kann – von A bis Z.*«

Fuller war aufgestanden und nahm ihm das zweite Blatt aus der Hand. Webber sah ihn leicht verwirrt an. Fuller warf einen Blick darauf. Dann beugte er sich zu Webber hinunter und drückte ihm einen schmatzenden Kuss auf die Stirn: »Gary, du hast mir sehr geholfen. Die Ausdrucke hier darf ich mitnehmen, ja?«

Webber nickte: »Ja, klar. Kann es ja noch mal ausdrucken. Aber was willst du mit dem Quatsch?«

Fuller schwieg einen Moment und studierte die Liste. »Ich habe eine große Bitte: Wenn du weitere Infos darüber bekommst, per Mail oder Telefon oder von deinen schicken Beratern, sag mir sofort Bescheid.« Er faltete die Seiten zusammen und steckte sie in die hintere Tasche seiner Jeans. »Kannst du mir das auch noch per E-Mail weiterleiten? Gleich?«

Webber zuckte mit den Schultern, stand auf und ging zu seinem Schreibtisch. »Ja, klar. Aber ich versteh nicht, was daran so interessant ist. Wonach suchst du?«

»Weiß ich noch nicht genau«, sagte Fuller. »Aber dank deiner Hilfe weiß ich jetzt, dass die Richtung stimmt.«

17

Nachdem Fuller auf den Freeway in Richtung Süden eingebogen war, wählte er Nicks Nummer und sehnte sich für einen Sekundenbruchteil in die höfliche Zeit zurück, in der man sich hatte melden müssen, ehe der andere wusste, wer anrief.

»Hi, Max«, kam Nicks Stimme aus dem Lautsprecher der Freisprechanlage. »Du warst bei Modern Media und bist gerade losgefahren, wie war's?«

Auch den Peilsender in seiner Uhr hatte Fuller für einen Moment vergessen. »Jawohl, Großer Bruder«, antwortete er ehrerbietig und setzte dann mit gewöhnlicher Stimme hinzu: »Aber ich weiß was, was du auch mit deinen tollen Peilgeräten nicht entdecken kannst.«

»Was?«

Fuller sagte nur: »Bingo.«

»Was heißt das?«

»Na, Volltreffer. Moment.« Er nestelte in der hinteren Hosentasche, zog den Ausdruck hervor und sah auf das Datum.

»Am 23. April, also vor drei Wochen, wurde MoMe darüber informiert, dass der Melphin-Konzern im Laufe des Mai eine neue Software auf den Firmenservern installiert und die Betriebsangehörigen von da an mit einer Verrechnungseinheit namens CHIPS Benzin, Lebensmittel, Mittagessen und hundert andere Sachen von ihrem Lohnkonto abbuchen können. Jeder Angestellte, der mitmacht, bekommt zwei Monatsgehälter als Dispo, zinsfrei ...«

»ZERO heißt jetzt CHIPS?«

»Exakt. Ist offenbar die erste Information, die an die Geschäftsführer der Melphin-Firmen geschickt wurde. Die Testphase soll nächsten Monat beginnen. Und die Liste der Marken und Produkte, die man dann mit den CHIPS bezahlen kann, scheint ziemlich genau zu der Liste von Unternehmen zu passen, die den Sieben gehören. Ich bin in einer Stunde zu Hause und maile sie dir.«

»Mit dem iPhone kannst du die auch direkt weiterleiten.«

»Könnte ich, wenn ich Mäuseklavier spielen würde. Außerdem bin ich im Auto.«

»Dann hast du auch die Mail von Jake noch nicht gelesen?«

»Nein.«

»Jake hat übermorgen einen Termin bei Cuttler. Hat ihm ein Übernahmeangebot für seine ACRC gemacht.«

»Mit dem Alten selbst?«

»Scheint so, ja.«

»Ist nicht dein Ernst.«

»Nee, Jakes.«

Fuller runzelte die Stirn. Das war gut, ergab aber keinen Sinn. Wieso kam Cuttler plötzlich aus seinem Loch, nur weil jemand ihm ein Übernahmeangebot für eine seiner mickrigsten Millionenklitschen machte? Aber er behielt seine Bedenken für sich, nicht zuletzt aus topografischen Gründen. »Gut«, sagte er. »Wir müssen Schluss machen. Tunnel voraus. Bis später.«

Das Erste, was Fuller wahrnahm, als er seine Wohnung aufschloss, war der unverwechselbare Duft von in Butter anbratenden Zwiebeln. Das Zweite war die hinreißende Rückansicht einer Frau, die in Flipflops, einer weißen Leinenhose und einem ärmellosen Seidenshirt am Herd in einem kleinen Topf rührte, sich dabei rhythmisch hin und her bewegte und sang: *»Always love. Hate will get you every time. Always love … I've been held back by something, yeah.«*

Liz trug ihre Ohrhörer und hatte Fuller nicht gehört, als er die Tür aufgeschlossen hatte und in den offenen Durchgang zur Kochzeile getreten war. Aber jetzt sah sie ihn, wie er mit zwei Armen in der Luft Tanzbewegungen ausführte. Sie drückte auf eine kleine Verdickung des Ohrhörerkabels, zog den Topf zur Seite und lächelte. Als er neben ihr stand, drückte sie ihm einen Kuss auf den Mund.

»Hi, Max.« Sie tippte sich ans Ohr, sagte »Nada Surf«, wobei sie selig die Augen verdrehte, und zog das Telefon aus ihrer Hosentasche. Sie drückte es ihm in die Hand. »Mach mal laut, ich versteh deine Kabel nicht.« Fuller legte das Telefon zur Seite, griff mit beiden Händen ihre Hinterbacken und zog sie an sich heran.

»Guten Abend, Dr. Brokaw«, sagte er und drückte ihr seinerseits einen Kuss auf den Mund, »wir machen weiter mit etwas Musik. Aber gleich, vorher gibt's was Neues.«

»Was ist los?«

»Cuttler führt tatsächlich eine Alternativwährung in seinem Konzern ein. Hier, das hat mein alter Freund Gary vor drei Wochen bekommen.« Er zog die beiden Ausdrucke aus der Tasche und reichte sie Liz. »Schau dir's mal an, ich muss es jetzt gleich an Nick und Jake weitermailen.«

Er ging quer durch den Raum zu seinem Schreibtisch und fuhr den Computer hoch. Er sandte die CHIPS-Nachricht von Gary Webber weiter und las die eingegangenen E-Mails.

Jake hatte den persönlichen Termin mit Cuttler in San Francisco bekommen, indem er ein Übernahmeangebot für die ACRC Inc. von 100 Millionen vorgelegt hatte. Fast doppelt so viel, wie der Laden wert war. Wo Jake so schnell einen Bonitätsnachweis über eine solche Summe aufgetrieben hatte, ohne den sich kein Cuttler der Welt auf ein Gespräch einlassen würde, war Fuller weiterhin schleierhaft. Dank Rickler und seiner schwarzen Kassen war die

Academy zwar steinreich, aber über solche Summen verfügte sie nicht. Er wählte Jakes Nummer.

»Max«, begrüßte Jake ihn. »Das passt ja. Wollte dir gerade 'ne Mail schreiben. Mit den CHIPS wird die Sache langsam rund.«

»Wie kommst du derartig schnell an eine 100-Millionen-Garantie?«

»Ist keine Garantie. Ist nur ein Schreiben der Bank. Und schon überall im Papierkorb, außer bei Cuttler. Der mich deshalb empfangen will …«

»Und dich sofort wieder rauswirft, wenn die Sicherheit nicht wasserdicht ist.«

»Ist sie.«

»Der Typ spielt nicht mit Puppen, Jake.«

»Ich auch nicht. Ich bin nicht bescheuert, Max, und ich mag meine Finger.«

Fuller schaute auf seine verstümmelte Hand und nickte.

»Ich komme mit«, sagte er.

»Nein, tust du nicht. Du hattest deinen Auftritt. Jetzt schauen wir mal, wie weit Dr. Williams von der hochmögenden Demokratie-Stiftung kommt. Mit seinem vielen Geld. Ich nehme Babs mit, als Assistentin, Babs Hutchinson, du kennst sie – zum Vorglühen. Cuttler wäre nicht der erste Aufsichtsrat, der sie gleich zum Abendessen einlädt, nachdem sie ihm bei Meeting ihre Karte gegeben hat.«

Fuller ächzte leise. »Gut. Lass uns morgen noch mal telefonieren.«

»Mach dir keine Sorgen.«

»Muss ich nicht, die machen sich doch von selbst.« Fuller legte auf.

Beim Essen erzählte Liz ihm, dass sie sich mit ihrer Studienfreundin Ann verabredet hatte, die die Forschungsabteilung von *Plantasan* leitete, eine der fünf oder sechs Pharmafirmen des Cuttler-Imperiums. »Ich glaube kaum, dass sie über Dinge wie Buchhaltung oder Abrechnungen oder diese CHIPS etwas weiß. Ann ist Wissenschaftlerin und nur mit Forschung befasst.«

Fuller hatte den Mund voll mit Pilzragout und nickte. Neben seinem Teller hatte er den zerknitterten Ausdruck liegen.

»Kann gut sein, dass sie nichts weiß.« Er deutete mit dem Finger auf das Blatt: »Hier: *Bis zum offiziellen Start der Testphase ist diese Information vertraulich zu behandeln.* Sie haben nur ihre Geschäftsführer, wie Gary, informiert.«

»Aber wenigstens weiß ich jetzt, wonach ich konkret fragen muss«, sagte Liz.

Die Hendrix-Akkorde von »Little Wing« signalisierten einen Anruf von Nick. Fuller meldete sich mit vollem Mund, Nick ignorierte es.

»Schau noch mal in deinen Posteingang. Jimmy hat nachgelegt, Finanzen der Sieben. Sind natürlich ein paar Dunkelziffern drunter, denn beim Schwarzgeld hört die Transparenz erst mal auf, aber Professor Matt hat das jetzt alles geprüft und gewogen, und wir kommen auf knapp eine Billion.«

»Eine Billion was?«, fragte Fuller.

»Eine Billion Dollar, 1000 Milliarden, beziehungsweise genau 965, haben die Sieben an den Finanzmärkten unter Kontrolle.«

Fuller hörte auf zu kauen. Die Pilze dampften auf seiner Gabel vor sich hin. »Bisschen viel«, sagte er, »selbst wenn die ihre Megavermögen zusammenpacken.«

»Hebel«, sagte Nick, »Leverage. Was glaubst du, wofür Bonzen wie die Sieben gut sind in Zeiten, wo selbst zwei Arbeitslosen mit vier Kindern eine halbe Million für ein Haus hinterhergeworfen wird, das höchstens fünfzig Riesen wert ist? Allein Barrita verfügt über 365 Milliarden, 320 davon sind Kredite.«

»Ist doch meine Rede«, unterbrach Fuller ihn und stopfte sich zufrieden die Pilze in den Mund. »Wozu brauchen solche Typen ZERO oder CHIPS oder so'n Scheiß, die sind doch vollgestopft mit Dollar, Euro, Schweizer Franken.«

»Matt und ich sehen das anders«, sagte Nick, »das alte System ist am Ende. Und ehe ein neues Geldsystem von unten inszeniert wird, inszenieren sie es von oben. Aber nur mit der Drohung, eine Billion Dollar vom Markt abzuziehen, kämen sie nicht weit, sie würden sich nur ins eigene Fleisch schneiden – deshalb bereiten sie mit den CHIPS unter dem Radar das As vor, das sie aus dem Ärmel ziehen können.«

Fuller schwieg: Es leuchtete ihm ein, aber andererseits auch wieder nicht. Er gab ein Knurren von sich.

»Stell dir vor«, sagte Nick, »ich wäre Cuttler oder Barrita und du wärst der Präsident oder der Finanzminister. Ich sage dir: Mein lieber Barack, entweder läuft es jetzt nach meiner Pfeife oder ich ziehe deinem Notfallpatienten auf der Intensivstation – dem Dollar – endgültig den Stecker raus.«

»Ja, und?«

»Deine Antwort?«

»Ich zucke die Achseln und sage: Schlecht geblufft, das lässt du schön bleiben, denn damit vernichtest du den Wirt, der Parasiten wie dich mästet.«

»Genau. Und du würdest supersympathisch dazu lächeln, wie immer. Aber wenn ich dir dann sage: Kein Problem, wenn der Wirt, wie Sie ihn nennen, Mister President, dabei draufgeht. Ich habe nämlich einen neuen, und der heißt CHIPS.«

Fuller schwieg.

»Und dann«, sagte Nick, »würdest du, weil du kein Idiot bist, sondern ein smarter Harvard-Jurist, antworten: ›Meine Herren, wir müssen reden.‹«

Fuller schwieg weiter und sah auf seinen Teller. Die Pilze waren alle.

»Wir können nicht mal beweisen, dass sie sich zu einem Kartell zusammengeschlossen haben. Und dass sie irgendwelche firmeninternen Chipkarten einführen, ist nichts Illegales.«

»Wenn's nicht Illegales wäre, wären nicht schon zwei Menschen draufgegangen und dein Finger auch nicht. Lies dir durch, was Matt dazu geschrieben hat, hab dir's eben geschickt. Bis morgen, küss Liz.« Nick legte auf.

»Grüße von Nick«, sagte Fuller.

»Und?«, fragte Liz.

»Die Sieben kontrollieren zusammen angeblich knapp eine Billion Dollar auf den internationalen Finanzmärkten. Schöne Summe. Wer so viel hat, braucht keinen ZERO und keine CHIPS.«

Liz runzelte die Stirn. »Sagt Nick?«

»Sage ich.«

»Und Nick? Und Matt?«

Fuller seufzte. »Matt und Nick meinen, dass auch eine Billion nicht ausreicht, um wirklich Macht auszuüben, auf Obama und die Politik, weil ein wirklicher Crash die Sieben selbst mit in den Abgrund reißen würde. Und dass sie deshalb heimlich überall diese CHIPS einführen, um sie als Drohmittel aus dem Ärmel zu ziehen: Wenn du nicht spurst, lassen wir den Dollar abstürzen und machen mit CHIPS weiter, die wir unter der Hand schon etabliert haben.«

»Klingt irgendwie einleuchtend«, sagte Liz

Fuller schob die Unterlippe vor und wiegte den Kopf langsam hin und her. »Mag sein«, sagte er, »aber wir haben, außer ein paar wüsten Anschuldigungen von David Cuttler, immer noch keinen Beleg dafür, dass die Sieben überhaupt in irgendeiner Weise zusammenarbeiten, außer dass einige für dieselben Stiftungen spenden. Nick sieht das Ganze natürlich schon wieder als durchorchestrierte Illuminaten-Oper …«

»Wolltest du nicht Musik auflegen?«, fragte Liz.

Fuller klaubte ein Kabel hinter dem Verstärker seiner Stereoanlage hervor und steckte es in den Kopfhöreranschluss des iPhones, das er Liz reichte.

»Das erste Stück müssen wir richtig laut hören«, sagte sie, »klingt wie die alten Lieblingsplatten von Mom, von The Who, den Beach Boys oder Beatles, ist aber ganz frisch, von ein paar New Yorker Kids …«

»Mich wundert, wie eine distinguierte Dame auf solchen Neopunk abfahren kann«, sagte Fuller, als das Stück vorbei war und als Nächstes leise im Hintergrund John Lee Hookers »The Healer« lief. Liz saß auf dem Sofa und hatte die Füße auf dem Couchtisch ausgestreckt. Fuller legte seinen Kopf in ihren Schoß, streckte sich auf dem Sofa aus und ließ ein wohliges Brummen hören.

»Stört's dich, wenn ich noch ein paar Takte lese?«, fragte Liz und streichelte über seine Wange.

»Solange ich zwischen deinen Beinen liege, stört mich nichts auf der Welt«, murmelte Fuller und schloss die Augen. Zehn Minuten später war er eingeschlafen.

Liz hatte ihn nicht geweckt, sondern nach weiteren zehn Minuten ihren Schoß durch ein Sofakissen ersetzt und ihren Freund mit einer Couchdecke zugedeckt. Danach war sie in ihre Wohnung hinübergegangen. Fuller schlief bis fünf Uhr in der Früh durch und legte sich nach einem Besuch auf der Toilette noch für zwei Stunden in sein Bett. Um kurz nach sieben stand er auf und schlurfte mit seinem »französischen Frühstück« – einem Espresso und einer Zigarette – zu seinem Computer. Der Posteingang zeigte Nicks letzte Mail vom Abend zuvor mit einem Anhang, der mit MB für Matt Brooks gezeichnet war. Fuller schickte den Text zum

Ausdrucken und wollte die darüber stehende Mail mit dem Absender »igz2727uk@hotmail.com« gerade löschen, weil er sie für Spam hielt, als sein Blick auf das Betrefffeld der Mail fiel. Sie lautete schlicht »Die Sieben«.

Fuller öffnete die Mail und las.

Hallo, Mr. Fuller,
ich weiß, dass Sie Informationen über Barrita, Cuttler und die anderen suchen. Sehen Sie sich das anhängende kurze Stück Video an – es zeigt die letzte Versammlung der Sieben, die vor vier Wochen stattfand. Die Aufzeichnung, von der Sie eine knappe Minute sehen, ist insgesamt 63 Minuten lang. Sie war und ist meine Lebensversicherung, doch für 200000 $ bin ich bereit, sie abzutreten. Wenn Sie interessiert sind, antworten Sie mir an diese Mailadresse, dann werde ich Ihnen die Modalitäten der Übergabe mitteilen.
Ich weiß, dass Sie wegen Ihres verletzten Fingers nicht viel schreiben können – ich war ja nebenan, als Dillon Sie »verhörte« –, deshalb reicht es, wenn Sie mir Ihre Mobilfunknummer durchgeben.
Igor

18

Gentlemen, liebe Freunde, ich freue mich, dass es geklappt hat und wir heute hier zusammengekommen sind. Fax, E-Mail und Videokonferenzen mögen Errungenschaften sein, auf die wir im Geschäftsleben nicht mehr verzichten können, aber die big points werden seit Menschengedenken von Angesicht zu Angesicht erzielt. Und niemand wird bezweifeln, dass wir heute einige sehr wichtige Entscheidungen zu treffen haben. Entscheidungen, die für uns selbst und unsere Unternehmen ebenso viel bedeuten wie für die gesamte Wirtschaft und das Wohlergehen der Menschheit auf diesem Planeten. Deshalb hebe ich mein Glas, begrüße Sie nochmals herzlich und bin sehr zuversichtlich, dass wir mit dem Schritt, den wir heute tun, ein neues Kapitel der Zeitgeschichte aufschlagen werden. Salute!

Der Sprecher stand mit dem Rücken zur Kamera, am Kopf eines Tisches, an dessen Seiten jeweils drei Männer saßen. Er war weißhaarig und trug einen dunkelblauen Anzug, seine linke Hand war auf einen Stock mit einem silbernen Knauf gestützt. Es war Hector Barrita. Zu seiner Linken erkannte Fuller Robert Cuttler und neben ihm John Bodano, der einst in den Sechzigern als Müllkönig von New Jersey seine Karriere begonnen und durch seinen Aufstieg zum privaten Chefentsorger des Verteidigungsministeriums Milliarden gemacht hatte. Neben Bodano saß Wendell Barnes, der schon als Zehnjähriger neben der Schiffsschaukel seines Vaters in Atlantic City sein erstes Wettbüro eröffnet, der kaum zwanzigjährig den CIA-Söldner Frank Sturgis beraten hatte – Kubas ersten nachrevolutionären Glückspielminister, bevor ihn Fidel nach ein paar Monaten rauswarf – und schon mit dreißig über ein schwimmendes Imperium von Casinoschiffen verfügte. Auch mit seinen jetzt siebzig Jahren war Barnes' rosigem, rundem Gesicht noch anzusehen, wie er zu seinem Spitznamen »Babyface« gekommen war. Barnes gegenüber saß Stan Milowski, der aus seiner väterlichen Erbschaft, einer kleinen Eisenhütte, den zweitgrößten Stahlkonzern der Welt gemacht hatte, neben ihm Samuel Silverman, Investmentbanker, Anwalt und mit 77 einer der Ältesten in der Runde, sowie Charles Keen, der IT- und Siliziumzar und größte Zulieferer der globalen Computerindustrie.

Die Kamera musste auf der Stirnseite des Raumes knapp unter der Decke angebracht sein, das Bild zeigte die Versammlung am Tisch von schräg oben. Auf dem Tisch standen Gläser und Getränke und eine silberne Thermoskanne, am hinteren Ende des Raums waren schwere grüne Samtvorhänge zu erkennen, seitlich ein großes Fenster, durch das aber außer einem graublauen Himmel nichts weiter zu sehen war.

Fuller stoppte den Film nach 39 Sekunden; auf dem etwas unscharfen Standbild sah man die Sieben ihr Glas heben. Er ließ den Film weiterlaufen.

Barrita setzte sich und Cuttler ergriff das Wort: *Liebe Freunde, wir haben heute nur zwei Tagesordnungspunkte: die Abstimmung über unser Joint Venture auf den Geldmärkten und den definitiven Start der CHIPS-Einheit in unserem Netzwerk. Zu diesem Punkt werde ich später einige Erläuterungen geben, zuerst möchte ich jetzt Sam bitten …*

Nach 57 Sekunden brach der Film ab.

Fuller leitete die Mail an Matt, Nick und Jake weiter und schaute sich den Film ein zweites und ein drittes Mal an. Er sah auf die Uhr. Um Nick und Matt in Kalifornien anzurufen, war es noch zu früh. Aber Jake in DC war schon auf den Beinen und offensichtlich auch schon am Computer, denn als er Fullers Anruf annahm, war im Hintergrund die Begrüßung Barritas zu hören.

»Ich schau's mir gerade an«, sagte Jake. Fuller wartete noch einige Sekunden, bis der Hintergrundton endete.

»Das ist doch ein Hammer, Jake.«

»Ja, könnte echt spannend werden. Leider nur ein Teaser. Wer ist Igor?«

»Muss einer der beiden Kleiderschränke von Cuttler sein, sonst war ja niemand in der Nähe, als der Wichser mir die Nägel gemacht hat. Wir brauchen auf jeden Fall den ganzen Film.«

»Max, der Kerl will zweihundert Riesen.«

»Das ist der Film wert, selbst wenn er nur halb so gut weitergeht, wie er anfängt.«

»Und wenn er dich bescheißt und nur noch drei Minuten hat?«

»Glaube ich nicht, aber wir werden die Katze schon nicht im Sack kaufen.«

»Das Ganze könnte auch eine Falle von Cuttler sein, um dich doch noch zu erwischen.«

»Glaube ich auch nicht, dafür verrät schon diese eine Minute zu viel. Schon um diesen kurzen Ausschnitt herum könnte ich jetzt eine *60-Minutes*-Story über ›Das Billionenkartell‹ bauen. Jeder der Sieben ist darauf zu erkennen und das Stichwort ›Joint-Venture am Geldmarkt‹ fällt.«

»Und warum bietet dieser Igor das jetzt an?«

»Keine Ahnung. Weil er Kohle braucht? Weil er beschissen bezahlt wird? Wie auch immer, ich schick dem jetzt meine Nummer und bitte dringend um Anruf. Ich halte euch auf dem Laufenden.«

»Ich treffe Cuttler morgen früh, in San Francisco.«

»Und weißt ansonsten von nichts. Wir sprechen vorher noch. Ciao.«

Nachdem er aufgelegt hatte, setzte Fuller die Antwort an Igor auf:

Hallo, Igor,
wie kommst du darauf, dass ich für unscharfe Filme von alten Männern ein Vermögen bezahle? Ich arbeite fürs Fernsehen und bin durchaus an enthüllendem Videomaterial interessiert, aber was dieser Film zu bieten hat, erschließt sich mir nicht. Machen die Greise hinterher noch Striptease?
Also: Was ist auf dem Film, das so viel Geld wert sein könnte? Das musst du mir erklären, gerne auch am Telefon. Unten meine aktuelle Nummer.
Grüße
MF

Er hatte die Mail gerade abgeschickt, als Jake erneut anrief.

»Max, ich habe gerade Nachricht von meinem Kontaktmann beim FBI bekommen. Im Mordfall Layla ist jetzt doch ein Verdächtiger zur Fahndung ausgeschrieben worden.«

»Scheiße.«

»Ganz und gar nicht. Denn du bist nicht Iwan Wolzog, Weißrusse, 38 Jahre, 1,96 groß, 230 Pfund, blond, blau-graue Augen …«

»Igor?«

»Nein, Iwan. Auf der Tatwaffe wurden die Fingerabdrücke von zwei Personen festgestellt, aber nur die von Wolzog konnten identifiziert werden.«

»Dann ist Igor der andere Kleiderschrank. Sein Kumpel ist auf der Flucht, ihm wird offenbar auch langsam heiß, und er braucht Kohle.«

»Könnte sein. Aber du könntest jetzt auch zur Polizei gehen und eine Aussage machen, ich meine …«

Fuller unterbrach ihn. »Vergiss es. Und ich muss dir nicht erzählen, wieso. Ist doch prima, wenn die Feds jetzt diesen Iwan jagen. Vielleicht finden sie ihn sogar und bringen ihn in den Knast, umso besser. Da gehört er hin. Aber weder seinen Boss noch Cuttler und die Siebener-Bande schert das einen Hamsterfurz. Ich will diesen Film – und dann nur noch ein paar kleine Recherchen und wir gehen damit nicht nur zum Generalstaatsanwalt und zum FBI, sondern auch zu allen Fernsehsendern …«

»Vielleicht ist Iwan der mit dem Film und gibt sich nur als Igor aus.«

»Iwan, Igor, scheißegal, wie der heißt – und wenn er vor den Bullen auf der Flucht ist, umso besser für die Preisverhandlungen.«

Fuller machte sich Toast und einen weiteren Espresso. Igor, oder wie immer er hieß, und auch der Film waren in San Francisco. Igor würde Bargeld verlangen, eine Übergabe müsste arrangiert werden. Den Film zu kaufen, ohne ihn vorher gesehen zu haben, kam nicht in Frage – auch wenn schon die knappe Minute, die Fuller jetzt auf seinem Rechner hatte, viel Geld wert sein konnte. Aber die Vorstellung, sich mit dem Kleiderschrank irgendwo zu einer *sneak preview* zu treffen, mit einem Koffer voll Geld, erschien Fuller alles andere als reizvoll. Für Igor würde ein Ort, den Fuller vorschlug, aus Sicherheitsgründen nicht in Frage kommen, umgekehrt galt dasselbe. Doch während Fuller noch darüber nachdachte, seinen Toast mit Orangenmarmelade kaute und im Espresso rührte, kündigte ein leiser Gong eine neue E-Mail im Posteingang an.

Eine Antwort von Igor war gelandet.

Hallo, Fuller,
kann momentan nicht telefonieren. Aber ich muss nicht wirklich erklären, was dieser Film bedeutet. Er ist der Beweis für all deine Vermutungen. Ich habe dein Geständnis in Pier 31 gehört, Fuller. Also verarsch mich nicht. Ich finde andere Abnehmer für den Film, wenn du ihn nicht willst. Sorg schon mal dafür, dass deine Kreditkarte mit 200 k aufgeladen ist. Ich melde mich wieder.
Igor

Fuller wunderte sich. Über den souveränen Ton, den Igor an den Tag legte, einen Ton, den er von einem Riesen mit eher dümmlichem Gesicht nicht erwartet hatte. Auch dass er sich über die Zahlungsmodalitäten schon Gedanken gemacht hatte und die Kreditkarte erwähnte, war erstaunlich. Und »200 k«; das »k« als Abkürzung für die drei Nullen in Tausend, war Fuller nur von Nerds und Kilobyterechnern wie Nick geläufig. Folglich war entweder Igor nicht Igor, sondern jemand anderes, oder der Kleiderschrank kannte sich mit Computern aus.

Fuller steckte sich den Rest Toast in den Mund und tippte kauend.

Hallo, Igor,
oder soll ich dich Iwan nennen, Nachname Wolzog? Deine Fingerabdrücke sind auf der Mordwaffe, sieh dich also vor. Dein »Lebensversicherungs«-Video wird dir nichts nützen, wenn die Polizei dich schnappt. Also lass mich klarstellen: Ich kaufe keine Katzen in Säcken. Bin aber offen für jeden fairen Handel. Bevor wir überhaupt ins Geschäft kommen, muss ich aber mehr von dem Film sehen.
MF

Er schickte die Mail ab, leitete dann den Igor-Schriftverkehr an Nicks Adresse weiter und wählte dessen Nummer. Es dauerte mehr als eine halbe Minute, bis abgenommen wurde.

»Weißt du, wie früh es ist?«, gähnte ein verschlafener Nick am anderen Ende der Leitung.

»Halb zehn, jedenfalls in der relevanten Zeitzone. Komm hoch und guck in deinen Posteingang. Einer von Cuttlers Bodyguards bietet einen Videofilm vom letzten Treffen der Sieben an. Krieg mal raus, von wo die Mail geschickt worden ist.«

Nick war sofort hellwach. »Gib mir zehn Minuten. Ich melde mich.«

Die erste Mail war aus einem Internetcafé in der Mission Street in San Francisco abgeschickt worden. Die zweite war von einem mobilen Endgerät gekommen. Igor verfügte also über ein iPhone oder einen Blackberry. Und er reagierte schnell.

Hallo, Fuller,
mein Freund Iwan Wolzog ist tot, die Polizei wird ihn nicht mehr finden. Ein Grund für mich, meinem Arbeitgeber den Rücken zu kehren. Da du offen bist für einen fairen Handel, biete ich den ebenfalls an: Du wirst nur für das bezahlen, was du haben willst. Aber deine Kreditkarte sollte ausreichend geladen sein.
Morgen Nachmittag, vier Uhr, an der Buddhastatue im Golden Gate Park.
Igor

19

Fuller buchte einen Flug für den Vormittag des nächsten Tages. Danach ließ er sich von einem Taxi bei seinem Arzt absetzen, die Klammer um seinen Fingerstumpen entfernen und hörte sich erfreut an, er habe gutes Heilfleisch. Es würde allerdings noch einige Wochen dauern, bis er mit dem schlimmen Finger wieder auf eine Tastatur hämmern könnte, wie es beim Schreiben mit seinem Vierfingersystem eben seine Art war.

Liz besuchte ihn am Nachmittag, nach dem Lunch mit ihrer Freundin. Und brachte wenig überraschende Neuigkeiten mit. »Stell dir vor, auch bei Plantasan ist dasselbe Schreiben eingegangen wie bei Modern Media.«

»Dachte ich mir«, antwortete Fuller beiläufig. Liz sah ihn verwundert an.

»Schau dir das hier an.« Er startete den Filmausschnitt auf dem Computer. »Die Sieben komplett versammelt, und sie reden über CHIPS.«

Dann zeigte er ihr die Mails von Igor. Während Liz auf dem Stuhl saß und las, kniete er neben ihr nieder. Als sie es bemerkte, nahm er auf ihren fragenden Blick hin ihre Hand. Er küsste sie und sagte: »Dass du mein Leben gerettet hast, dafür habe ich mich ja schon bedankt. Aber dem Iwan derart eine überbraten, dass er Sternchen sieht und danach alle Spuren verwischt, das schafft nur Superwoman!«

Liz lachte laut auf. Fuller umarmte sie und drückte ihr einen Kuss auf die Wange.

»Und du musst jetzt Superman spielen und es mit Igor aufnehmen?«, fragte sie.

»Nein«, Fuller schüttelte den Kopf, »ich will diesen Film

und ich zahle sogar dafür, wenn es sein muss. Igor mag aussehen wie Frankensteins Junior, aber er ist kein Idiot. Das siehst du an diesen Mails. Und es ist glaubhaft, dass er sich an Dillon und Cuttler rächen will wegen seinem Kumpel Iwan. Also spielt er jetzt auf unserer Seite. Aber er hat natürlich Angst vor den Bullen, also wird er sich schön im Hintergrund halten.«

Liz verbrachte die Nacht bei Fuller. Um fünf Uhr morgens drückte er ihr einen Kuss auf die geschlossenen Lider und verließ die Wohnung. Er nahm den Expressbus zum JFK, die Maschine hob pünktlich um 7 Uhr 10 ab, Richtung San Francisco. Als er dort nach sieben Stunden Flug sein Mobiltelefon wieder einschaltete und an der Mietwagenausgabe auf sein Auto wartete, rief Jake an.

»Bin gerade gelandet«, sagte Fuller.

»Und ich bin gerade bei ACRC in Sacramento raus, vom Treffen mit Cuttler. Er kam zusammen mit einem schmächtigen Typen mit Seitenscheitel, Dillon.«

»Sagt mir was.«

»Dachte ich mir. Der Geschäftsführer und der Justiziar von ACRC waren da, und Babs und ich. Wir waren uns schon nach dreißig Minuten einig.«

»Worüber?«

»Über den Kauf der Firma. Aber das war kein Wunder, angesichts des Mondpreises, den ich geboten habe.«

»Was sonst, was hast du für einen Eindruck von Cuttler?«

»Kühl mit Stil. Wie alter schottischer Adel, höflich und zurückhaltend, aber mit scharfen Raubvogelaugen. Einer von der Sorte, die jeden Morgen um fünf aufstehen und eiskalt baden. Aber dann wurde ihm doch noch ein bisschen heiß, als ich ihn auf den Tod seines Sohnes angesprochen habe.«

»Du hast was?«

Jake lachte. »Stand doch in jeder Zeitung. Es war nur höflich, dass ich kondolieren wollte. Ich bin aber nicht dazu gekommen.«

»Weil?«

»Weil Dillon was dagegen hatte. Hat sonst nicht viel gesagt, hat alles laufen lassen, aber die Erwähnung des Jungen hat ihn geweckt. Cuttler nimmt das immer noch mit, das merkt man sehr, und Dillon spielt die Gouvernante.« Jake imitierte den kleinen energischen Sadisten. *»Zu diesem Thema äußert Dr. Cuttler sich nicht, danke.«*

»Und?«

»Ich hab natürlich gleich Verständnis geheuchelt, mich entschuldigt, aber dann noch eins draufgesetzt und nach den Sieben gefragt.«

»Du verarschst mich. Hoffe ich.«

»Ich hab nichts von dem Film gesagt, entspann dich. Ich habe nur gesagt, dass in Washington das Gerücht kursiert, er arbeite zusammen mit Barrita, Barnes, Silverman und anderen an einem Rettungspaket für die Finanzmärkte, und dass in dem Zusammenhang angeblich auch über neue Währungssysteme gemunkelt wird. Ich hab ihn gefragt, ob da was dran ist.«

Fuller hatte das Gefühl, seinem Freund dabei zuzusehen, wie der sich anderthalb Meter zu weit aus dem Fenster lehnte. Und dabei auch noch lächelte. Aber er behielt die Standpauke für sich, denn genützt hätte ihm der Krach nichts.

»Wie hat er reagiert?«, fragte er stattdessen.

Jake lachte wieder. »Er hat die Contenance verloren und sehr zornig ›Unsinn‹ gerufen. Und dann eine Tirade über seine und Barritas wohltätige Stiftungen losgelassen. Als ich dann lächelnd ansprach, dass es ja auch schon sehr merkwürdig wäre, wo doch sein Sohn ebenfalls mit alternativem Geld gearbeitet habe, hat er mich mit ’nem Blick abgeschossen, der als Marschflugkörper Karriere machen könnte. Eine Minute später war unser Gespräch beendet, mit dem Hinweis, unsere Justiziare könnten sich ja jetzt allein um die Modalitäten kümmern. Aber ich könne ihn jederzeit anrufen, klar.«

»Wo bist zu jetzt?«

»Noch in der Cafeteria von ACRC und lasse mich bewirten, schließlich ist das demnächst mein Laden.« Jake lachte wieder.

Fuller lachte nicht mit.

»Pass auf Dillon auf, Jake. Du weißt, wie es mir nach der letzten Erwähnung der Sieben bei Cuttler ergangen ist.«

»Mann, ich bin hier als Kunde, nicht als Schmierfink und Paparazzo. Mach dir keine Sorgen. Und wenn, mach dir lieber welche um deinen eigenen Kopf. Lass dir von Igor keine überziehen.«

»Jake, ich meines es …«

Jake unterbrach ihn. »Ja. Verstanden. Aber Dillon ist zusammen mit Cuttler raus und schon wieder weg. Ich fahre gleich raus zu Matts Schlangenhügel, da sehen wir uns dann heute Abend. Babs fliegt in zwei Stunden zurück nach DC. Er hat ihre Beine und das rattenscharfe Dekolleté übrigens keines Blickes gewürdigt.«

»Die ganz großen Wahrheiten sind halt nicht jedermanns Sache.«

»Jedenfalls nichts für Gutmenschen, meinst du?«

»Nicht alle Gutmenschen sind heterosexuell, du Kleingeist.«

Jake legte lachend auf. Und Fuller lachte immer noch nicht mit.

Den kompakten 1er-BMW hatte er an den ersten beiden Ampeln der Flughafenausfahrt verflucht, denn beide Male war der Motor ausgegangen. Erst beim dritten Mal hatte er den

Aufkleber »Start-Stopp-Automatik« gesehen und sich bei den folgenden Stopps, wenn der Wagen durch einen leisen Tritt aufs Gaspedal ansprang, wieder ein Stück weniger darüber gewundert, warum der Gigant General Motors in die Knie gegangen war. Obwohl dieser kleine Wagen dieselben oder sogar bessere Fahrwerte vorzuweisen hatte als vergleichbare GM-Modelle, brauchte er weniger als die Hälfte an Kraftstoff. Was das in einem Autoleben von zehn und mehr Jahren ausmachte, konnte zwar jedes Schulmädchen ausrechnen, amerikanische Automanager aber offenbar nicht.

Daran dachte er, als er Ecke Fulton Street für zwei Minuten in einem Stau stand – und ob das vielleicht damit zu tun haben könne, dass sich *Big Oil* schon vor Jahrzehnten in große Teile der US-Autoindustrie eingekauft hatte. Und als Hauptaktionär logischerweise kein großes Interesse an energieeffizienten Autos entwickelte, während in Japan und Deutschland andere Besitzverhältnisse für andere, bessere Autos gesorgt hatten. Das wäre eine Reportage, die Rickler nicht gefallen würde. Wenn er Wind davon bekäme, würde er ihn beauftragen, Maßnahmen der Gegenpropaganda zu ergreifen, was in diesem Fall aber völlig aussichtslos sein dürfte, denn dass die GM-Dinosaurier weltweit auf Halde verrosteten, während kleine europäische Ökoautos in Massen gekauft wurden, war einfach nicht wegzudiskutieren. Fuller beschloss, die Idee gelegentlich an Ken Wilder weiterzureichen.

Er war eine Viertelstunde vor dem vereinbarten Zeitpunkt im japanischen Teegarten des Golden Gate Park. Die Tische waren gut besetzt, und auf den kleinen Wegen und Brücken waren eine Menge Besucher unterwegs. Als er vor der Buddhastatue stand, erreichte ihn eine SMS.

Schau am Zaun hinter die Figur.

Fuller sah sich um und konnte weit und breit keinen weißrussischen Kleiderschrank entdecken. Er drückte sich zum Erstaunen eines Touristen, der seine Freundin gerade vor der Figur fotografiert hatte, auf dem Rasen an dem kleinen Zaun an der Seite und an den hohen Schilfpflanzen vorbei. An der hinteren Seite des Zauns steckte ein weißer Zettel.

Fuller nahm ihn und ging zwischen Schilf und Zaun wieder zurück auf den Parkweg. Auf dem Zettel stand: *Internetcafé Potemkin, 15th / Bilbo St.* Darunter eine Internetadresse, die mit »http://ruv.ts/« begann und dahinter eine endlose Zahlenreihe aufwies. Und darunter: »URL nur bis 6 pm gültig.«

Fuller sah sich erneut um, aber statt eines blonden Riesen sah er nur eine Gruppe gackernder japanischer Schülerinnen.

Die 15th Street führte gleich hinter dem Park nach Norden. Nach zwei Blocks, an der Ecke Bilbo Street, sah er eine Kirche der russischen Gemeinde und direkt gegenüber das kleine Internetcafé. Durch die verglaste Front des Potemkin konnte man etwa zwanzig Plätze erkennen, die durch weiße Stellwände voneinander getrennt und mit iMacs ausgestattet waren. Nur wenige waren besetzt, keiner der Gäste ähnelte Igor. Hinter der Bar stand ein junger Mann und machte sich an der Cappuccinomaschine zu schaffen.

»Hi, was fehlt?«, fragte er, als Fuller vor dem Tresen stehen blieb.

»Ich kenne mich nicht so aus mit dem Internet, ich soll diese Adresse aufrufen«, er zeigte auf die URL auf dem Zettel.

»Kein Problem, setzen Sie sich einfach an einen der Rechner und geben Sie die Adresse ein. Oder kommen Sie, das ist ja ein endlos langer Zahlenwurm hier, diktieren Sie mir schnell.«

Der Junge ging voraus und setzte sich an einen der Rechner, Fuller blieb hinter ihm stehen und diktierte die Adresse. Auf dem Bildschirm ging eine Seite auf: »Bitte geben Sie Ihre Kreditkarten-Daten ein«.

Der Junge runzelte die Stirn. »Die haben es aber eilig.«

Fuller nickte. »Man muss halt kassieren, solange das Geld noch was wert ist.«

Der Junge drehte sich um und sah streng zu ihm hoch. »Falls es sich um illegales Material handelt, weise ich Sie darauf hin, dass alle Sitzungen gespeichert werden. Wir kennen also Ihre Daten, wenn Sie Kinderpornografie herunterladen oder Ähnliches.«

»Sehe ich so aus?«, fragte Fuller. »Kinderpornografie! Also, bitte.«

»Ich wollte Sie nur darauf hinweisen. Ist die Geschäftspolitik hier.«

»Was ist mit Schafen?«

»Bitte?«

Fuller deutete auf den Schirm und lächelte. »Danke.«

Der junge Mann stand auf und ging zurück an seinen Platz hinter dem Tresen, seinem Blick nach zu urteilen lachte er nicht mal im Keller. Fuller wählte Nicks Nummer, und Nick meldete sich, wie üblich, ohne ihn zu begrüßen.

»Was ist das denn, 15th Ecke Bilbo St. – Potemkin, oder wie hieß der Laden noch?«

»Heißt immer noch so, und deine Augen werden mir langsam unheimlich. Pass auf, ich hab die Adresse eingegeben, und nun will er meine Kreditkartendaten.«

»Schick mir den Link.«

Fuller sandte und wartete.

»Okay, ich hab's«, sagte Nick. »Was ist denn das? Moment.«

Fuller hörte Nicks klappernde Tastatur. »Kein Ahnung,

was das sein soll, ›ts‹ ist erst mal gar keine Länderkennung. Weiß der Geier, wo die Domain registriert ist, Tadschikistan oder irgendwo in der äußeren Mongolei.«

»Und jetzt?«

»Gib deine Kreditkartendaten ein, sonst kriegen wir's nicht raus.«

Fuller fingerte seine Mastercard Black aus der Börse und gab die Zahlen ein. Ein neues Fenster öffnete sich. *Danke. Einen Augenblick Geduld, Ihre Daten werden überprüft.*

»Gibt's auch einen tadschikischen PayPal?«

»Was?«

»Vergiss es.«

Eine neue Seite klappte auf. Fuller las den Text laut: *»Herzlich willkommen. Bitte lesen Sie die folgende Einverständniserklärung durch und bestätigen Sie am Ende der Seite. Mir ist bewusst, dass der nachfolgende Download mit einem Betrag von 50 (in Worten: fünfzig) US-Dollar pro Sekunde, 3000 US-Dollar pro Minute, 180000 US-Dollar pro Stunde berechnet wird. Ich bin damit einverstanden, dass dieser Betrag von meiner oben angegebenen Kreditkarte abgebucht wird. Ich habe jederzeit das Recht, die Übertragung zu stoppen. In diesem Fall wird nur die bis dahin abgelaufene Zeit berechnet. Die übertragenen Daten werden auf Ihrem Desktop im Ordner ›Seven‹ gespeichert. Ich bin nicht einverstanden.«*

Nick schwieg gründlich. Dann schnalzte er.

»Nicht schlecht. Hat irgendeinen Kreditkartenbetrüger am Arsch der Welt aufgetan, der die Nummer durchzieht und das Master-Guthaben versilbert, ehe man ihm auf die Schliche kommt. Du kannst das morgen bei Mastercard widerrufen oder die Karte geklaut melden, und mit etwas Glück zahlt die Versicherung den Schaden. Also los. ›Einverstanden‹ klicken. Du kannst ja jederzeit stoppen, wenn das doch alles Bullshit ist.«

Fuller klickte »Einverstanden« an und ließ den Cursor hochgleiten über den »Abbruch«-Button. Und ließ ihn dort.

Denn Fuller stoppte den Download nicht, sondern saß eine Stunde wie festgenagelt vor dem Schirm.

20

Die Erde, wir wissen es alle, ist kein glücklicher Ort. Unglück und Not, Schmerz und Leid sind keine Missgeschicke, die passieren, weil irgendetwas schiefgeht, sondern ein unausweichlicher und unabdingbarer Bestandteil des Ganzen, sie sind, wie die Wissenschaftler heute sagen würden, systemimmanent. Große Weise wie Gautama Buddha haben das schon vor 2500 Jahren erkannt und daraus abgeleitet, was in einem solchen vom Leid und Schmerz geprägten System als bestes Verhalten und höchste Tugend gelten muss. Es ist das Mitgefühl. Das Mitleiden am Leiden der Kreatur. Und das bedeutet nicht einfach passive Kontemplation, sondern eine aktive Haltung, die dazu beiträgt, unausweichliches Leid zu mindern. Und wir, die wir hier versammelt sind, können von uns behaupten, dass niemand in den letzten Jahren mehr getan hat, das Elend der Welt zu mindern. Unsere privaten Spenden für Stiftungen, Förderungen und Hilfswerke übertreffen die Spenden der meisten Nationen bei Weitem. Aber das war erst der Anfang. Denn wir können und wir werden unseren Einfluss noch entscheidend erweitern. Wie dies geschehen kann, wie wir mehr Druck aufbauen können, um denjenigen, die am meisten leiden, noch mehr Hilfe zukommen zu lassen, lebensentscheidende Hilfe – darüber wollen wir uns heute verständigen.

In diesem Stil redete Barrita noch einige Minuten weiter, in einem salbungsvollen Ton, der jedem Fernsehprediger blendend zu Gesicht gestanden hätte. Der kleine weißhaarige

Mann mit der altmodischen Hornbrille legte ein Pathos in seine Rede über die Notwendigkeit, Gutes zu tun, dass man in ihm tatsächlich eher einen Priester oder Menschenrechtsbeauftragten vermuten konnte als einen der reichsten und gerissensten Geschäftsmänner des Planeten.

Doch die Regierung tut nicht genug, um der Gier Einhalt zu gebieten. Nachdem wir weitere, absolut notwendige Maßnahmen angemahnt haben, mit denen in den Kernsektoren Finanzen und Energie eine zukunftsträchtige, nachhaltige Entwicklung erreicht werden kann, und mit diesen Vorschlägen nicht ausreichend durchgedrungen sind, muss die Obama-Administration jetzt massiv unter Druck gesetzt werden. Den Maßnahmenkatalog in Sachen Energie haben wir bereits beschlossen. Was den Finanzsektor betrifft, wird Sam gleich mehrere mögliche Szenarien entwerfen. Einige davon mögen sich auf den ersten Blick schrecklich anhören, aber es muss nicht zum Äußersten kommen, der Präsident allein wird es in der Hand haben. Wenn er unseren Forderungen folgt, wird sich ein Zusammenbruch vermeiden lassen. Aber manchmal sind auch schwerste Katastrophen einfach unvermeidbarer Teil eines Reinigungsprozesses. Nur Katastrophen bergen die Chance auf einen radikalen Neuanfang. Und wir sind für einen solchen Anfang gerüstet. Die Testphase ist ohne jedes Problem verlaufen, die Software ist stabil, und unsere Rechenzentren sind jederzeit in der Lage, sie flächendeckend zu implementieren. Sam, bitte …

Barrita nickte Samuel Silverman zu und setzte sich.

Aus den Dossiers wusste Fuller, dass Silverman in den Aufsichtsräten von einem halben Dutzend Investmentbanken und Finanzdienstleistern saß und als graue Eminenz im

Hintergrund zu den wenigen Personen gehörte, ohne deren Placet der Posten eines Finanzministers, eines Präsidenten der Federal Reserve, des Internationalen Währungsfonds oder eines anderen Topjobs in der Wall Street nicht vergeben werden konnte. Er hatte in den Siebzigern ein Finanzprodukt erfunden und Milliarden damit beiseitegeschafft, bevor sein Zögling Michael Milken mit diesen *Junk Bonds* aufgeflogen und zum Sündenbock der Nation geworden war.

Ende der Neunziger hatte Silverman in Washington Strippen gezogen und Lobbyisten bezahlt, um den Financial Freedom Act durchzusetzen, der die gesetzlichen Hemmnisse beim Auflegen neuer *Junk Bonds* beseitigte, die jetzt *Subprime Mortgages* genannt wurden. Und wieder hatte er, lange bevor der Schwindel aufflog, seine Schäfchen ins Trockene gebracht und war zum großen Warner vor »undurchsichtigen Finanzprodukten« geworden, weshalb ihn George W. Bush wenige Wochen vor seinem Abgang zum obersten Vermittler des *bailout,* der Staatskredite für insolvente Privatbanken, gemacht hatte. Präsident Obama hatte dann auf Kontinuität gesetzt und neben dem Verteidigungsminister auch Silverman von der Bush-Regierung übernommen. Nachdem man ihm aber nach einigen Monaten ein Gremium zur Seite und die Verteilung der Rettungsgelder unter strenge Kongressaufsicht stellen wollte, hatte er seinen Posten niedergelegt. Unter Protest.

Silverman dankte seinem Vorredner und kam direkt zur Sache.

Ich kann mich kurz fassen. Auch wenn wir mit dem, was wir über die Rettungspakete und das Bailout herausgeholt haben, durchaus zufrieden sein können – dass man uns dreistellige Milliardenbeträge ohne Weiteres zubilligen würde, ohne dass es zu Protesten kommt, damit hatte, ehrlich gesagt, nicht einmal ich gerechnet. Hier haben unsere Medien wirklich gute Arbeit geleistet, das habe ich unserem Freund Rupert, auch wenn ich nicht immer seiner Meinung bin, ohne Wenn und Aber bescheinigt, als wir vorgestern zusammen geluncht haben. Doch jetzt muss diese wunderbar sprudelnde Quelle der Steuergelder zumindest fürs Erste in Ruhe gelassen werden, sonst riskieren wir Unruhen und Aufstände. Wenn Obama unseren Forderungen zustimmt, kann alles beim Alten bleiben – der Turm in Basel, die Bank für Internationalen Zahlungsausgleich, wird nicht einstürzen, die Federal Reserve wird nicht zerschlagen, der Dollar weiterhin Leitwährung bleiben. Auch unseren chinesischen Partnern wäre diese Lösung am liebsten, doch bei unseren Gesprächen in Shanghai und Peking letzte Woche haben sie auch unserem Plan B zugestimmt, unter der Maßgabe, dass die chinesischen Dollarreserven eins zu eins in CHIPS transferiert werden.

Die Versammelten klopften zustimmend auf den Tisch. Silverman quittierte ihre Zustimmung mit einem feinen Lächeln und fuhr fort.

Anders als bisher, als wir nur mit unserer gebündelten Finanzkraft aufwarten konnten, um Druck auf das Weiße Haus zu erzeugen, und immer nur zu hören bekamen: »Wir sitzen doch alle im selben Boot, ihr werdet selbst mit untergehen, wenn ihr das kontrollierte Chaos an den Finanzmärkten nicht beendet«, sind wir ab sofort in einer souveränen Position. Wir können die Titanic ruhig absaufen lassen, denn wir verfügen über ein Rettungsboot – und zwar über eins, das von niemand anderem gesteuert und kontrolliert wird als von uns. Kein Präsident, keine Regierung, kein irgendwo vom korrupten Abgeordneten zum Staatsbankpräsidenten aufgestiegener Dilettant könnte uns dann noch in die Suppe spucken – weshalb unserem Präsidenten gar nichts anderes übrig bleiben wird, als auf unsere Forderungen einzugehen. Auch wenn Obama die Maßnahmen etwa zur globalen Geburtenregulierung genauso wenig gefallen werden wie die zur Kontrolle der Energiereserven notwendigen Militäreinsätze im Iran und im kaukasischen Becken – unser Angebot, weiter im Amt zu bleiben, wird er nicht abschlagen können.

Im zustimmenden Gemurmel der Anwesenden wurde eine Stimme laut, die Fuller nicht identifizieren konnte – *Was tun wir, wenn irgendetwas durchsickert und an die Öffentlichkeit kommt?* –, worauf Robert Cuttler das Wort ergriff.

Für diesen Fall haben wir mit Sam schon vereinbart, dass er sozusagen den Watschenmann für unsere Gruppe spielen wird. Falls irgendetwas von unserer Zusammenarbeit bekannt wird – wovon ich nicht ausgehe, denn bislang sind unsere Gegenmaßnahmen mehr als erfolgreich gewesen –, werden wir einen Medienbericht über ein Treffen in der Silverman-Villa und Samuel als Chef der Gruppe lancieren, unter dem Titel »Die jüdische Milliardärsverschwörung« oder so ähnlich. Das wird die Antisemiten in aller Welt auf den Plan rufen – und uns Gelegenheit geben, eine Mediendebatte loszutreten, weil wieder einmal »reiche Juden« für den Zusammenbruch des Kapitalismus verantwortlich gemacht werden sollen.

Sehr gut, rief Babyface Barnes dazwischen, *hat bei den größten Abzockern der letzten Jahre auch schon prima funktioniert – AIG-Greenberg und WTC-Silverstein werden von den Medien ja mit Samthandschuhen angefasst. Jeden Nichtjuden an ihrer Stelle hätte man schon durch den Fleischwolf gedreht.*

Cuttler nickte und fuhr fort: *Jedenfalls würde uns das Ablenkungsmanöver einer kleinen Holocaustdebatte erst mal genug Zeit verschaffen, weil die Meute abgelenkt wird. Aber ich gehe wie gesagt davon aus, dass es kein vorzeitiges Leck geben wird. Wir haben unsere gemeinsamen Aktivitäten über Jahre verbergen können, und ich sehe keinen Grund, warum sich das so kurz vor dem Erreichen unseres Zieles noch ändern sollte.*

21

Wenn es früher auf dem Footballfeld zwei Minuten vor Schluss richtig hektisch geworden war oder in einer seiner Redaktionen kurz vor Drucklegung wegen einer Großkatastrophe alles umgeschmissen werden musste, hatte bei Max Fuller immer der gleiche merkwürdige Reflex eingesetzt. Er war eigentlich ein eher aktiver, alerter Typ und kein gelassener Mr. Cool, aber wenn um ihn herum alle in große Hektik ausbrachen, mutierte er zum ruhigen, besonnen Pol. Und so war es auch jetzt, obwohl er allein in einem Café saß, in völlig unaufgeregter Atmosphäre. Doch der Film, den er gerade gesehen hatte, war aufregender als ein Hail Mary Pass in den Schlussminuten beim Football oder ein Anschlag auf den Papst zehn Minuten vor Andruck der Titelseite – was er gerade gesehen hatte, war nicht weniger als die Verabredung zu einem Putsch, einem Staatsstreich. Und er hatte die Story exklusiv. Was bei jedem Menschen mit nur einem Tropfen Journalistenblut in den Adern zu Herzklopfen und Aufregung geführt hätte.

Fuller jedoch saß nach dem Ende des Films völlig ruhig da und sah versonnen auf den Bildschirm. Dann speicherte er die Datei »Seven« auf seinen USB-Stick, löschte sie auf dem Computer, schob dem jungen Mann für die zwei Kaffee und die Stunde Internet zehn Dollar zu und verließ den Laden. Er zündete sich eine Zigarette an und schlenderte zurück zum Park. Igor, da war er sich sicher, würde nicht mehr auftauchen.

Er wählte Jakes Nummer, aber sein Display behauptete, der Empfänger sei derzeit nicht erreichbar.

Fuller rief Nick an.

»Hast du den Film?«

»Ja. Ich bin in etwa vier Stunden bei euch.«

»Und, was ist drauf?«

Fuller räusperte sich. »Es ist alles genau so, wie wir vermutet haben.«

»Wir?«

»Okay, ihr. Die Sieben haben diese CHIPS konzernweit unter der Hand eingeführt und wollen den Präsidenten damit unter Druck setzen. Sie wollen die weltweiten Ölreserven militärisch sichern und in den Iran einmarschieren. Sie verlangen globale Geburtenkontrolle. Wenn ihren Forderungen nicht nachgegeben wird, werden sie einen Dollarcrash auslösen und CHIPS einführen. Und sie haben sogar die Chinesen dabei auf ihrer Seite.«

»Hammer«, sagte Nick.

»Was ist mit Jake, er meldet sich nicht? Müsste er nicht in zwei Stunden bei euch sein?«

»Nichts von ihm gehört. Aber dafür Neuigkeiten von Dillon. Er ist zwar als Privatsekretär und Mann für die dreckigen Jobs auf Cuttlers Payroll, aber er scheint eigentlich für Wendell Barnes zu arbeiten. Und jetzt rate mal, wer noch mit Babyface Barnes konspiriert?«

»Ahmadinedschad?«

»Knapp. Aber nicht ganz so schlecht rasiert. Barritas Schlangentänzerin, Olga. Was genau die da im Schilde führen, wissen wir noch nicht, aber es scheint, als ob Cuttler und Barrita irgendwie über den Tisch gezogen werden sollen.«

»Wie das?«

»Keine Ahnung. Dillon hat Anfang der Neunziger nach einer kurzen Karriere bei der Navy als Sicherheitschef bei Barnes' Casinoimperium angeheuert. In dieser Eigenschaft hat er auch ein privates Dinner der Schlangentänzerin mit seinem Chef arrangiert, nach einem Auftritt in Las Vegas.

Was auch immer der Casinosboss der schönen Olga auf den Tisch gelegt hatte, sie war vor ihrer Blitzehe mit Barrita bereits mit Barnes liiert. Ohne dass die Öffentlichkeit davon etwas mitbekommen hätte. Und sie ist offenbar noch immer mit ihm zusammen, irgendwie. Wir haben ein sechs Monate altes Foto, auf dem sie mit Barnes und Dillon zu sehen ist.«

»Ist nicht wahr.«

»Doch.«

»Die Welt ist schlecht. Der alte Zocker hat die Buddhistenschlampe auf Barrita angesetzt?«

»Gut möglich, jedenfalls hat Barritas Gutmenschentrip mit diesen ganzen Stiftungen unmittelbar nach seiner Eheschließung mit Olga angefangen. Und als Zweiter kam dann neben Barritas Freund Cuttler gleich Babyface Barnes mit ein paar Dutzend Millionen an Bord.«

»Scheiße.«

»Was?«

»Na, die Bande plant einen Putsch, die wollen die Macht im Staat übernehmen und müssen dazu keinen einzigen Schuss abgeben. Und als ob das noch nicht reichen würde, haben wir jetzt noch eine Verschwörung in der Verschwörung? Eine Untergruppe, die ihrerseits putschen will.«

»Scheint so.«

Fuller schüttelte den Kopf, aber das machte auch nichts klarer. »Ich kapier's nicht«, sagte er. »Ich komm zu euch raus. Und versuch Jake zu kriegen.«

»Mach ich. Aber mach du dir mal keinen Kopf. Jake ist schon groß, und der kann besser auf sich aufpassen als du.«

»Dein Wort in Gottes Ohr.«

Es war kurz nach Mitternacht, als Fuller am Haus von Matt Brooks eintraf. Zusammen mit Nick und Matt sah er sich den Film ein weiteres Mal an.

»Das ist eine Bombe«, sagte Matt, als die Vorführung

vorbei war. »Und es ist ein Albtraum. Das muss sofort zu CBS, Max.«

»Ich hab vorhin schon mit Ken telefoniert und ihn vorgewarnt, dass wir einen ultradicken Fisch an der Angel haben. Allerdings ohne Konkretes zu verraten.«

»Wir sollten das Ding sofort auf YouTube hochladen«, sagte Nick. »Du müsstest nur noch ein paar Takte zur Erklärung schreiben, fertig.«

»Langsam«, sagte Fuller. »Wir haben jetzt alle Teile auf dem Tisch, aber das ergibt noch immer kein Bild.«

Er sah zum hundertsten Mal nach links, wo Nicks iPhone auf dem Tisch lag. Das Gerät wählte alle paar Minuten automatisch Jakes Nummer, aber dessen Handy war offenbar weiterhin aus, kaputt oder geklaut. Was allerdings weiterhin nicht erklärte, weshalb der Besitzer nichts von sich hören ließ. Was Fuller in den Wahnsinn trieb.

Er sah auf die Uhr. Langsam kriegte er Muskelkater von der Bewegung.

»Fünf Stunden«, sagte er.

Matt und Nick sahen ihn schweigend an.

»Sagt mir einfach, dass es irgendeine Erklärung dafür gibt. Scheißegal, wie esoterisch die ist. Er hat die Frau seines Lebens kennengelernt und uns einfach vergessen …«

Die beiden schwiegen weiter. Matt senkte den Blick und ließ seine Handflächen langsam gegeneinanderfallen, ein ums andere Mal.

»Ich hab ihn gewarnt, bei Cuttler nicht das Maul aufzureißen«, sagte Fuller.

»Die Verbindung zwischen dir und ihm ist nicht offensichtlich«, sagte Nick, ohne auch nur annähernd einen überzeugenden Tonfall hinzubekommen.

»Weil Dillon keine Highschool-Jahrbücher lesen kann, schon klar«, sagte Fuller. »Und *google* hat er auch nicht.« Er schüttelte den Kopf. »Braucht er aber auch nicht. Er braucht nicht mal eine Verbindung, es reicht, dass Jake ihn nach David und den Sieben gefragt hat.«

Wieder schwiegen die drei.

»Lauren?«, sagte Nick.

»Lauren hat ja wohl ein Telefon. Und Jake weiß, dass wir auf seinen Anruf warten.«

Fuller atmete tief durch. »Er war immer hart im Nehmen, aber so was wie Dillon hat er auch noch nicht erlebt. Wir sollten uns darauf einstellen, dass wir Besuch kriegen.«

Matt und Nick sahen ihn an. Fuller streckte den verbunden Finger aus. »Unwiderstehlich, so 'ne Kneifzange. Glaubt mir. Hast du 'ne Waffe im Haus, Matt?«

Matt schüttelte den Kopf. »Natürlich nicht. Ich hab nur den Hund.« Er zeigte mit einem entschuldigenden Lächeln auf den alten Bruno, der in der Ecke döste.

Fuller stand auf. »Deine Garage ist riesig, wir fahren alle Autos rein und schließen sie ab. Auch das Haus wird verrammelt und das Licht gelöscht. Sie suchen kein unbewohntes Haus, sie suchen uns. Treten wir also wenigstens mal vom Präsentierteller.«

Zehn Minuten später saßen die drei Männer hinter dem Haus auf der Terrasse. Nur eine Kerze in einem Windlicht und der Schein von Nicks MacBook spendeten ihnen Licht. Fuller loggte sich in seinen E-Mail-Account ein und war nicht sonderlich überrascht, dort eine neuerliche Mitteilung von Igor vorzufinden.

Hallo, Fuller,
ich hoffe nicht nur, dass du mit der Ware zufrieden bist, ich weiß es, denn du hast die 65 Minuten komplett abgerufen. Auch ich bin zufrieden, denn ich habe das vereinbarte Geld bekommen. Jetzt hoffe ich nur noch, dass du Dillon und seinen Bossen den Arsch aufreißt. Take care.
Igor

22

Jake Williams war der schwarze Humvee nicht aufgefallen, der sich hinter ihn setzte, als er den Parkplatz von ACRC in Sacramento verließ. Er hatte das Haus von Matt Brooks als Zieladresse in das Navigationssystem eingegeben und ließ sich von der angenehmen Frauenstimme aus dem Bürogebiet am Stadtrand der Landeshauptstadt zur Auffahrt der Interstate 5 nach Süden lotsen. *An der nächsten Kreuzung in 200 Metern links abbiegen,* sagte die Stimme, doch als Jake gerade den Blinker nach links setzen wollte, sah er im Außenspiegel einen Toyota Cruiser auf der linken Spur. Die Ampel in 200 Meter Entfernung zeigte Rot. »Spinner«, murmelte Jake und verzichtete auf das Setzen des Blinkers. Als der Toyota auf gleicher Höhe mit ihm war, deutete er mit der linken Hand in Richtung der roten Ampel und mit einem Kopfschütteln sein Unverständnis über dieses Überholmanöver an. Doch schon einen Moment später zog der Toyota nach rechts und bremste scharf, was Jake zu einer Vollbremsung zwang.

»Arschloch«, schrie er, und im selben Augenblick knallte es laut, und er wurde nach hinten in den Sitz gepresst. Der Humvee hinter ihm war aufgefahren und hatte ihn bis an die Stoßstange des Toyota gedrückt.

Fluchend löste Jake den Gurt und stieg aus. Aus dem Toyota vor ihm stiegen zwei Männer mit Sonnenbrillen.

»Sind Sie wahnsinnig geworden?«, schrie Jake sie an. »Was bremsen Sie hier wie Idioten …«

Weiter kam er nicht, denn aus dem Humvee in seinem Rücken waren drei Männer ausgestiegen und von hinten an ihn herangetreten. Einer umschlang Jakes Brust mit stählernen Armen, und ein anderer drückte ihm mit zwei Händen ein Tuch über das Gesicht. Jake wurde schwarz vor Augen, er schlug um sich, dann entdeckte er unter dem Tuch einen perfekten dunklen Himmel voller funkelnder Sterne und verlor dann das Bewusstsein.

Als Jake nach kurzer Zeit auf dem Rücksitz wieder zu sich kam, waren seine Hände mit Klebeband gefesselt. Einer der beiden Männer, zwischen denen er saß, drückte ihm erneut den Lappen ins Gesicht, und als Jake sich mit wilden Kopfbewegungen wehrte, drückte ihm der andere eine Pistole an die Schläfe.

»Gib Ruhe, oder ich knall dich auf der Stelle ab«, sagte er.

Jake versuchte noch, einen Moment die Luft anzuhalten, um den betäubenden Geruch nicht einzuatmen, doch kurze Zeit später verschwamm alles vor seinen Augen, und er verlor erneut das Bewusstsein.

Das Nächste, was er sah, war Dillons Gesicht.

»So, Herr Dr. Williams, und nun zum eigentlichen Grund Ihres Besuchs«, sagte Dillon und lächelte.

Jake war mit Klebeband an einen Stuhl gefesselt. Er sagte nichts. Sie befanden sich in einem Kellerraum, der von einer Neonröhre beleuchtet wurde. An einer Wand des Raums stand ein Blechregal mit verstaubten Aktenordnern und alten Computerteilen, ansonsten war der Raum leer. An der Tür standen die zwei bulligen Männer, die ihn auf der Straße überwältigt hatten, ein Afroamerikaner, ebenso groß wie Jake, doch mindestens fünfzig Pfund schwerer, und ein etwas kleinerer, aber umso breiterer asiatischer Typ, der aus einer Liaison eines japanischen Sumoringers mit einer amerikanischen Hammerwerferin hervorgegangen sein könnte.

Dillon ging vor Jake auf und ab und richtete mit der Hand seinen Scheitel. »Was war der Grund deines Besuchs?«, fragte er höflich. »Und jetzt erzähl mir bitte nicht, dass du ACRC kaufen wolltest, die Firma ist nicht halb so viel wert, wie du auf den Tisch gelegt hast. Also?«

Jake hob den Kopf und sah Dillon an. Aus Max' Erzählungen über das Verhör mit ihm wusste er, was ihn erwartete, und Dillons funkelnde Knopfaugen und seine zusammengepressten Lippen deuteten an, dass er nicht lange warten würde, ihm wehzutun.

»Wir sind durchaus an einem Kauf der Firma interessiert …« Jake hatte die letzten beiden Worte gerade ausgesprochen, als Dillons Handrücken hart auf seinen Wangenknochen traf.

Dillon seufzte gelangweilt.

Jake sah ihn an und sagte nichts. Einen Moment lang sah es aus, als würde Dillon zu einem weiteren Schlag ausholen. Doch dann hielt er inne. »Na schön«, sagte er, während Jake ihn immer noch mit festem Blick ansah, »tapfer. Hätten wir das geklärt, Indianer im Stammbaum. Letzter Versuch. Wo ist dein Freund Fuller?«

Jake sah ihn weiter an und schwieg.

Dillon seufzte erneut, dann nickte er den beiden Männern an der Tür zu. Beide machten auf dem Absatz kehrt, verließen den Raum und kamen mit einer großen Plastikwanne zurück, die mit Wasser gefüllt war und die sie in der Mitte des Raums auf den Boden stellten.

Dillon trat hinter Jakes Stuhl und gab ihm einen Stoß. Jake fiel auf die Knie und konnte mit einer vorgezogenen Schulter gerade noch verhindern, dass er mit dem Gesicht auf dem Steinboden aufschlug. Die beiden Männer zogen ihn ein Stück nach vorn und hievten seinen Oberkörper über den Rand der Wanne. Dillon ging vor ihm in die Hocke und sah Jake an.

»Frage eins: Was willst du von Cuttler? Frage zwei: Wo ist Fuller?«

Jake schwieg.

Einer der beiden Männer setzte sich rittlings auf Jakes Nacken, und der Asiate packte ihn am Kopf und Genick und drückte ihn unter die Wasseroberfläche.

23

Fuller ging auf und ab. Und zwar seit Stunden, oder jedenfalls kam es ihm so vor. Aber die nutzlose Bewegung spiegelte exakt wider, wie er sich fühlte. »Ich hab ihn gewarnt«, sagte er, auch das nicht zum ersten Mal.

»Ruhig bleiben, Max«, sagte Matt. »Du weißt doch: An der Tür rüttelt die Furcht, der Glaube öffnet, und – niemand ist da.«

Fuller wurde für einen Moment ruhig. Wo hatte er das schon einmal gehört?

»Wir müssen die Krankenhäuser auf der Strecke abfragen, vielleicht hatte er wirklich einen Unfall.«

Nick schwieg.

»Nick, check mal, welche infrage kommen zwischen Sacramento und hier …«

Nick sah Fuller an und wollte seinem Freund gerade schonend beibringen, dass das eine vollkommen blödsinnige Idee war, als sein iPhone verblüffend laut durch die Nacht hupte.

Nick sah nur kurz auf den Bildschirm. »Zwei Autos. Sie kommen.«

Matt blies die Kerze aus. »In den Geräteschuppen.«

Er nahm Bruno beim Halsband und ging vor, Fuller und Nick folgten ihm. Der Schuppen lag an der rechten Seite des Gartens.

»Nur blöd, dass der Wagen in der Garage ist, sonst hätten wir den Platz vor dem Haus jetzt im Bild der Dachkamera«, sagte Nick.

»Und Dillon wüsste sofort, dass jemand zu Hause ist«, erwiderte Fuller.

Eine Minute später hörten sie die Motoren der herannahenden Wagen, die lauter wurden und kurze Zeit darauf vor dem Haus stoppten. Matt hatte eine Hintertür des Schuppens geöffnet, von der ein kleiner Trampelpfad durch die Büsche an der Seite des Hauses führte. Sie folgten diesem Pfad einige Meter, bis sie durch die dichten Sträucher das gelbliche Licht auf dem Vorplatz des Hauses sehen konnten, das von den beiden durch den Bewegungssensor an der Einfahrt eingeschalteten Laternen stammte.

Die vier Männer, die aus einem roten Toyota Land Cruiser stiegen, trugen schwarze Hemden und Pistolengurte und sahen aus wie von einem Security-Dienst. Sie gingen auf die rechte hintere Seitentür des schwarzen Humvee zu, der neben ihrem Wagen angehalten hatte, und öffneten sie.

»Jake«, flüsterte Nick, als die Männer einen Vermummten aus dem Humvee zogen. Sein Kopf war von einer spitzen Kapuze verdeckt, die auf fatale Weise an die Bilder aus Abu Ghraib erinnerte, seine Hände waren mit gelbem Klebeband hinter dem Rücken gefesselt. »Und Dillon«, sagte Fuller leise und zeigte auf den kleinen Mann, der auf der Beifahrerseite ausstieg und um den Wagen herumging.

Dillon nickte in Richtung der Humvee-Fahrerkabine, und für eine mittlere Ewigkeit dröhnte eine laute Autohupe durch die Nacht. Dillon bedeutete dem Fahrer mit einer Handbewegung, den Krach abzustellen, und lauschte in die Dunkelheit.

»Fuller!«, rief Dillon. Er wartete einen Augenblick auf Antwort. »Komm raus, du hast Besuch.«

Wieder wartete er einen Augenblick, dann nickte er erneut äußerst sparsam in Richtung seiner Männer. Zwei von ihnen gingen zur Haustür, stellten fest, dass sie verschlossen war, und schüttelten die Köpfe in Dillons Richtung. Ihre beiden Kameraden öffneten die Heckklappe des Toyotas, förderten ein schweres Brecheisen und zwei Schnellfeuerpistolen zutage, gingen schnurstracks auf die Haustür zu und brachen sie mühelos auf. Mit gezogenen Waffen verschwanden die Männer im Haus, einer nach dem anderen, einander Deckung gebend. Sie sahen nicht aus, als machten sie das zum ersten Mal. Und sie sahen nicht aus, als würden sie auch nur einen Sekundenbruchteil zögern, ihre Waffen zu benutzen.

Fuller hörte Nick direkt neben sich trocken schlucken. Er sah kurz nach links. Auf Nicks Stirn standen Schweißperlen, und er fuhr sich nervös mit der Zunge über die Lippen. Fuller sah Brooks an. Der alte Mann erwiderte seinen Blick, hilflos. Fuller sah wieder nach vorn. Und wusste nicht, was er tun sollte.

Jake stand zwischen Dillon und dem Fahrer, blind unter seiner Kapuze. Er schwankte leicht, und Fuller spürte förmlich, wie er zitterte.

Das ganze Haus war jetzt erleuchtet, von drinnen blafften Männerstimmen mehrfach *Clear!,* dann kehrten die Schwarzhemden von ihrer Durchsuchung des oberen Stockwerks zurück nach unten.

»Niemand!«, bellte der Truppführer. »Unten ein großer Raum, oben vier Zimmer, alle leer, kein Dachboden, kein Keller.«

Dillon nickte und sah Jake an. »Du hast uns Scheiße erzählt, Arschloch.«

Jake drehte langsam den Kopf in Dillons Richtung.

»Nein«, hörte Fuller ihn sagen, gedämpft durch das Tuch, aber mit erstaunlich ruhiger Stimme. »Wir waren hier verabredet. Ich weiß nicht, warum niemand da ist.«

»Das ist schlecht«, sagte Dillon, betont ruhig. »Noch irgendeine Idee?«

Jake schüttelte den Kopf.

»Noch schlechter«, sagte Dillon.

Fuller sah ungläubig zu, wie Dillon seine Hand auffordernd nach rechts hielt und der Fahrer des Humvee eine Pistole hineinlegte. Jake hatte den Kopf immer noch in Richtung des für ihn unsichtbaren Dillon gewandt. Er konnte den Lauf der Waffe nicht sehen, den Dillon ihm jetzt, aufwärts gerichtet, von unten direkt vor die Wange hielt.

Fullers Puls raste. Er spürte seine Kieferknochen, er spürte unendlichen Zorn in sich aufsteigen, und er wusste, dass er nicht sitzen bleiben und zusehen würde, wie Dillon seinen ältesten Freund hinrichtete.

Und er spürte Nicks harten Griff in der Haut seines Unterarms. Fuller sah nach links. Nick schüttelte energisch den Kopf, mit verzweifeltem Blick.

»Bedaure, aber damit ist unsere Verhandlung beendet«, sagte Dillon zu Jake.

Nick senkte den Blick. Matt verschränkte die Arme über dem Kopf. Fuller starrte nach vorn und glaubte nicht, was er sah. Das alles war ein Albtraum, aus dem er in genau diesem Moment erwachen *musste.*

Im letzten Moment spürte Jake die Waffe an seiner Wange, direkt unter dem Auge. Aber noch ehe er seinen Kopf zurückziehen konnte, fiel der Schuss, ohrenbetäubend laut in der Nacht, und verschluckte Fullers ungläubigen, unterdrückten Schrei.

Jakes Kopf schnappte zurück, seine Beine gaben nach, er sackte im freien Fall in sich zusammen und blieb reglos vor Dillons Füßen liegen.

Dillon reichte die Waffe nach links, wo sein Fahrer sie aus der Nachtluft pflückte. Er sah auf sein Opfer herunter wie auf etwas, das gerade unter seinem Schuh hängen geblieben war, schüttelte einmal sehr kurz den Kopf und setzte sich in Bewegung, auf den Wagen zu.

Fuller spürte wieder Nicks Finger in seinem Unterarm. Der Junge krallte sich förmlich in ihm fest, und Fuller sah ihm irritiert ins Gesicht. »Nicht«, zischte Nick. »Bleib hier.«

Fuller sah nach vorn. Die Rücklichter des Humvee leuchteten auf, der Fahrer des Toyota setzte zurück, bremste und fuhr vorwärts wieder an. Die Wagen entfernten sich rasch.

Noch bevor die Rücklichter hinter der Kuppe verschwunden waren, war Fuller bei Jake und riss an der blutgetränkten Kapuze. Er wusste, dass keine Hoffnung bestand, dass Jake tot war, aber er wollte es nicht wissen, nicht wahrhaben. Als er die Kapuze endlich mit einem Ruck von Jakes Kopf ziehen konnte, wich er zurück, beugte sich nach links und übergab sich.

Nick war neben ihm, als er wieder hochkam, und sein jämmerliches »Ohmeingott« ging in ein Schluchzen über. Fuller sah in Jakes Gesicht. Beziehungsweise das, was noch davon übrig war. Die Kugel war ihm am Ansatz des Nasenbeins ins Auge gedrungen und durch die Schädeldecke wieder ausgetreten, und Fuller war selbst irritiert über die Frage, die eine innere Stimme ihm unpassend laut zurief: *Müsste da nicht noch viel mehr Blut sein, mein Freund?*

Alles klebte. Er fand die Frage idiotisch. Es war viel Blut. Mehr als genug Blut. Mehr Blut, als er je hatte sehen wollen. *Außerdem,* teilte er seiner inneren Stimme mit, *fließt anderswo halt mehr Blut als vorn im Kopf,* und das war der Moment, in dem er seine Finger auf Jakes Hals legte und ungläubig versuchte, sein eigenes Herz für einen Augenblick zum Schweigen zu bringen.

»Puls«, sagte er ungläubig.

Nick schluchzte neben ihm.

»Nick, verdammt«, schrie Fuller. »Puls. Matt!«

Fuller sah nach links und nach rechts, aber Matt Brooks war nicht zu sehen. »Matt!« Er sah wieder Nick an. »Wo ist Matt, verdammt?«

»Da hinten«, schniefte Nick und deutete auf ihr Versteck. »Umgekippt. Wie, *Puls?*«

Fuller sprang auf. »Ruf einen Rettungshubschrauber.

Und dann ruf die Bullen und gib ihnen die Daten durch, ein Toyota, rot, ein Humvee, vermutlich auf der Interstate 5.«

Und auf wackligen Beinen sprintete er auf den bewusstlosen Matt zu, um ihn ins Leben zurück zu ohrfeigen und wenigstens rauszukriegen, wo der Medizinschrank mit den Verbänden versteckt war.

Ohne zu wissen, ob er tatsächlich Jakes Puls gespürt hatte oder nur seinen eigenen.

Die Sanitäter, die zwanzig Minuten später aus dem Triple-A-Hubschrauber sprangen und auf Jake zurannten, zögerten kurz, als sie sahen, was ihnen dort als *Verletzter* gemeldet worden war, aber nachdem sie erstaunt festgestellt hatten, dass in dem Mann am Boden tatsächlich noch ein Funken Leben war, fingen sie hektisch an zu arbeiten, setzten Spritzen, zauberten Sauerstoffmasken heraus und hantierten auf eine Weise mit Jakes Kopf, dass Fuller sich abwenden musste, um nicht erneut zu kotzen.

Die Sanitäter hoben Jake auf eine Trage und trugen ihn zum Hubschrauber, dessen Blätter immer noch langsam rotierten.

»Wo bringen Sie ihn hin?«, fragte Fuller einen der vorbeihastenden Männer.

»Bakersfield Memorial. Wer ist der Mann?«

»Dr. Jake Williams, ein Freund von uns, bringen Sie ihn durch, Doc.«

»Wir tun, was wir können.« Der Sanitäter schüttelte den Kopf, ungläubig. »Ich hab so was noch nicht gesehen.«

»Wir kommen nach.«

Der Sanitäter hob die Hand, hastete weiter, zum Hubschrauber, dessen Kufen bereits in der Luft hingen, als der Polizeiwagen auf den Vorplatz rollte.

Ein junger und ein älterer Cop stiegen aus, Matt begrüßte den älteren der beiden.

»Sheriff Shiner. Danke, dass Sie gekommen sind.«

»Professor Brooks«, knurrte Shiner um seinen Kaugummi herum. »Was ist hier passiert?«

»Auf einen Freund von uns wurde geschossen, von den Männern in den Autos, die ich durchgegeben habe. Kennzeichen haben wir leider keine.«

»Kennen Sie die Täter?«, fragte der Sheriff.

»Nein«, sagte Matt, »wir …«

Fuller fiel ihm ins Wort. »Wir kennen einen von ihnen, den Schützen. Er heißt Charles Dillon und arbeitet für Robert Cuttler.«

»Und wer sind Sie?«, fragte der Kaugummikauer. Seinem Tonfall nach zu urteilen, erlaubte er Kommentare normalerweise erst, wenn er jemandem das Wort erteilt hatte.

»Max Fuller«, sagte Max.

»Ein Freund«, sagte Matt.

Shiner nickte. »Aha.«

Sein Assistent zog einen kleinen Notizblock heraus und sah seinen Boss aufmerksam an.

»Der Schütze heißt Dillon.«

»Ja.«

»Er und das Opfer kannten sich?«

»Ja.«

»Woher?«

»Geschäftlich.«

»Geschäftlich.« Shiner kaute. »Geschäftspartner schießen nicht aufeinander. Außer in gewissen Branchen.« Er sah Fuller auffordernd an.

»Offensichtlich haben wir Dillons Branche falsch eingeschätzt«, sagte Fuller. »Beziehungsweise die von Robert Cuttler.«

Shiners Assistent notierte. Shiner sah ihm missbilligend zu.

»Robert Cuttler ist ein angesehener Mann, Mister Fuller.«

»Ist mir klar«, sagte Fuller.

»Wieso soll einer seiner Leute, angeblichen Leute, hier vor dem Haus von Professor Brooks auf Ihren Freund schießen?«, fragte Shiner.

Fuller beherrschte sich. »Soll er ja nicht, hat er aber. Der Rest dauert länger, und wenn Ihr Assi das alles mitstenografieren will, sitzen wir hier noch bis vier Uhr früh. Die entscheidenden Informationen haben Sie.«

Er bemerkte und ignorierte Matts Seitenblick.

»Den Namen Dillon – sofern es sein richtiger ist –, dass er für Cuttler in San Francisco arbeitet und mit welchen Autos die Killer unterwegs sind. Vier Typen in schwarzen Hemden in einem roten Land Cruiser und in einem schwarzen Humvee Dillon mit Fahrer – der Fahrer ein Schrank fast ohne Haare, Dillon klein, schlank, Anzug, schwarze Augen und eine Frisur, für die man in Deutschland verhaftet wird.«

»Ich würde auch sagen, alles andere hat bis morgen Zeit«, ergänzte Matt mit einer Stimme, die überhaupt nicht nach ihm klang, sondern nach Honig und Blümchengirlanden.

Fuller sah ihn überrascht an. Matts Blick hinderte ihn daran, dem Sheriff weitere Anweisungen zu geben.

Shiner sah den Professor an. Und kaute. Dann sah er Fuller noch etwas länger an. Fuller schwieg. Und brachte ein dankbares Lächeln zustande. Shiner sah wieder Matt an.

»Wir kümmern uns drum«, sagte er. »Professor, Sie kommen morgen zu mir ins Büro.« Er nickte Matt zu. Fuller würdigte er keines weiteren Blickes. Gefolgt von seinem eifrigen Assistenten ging er zurück zum Wagen, stieg ein, knallte die Tür zu und sprach in das Funkgerät, unhörbar für Fuller und Matt. Dann ließ sein Assi den Motor an, und der Wagen rumpelte langsam davon.

Fuller schüttelte den Kopf. Dann sah er Matt an. »Eure Videothek hier hat nur Filme aus den Siebzigern?«

»Du hast Glück, dass er dich nicht mitgenommen hat.«

Fuller nickte. »Schon wieder Glück. Wir sollten Lotto spielen, und zwar heute noch. Wie weit ist es zu dem Krankenhaus, in das sie Jake bringen?«

»Etwas über eine Stunde mit dem Auto. Willst du noch hin?«

Fuller überlegte, dann schüttelte er Kopf. »Nein, sie werden ihn operieren, und dann wird er erst mal schlafen. Im besten Fall.«

»Wir müssten Lauren informieren, ich meine, sie ist seine Frau«, sagte Nick, der sich den beiden von hinten genähert hatte.

Fuller sah ihn an. »Ich glaube, wir sollten auch damit bis morgen früh warten«, sagte Fuller. »Sie kann ja nichts für ihn tun jetzt. Niemand.«

»Ich werde für ihn beten«, sagte Nick.

24

Obwohl es fast drei Uhr war, bevor er Schlaf gefunden hatte, wachte Fuller schon um sieben wieder auf. Auch Matt und Nick waren bereits auf den Beinen, als er nach unten kam. Matt legte gerade das drahtlose Telefon zurück auf den Küchentisch.

»Jake lebt, Max«, rief er ihm entgegen, »ich habe gerade im Krankenhaus angerufen. Sie haben ihn operiert und in ein künstliches Koma versetzt.«

»Gott sei Dank«, sagte Fuller und atmete tief aus. »Weißt du schon Näheres?«

»Nein«, sagte Matt, »der Arzt, der ihn operiert hat, ist erst ab Mittag wieder da.«

»Okay, dann fahren wir hin.« Er sah auf seine Uhr.

»Was tun wir jetzt, Max?«, fragte Nick. »FBI? Mit dem gesamten Material?«

Fuller schlürfte an seinem Kaffeebecher. Am Ofen, in dem einige Muffins und Croissants zum Aufbacken lagen, piepte der Timer. Matt zog das Blech heraus und stellte es auf den Herd.

»Das FBI wird sich nicht mal um Dillon und seine Sturmtruppe kümmern, es sei denn, die laufen den Feds vollbewaffnet und mit einer Leiche im Kofferraum in die Arme. Und erst recht wird sich das FBI nicht um die Sieben kümmern«, sagte Fuller und fingerte sich ein Croissant. Er biss ein Stück ab, nahm einen Schluck Kaffee und kaute. »Nein. Wir müssen zu Cuttler.«

»Zu Cuttler?« Matt schüttelte verwundert den Kopf. »Willst du Dillon freiwillig noch mal in die Arme laufen?«

»Wenn dein Sheriff und die California Police wenigstens noch halbwegs funktionieren, sollte spätestens in einer Stunde ein Officer in Cuttlers Büro nach Dillon fragen, und spätestens zehn Minuten später ist der Typ abgetaucht. Wenn er überhaupt zu Cuttler zurück ist und nicht direkt zu seinem eigentlichen Chef, zu Barnes.«

Fuller nahm einen weiteren Bissen und kaute.

»Wir wissen nicht, was Barnes vorhat«, sagte Matt, »nur dass Dillon mal bei ihm gearbeitet hat.«

»So wie Olga, die offensichtlich den alten Barrita manipuliert«, sagte Fuller. »Also, normalerweise bin ich ja hier der Oberskeptiker. Ihr seid die Verschwörungsnasen. An das ZERO- oder CHIPS-Zeug glaube ich ja auch erst seit dem Film gestern, aber dass diese Russen-Buddhistin und Dillon Doppelagenten und eigentlich für Barnes unterwegs sind, scheint mir so sicher wie das Amen in der Kirche.«

»Doppelagenten okay, aber mit welcher Agenda?«, fragte Matt.

»Na, sie wollen Barrita und Cuttler ausbooten. Keine Ahnung, wie. Deshalb, denke ich, müssen wir mit Cuttler sprechen«, sagte Fuller.

Matt telefonierte mit dem Büro des Sheriffs. Von den beiden Autos und Dillon gab es keine Spur. Nick saß mit seinem aufgeklappten MacBook am Küchentresen.

»Hey, habt ihr das gesehen, der Scheißdollar ist gestern gegenüber dem Euro um über vier Prozent gefallen, seit Beginn des Monats schon fast um zehn Prozent. Angeblich trennen sich Staatsbanken in Osteuropa massiv von Dollarreserven … Aber, wie das *Wall Street Journal* schreibt, *dürfte die Talsohle jetzt erreicht sein, da Länder wie Bulgarien, Rumänien und Ungarn schon mehr Dollar verkauft haben, als der Weltwährungsfond und die Bank für Internationalen Zahlungsausgleich dort überhaupt registriert haben.*«

Nick sah Matt und Fuller an, die zu ihm getreten waren. »Wie kann jemand mehr Dollars verkaufen, als er besitzt?«

»Wenn du jemanden in der Hinterhand hast, der sie dir gibt«, sagte Matt, »oder wenn du überhaupt nur ein Strohmann bist, der diese Geschäfte für jemand ganz anderen tätigt.«

»Du meinst, die Sieben benutzen ein paar fast bankrotte Staatsbanken als Tarnung für ihre Geschäfte?«, fragte Fuller.

»Denkbar«, sagte Matt. »Meinst du nicht doch, du solltest mit dem Material sofort zu CBS und noch heute Abend eine Sendung dazu machen? Ich meine, wenn du all die Informationen, die wir jetzt haben, einschließlich des Mordversuchs an Jake, veröffentlichst, wird das die Leute aufrütteln und kann die Sieben stoppen.«

Fuller schüttelte den Kopf. »Du hast doch gehört, was sie für einen Plan B haben, wenn etwas durchsickert. Fox und die anderen Murdoch-Networks haben die Antwort schon in der Schublade: Sie werden ein Porträt über diese Gruppe steinreicher Philanthropen unter dem Patronat des generösen Samuel Silverman bringen, die nur Gutes tun und von Rassisten und Antisemiten übel verleumdet werden. Sie werden ein derangiertes Foto von mir zeigen – der einstige Pulitzerstar als gescheitertes Alkohol- und Kokainwrack –, und weil sie in meinen Artikeln und Beiträgen nichts Judenfeindliches finden, werden sie einen bekannten ›White-Aryan‹-Nazi vor die Kamera zerren, der die »großartigen Enthüllungen von Max Fuller« lobt, die zeigen, dass natürlich die Juden hinter der Finanzkrise stecken und Hitler doch nicht ganz unrecht hatte …«

Matt streckte seinen Zeigefinger in Fullers Richtung. »Genau so musst du das vor der Kamera sagen, zum Abschluss, und schon hast du aus ihrer Propaganda die Luft rausgelassen.«

»Selbst wenn, hält sie das auch nicht auf«, sagte Fuller.

»Wir brauchen Cuttler. Wir müssen ihm klarmachen, dass Barnes ein falsches Spiel treibt, wir müssen den Zirkel von innen sprengen, anders geht es nicht.«

»John Bodana ist der Zweite im Bunde, glaube ich«, sagte Nick mit Blick auf seinen Bildschirm.

»Weil?«, fragte Fuller.

»Weil er als Letzter in dieses Stiftungs- und Spendending eingestiegen ist. Und er hat ebenfalls eine, sagen wir mal, halbseidene Vergangenheit, auch wenn er jetzt seit Jahren im Pentagon ein und aus geht und Rumsfeld ihn mit Orden behängt hat. Bodano entsorgt die uranverseuchten Abfälle und anderen Giftmüll des Militärs. Sein Vater, Carlo, war ein Boss des New Yorker Mobs in den Fünfzigern und hat knapp die Hälfte der Müllabfuhr der ganzen Stadt kontrolliert, sein Bruder Silvio war im Geldautomaten- und Wettgeschäft in Atlantic City. Wo der kleine Wendell Barnes das Zocken gelernt hat.«

»Klingt wie ein Plot aus den *Sopranos*«, sagte Fuller.

Nick zuckte mit den Schultern. »Gutes Fernsehen klaut bei der Realität. Ich hab nichts darüber gefunden, dass Barnes und Bodano irgendwie geschäftlich verbandelt sind – über den Rahmen der Verbindungen der Sieben untereinander hinaus. Aber alle anderen, außer Barrita, sind alter amerikanischer Industrie- und Geldadel.«

»Was nichts über ihre Moral und Ethik sagt«, grinste Matt.

»Moral haben die alle nicht«, sagte Nick. »Aber vom Profil her scheinen Barnes und Bodano zusammenzupassen, sie sind die einzigen wirklichen Aufsteiger in der Runde, allen anderen waren die Milliarden schon in die Wiege gelegt, mehr oder weniger. Barnes und Bodano sind auch die Jüngsten von den Sieben – und wenn jemand aufmuckt gegen die alten Alphatiere in einer Gruppe, sind es in der Regel die jüngeren Offiziere.«

»Aber noch mal: Was ist ihre Agenda, was haben sie vor?« Matt hob fragend die Hände.

»Müssen wir nicht wissen«, sagte Fuller. »Jedenfalls kontrollieren sie den alten Barrita und Cuttler, und vermutlich haben sie auch noch bei einigen der anderen ihre Spione drin. Wie auch immer: Nick, druck noch mal alle Fotos aus, die wir von dieser Olga und von Barnes und Dillon haben. Hören wir uns mal an, wie Cuttler die *Familie* findet, mit der er sich da ins Bett gelegt hat.«

25

Als sie das Krankenhaus verließen, wählte Fuller Laurens Nummer. Ihr Handy war ausgeschaltet. Danach rief er Liz an.

»Wir waren gerade bei Jake. Der Arzt kann noch nicht definitiv sagen, ob und wie er durchkommt, aber meint, er hat riesiges Glück gehabt. Sie werden ihn noch eine Weile im künstlichen Koma halten. Hast du mit Lauren gesprochen? Sie ist nicht zu erreichen.«

»Sie hat einen Schwächeanfall, Jakes Bruder ist bei ihr, ich habe mit ihm gesprochen. Oh Max, es ist furchtbar.«

»Ja, es ist furchtbar. Aber wir werden das Schwein kriegen.«

»Max, überlass das der Polizei. Es ist schon genug passiert.«

»Kein Sorge, mein Schatz, wir fahren jetzt zum Sheriff und machen unsere Aussage. Ich melde mich später noch mal bei dir.«

Er stieg zu Matt und Nick ins Auto. Auf der Fahrt zum Büro des Sheriffs schwiegen die drei Männer. Bis auf ein »Verdammte Scheiße, hoffentlich kommt er durch«, das Fuller entfuhr, weil er an seinen Freund gedacht hatte. Wenn man die Schläuche und Monitore der Intensivstation ausblendete, hatte Jake mit diesem spitzen Kopfverband dagelegen wie ein Pharao auf einem altägyptischen Relief. Majestätisch. Die Ausstrahlung Jakes, die souveräne Präsenz seines Körpers hatte Max schon auf der Highschool bewundert, schon als 17-Jährigen hatte ihn eine vollendete Mischung aus Ruhe, Kraft und Eleganz ausgezeichnet, die man »Würde« nennt und Teenagern normalerweise nicht zuspricht. Doch Jake hatte diese Eigenschaft, und noch als

Schwerverletzter, an der Schwelle des Todes im Koma liegend, strahlte er sie aus.

»Der Doktor sagte, dass das Stammhirn nicht verletzt ist. Das heißt, dass er alle seine mentalen Fähigkeiten wiedererlangt«, sagte Matt wie zur Beschwichtigung von Fullers Gedanken in die Stille.

Nick bog auf den Parkplatz neben dem Polizeirevier ein. Er gab Matt ein iPhone, auf dem das Programm lief, mit dem der Peilsender in Fullers Uhr angezeigt wurde. Außerdem gab er ihm Kopien der Fotos, die Dillon mit Barnes zeigten, und einen Ausdruck des schmalen Dossiers, das sie über ihn zusammengestellt hatten.

»Wenn euer Sheriff nicht komplett auf den Kopf gefallen ist, müsste er diese Infos mittlerweile schon selbst haben«, sagte Nick.

Matt stieg aus dem Wagen aus. »Ich melde mich, falls sie etwas Neues haben sollten, und ihr meldet euch spätestens, wenn ihr angekommen seid.«

Fuller übernahm das Steuer, und Nick setzte sich vor den Computer im hinteren Teil des Wagens. Je nachdem, wie viel Verkehr auf der Interstate 5 herrschte, würden sie bis nach San Francisco drei bis vier Stunden brauchen. Kurz bevor sie die Autobahn erreichten, hatte Matt angerufen, doch die einzige Neuigkeit war, dass Dillon bundesweit zur Fahndung ausgeschrieben war. Und dass die Polizei, wie zu erwarten, am frühen Morgen in Cuttlers Villa vorstellig geworden war, nur um festzustellen, dass Dillon, wie ebenfalls zu erwarten, ausgeflogen war.

Danach hatte Fuller lange mit Ken Wilder telefoniert und ihn darauf vorbereitet, dass er demnächst mit einer höchst explosiven Story rechnen könne. Er hatte kaum Namen genannt und nur wenige Details verraten, aber der Arbeitstitel seiner Recherchen, den er dem Chefredakteur nannte, war ein veritabler *Teaser:* »Staatsstreich in Amerika«.

»Hast du es nicht ein bisschen kleiner, Max?«, hatte Ken gesagt.

Und Fuller hatte erwidert: »Leider nicht. Ohne Scheiß, Kennyboy, das ist die größte Story seit 9/11. Ich brauche noch ein Interview, das habe ich hoffentlich heute Abend im Kasten, dann melde ich mich sofort.«

»Was ist der Plan, Max?«, fragte Nick, der wieder auf dem Beifahrersitz Platz genommen hatte.

»Wir müssen Cuttler klarmachen, dass Barnes mit ihm und Barrita ein doppeltes Spiel treibt. Und ihn dazu bringen, dass er die Sache stoppt. Und wir bieten ihm an, dass er in unserem Bericht als derjenige dastehen wird, der gerade noch rechtzeitig den Schritt an die Öffentlichkeit gewagt hat.«

Als sie knapp drei Stunden später zum Presidio-Distrikt hinauffuhren, in die Straße von Cuttlers Villa einbogen und die stählernen Gitter vor der Einfahrt des Anwesens in Sicht kamen, bedauerte Fuller, dass er Nick nicht schon bei seinem ersten Besuch mitgenommen hatte. Oder zumindest dieses kleine Kästchen mit der kurzen Antenne dabeigehabt hatte, das Nick jetzt vom Beifahrersitz aus bediente.

»Die meisten dieser Tore sind funkgesteuert, aber die wenigsten benutzen verschlüsselte Signale«, sagte Nick auf Fullers anerkennenden Blick hin. »Mit dem Ding hier kriegst du auch 90 Prozent aller Autos auf.«

Keine zwanzig Sekunden später fuhr das Rollgitter zurück.

Der Eingang zu Cuttlers klassizistischer Villa verfügte über ein Vordach und eine kleine Freitreppe, auf der ein älterer Mann mit einer Dienstmütze herunterkam, als Fuller mit dem Wagen vorfuhr und vor dem Eingang hielt. »Übernimm du das Steuer, falls wir doch schnell wieder starten müssen«, sagte Fuller zu Nick und stieg aus.

»Wie kommen Sie hier rein, wer hat Ihnen das Tor geöffnet?«, fragte der Mann, als Fuller um den Wagen herumgegangen war.

»Wir sind vom FBI. Unsere Kollegen waren ja heute Morgen schon hier. Wir hätten noch ein paar Fragen an Mr. Cuttler«, sagte Fuller. Er zückte seine Brieftasche, klappte sie kurz auf und wieder zu und sah den Mann mit ernstem Blick an: »Was ist Ihre Funktion hier? Führen Sie uns bitte umgehend zu Mr. Cuttler.«

Mit dieser Nummer – autoritäres Auftreten, fordernder Ton, strenger Blick – hatte er zwar längst nicht jeden, aber schon einige Wachmänner überrumpelt. Jetzt aber beäugte der Mann kritisch Nicks Van, der mit den Antennen und Satellitenschüssel auf dem Dach wahrhaftig nicht aussah wie der typische Chevy oder Ford, mit dem Bundesbeamte vorfuhren.

Als Fuller das Zögern des Mannes bemerkte, setzte er hinzu: »Sonderkommando. Technische Überwachung. Wir waren gerade in der Nähe. Es ist dringend. Es geht um eine Mordsache, wir müssen sofort mit Mr. Cuttler sprechen.«

»Ja, äh, also, es ist Samstagnachmittag, Mr. Cuttler hat sich vielleicht etwas hingelegt, seine Sekretärin ist nicht da, ich … melde Sie an, warten Sie hier«, sagte der Mann und wandte sich zum Haus zurück.

»Nein«, sagte Fuller bestimmt, »wir kommen mit. Es ist eilig. Führen Sie uns sofort zu ihm.« Er gab Nick einen Wink, auszusteigen. Dass ein Langhaariger mit Rastazöpfen und einem T-Shirt mit einem Marihuana-Blatt und der Aufschrift *Don't panic – it's organic!* zu einem FBI-Sonderkommando gehörte, konnte Cuttlers Diener jetzt auch nicht mehr erschüttern. Er zuckte die Schultern und führte die beiden Besucher ins Haus. Sie gingen durch eine große Halle und einen langen Flur in den hinteren Teil der Villa. Dort klopfte er an eine Tür und öffnete sie einen Spalt.

»Mr. Cuttler? Hier sind zwei Herren vom FBI, die Sie dringend sprechen wollen.«

Fuller und Nick konnten nicht verstehen, was aus dem Zimmer geantwortet wurde. Aber der Angestellte trat zur Seite und winkte sie mit einer Handbewegung hinein.

Der Raum, in den sie eintraten, nahm fast die gesamte Breite des Hauses ein und war an der Stirnseite fast völlig verglast, was den Blick auf eine große Terrasse und eine Postkartenansicht der Golden Gate Bridge freigab. Von einer der Liegen auf der Terrasse erhob sich ein Mann und ging auf die Besucher zu.

Robert Cuttler hat tatsächlich etwas von einem alten schottischen Lord, wie Jake ihn beschrieben hat, dachte Fuller, als ihn zwei stahlgraue Habichtsaugen fixierten, die unter mächtigen Augenbrauen hervorlugten. Der alte Cuttler mochte über siebzig sein, der Witwenbuckel mochte sein einstiges Gardemaß von eins neunzig um ein paar Zentimeter verringert haben, doch sein Auftreten und sein Blick signalisierten nach wie vor eine autoritäre Persönlichkeit, genau wie seine Stimme.

»FBI?«, knurrte er unwirsch. »Ich habe heute Morgen mit Vizedirektor Rickenbacher in Washington telefoniert. Was wollen Sie jetzt noch hier?«

Schon bei dem Kinderspiel, sich gegenseitig möglichst lange anzustarren – wer den ersten Wimpernschlag macht, verliert –, hatte Max immer gut abgeschnitten, und so fiel es ihm auch jetzt leicht, dem scharfen Blick seines Gegenübers nicht nur standzuhalten, sondern ihn, für eine kurze Sekunde, mit einem ebenso scharfen Blickgeschoss zu erwidern. Früher hatte er das Spiel so oft dadurch entschieden, dass er die Augen derart extrem verrollte, dass sein Gegenüber in Kichern ausbrechen musste, weshalb er irgendwann nur noch unter der Bedingung »ohne schielen« Mitspieler gefunden hatte. Doch jetzt schienen ihm solche Spielchen irgendwie unangemessen, und er sagte im freundlich-souveränen Bürokratenton: »Wir wollen Ihnen nur kurz ein paar Fotos zeigen. Es geht um Dillon, Ihren Securitychef, der, wie wir seit heute wissen, spurlos verschwunden ist.« Fuller drehte sich zu Nick um, der ihm die Ausdrucke der Fotos reichte.

»Hier.« Fuller gab Cuttler das erste Foto.

Der Alte betrachtete es kurz. »Ja, und? Das ist Wendell Barnes und neben ihm Dillon.«

Fuller nickte und reichte ihm das nächste Foto: »Diese Dame kennen Sie sicher auch?«

»Natürlich. Parvati, Hectors Frau, und Barnes. Aber wer ist der Typ, der den Arm um sie gelegt hat?«

»Barnes' Sicherheitschef, auch ein Russe«, sagte Fuller und reichte Cuttler ein weiteres Foto. »Hier, schauen Sie, wer noch mit von der Partie war, auf der anderen Seite des Tisches.«

»Dillon«, sagte Cuttler. »Ja, und? Woher stammen die Fotos, wie alt sind die?«

»Das Datum ist unten aufgedruckt, etwa sechs Monate her, eine Party auf Barnes' Luxusyacht in Florida.«

Cuttler sah auf das Foto und dann zu Fuller, die Raubtieraugen blickten für einen Moment irritiert. Er deutete auf eine Sitzgruppe vor dem Kamin. »Nehmen Sie Platz.«

»Ihr Dillon und Barritas Parvati aka Olga arbeiten für Barnes. Dillon hat die Freundin Ihres Sohns ermordet. Sowie Ihren Sohn. Und wir wissen alles über die Pläne der Sieben.«

Die dreifache Salve, mit der Fuller seine Informationspfeile abschoss, tat ihre Wirkung. Die stolze, gebieterische Fassade von Cuttlers Gesicht zeigte Verwirrung, dann wachsende Erschütterung und fiel schließlich in sich zusammen. Er wurde blass und schlug die Augen nieder. »Aber Rickenbacher vom FBI hätte mir heute Morgen …« Er schüttelte den Kopf.

»Wir sind nicht das FBI, Mr. Cuttler. Mein Name ist Max Fuller, das ist mein Kollege Nick Larson, wir sind Journalisten.«

Cuttler sah ihn schweigend an. Er rief nicht nach seinen Leuten.

»Wir sind über den Mord an Ihrem Sohn auf die ZERO-Kommune gestoßen, und vom ZERO war es nicht weit zu den CHIPS und den Plänen, die Sie und Ihre Freunde damit haben. Wir gehen davon aus, dass Dillon den Mord an Ihrem Sohn und seiner Freundin angeordnet hat, um Ihre Pläne geheim zu halten. Und wir werden über den ganzen Fall im Fernsehen berichten und geben Ihnen vorher Gelegenheit, sich zu äußern.«

Während Fuller sprach, war Cuttler immer tiefer in sich zusammengesunken, den Kopf gebeugt und eine Hand auf der Stirn. Als er sie wegnahm und sich langsam wieder aufrichtete, hatte er Tränen in den Augen.

»David war mein einziger Sohn«, sagte er. »Ich habe nicht den Auftrag gegeben, ihn zu ermorden.«

Fuller sah ihn an. »Das glaube ich Ihnen sogar«, sagte er. »Und vermutlich wird Ihnen sogar der Richter glauben. Sofern Sie jetzt mit uns zusammenarbeiten. Dillon war zwar Ihr Vertrauter und stand auf Ihrer Payroll, aber er dient einem anderen Herren. Ebenso wie Olga. Sie war mit Barnes liiert, lange bevor Barrita sie eingesammelt und sie den alten Pistolero zum Buddhisten bekehrt hat.«

Der Alte hatte seine Fassung langsam wiedergefunden. »Entschuldigen Sie.« Er stand auf, ging zu einem Sideboard, holte sich ein Papiertaschentuch aus der Schublade und schnäuzte sich. Er setzte sich wieder. »Jetzt wird mir einiges klar«, sagte Cuttler.

»Ja«, nickte Fuller, »und es wird hoffentlich vollständig

klar, dass Sie den Plan, den Sie mit Barrita und den anderen ausgeheckt haben, stoppen müssen. In Ihren eigenen Reihen gibt es mindestens einen Verräter, Barnes, der möglicherweise auch noch mit dem einen oder anderen aus der Gruppe zusammenarbeitet.«

Cuttler nickte. »Ich rufe Hector an.« Er machte eine Pause.

»Wann findet dieses Treffen im Weißen Haus statt?«

Cuttler sah ihn verwundert an.

»Wann findet das Treffen statt, bei dem Sie Präsident Obama die Pistole auf die Brust setzen wollen? So wie bei Ihrem letzten Treffen besprochen.«

Cuttler schüttelte den Kopf. »Woher wissen Sie das alles?«

»Das tut nichts zur Sache. Ich weiß es und ich werde es an die Öffentlichkeit bringen. Und auch Ihr Ablenkungsmanöver wird mich davon nicht abhalten.«

»Wovon reden Sie?«

»Na, von der geplanten Silverman-Show. Falls von Ihren Plänen vorher etwas durchsickert, wollen Sie doch die Antisemitismuskarte spielen, um von Ihrem Treiben abzulenken.«

Jetzt blickte Cuttler regelrecht entgeistert.

»Hören Sie auf, mir etwas vorzumachen«, sagte Fuller, »ich habe Ihnen gesagt: Ich weiß alles über die Sieben. Aber wenn Sie jetzt den Plan stoppen, haben Sie noch eine Chance, halbwegs heil aus der Nummer rauszukommen.«

Cuttler starrte vor sich hin und schwieg. Dann nickte er. »Also gut.« Er atmete tief aus. »Ich werde mit Ihnen zusammenarbeiten. Aber bevor ich Hector Barrita anrufe, brauche ich mehr Informationen über Parvatis Zusammenarbeit mit Barnes.«

Nick reichte ihm einen Ausdruck. »Hier haben wir das Wichtigste über Parvati Raschnikowa zusammengestellt. Sie kennt Barnes mindestens seit 1998.«

»Wie lange kennen Sie Barrita?«, fragte Fuller.

Cuttler sah auf das Blatt und schüttelte den Kopf. »Hector? Seit über zwanzig Jahren.«

»Und Parvati?«

»Seit ihrer Hochzeit vor drei oder vier Jahren. Aber ich habe sie nur wenige Male getroffen …«

»Und Ihr Eindruck?«

»Außergewöhnlich gut aussehend, außergewöhnlich intelligent, außergewöhnlich charmant, anders kann man es nicht sagen.«

»Und Wendell Barnes, welches Verhältnis haben Sie zu ihm?«

»Keines, abgesehen von unserer Kooperation in der Gruppe.« Cuttler starrte nachdenklich vor sich hin.

»Wie kam Dillon zu Ihnen?«, fragte Fuller.

»Auf Empfehlung eines Freundes aus dem Pentagon, als Securitychef und Steuerberater in einer Person. Dillon hat einen MBA und ein *Purple Heart,* er hat mich in Steuerdingen im Zusammenhang mit den Stiftungen beraten und war für die Sicherheit hier verantwortlich.«

»Mit Kleiderschränken wie Iwan und Igor.«

Cuttler sah ihn erstaunt an. Fuller streckte seinen Zeigefinger vor. »Ihr Stiftungs- und Steuerberater ist ein Psychopath und ein Killer. Zuerst hat er mich gefoltert, dann wollte er mich töten. Und weil er das nicht geschafft hat, hat er meinem besten Freund eine Kugel in den Kopf gejagt – Sie haben gestern Morgen mit ihm verhandelt, Dr. Jake Williams.«

Fuller war bei den letzten Worten nicht nur lauter geworden, sondern hatte sich auch aus seinem Sessel erhoben. Cuttler hob schützend beide Hände. Als Fuller sich wieder setzte, sackte Cuttler in sich zusammen. Einen Moment sah es aus, als würde er in Tränen ausbrechen, doch dann schien ein Ruck durch ihn zu gehen, er rieb sich mit beiden Händen den Kopf.

Cuttler richtete sich in seinem Sessel auf und sah Fuller an. »Ich versichere Ihnen, ich habe von Dillons Aktivitäten weder gewusst, noch ihn gar dazu beauftragt. Ich werde alles tun, um Ihnen zu helfen, diesen Mörder zur Strecke zu bringen.«

Fuller nickte und erwiderte Cuttlers eindringlichen Blick. »Gut«, sagte er dann, »was könnte Barnes im Schilde führen?«

Cuttler schüttelte den Kopf. »Ich weiß es nicht. Nicht genau. Aber Ihre Fotos und Ihre Informationen bestätigen meine Vermutung …«

»Welche?«

»Wegen der Einführung der CHIPS in unseren Konzerngruppen. Barnes hat darauf bestanden, dass die Software verändert und eine unsichtbare Hintertür eingebaut wird, die alle Transaktionen an eine zentrale Stelle meldet. Zur Sicherheit.«

»Und dafür hat er eine Mehrheit gefunden?«

»Keiner in unserer Gruppe kennt sich ausreichend in der Computermaterie aus, um das wirklich beurteilen zu können, aber uns hat der Vorschlag eingeleuchtet. Dillon riet mir damals energisch zu, und so wurde es dann gemacht.«

»Sie, Barrita und Barnes waren dafür, und die vierte entscheidende Stimme – kam die von John Bodano?« Cuttler nickte, und Fuller sah Nick an, der bedauernd, aber zustimmend die Achseln zuckte.

»Wann soll das Treffen mit dem Präsidenten stattfinden?«, fragte Fuller.

»Am Montag, übermorgen. Ich muss Hector anrufen, Sie entschuldigen mich.«

Er stand auf und ging auf seinen Schreibtisch zu, der an der rechten Seite der Glasfront stand. »Wären Sie so nett, auf der Terrasse zu warten?«

Fuller und Nick standen auf und gingen hinaus.

Die untergehende Sonne tauchte die Golden Gate Bridge in rotgoldenes Licht.

»Was ist, wenn er jetzt Dillon oder seinen Nachfolger anruft?«, sagte Nick.

»Wird er nicht.« Fuller schüttelte den Kopf. »Das war kein Theater eben. Oder hattest du den Eindruck?«

»Nein, aber man weiß ja nie. Ich gebe mal Matt den Zwischenstand …«

Fuller nickte, und Nick tippte auf das Display seines Telefons. Während er mit Matt sprach und ihm kurz Bericht erstattete, erschien Cuttler auf der Terrasse.

»Hector Barrita ist im Krankenhaus und nicht zu sprechen. Ich hatte Parvati am Apparat. Er wurde heute Nacht eingeliefert, mit einer Lebensmittelvergiftung.«

»Das heißt, der Montagstermin fällt sowieso aus?«, sagte Fuller.

Cuttler schüttelte den Kopf. »Nein. Dass Hector oder ich oder ein anderer von uns dieses Gespräch führen, war nie geplant. Zwei unserer Anwälte führen die Verhandlungen mit dem Stab des Präsidenten.«

»Dann rufen Sie die an und sagen ihnen, dass der Termin gestrichen ist. Rufen Sie Barnes, Bodano, Milowski und die anderen an, sagen Sie ihnen, dass *60 Minutes* morgen Abend über ihren Coup und die Morde bundesweit berichten wird – und dass sie die Silverman-Nummer vergessen können.«

»Es wird nicht so einfach sein, alle zu erreichen. Es ist Samstagabend …«

»Versuchen Sie es, Cuttler, Sie haben den ganzen Abend Zeit. Mehr als genug. Morgen früh Punkt neun Uhr bin ich wieder hier, mit einem CBS-Kamerateam, und wir führen ein ausführliches Interview.«

Cuttler presste die Lippen zusammen und nickte. Man sah ihm die Erschütterung, die Fullers Enthüllungen für ihn bedeuteten, ebenso an wie das Unwohlsein, das es einem milliardenschweren Herrenmenschen bereitete, Befehle entgegenzunehmen. Vor allem, wenn sie im Schnodderton erfolgten, begleitet von einem Grinsen, wie Fuller es jetzt aufsetzte.

»Wenn Sie sich verdrücken, senden wir natürlich trotzdem, auch mit Ihrem O-Ton, nur notfalls ohne Bild. Audio steht, mein Kollege hat unser gesamtes Gespräch eben auf seinem Zaubertelefon mitgeschnitten.«

Nick hob sein iPhone in die Höhe.

»Sie haben kein Recht …«, platzte es aus Cuttler heraus. Doch dann hielt er inne und setzte ein versöhnliches Gesicht auf. »In Ordnung, Mr. Fuller. Morgen neun Uhr.«

Fuller wedelte mit seinem verbundenen Finger: »Falls Dillon noch Schlüssel hat, lassen Sie sofort die Schlösser auswechseln oder übernachten im Hotel. Und essen Sie nichts, was nicht vorgekostet ist.«

26

Sie checkten in einer Business-Suite im *Westin* in der Market Street ein und ließen sich vom Roomservice etwas zum Abendessen bringen. Fuller telefonierte mit Liz und mit Matt. Jakes Zustand war stabil.

»Auch du solltest für ihn beten, sicherheitshalber«, sagte Nick, nahm ein Räucherstäbchen aus seinem Rucksack, zündete es an und steckte es in den Torf einer Topfpflanze. Fuller verdrehte die Augen.

»Das Beste, was wir für ihn tun können, ist unsere Arbeit machen.«

»Als da wäre?«

»Als da wäre, dass ich jetzt zuerst Ken anrufe und dann ein Exposé für den Beitrag schreibe. Und dass du aus deinen Files kurze Dossiers aller beteiligten Personen zusammenfischst, alle, von denen wir Bilder und Archivmaterial brauchen.«

Nick klappte sein Notebook auf, und Fuller tippte auf »Ken60« auf seinem Telefon.

»Wilder.«

Im Hintergrund war leise Jazzmusik zu hören, aber Fuller fragte Ken nicht, ob er vielleicht gerade störe. »Ich hab die Story. Kipp deine geplanten Aufmacher für morgen und übermorgen, wir haben eine Bombe. Du bekommst in zwei Stunden das Exposé, du musst …«

Erst jetzt gelang es Ken, Fuller zu unterbrechen. »Max, es passt gerade überhaupt nicht. Es ist Samstagabend, ich habe Besuch …«

Fuller schwieg etwas länger. Und dann noch ein bisschen, ehe er sagte: »Okay, check einfach später noch mal deine

Mail. Wir telefonieren morgen früh, konzentrier dich auf die wichtigen Dinge. Schönen Abend noch.«

Er legte auf, fuhr seinen Rechner hoch und öffnete die Bombe.

Angriff auf Amerika: Der Staatsstreich der Sieben – Wie eine kleine Gruppe von Milliardären die Macht im Staat und die Herrschaft über die Währung an sich reißen will
Es klingt wie eine Räuberpistole, wie ein paranoides Gerücht aus dem Internet, wie eine typische Verschwörungstheorie – doch was wir heute schildern, ist eine reale Verschwörung. Ein im Geheimen vorbereiteter, gewaltloser Putsch, mit dem der Präsident entmachtet und ihm eine Agenda diktiert werden soll, die nicht mehr die seine, nicht mehr die des Kongresses und des amerikanischen Volkes sein wird. Sondern die Agenda von sieben Verschwörern, die damit die Macht im Staat, die Herrschaft über die Wirtschaft und die Kontrolle über unsere Währung gewinnen wollen. Und sie wollen es nicht nur, sie stehen kurz davor, es zu erreichen. Unser Bericht deckt die Hintergründe auf, nennt die Namen und zeigt die Bilder.

Fullers leicht nach oben gestreckter linker Mittelfinger mit der grünen Kappe, der zwar nicht mehr pochte oder wirklich wehtat, behinderte ihn beim Tippen, doch nach etwas über einer Stunde hatte er das Exposé im Kasten. Sowie eine Liste mit Stichworten und Fragen, die er während des Schreibens auf den Hotelblock gekritzelt hatte.

Fuller stand auf, zündete sich eine Zigarette an und nahm das letzte Fläschchen *Johnny Walker Black* aus der Minibar. Die Tür zum Nebenraum, in dem Nick sich niedergelassen hatte, stand halb offen, und als Fuller den Whisky in ein

Glas geschüttet und sich umgedreht hatte, sah er, dass der Fernseher dort lief. Nick saß auf dem Sofa, das Notebook auf den Oberschenkeln, doch die Ohrhörer waren in den Fernseher eingesteckt.

»Hey, du Penner, was ist das denn?«, raunzte Fuller.

»Alles cool, Mann, die Lakers liegen vorne, nur noch eine Minute, Bryant trifft wie ein Außerirdischer.« Nick strahlte und streckte beide Zeigefinger in die Höhe.

»Das interessiert mich ’nen Scheißdreck, die Zeit läuft uns weg …«

Nick nahm die Ohrhörer heraus, starrte aber weiter auf den Bildschirm.

»Ist doch alles schon fertig, Max. Vierzig Sekunden. Setz dich.«

Fuller grummelte, ging in sein Zimmer zurück und holte den Block mit seinen Notizen und sein Notebook. Als er sich neben Nick auf das Sofa setzte, war das Spiel zu Ende, was Nick mit einer Siegesfaust und einem lauten *Yes* quittierte, ehe er den Fernseher ausschaltete.

»NBA-Halbfinale ist wie Jom Kippur und Ramadan zusammen, das kann man als Fan nicht versäumen. Hab die Liste und die Kurzdossiers schon an die Doku gemailt, aber da passiert am Samstagabend eh nichts mehr.«

»Okay. Der Film von Igor ist auf unseren Server hochgeladen. Wir müssen noch mal reinschauen und die Ausschnitte festlegen. Und Ken das Passwort schicken, er muss sich das ansehen. Das Exposé habe ich ihm gerade schon geschickt, und dir auch.«

Nick klickte auf seinen Posteingang. »Angriff auf Amerika. Klingt gut. Bei Bush gelernt?«

»Ich weiß noch nicht, was wir von Cuttler morgen bekommen und noch einbauen …«

»Was auf jeden Fall reinmuss, ist der aktuelle Kursverlust des Dollar.« Nick klickte sich in den entsprechenden

Chart. »Seit fünf Tagen jetzt im freien Fall, heute hat die Staatsbank von Bulgarien 15 Milliarden auf den Markt geschmissen.«

»Säbelrasseln für die Sitzung am Montag. Muss dann einer aus der Wirtschaftsredaktion mal aufdröseln, in einer der folgenden Sendungen.«

»Langsam kapiere ich diesen ganzen Stiftungszauber«, sagte Nick. »Die Stiftungen sind alle strikt *non profit,* die dürfen keine Börsen- oder Spekulationsgeschäfte machen. Zinsen und anderes Geld, was reinkommt, darf nur für gute Zwecke genutzt werden.«

»Und?«

»Nicht und – aber. Aber Stiftungen können bürgen. Matt hat mich darauf gebracht. Wenn Barritas Stiftung ›Menschen-Tiere-Pflanzen‹ mit ihren fünf Milliarden Kapital für dich bürgt, heißt das, du kannst bei Goldman Sachs mit mindestens 50 Milliarden zocken.«

Fuller zog die Augenbrauen hoch. »Das heißt, unsere Freunde haben, um Steuern zu sparen, erst mal ihr Geld in wohltätige Stiftungen verschoben und sich dann auf dem Umweg über Bürgschaften wieder Liquidität verschafft?«

»Exakt. Und damit setzen sie jetzt den Dollar und Obama unter Druck. Smart.«

Nick lehnte sich auf dem Sofa zurück, streckte sich und gähnte.

»Und wenn er mitspielt«, sagte Fuller, »tanzt der Präsident nach ihrer Pfeife, und sie bleiben trotzdem weiter die wohltätigen Philanthropen, die ihre Milliarden zum Wohle des Gemeinwesens gestiftet haben.« Er deutete auf Nicks Rechner. »Starte noch mal den Film, dann können wir die Takes schon mal rausschneiden. Wir brauchen die Eröffnungsrede Barritas und dann noch zwei, drei kurze Szenen von weiter hinten. Die, wo Cuttler über die CHIPS spricht. Und dann die Szene, wo sie sagen, dass sie dem Präsidenten die Pistole auf die Brust setzen. Und zum Schluss noch die Passage mit Silverman und der geplanten Antisemitennummer. Nach diesem Einspieler komm ich dann wieder live: ›Und hier aus dem Goebbels-Studio wieder live Ihr Hitlerfreund und Judenhasser Max Fuller. There's no business like Shoa business, haben sich unsere sieben Freunde wohl gedacht, als sie diesen Medienplan gezimmert haben, für den Fall, dass ihr Putsch vorher auffliegt …‹«

Das CBS-Kamerateam, mit dem sie das Cuttler-Interview aufnehmen wollten, war für 8 Uhr 30 in die Lobby des *Westin* bestellt. Als Fuller um kurz vor acht aufstand und ins Bad schlurfte, registrierte er, dass Nick schon auf den Beinen war. Sich seinem jungen Freund bei seinen regelmäßigen Morgenläufen anzuschließen, dazu hatte er sich nie aufraffen können, weder am Strand auf den Caymans noch sonstwo. Dass Nick ihn immer wieder aufforderte – »Ich hopple doch nur, ganz langsam, da kommst du locker mit« –, hatte ihn erst recht demotiviert. Die Blamage, selbst beim »Hoppeln« nicht mitzukommen, wollte Fuller sich ersparen. Auch gegenüber Liz, die zwei oder drei Mal die Woche joggte, hatte er stets den »No-sports«-Churchill gegeben. Wenn überhaupt, würde er vorsichtig erst mal allein loshoppeln.

Als Fuller aus der Dusche kam, war Nick zurück. Er schwenkte die Sonntagsausgabe des *San Francisco Chronicle.*

»Keine Zeile über Dillon. Werd gleich noch mal im Netz checken.«

Er warf die Zeitung auf Fullers Bett und verschwand im Bad. Fuller sah auf die Uhr und wählte die Nummer von Ken, der sofort dran war.

»Das ist der Hammer, Max. Hab dein Exposé gelesen und sehe mir gerade diesen Film an. Wir schmeißen alles raus und hängen noch eine Sondersendung dran. Wann kommt das Material mit Cuttler?«

»Wir drehen ab neun, circa eine Stunde, 90 Minuten vielleicht. Ich melde mich danach sofort. Ruf das Archiv und die Doku-Abteilung an, dass sie 'ne Sonderschicht einlegen und Bildmaterial über die Sieben raussuchen. Und bestellt schon mal den Schampus für die Party, die ihr mir schmeißen müsst, weil ihr Fox und CNN zum ersten Mal seit zehn Jahren wieder abhängt bei den Quoten.«

»Ne ganze Badewanne voll, Max, kein Problem.«

Das Kamerateam war pünktlich und fuhr hinter Fuller und Nick her. Sonntagmorgens herrschte so gut wie kein Verkehr, und um kurz vor neun standen ihre Wagen vor dem verschlossenen Stahltor der Cuttler-Villa.

»Heute werden sie uns auch ohne dein Sesam öffne dich reinlassen«, sagte Fuller, beugte sich auf dem Beifahrersitz vor und winkte in die Videokamera über dem Tor. »Hallo«, rief er, als sich nichts tat. Dann fuhr das Rolltor langsam zurück.

Am Aufgang des Hauses erwarteten sie der Diener, der sie schon am Vortag empfangen hatte, und ein großer junger Mann, dem ein Spiralkabel aus dem Ohr wuchs. Offenbar einer der neuen Sicherheitsleute, die Cuttler als Ersatz für Dillon engagiert hatte.

»Mr. Fuller, guten Morgen! Dr. Cuttler erwartet Sie im Wohnzimmer«, sagte der Verkabelte, als Fuller ausstieg.

»Guten Morgen«, nickte Fuller, »das Team wird hier warten, mein Kollege und ich wollen zuerst allein mit Mr. Cuttler sprechen, nur fünf Minuten, dann können Sie das Team hineinführen.« Er signalisierte der Kameracrew zu warten und folgte dem Sicherheitsmann ins Haus.

In dem dunkelblauen Jackett, mit exakt gebundener Krawatte, Einstecktuch und einem Clubwappen auf der Brusttasche, mit dem Robert Cuttler seinen Besuchern gegenübertrat, hätte er jedes Casting für die Rolle des stattlichen *elder statesman* gewonnen. Ein seriöser, weißhaariger alter Herr mit wachen Augen unter buschigen Brauen, dem man, zumindest wenn er so lächelte wie jetzt, sofort seinen Gebraucht-Rolls-Royce abkaufen würde.

»Guten Morgen, Mr. Fuller,« sagte er, »und Mr. …«, er blickte Nick an.

»Larson«, sagte Nick. »Guten Morgen.«

»Ah ja, entschuldigen Sie, Mr. Larson.« Cuttler deutete in die Ecke des Zimmers, wo sein Schreibtisch stand. »Ich habe mir erlaubt, meinen Rechtsbeistand Dr. Cornelius hinzuzuziehen.« Ein dunkelhaariger Mann, etwa Mitte fünfzig, in einem dreiteiligen Anzug stand von dem Stuhl vor Cuttlers Schreibtisch auf, verbeugte sich kurz in Richtung der anderen und setzte sich wieder.

»Er wird als Zeuge unseres Gesprächs zugegen sein. Ich bitte um Ihr Verständnis.«

»Kein Problem«, sagte Fuller, »einen guten Anwalt werden Sie ohnehin brauchen. Was ist mit dem Montagstermin? Abgesagt?« Er ließ sich in einen der großen Sessel vor dem Kamin fallen.

»Ja, also …«, Cuttler räusperte sich. »Da gibt es noch einige Schwierigkeiten. Hector Barrita ist weiterhin auf der Intensivstation, ich konnte noch nicht mit ihm sprechen. Keen und Milowski habe ich erreicht und informiert, sie sind dafür, den Plan zu stoppen. Silverman ist mit seiner Yacht irgendwo in der Karibik unterwegs, er wird mich heute Mittag zurückrufen, das hat mir sein Privatsekretär garantiert.«

Cuttler machte eine Pause.

»Und?«, fragte Fuller. »Was ist mit Barnes und Bodano? Und was ist mit den Anwälten, die morgen früh verhandeln sollen?«

»Ja, das ist die Schwierigkeit ...« Cuttler hüstelte. »Ich habe einen der beiden Inhaber der Kanzlei Crown & Sullivan erreicht. Bedauerlicherweise konnte ich ihn nicht überzeugen. Da ich nicht der Auftraggeber sei, könne ich auch keine Termine abblasen.«

»Und wer ist der Auftraggeber?«

»Barnes hat sie engagiert, mit unserer Zustimmung.«

»Und was sagt der?«, fragte Fuller etwas lauter.

Cuttler sah ihn bedauernd an. »Barnes und Bodano weigern sich, die Sache zu stoppen. Es ist unfassbar.« Cuttler senkte den Blick und schüttelte langsam den Kopf.

»Allerdings.«

Fuller wartete, aber Cuttler schwieg.

»Und was ist mit Dillon? Haben Sie Barnes wegen des Mörders Ihres Sohnes zur Rede gestellt.«

Cuttler schüttelte wieder den Kopf. »Dazu bin ich nicht einmal gekommen. Er hat aufgelegt.«

»Das heißt, der Termin morgen findet auf jeden Fall statt?«

»Anscheinend. Ich weiß nicht, was ich noch tun könnte. Ich hoffe, ich kann wenigstens Silverman überzeugen, die Währungstransaktionen umgehend zu stoppen.«

Fullers Hirn raste. »Okay«, sagte er nach einigen Sekunden, »wir machen jetzt das Interview. Ob wir es schon heute Abend ausstrahlen, sehen wir gleich, ich muss kurz telefonieren. Nick, hol das Team rein.«

Fuller stand auf, ging auf die Terrasse und versuchte seufzend, seine neue Strategie gut zu finden, während er Kens Nummer wählte.

»Wilder.«

»Ken, hier ist Max. Wir machen gleich das Interview, aber bereite den anderen Scheiß, den du ansonsten für heute auf der Pfanne hast, auf jeden Fall vor. Ich weiß nicht, ob wir die Ausstrahlung vielleicht noch ein, zwei Tage schieben.«

»Max, das geht so nicht …«

»Später«, sagte Fuller und legte auf.

Nick kam zu ihm auf die Terrasse.

»Ken weiß Bescheid«, sagte Fuller. »Wenn wir den Zug eh nicht mehr stoppen können, müssen wir nicht schon heute Abend senden. Morgen oder übermorgen reicht, in dem Fall kriegen wir auch noch ein Statement von Obama persönlich rein oder eins von seinem Stabschef. Über Barnes und Bodano machen wir dann ’ne Sondersendung aus dem Knast.«

»Okay«, sagte Nick, »die bauen drinnen jetzt auf. Dauert noch ein paar Minuten.«

Fuller starrte auf die Terracottafliesen der Terrasse und schwieg.

»Was?«, fragte Nick.

Fuller presste die Lippen zusammen und kratzte sich am Kopf.

»Barrita ist ausgeschaltet, Cuttler hilflos. Barnes und Bodano haben das Ruder übernommen, vermutlich haben die auch Silverman an Bord und fahren vollen Kollisionskurs. Wir können sie nicht stoppen …«

»Und?«

»Du musst noch mal kurz raus ins Auto und unser gesamtes Material einschließlich des Films mailen.«

»Hä?« Nick verzog fragend das Gesicht. »Ken hat doch das gesamte Material, und das CBS-Archiv hat unsere Liste. Wem willst du das sonst noch schicken?«

Fuller schaute ihn an und hob entschuldigend die Hände. Nach zwei Sekunden begriff Nick.

»Rickler?« Nick riss die Augen auf. »Das ist echt nicht dein Ernst, Max.«

»Doch. Wir haben nur noch die Wahl zwischen Ebola und Krebs, und Rickler ist Letzteres. Wenn einer jetzt noch was tun kann, dann er.«

27

Ich danke Ihnen, Mr. Fuller, dass Sie mir Gelegenheit geben, mich öffentlich zu äußern. Bevor wir zu den verwerflichen Dingen kommen, die geschehen sind, und bevor ich auf alle Ihre Fragen antworte, möchte ich eine kurze Erklärung abgeben.
Wir leben in einer Plutokratie – die Herrschaft geht nicht vom Volk aus, wie es in unserer Verfassung festgelegt ist, sondern vom Geld und denen, die es haben. Selbst wenn im Fernsehen und in allen anderen Medien stets behauptet wird, dass wir in einer Demokratie leben, in der politische Entscheidungen danach gefällt werden, was der Mehrheit der Bürger und dem allgemeinen Wohlstand am meisten nützt, und dass die Bürgerinnen und Bürger mit ihrer Wahlstimme darüber entscheiden. Aber ich erzähle Ihnen nichts wirklich Neues, wenn ich festhalte, dass diese Wahlen nur ein Schönheitswettbewerb sind, bei dem Sie lediglich entscheiden dürfen, welche Models über die Bühne laufen. Die Entscheidung aber, was diese Models präsentieren, fällen die Agenturen, die Konzerne, die Macher hinter den Kulissen – und die bleiben immer die gleichen, egal wer in der nächsten Saison über den Catwalk flaniert.
Seit mein Großvater Carl Cuttler vor über hundert Jahren die Bahnlinie zur Ostküste baute, gehört meine Familie zu jenen Machern hinter dem Vorhang; und wenn Sie sich die Geschichte der Vereinigten Staaten in diesen hundert Jahren anschauen, dann werden Sie zugeben müssen, dass unsere Regie nicht die schlechteste war. Mit den zwei Weltkriegen – die wie jeder Krieg kaum

eine demokratische Mehrheit gefunden hätten, wenn die Regie nicht ein wenig nachgeholfen hätte – sind die USA von einem unbedeutenden Player an der Peripherie zur einzigen globalen Weltmacht geworden, zu einem Imperium. Selbst wenn unser System also nicht die beste aller Demokratien sein mag, es ist unbestreitbar das erfolgreichste – und wir tun gut daran, es auch im 21. Jahrhundert beizubehalten.

Doch auch hinter dem Vorhang, im Regieraum dieses politischen Theaters – um im Bild zu bleiben –, herrscht keineswegs immer Einigkeit über die Notwendigkeit bestimmter Entscheidungen. Und dies ist der Grund, weshalb ich mich vor einiger Zeit mit Männern wie Hector Barrita, Charles Keen, Stan Milowski und einigen anderen zu einer Art Koalition verbündet habe. Um Entscheidungen nicht nur in unserem Sinne, sondern zum Wohle des gesamten amerikanischen Volkes herbeizuführen.

Fuller und Nick standen neben der Kamera, deren Display Cuttler als *talking head* zeigte.

»Den staatstragenden Scheiß können wir schneiden«, flüsterte Nick Fuller ins Ohr, der vage nickte. Dennoch, fand er, sprach Cuttler, der seit dreißig Jahren kein öffentliches Interview oder Statement abgegeben hatte, erstaunlich souverän. Er hatte sich zwar einen Zettel mit Stichworten auf den Tisch gelegt, aber ihn bisher nicht einmal angesehen und ohne jedes »äääh«, »aaargh« oder »uuhhh« vorgetragen, ohne all das Gewürge, mit dem George W. Bush acht Jahre lang seine Zuhörer gepeinigt hatte. Jetzt erst hob er kurz die Hand, räusperte sich und trank einen Schluck Wasser.

»Gut, das war's.« Fuller nahm im Sessel gegenüber von Cuttler Platz. »Beginnen wir mit den Fragen. Mein Ton okay?«, fragte er in Richtung der Kameraleute, die mit Handzeichen bestätigten.

»Mr. Cuttler. Vor drei Wochen wurde Ihr Sohn ermordet, vor wenigen Tagen seine Freundin und vorgestern einer unserer Mitarbeiter lebensgefährlich verletzt, weil er in diesen Mordfällen recherchierte – als Täter wird Ihr Securitychef und Berater Charles M. Dillon gesucht. Der Mörder Ihres Sohnes stand also auf Ihrer Payroll. Handelte er in Ihrem Auftrag und Wissen?«

»Nein. Alle diese schrecklichen Vorgänge geschahen hinter meinem Rücken, und ich hoffe inständig, dass es dem FBI bald gelingt, den Mörder zu fassen.«

»Mr. Dillon war nicht nur Ihr Sicherheitschef, sondern auch ein enger wirtschaftlicher Berater. Ist Ihnen nie aufgefallen, dass Sie einen sadistischen Killer engagiert hatten?«

»Er kam mit den besten Empfehlungen aus dem Pentagon, ein dekorierter Offizier mit einem MBA von Harvard. Ich wusste natürlich, dass er ein Ex-Navy-Seal ist, ein Mann mit Nahkampferfahrung, aber als Sicherheitschef engagiert man nun mal keinen Chorknaben.«

»Sie haben ihm also vertraut?«

»Blind vertraut. Und das war die tragischste Fehlentscheidung meines Lebens.«

»Hatten Sie aber nicht selbst gute Motive, Ihren Sohn aus dem Weg zu räumen? Uns liegen E-Mails vor, in denen er Ihnen droht, die Pläne Ihrer ›Koalition‹ zu durchkreuzen und damit an die Öffentlichkeit zu gehen. Und er wirft Ihnen vor, sein Konzept des ZERO, einer Alternativwährung, gestohlen und missbraucht zu haben.«

»Ich hatte eine Auseinandersetzung mit David darüber, das ist wahr. Aber nachdem wir mehr als 15 Jahre lang keinerlei Kontakt hatten, war selbst ein solcher Streit für mich eher ein freudiges Ereignis als ein Motiv für einen Mord. Er ist mein einziger Sohn. War. Mein einziger Sohn. Wir waren uns wieder näher gekommen, seit etwa einem Jahr, er hat sogar einige Wochenenden hier im Haus bei mir verbracht. Wir haben nächtelang über sein ZERO-Konzept gesprochen …«

»… und als David davon Wind kriegte, dass Sie die Idee in Ihrer ›Koalition‹ kopieren, um mit diesem As im Ärmel gegen den Dollar spekulieren zu können, haben Sie Dillon geschickt, um ihn umzulegen.«

»Ich habe Dillon nicht geschickt, um David umzubringen.«

»Sondern?«

»Zwei Tage vor dem Mord gab es ein Gespräch zwischen David und mir, bei dem auch Dillon anwesend war und bei dem ich David über den Fortgang des Versuchs mit den CHIPS unterrichtete. David war sehr ungehalten und hat uns im Streit verlassen. Wir haben aber später auf dem Handy telefoniert, er hatte sich wieder beruhigt, weil er das Ganze eben auch für eine Chance hielt, eine Parallelwährung einem globalen Testlauf zu unterziehen – und zudem überzeugt war, dass sein ZERO sich ohnehin durchsetzen würde, sobald Google ihn als Zahlungsmittel einführt.«

»Und Sie hatten Dillon unter keinerlei Verdacht, als Ihr Sohn einen Tag später erschossen wurde?«

»Ich habe keinen Zusammenhang gesehen.«

Fuller wartete länger als nötig, ehe er seine nächste Frage stellte.

»Und die Informationen über Ihre ›Koalition‹, wie Sie diese Verschwörung nennen, deren Pläne Ihrem Sohn und seiner Freundin Layla teilweise bekannt waren, die interessierten die beiden auch nicht weiter?«

»David hatte sich, wie gesagt, schon wieder beruhigt – und wenn Sie seine E-Mails kennen, dann wissen Sie, dass er mit seinen wüsten Anschuldigungen auch nicht weit gekommen wäre …«

»Aber mit dem ZERO stellte er spätestens mittelfristig eine große Gefahr für Ihre sogenannte Koalition dar, die insgesamt über fast 1000 Milliarden US-Dollar verfügt und mit diesem geballten Kapital die Währungsmärkte manipuliert.«

»Wir haben zu keiner Zeit irgendetwas Illegales getan. Es ist nirgendwo auf der Welt verboten, dass mehrere Wetter auf dasselbe Pferd setzen; nichts anderes tun wir.«

»Mit dem Ergebnis, dass ganze Volkswirtschaften zusammenbrechen. Und Sie die Regierung massiv unter Druck setzen.«

»Nirgendwo auf der Welt, auch nicht bei uns, ist es illegal, die Regierung unter Druck zu setzen. Tausende von Lobbyisten in Washington tun von morgens bis abends nichts anderes.«

»Aber Sie drohen damit, den Dollar kollabieren zu lassen, und ziehen dann eine Parallelwährung aus dem Ärmel, die Sie in Ihren über 2000 Firmen schon diskret eingeführt haben. Wenn das kein Staatsstreich ist, kein Putsch, keine kalte Machtübernahme, was dann?«

Cuttler zögerte eine Sekunde mit der Antwort, dann lächelte er. »Sehen Sie, deshalb habe ich unserem Gespräch diese kurze Erklärung vorausgeschickt. Ganz gleich, wer Präsident ist – unsere Regierung entscheidet niemals autonom und hat das auch nie getan. Die Richtlinien wurden schon immer von denen festgelegt und durchgesetzt, die über wirkliche Macht verfügen, das heißt, über Geld. Deshalb kann von ›Machtübernahme‹ oder dergleichen jetzt auch gar keine Rede sein, denn kein Präsident in den letzten hundert Jahren hatte wirklich Macht. Sie war ihm immer nur geliehen – nicht vom Volk, sondern von uns.«

»Und wenn er mit der Leihgabe nicht so umgeht, wie Sie es erwarten, wird er weggeschossen, wie Kennedy?«

Cuttler sah Fuller missbilligend an. »Oswald stand nicht auf unserer Payroll.«

»Ihnen ist klar, dass Ihr Bild des Staates und der Rechtsordnung nicht viel mit dem zu tun, was in der Verfassung und den Grundrechten steht?«

»Ich kann mich nur wiederholen: Wir haben nichts getan, was gegen die Gesetze dieses Landes verstößt.«

Fuller schüttelte jetzt energisch den Kopf. »Gestatten Sie, Mr. Cuttler, dass ich Sie korrigiere: Sie haben mit sechs weiteren Milliardären im Geheimen eine Verschwörung geschmiedet, die dem Präsidenten die Agenda seiner Politik diktieren will. Nicht der Senat, nicht der Kongress oder das Weiße Haus – Sie und Ihre Bande wollen entscheiden, was politisch geschieht. Und wenn der Präsident nicht mitzieht und Ihrem Diktat zustimmt, drohen Sie mit einem vernichtenden Finanzkrieg.«

»Sie machen es sich zu einfach. Wir sind keine Diktatoren. Wir mahnen nur gewisse notwendige Korrekturen an, in der Energiepolitik, in der Wirtschaftspolitik, Korrekturen, die angesichts der globalen Finanzkrise für unser Land unabdingbar sind. Für unser Land, wohlgemerkt, nicht nur für uns. Was allerdings in den letzten Tagen geschehen ist, hat diese überlebensnotwendigen und richtigen Vorhaben in eine tragische Richtung gelenkt.«

»Zwei Ihrer ›Koalitionäre‹, Wendell Barnes und John Bodano, haben das Ruder übernommen, und mindestens zwei weitere, Sie und Hector Barrita, wurden von Barnes überwacht und gesteuert. Barritas Frau Parvati und Ihr Berater Dillon arbeiteten für ihn. Und Sie erzählen uns, dass Sie nur das Beste für unser Land erreichen wollen? Sie haben ja nicht einmal Ihre eigene kleine Gruppe unter Kontrolle.«

Mit dem staatsmännisch souveränen Auftritt Cuttlers, seiner klaren und festen Stimme und den selbstbewusst auf sein Gegenüber und die Kamera gerichteten Adleraugen war es in diesem Augenblick so schlagartig zu Ende, als hätte der hämische Unterton in Fullers letzter Bemerkung einen Stecker aus dem sprechenden Kopf gezogen.

Im ersten Moment schien sein Blick indifferent in die Ferne gerichtet, wie als Ausdruck intensiven Nachdenkens und Rekapitulierens. Doch dann hob Cuttler zitternd beide Hände, seine Augen flackerten und Tränen brachen hervor. Von einem Weinkrampf geschüttelt, die Hände vor dem Gesicht, sackte er in seinem Sessel zusammen.

Nach dreißig Sekunden gab Fuller den Kameraleuten das Handzeichen, die Aufnahme zu stoppen.

28

»Zuerst als Herrenmensch die Plutokratie als beste aller Regierungsformen preisen und dann winselnd den gebrochenen alten Mann geben – hat schon alles drauf, der Alte«, sagte Fuller, als sie die Lombard Street hinunterkurvten.

»Schien mir keine Show zu sein«, sagte Nick, »alles echt.«

»Ja, auf jeden Fall, aber ich komme mir mal wieder vor wie im Wunderland oder im Quantenlabor. Du dröselst einen Fall auf, hast die Punkte verbunden, die fehlenden Puzzlesteine eingesetzt, alles klar, alles logisch, alles an seinem Platz, aber je genauer und tiefer du dann hinschaust …«

»… desto weniger blickst du.«

»Exakt. Wir decken die fetteste Verschwörung seit Erfindung der Weisen von Zion auf, nur um dann festzustellen, dass die Sieben nicht einmal untereinander einig sind und sich auch noch gegenseitig nach allen Regeln der Kunst über den Tisch ziehen. Das ist doch völlig irre.«

»Oder eben ganz normal, allzu menschlich.« Nick zupfte sich am Ohrläppchen, als ließen sich dort alle wichtigen Antworten finden. »Gier – Neid – Eitelkeit, die drei Schlangen, die uns am Boden halten und am Aufstieg zur Erleuchtung hindern.«

»Ach, hör mir auf mit dem Buddhisten-Shit.« Fuller winkte ab. »Obwohl, wenn ich mir Cuttler anschaue, wie der da eben geheult hat, kann ich mir vorstellen, dass auch ein alter Räuber wie Barrita nicht nur von den strammen Titten seiner Olga erreicht wurde, sondern dass auch ihre Gutmenschenbotschaft einen kleinen Platz in seinem finsteren Herzen gefunden hat. Das mit den Stiftungen war nicht alles nur Fake, Steuerschwindel und Vorbereitung des Coups.«

»Wie Tony.«

»Welcher Tony?«

»Soprano«, sagte Nick. »Nicht nur der brutale Mafiaboss, sondern auch der kinder- und tierliebe Familienvater, mit einem Bein im Knast, mit dem andern beim Psychiater. Nichts Neues, das Leben klaut immer beim Fernsehen.«

Nick grinste, Fuller zuckte die Achseln. »Ich sag ja nur, irgendwie haben Barnes und Bodano die weiche Stelle im Panzer der alten Alphatiere Barrita und Cuttler entdeckt und da angesetzt.«

»Höre ich da etwa Mitleid?«

»Quatsch. Ich will die ganze Scheiße nur verstehen, und dazu muss man ja wohl auch ein bisschen analysieren, wie die Typen im Innersten ticken.«

Sie näherten sich dem Hafen und bogen in die Battery Street ein, wo die CBS-Studios lagen. Wie in jeder Redaktion der Welt arbeiteten dort am Sonntagvormittag nur diejenigen, die unbedingt mussten, mehr als die Hälfte der Büros und Schreibtische waren leer. Der Chef vom Dienst wies Fuller und Nick eines der freien Büros zu und ging wieder zurück an seinen Platz. Fuller wählte Ricklers Durchwahl in Florida. Schon nach dem ersten Klingelzeichen wurde abgehoben.

»Ja.«

»Fuller.«

»Mr. Fuller, guten Morgen. Danke für das Material. Hervorragende Arbeit.«

»Hab gerade ein Interview mit Cuttler aufgezeichnet. Morgen früh um zehn haben die Anwälte der Sieben einen Termin mit Obamas Stabschef, aber Barrita liegt mit einer Vergiftung im Krankenhaus, und Cuttler hat erst recht nichts im Griff. Barnes und Bodano haben die Kontrolle übernommen. Ich bin bei CBS, *60 Minutes* würde für meinen Bericht die komplette Sendung heute Abend freischaufeln, aber …«

»Was?«

»Wir werden das heute nur mit einem kurzen Newsclip anreißen, vor allem um die Fahndung nach Dillon weiter publik zu machen – und dann noch ein, zwei Tage Recherche dranhängen. Silverman, der die Währungsspekulation der Sieben organisiert, war seit gestern nicht erreichbar und will sich heute Nachmittag bei Cuttler melden. Ich vermute, er spielt im Team Barnes. Spätestens wenn die Börse morgen eröffnet, wissen wir, was läuft. Sie benutzen ein paar osteuropäische Staatsbanken als Proxy und ziehen den Dollarkurs immer weiter nach unten …«

»Ich weiß«, sagte Rickler. »Mit dem Finanzminister und der Börsenaufsicht habe ich eben gesprochen. Sie werden den Währungshandel notfalls aussetzen am Montag. Ich kümmere mich um alles. Wie gesagt, Fuller, ich bin sehr zufrieden. Und das Cuttler-Interview lassen Sie mir umgehend zukommen.« Es klickte in der Leitung, Rickler hatte aufgelegt.

»Fuller, ich bin sehr zufrieden.« Nick, der über den Raumlautsprecher mitgehört hatte, imitierte Ricklers sonores Organ. »Da fehlte ein *Danke,* oder?«

»Morgens kriegt der so was nicht raus.«

»Der Typ ist Klingone, der kennt *Danke* gar nicht.«

»Na ja, sieh's mal so: Er weiß, dass ich ihn scheiße finde und dass ich ihm das nicht freiwillig gesteckt habe. Ich hab nur Ebola gegen Krebs getauscht.«

»Und Rickler weiß, dass du 'ne Chemo planst?«

»Er hat den Schlüssel zum Chemieschrank.«

Nick wiegte den Kopf und sah Fuller skeptisch an. »Manchmal machst du mir Sorgen, und das liegt nicht nur an deinen miesen Metaphern.« Er stand auf. »Auch einen Kaffee?«

Fuller nickte, Nick verließ das Büro, und Fuller wählte Ken Wilders Nummer. Er schaffte es, Wilder mitzuteilen, dass sie noch zwei weitere Tage zum Recherchieren brauchten, hielt den Hörer während des darauf folgenden längeren Wutausbruchs ein ganzes Stück vom Ohr weg, nahm den Kaffee entgegen, den Nick hereinbrachte, wartete schließlich noch ein paar Sekunden empörtes Keuchen und einige Kraftausdrücke ab und machte dann unbeeindruckt weiter.

»Heute gibt's nur den Newsclip zu den Morden an Cuttler junior und seiner Freundin und dem flüchtigen Mörder. Du hast das ganze Material dazu. Ich gehe jetzt hier in die Aufnahme und lasse ein Statement aufzeichnen, das könnt ihr hinten dranhängen, als Teaser für den großen Scoop.«

»Du hast keine Story, das ist der Punkt!«, brüllte Wilder.

»Ich habe eine Stunde Interview mit Cuttler, wir haben es gerade auf den Server gelegt, du kannst es dir anschauen. Ziemlicher Hammer. Aber Cuttler ist nicht die eigentliche Schlüsselfigur der ganzen Verschwörung. Um die festzunageln, brauche ich noch ein paar Tage.«

»Du ...«

Fuller legte auf.

Mit seinem Kaffeebecher in der Hand ging Fuller in den Flur hinüber, wo die Studios lagen. Auch hier war nur die sonntägliche Minimalbesetzung im Dienst. Der Aufnahmeleiter platzierte Fuller in einer Bluebox, die immer noch so hieß, obwohl die Leinwand, vor der der Sprecher aufgenommen wurde, mittlerweile grün war.

Die brutalen Morde an David Cuttler, seiner Freundin Layla Winfield und der Mordversuch an unserem Mitarbeiter Dr. Jake Williams, der mit mir in dem Fall recherchierte und auf der Intensivstation noch um sein Leben ringt, haben einen gemeinsamen Hintergrund. Es handelt sich nicht um Raub, nicht um Eifersucht, nicht um die bei den meisten Morden üblichen Motive, sondern um eine Verschwörung, für die das Wort Staats-

streich oder Putsch nicht zu hoch gegriffen ist. Der Milliardär Robert Cuttler, der Vater des ersten Mordopfers, ist in dieses Komplott ebenso involviert wie sechs weitere Multimilliardäre. Wir kennen die Namen, wir wissen, was sie vorhaben, und wir werden alles tun, um sie zu stoppen. Denn dies ist ein Angriff auf unsere Demokratie, auf unsere Währung, auf unser Land, die Vereinigten Staaten von Amerika. Wir haben die Behörden eingeschaltet. Die Täter und die Beweise werden Sie hier sehen, weltexklusiv, bei 60 Minutes, *am Mittwoch.*

Als Fuller sich die Aufnahme im Schneideraum ansah, war ihm kurz der Gedanke gekommen, dass für seinen ersten TV-Auftritt seit Jahren vielleicht ein etwas eleganteres Outfit angemessen wäre als ein dunkelgrünes Poloshirt und Jeans, und dass ein bisschen Friseur oder zumindest ein Kamm genauso wenig geschadet hätten.

»*Content is king«,* murmelte er vor sich hin.

»Was is'?«, fragte Nick, der neben ihm stand.

»Ach«, winkte Fuller ab, »dachte grade, dass ein bisschen Maske vielleicht nicht schlecht gewesen wäre vor der Aufnahme. Und andere Klamotten, aber es ist okay, scheiß aufs Layout. Das war früher bei der Zeitung immer meine Haltung. Die Layouter wollten am liebsten gar keinen Text, um nur Bilder unterzubringen und grafische Mätzchen – mein Lieblingslayouter hat mir mal ernsthaft vorgeschlagen, ich solle einen Text über Millionäre komplett umschreiben, weil das »M« seiner Meinung nach in der Typo *verboten* aussah. Wer gute Buchstaben hat, hat aber noch keine Story. Und wer was zu sagen hat, braucht keine Bilder.«

»Passt«, sagte Nick, »im CBS-Archiv musste ich oft alte Zeitungsausgaben raussuchen, dabei fiel mir auf, dass in den alten Ausgaben viel mehr Text untergebracht ist. Alle paar Jahre haben die Blätter ihr Layout verändert, und jedes Mal gingen weniger Buchstaben in eine Zeile und weniger Zeilen auf ein Blatt. In der heutigen *New York Times* passen auf eine Seite 30 Prozent weniger als in den Achtzigerjahren.«

»Kein Verlust. Solange da Schwallköpfe wie Tom Friedman schreiben, wünscht man sich doch 100 Prozent Weißraum«, grinste Fuller. »Los, lass uns fahren.«

»Warum hast du Rickler informiert?«, fragte Nick, als sie wenig später auf dem Freeway waren. »Warum spielen wir ihm den Ball zu, was …«

»Weil nur die Cowboys das Steuer noch herumreißen können«, unterbrach ihn Fuller.

»Die Cowboys?« Nick runzelte die Stirn. »Was soll der Scheiß, Max?«

»Schon mal was von Carl Oglesby gehört?«

Nick schüttelte den Kopf.

»Politikprofessor, hat am MIT gelehrt und in den Siebzigern über den *Yankee-Cowboy-Krieg* geschrieben, über die Koalition der amerikanischen Machteliten in den USA. Etabliertes Ostküstengeld gegen den Reichtum im Wilden Westen, Rockefeller-Yankees gegen Howard-Hughes-Cowboys, alte Wall-Street-Banken gegen Ölgeld aus Texas und Kalifornien – und wie der Zusammenbruch dieser langjährigen Schattenkoalition Ereignisse wie den Mord an Kennedy und Watergate ausgelöst hat. *Yankee* – das sind die exklusiven Clubs in Manhattan und Boston und die Ivy League, *Cowboy* sind die Eliteläden in Dallas, Houston oder Orange County und die National Football League. Kennedy war Yankee, Nixon war Cowboy. Ist ein Lieblingsthema von unserem Freund Matt, er kann dir drei Stunden darüber erzählen.«

»Schöne Geschichte, aber was soll's, ist über vierzig Jahre her.«

»Ja, aber nicht vorbei, denn in acht Jahren Bush …«

Nick winkte genervt ab. »Komm mir jetzt nicht mit Bush als Cowboy. Der Typ hat panische Angst vor Pferden, jeder Eskimo hätte einen besseren Texaner abgegeben als dieser Vollblut-Hippophobiker.«

»Gut, vergiss Junior.« Fuller wiegte beschwichtigend den Kopf. »Aber mit Bush senior hat sich da eine Transformation vollzogen. Von ihrer Herkunft sind die Bushs klassischer Yankee-Adel, aber der alte George Bush hat in Houston Fuß gefasst und sich bei den Cowboys angewanzt. Der hat jahrelang 'ne Doppelrolle gespielt, als CIA-Chef und Vizepräsident. Und das so gut, dass sogar sein intellektuell herausgeforderter Sohn später mit Cowboygeld zwei Mal zum Präsidenten gemacht wurde. Vorbei an Persönlichkeiten wie Gore oder Kerry, die – egal, was man von ihnen hält – fraglos dutzendfach begabter und geeigneter für den Job waren als Dummie Dabbelju.«

»Und?«

»Was, und?«

»Und: Was soll das mit den Sieben und Rickler zu tun haben?«

Fuller schwieg für einen Moment, dann sah er Nick an: »Wer hat in den acht Bush-Jahren am meisten profitiert, welche Branche, welcher Konzern?«

»Häh?«

»Welche Branche? Unter Bush? Die Banken, die Schwerindustrie, Pharma oder Big Oil. Ruf nicht deinen Telefonjoker an, das ist die Fünfzig-Dollar-Frage.«

»Okay. Big Oil.«

»Applaus, *Slumdog.* Und welcher Konzernname ist am engsten mit der Bush-Clique verbunden: Citibank, Pfizer, Halliburton oder General Motors?«

»Halliburton.«

»Richtig! Hundert Dollar. Und woher stammt dieser unter Bush mit gigantischen Profiten erblühte Stern?«

»Aus Texas«, sagte Nick, »aber das ist doch wirklich Schnee von gestern. Die Sieben stammen nicht aus Texas, sondern aus Mexiko, Russland, Kalifornien, Michigan und von der Ostküste.«

»Eben. Sie brechen diese alten Strukturen auf, sie haben ein neues Team gebildet, einen starken Block. Mit dem Cowboy-Spirit, der unter Bush die Oberhand hatte, ist es unter Obama erst mal vorbei, die moderateren, liberalen Yankees haben wieder mehr Gewicht, können wegen der Finanzkrise aber nicht durchstarten. Und jetzt kommen aus heiterem Himmel die Sieben daher, als neuer Mitspieler, und nehmen sie mit ihren Milliarden in den Würgegriff.«

»Das kann den Cowboys doch nur recht sein.«

»Nein. Es bedroht das seit fast hundert Jahren eingespielte System, dass hier nur *zwei* Mannschaften um die Macht kämpfen und sich im Weißen Haus regelmäßig abwechseln. Ein drittes Team, noch dazu ein so unsichtbares und so finanzstarkes wie die Sieben, ist eine Bedrohung für beide.«

»Aber warum informierst du nicht das Weiße Haus, sondern die Klingonen?«

Fuller seufzte. »Die Regierung wird zwar von den Sieben erpresst, hat aber auch gute Gründe zu der Annahme, dass ihre alten Feinde aus der Cowboyfraktion mit dahinterstecken. Das wird sich jetzt ändern, wenn Rickler seine Strippen zieht, um die Regierung zu retten. Yankees und Cowboys sind zumindest in dieser Sache wieder in einem Boot, Obama kann zurückschlagen.«

Fullers Handy klingelte. »Ja, hallo, Matt, wird sind auf dem Weg zu dir ... Was? Das ist ja fantastisch. Okay, wir sind in zwei Stunden da!«

»Jake wird es überleben!«, jubelte Fuller und reckte beide Fäuste. »Matt hat eben mit dem Chefarzt telefoniert, sie haben ihn aus dem Koma zurückgeholt. Der Doc sagt, es sei ein Wunder.«

Nick zog den Mund zu seinem breitesten Grinsen auseinander und wandte sich an den strahlenden Fuller: »Ich sag ja, beten funktioniert … manchmal.«

29

Als sie gegen fünf Uhr auf dem Snake Hill ankamen und das Haus betraten, schüttete Matt Brooks gerade ein Kilo Spaghetti ins Sieb. In der Pfanne brutzelten Speck und Zwiebeln, und während Matt die Soße zubereitete, berichteten Fuller und Nick ihm von Cuttler und den jüngsten Entwicklungen. Matt revanchierte sich mit einer lebhaften Schilderung vom Erstaunen des Chefarztes, mit dem er über Jakes Gesundheitszustand gesprochen hatte. Wenn er nicht in der Literatur historische Beispiele, vor allem aus der Zeit der Weltkriege, gefunden hätte, bei der durch einen ähnlichen Schusskanal verletzte Gehirne ihre Funktionen weitgehend behalten hätten, könne er das bisher nur als »absolutes Wunder« bezeichnen, hätte der Arzt gesagt.

»Matt?«, mampfte Nick, als sie kurz darauf um den Tisch auf der Terrasse saßen. »Max hat mir eben etwas vom Yankee-Cowboy-Krieg erzählt und dass die Sieben eine Gefahr für diese beiden Fraktionen darstellen. Das ist angeblich ein Spezialthema von dir. Mir scheint das aber eher eine alte Klamotte zu sein.«

»Ziemlich alt, da hast du recht«, sagte Matt, »aber als grobes Raster immer noch gut zu gebrauchen. Meistens haben sie ja gar keinen Krieg, sondern eine Koalition, *checks and balances.* Nur wenn irgendetwas schiefgeht, kracht es hinter den Kulissen. Dann wird zum Beispiel ein Nixon wegen einer Lappalie aus dem Amt gemobbt – und Watergate war wirklich lachhaft verglichen mit den Lügen, die sich Bush junior geleistet hat. Aber der Vietnamkrieg, den anfangs beide unterstützt hatten, entwickelte sich zur Katastrophe –

und die Cowboys wollten einfach nicht aufhören, in Asien einen Krieg nach dem anderen zu führen.«

»Ich sag ja, alte Klamotten«, warf Nick ein. Matt spülte einen Bissen mit einem Schluck Wein herunter und wiegte den Kopf.

»Afghanistan und Irak entwickeln sich jetzt zu einem ähnlichen Debakel, die Finanzkrise ist schon eins, die Cowboys haben sich mal wieder verzockt.«

»Und die Yankees zocken nicht?«

»Doch, aber sie konnten lange gut damit leben, dass es in der Zeitung nur einen Wirtschaftsteil gab: Unternehmensnachrichten und die Tabelle mit ein paar Dow-Jones-Kursen. Aber Nixon hat Bretton Woods und die Golddeckung des Dollars abgeschafft. Seither gibt's in der Zeitung nicht nur einen Wirtschafts-, sondern auch einen Finanzteil – Geld, Währungen, Kredite, Derivate werden gehandelt wie Autos oder Rohstoffe. Dann kam Cowboy Reagan, und dessen sogenannte Reagonomics bedeuteten nichts anderes als: Schulden machen ist geil. Der Markt für Finanzprodukte wuchs und wuchs, wurde schnell größer als die gesamte produzierende Wirtschaft. Und versprach Profite, von denen Industrie und Handel nur träumen. Unter Bush junior wurden dann die allerletzten Kontrollen und Regulierungen abgeschafft, und es war nur eine Frage der Zeit, bis das ganze Finanzcasino explodiert. Und der erste Megacrash waren dann auch nicht die Lehman Brothers – klassische deutsch-jüdische Yankee-Banker –, sondern Enron, die texanischen Oberzocker und Supercowboys. Die hatten die neuen Regeln als Erste realisiert und ausgereizt, betrügerische Wirtschaftsprüfer und Ratingagenturen inklusive. Wie auch immer: Max dürfte recht haben, wenn er meint, dass die Sieben eine Gefahr für beide Flügel darstellen.«

Fuller deutete auf den kleinen Fernseher auf dem Sideboard, auf dem ohne Ton CNN lief: »Mach mal laut!«

... haben Kongress und Senat noch für heute Abend einen Sonderausschuss einberufen, der Sofortmaßnahmen gegen die dramatische Entwicklung auf den Währungsmärkten beschließen soll. Wenn der in der vergangenen Woche durch Spekulationsgeschäfte verursachte Kursverfall des Dollars nicht anders gestoppt werden kann, dann, so heißt es hier auf dem Capitol Hill, wird es notfalls auch eine komplette Aussetzung des Handels geben, für eine begrenzte Zeit.

Fuller zog eine Augenbraue hoch. »Das Imperium schlägt schon zurück. Und alle, vom rechten Republikaner bis zum linken Demokraten, sitzen im selben Boot. Wenn es nicht absolut zum Kotzen wäre, wäre es nur faszinierend, wie Rickler die Strippen zieht. Und wie schnell da in ein paar Stunden politische Entscheidungen herbeigeführt werden; genauso schnell sind auch seine Sturmtruppen draußen, wenn jemand im Weg steht oder querschießt. Plopp!« Mit hochgestrecktem Daumen und ausgestrecktem Zeigefinger formte Fuller eine Pistole.

Matt nickte. »Meinst du«, sagte er an Fuller gewandt, »du könntest mich mit deinem Big Boss und Strippenzieher mal bekannt machen? Ich würde gern mal mit ihm sprechen, aus rein akademischem Interesse.«

»Wie stellst du dir das vor, Matt?« Fuller lachte. »Soll ich *Darth Vader* fragen, ob er Professor Brooks, dem Experten für die Kriminalität der Eliten, ein Interview geben würde? Vergiss es.«

»Er wohnt auf einer Insel in den Florida Keys«, sagte Nick, »wenn du mit dem Boot unterwegs bist, solltest du aber nicht zu dicht ranfahren. Das mögen seine Mitbewohner nicht: Mr. Hide, Frankensteins Junior, Hellboy ...«

»Die wird er jetzt verdammt noch mal auf Dillon hetzen«, warf Fuller ein, »und auf Barnes und Bodano. Nick, würdest du noch mal deine Suchtentakel nach Infos über die beiden ausstrecken, ich muss noch ein bisschen texten – und in zwei Stunden Treffpunkt vor der großen Glotze, *60 Minutes …«*

Wie auf Stichwort leuchtete »Ken60« auf dem Display von Fullers Handy.

»Max?« Ken Wilders Stimme klang amtlich. »Hier ist eben ein Fax reingekommen. Von Chuck Cullingham.« Er machte eine kurze Pause, um den Namen des wahrscheinlich bekanntesten Strafverteidigers der USA wirken zu lassen, doch Fuller knurrte bloß ungeduldig: »Ja, und?«

»Er vertritt den gesuchten Charles Dillon und versucht im Namen seines Mandanten die Mordanschuldigungen zu erwidern.«

»Was? Zu erwidern?« Fuller wurde lauter. »Hat das FBI ihn geschnappt, oder hat er sich gestellt?«

»Nein, er hat nur bei seinem Anwalt ausgesagt, ist aber angeblich bereit, sich zu stellen. Er behauptet, den Mord an Cuttler junior und an Layla habe einer seiner Sicherheitsleute, Iwan Wolzog, begangen.«

»So ein Scheiß, Ken, ich war zufällig dabei …«

»Ja«, sagte Wilder und schwieg einen Augenblick. »Dass du dabei warst, sagt er auch – und er sagt, Iwan hätte in deinem Auftrag gehandelt.«

»Was? Spinnst du?«

»Ich gebe nur wieder …«

»Das ist doch völliger Unsinn. Merkt ihr noch irgendwas? Der Typ versucht Zeit zu gewinnen, um sich absetzen zu können.«

»Ja, aber es ist Cunningham, er droht mit siebenstelligen Schadensersatzforderungen. Unser Justiziar ist nervös geworden …«

»Was heißt?«

»… dass er jedes Wort des Beitrags noch mal auf die

Goldwaage legen will – und wir deshalb heute nicht senden.«

Zwei Sekunden war Fuller still. Dann brüllte er: »Verdammt, scheiß auf Cunningham, scheiß auf den Justiziar! Du bist der Chefredakteur, Ken. Und du hattest noch nie in deiner ganzen beschissenen Laufbahn eine bessere Quellenlage und einen solideren Zeugen als bei diesem Bericht: Dein eigener Reporter und Freund kann den Mord bezeugen.«

»Ich weiß, Max, ich habe genauso getobt wie du, als eben der Anruf des Justiziars kam, aber …«

»Kein Aber, Ken. Entweder der Clip über die Morde und die Fahndung nach Dillon läuft heute Abend bei euch, oder du kannst dir den großen Report über den Staatsstreich der Sieben übermorgen auf CNN und Fox ansehen.«

30

Wenn um ihn herum die große Hektik ausbrach, wurde Fuller ruhig. Doch kaum wurde das Fahrwasser ruhiger, war er wieder der nervöse, unruhige Typ. Schon als er vier Jahre alt gewesen war, hatte seine Mutter sich nicht anders zu helfen gewusst, als ihn zu einem Kinderpsychiater zu schleifen: »Der Junge ist so hibbelig, er isst, schaut ein Bilderbuch, spielt dabei Ball und unterhält sich, alles gleichzeitig, das ist doch nicht normal.« Die Grausamkeit, aufgeweckte Kleinkinder wegen »Hyperaktivität« unter Drogen zu setzen, war zu dieser Zeit allerdings noch nicht verbreitet, sodass der kleine Max von Ritalin verschont geblieben war und stattdessen ausgiebig Football hatte spielen dürfen. Die Hyperaktivität indes hatte er beibehalten und war – trotz aller späteren Probleme mit Alkohol- und Drogenräuschen, mit denen er sich immer öfter ausklinkte – froh darum, denn ein Leben ohne den Motor der Ungeduld, den Antrieb der Neugierde, konnte er sich nicht vorstellen.

Als ihn die Psychologin in einer Therapiesitzung nach seinem letzten Entzug fragte, warum das so sei, hatte Fuller spontan geantwortet: »Alle wollen doch immer nur das eine: etwas anderes!«, und ein herzliches Lachen geerntet. Aber dieses Bonmot brachte seine Grundhaltung ziemlich genau auf den Punkt, und diese tief eingeprägte Gewohnheit, die ständige Gier nach Neuem und Unerwartetem, die ewige Lust auf Reize und Herausforderungen – diese konstitutionelle Eigenschaft war es wohl auch, die für das Umschlagen, den Sprung in den entgegengesetzten Zustand verantwortlich war, der beim Hyperaktivisten und Unruheherd Max Fuller immer dann stattfand, wenn es um ihn herum hektisch wurde – oder wie jetzt, zwei Stunden vor der Sendung, sein Beitrag gecancelt wurde. Er wurde beunruhigend ruhig.

Nachdem er das Gespräch mit Ken beendet hatte, sahen ihn Nick und Matt fragend an. Fuller schwieg einen Moment, dann schnaufte er durch die Nasenlöcher einmal entspannt aus.

»Ken will den Clip nicht senden heute Abend. Er hat eine Verfügung von Cunningham auf dem Tisch, Dillons Promianwalt. Der mich bezichtigt, den Auftrag zur Ermordung Laylas gegeben zu haben.«

»Schwachsinn«, sagte Nick.

Fuller nickte. »Aber einschüchternder Schwachsinn, jedenfalls für Kens Justiziar. Der hat nämlich die Hosen voll, aber garantiert nicht mit den Millionen, die der Anwalt als Schadenersatzforderung androht.«

»Heißt?«, sagte Matt.

»Heißt, Dillon hat Zeit, sich gemütlich zu verstecken oder abzusetzen, weil außer ein paar FBI-Nasen niemand nach ihm sucht. Ihr habt gehört, was ich Ken gesagt habe: Wenn er das heute nicht bringt, kriegt er auch die Story über die Sieben nicht.«

Nick verzog das Gesicht. »Aber Fox News?« Er klang nur unwesentlich angewiderter als ein Vegetarier, dem man statt eines Veggieburgers einen Big Mac ins Gesicht geschoben hatte. »Der große, unbestechliche Max Fuller exklusiv im ekligsten Propagandakanal der Nation? Nein, Max, das geht gar nicht.«

»Natürlich nicht Fox«, winkte Fuller ab, »aber um Ken zu kitzeln, musste das schon sein. Nichts fuchst ihn mehr, als dass dieser Drecksladen seit Jahren die Topqouten abräumt. Aber …«, Fuller zögerte einen Moment. »Nick, du kennst doch Chrissie aus der CBS-Doku, die unsere Liste abgearbeitet hat?«

»Ja, wieso?« Nick runzelte die Stirn.

»Könntest du sie auf dem kurzen Dienstweg, quasi privat, bitten, dass sie uns Kopien schickt, von den Fotos und dem Videomaterial, das sie nach unserer Liste über die Sieben zusammengestellt hat?«

»Sonntagabend? Ich weiß nicht, ob die jetzt noch im Büro ist. Falls ja, hat sie ein privates Problem.«

»Versuchs, Nick – wir produzieren selbst, wir haben den Film von Igor, das Interview mit Cuttler, wir brauchen nur noch ein bisschen Footage, fürs Drumherum, deshalb Chrissie. Ansonsten: Scheiß auf die Bilder, *content is king,* und den haben wir, hieb- und stichfest!«

Dem ansteckenden Grinsen Fullers konnte Nick sich nicht entziehen, er nahm sein Telefon und verließ die Terrasse.

»Cunningham. Nicht schlecht beraten, dieser Dillon«, sagte Matt.

»Mag sein. Aber sie sind an den Falschen geraten, der Killer und sein Staranwalt«, sagte Fuller. »Du hast doch sicher einen schicken Anzug im Schrank, Matt?«

Matt kniff die Augen zusammen und sah seinen Freund fragend an.

»Wenn wir morgen selbst produzieren, mit mir quasi als Erzähler, Ausschnitten aus dem Video und dem Interview und ein paar Fotos der Sieben, dann brauche ich dich als Experten und Augenzeugen – Professor Doktor Brooks, mit Anzug und Krawatte, seriös am Kamin mit gewichtigem Bücherregal im Hintergrund. Deine Barbara-Cartland-Sammlung packen wir so lange hinters Sofa.«

Matt lachte. »Kein Problem, Max. Aber gegen Hemdkragen und Krawatten bin ich allergisch. Rollkragenpulli und Sakko müssen reichen.«

»Genehmigt.« Fuller nickte und stand auf. »Ich werde oben noch ’ne Stunde schreiben müssen, und dann wollen wir mal sehen, ob Kennyboy Eier in der Hose hat oder nicht.«

Es war niemand im Wohnzimmer und auf der Terrasse, als Nick wenig später ins Haus zurückkam. Er rief nach den beiden, aber statt einer Antwort knarrte Matt von der Galerie oben die Treppe hinunter, die Hände in den Hosentaschen vergraben. »Schreibt«, sagte er.

»Wie siehst du denn aus?«, staunte Nick.

Matt trug einen grauen Flanellanzug mit schwarzem Rollkragenpullover. Er hatte die wilden Locken seines Haarkranzes und den Bart gebürstet und seine runde Hornbrille auf die Stirn geschoben. Er sah prüfend an sich herunter und strich sich mit beiden Händen imaginäre Fusseln von der Brust. »Ich soll morgen den Professor geben und hab schon mal 'ne Anprobe gemacht. Hab ich ewig nicht angehabt, die Klamotten.« Er blieb vor dem großen Spiegel neben der Eingangstür stehen und betrachtete sich mit gerunzelter Stirn.

»Sieht super aus, Matt«, sagte Nick, »bisschen Einstein, bisschen Karl Marx, bisschen Gandalf …«

»Ich komme mir eher vor wie Groucho Marx«, erwiderte Matt.

»Nein, du siehst klug und vertrauenswürdig aus, wie ein Weiser, nicht wie ein Komiker. Absolut perfekt für eine Expertenrolle im TV.«

Matt lächelte. »Wenn du meinst. Dann kann ich den Fummel ja wieder ausziehen.«

Als sie kurz vor Beginn der *60-Minutes*-Sendung alle drei vor dem großen Fernseher im Wohnzimmer saßen, trug Matt wieder seine Shorts und ein Sweatshirt. Er servierte einen Absinth, und Fuller lehnte sich entspannt im Sessel zurück. Er hatte eine gute Stunde lang geschrieben, konzentriert, ruhig und in jenem rasend schnellen Fluss, der sich bei seiner Arbeit immer wie von selbst einstellte, wenn er eine schlüssige Geschichte zu erzählen hatte. In einem solchen *flow,* einem ebenso mühelosen wie kreativen Prozess, hatte er in seinem letzten High-School-Jahr einen Artikel über seine Erfahrungen mit Alltagsrassismus und ethnischen Witzen geschrieben und »Wir sind alle bimbophil« an den *New Yorker* geschickt. Dass das renommierte Magazin den Artikel nicht nur gedruckt, sondern ihm, dem Autor, dafür sagenhafte 2000 Dollar gezahlt hatte – mit bestenfalls 200 hatte er gerechnet –, hatte seinem damals noch vagen Berufswunsch den entscheidenden Kick verschafft. Doch in diesen *flow* zu kommen, bei dem sich im Gehirn eine Art inneres Gemurmel lautlos zu Worten formte, die sich wie von selbst wie Perlen auf einer Kette auf dem Blatt aneinanderreihten, gelang nur – das hatte Fuller relativ bald bemerkt –, wenn er etwas zu erzählen hatte, etwas, was seinen unruhigen, neugierigen Geist selbst brennend interessierte und am besten so unerhört war, dass nur die kurze Erwähnung bei jedem Zuhörer ein »Wie bitte?« und das Verlangen auslöste, die ganze Geschichte zu hören.

Für eine solche Geschichte hatte er mit 24 den Pulitzerpreis bekommen, und einige hatte man ihn danach noch erzählen lassen, aber dann waren seine ganzen Geschichten immer häufiger zusammengestrichen worden. Nicht weil sie schlecht gewesen wären oder gar langweilig – ihr Neuigkeitsgehalt löste immer noch ein »Wie bitte?« aus –, sondern weil sie regelmäßig die Interessen irgendeines Werbekunden, einer Lobbygruppe, einer Gewerkschaft oder Kirche berührten, denen die Chefredakteure derartig gehorsam vorauseilten, dass Anwaltsschreiben, Verfügungen und Klageandrohungen erst gar nicht nötig wurden.

Fuller aber wollte nur Ross und Reiter nennen, Geschichten schreiben, die mit Fakten hinterlegt jeder gerichtlichen

Überprüfung standhielten; er wollte arbeiten wie ein Journalist und nicht wie eine Unterhaltungshure auf dem Medien- und Meinungsstrich. Er hatte lange für die Erkenntnis gebraucht, dass die Kanäle, die großen Magazine und Sender, für ihn nicht deshalb zunehmend verstopft waren, weil er zu schlecht arbeitete, sondern weil er seine Arbeit noch wirklich ernst nahm. Und er hatte noch viel länger gebraucht, sich damit abzufinden. Und tief im Innersten hatte er das nie getan, sondern Trost gesucht, bei Bruder Alkohol und Schwester Kokain, sich Krücken gebaut, die ihn scheinbar aufrecht hielten. Selbst als er die endlich weggeworfen und wieder gelernt hatte, freihändig zu gehen, hatte er sich verachtet, für die Belanglosigkeiten, die Überflüssigkeiten, den Müll, den er schreibend produzieren musste, um seine Schulden zu zahlen und zu überleben. In den *flow* zu kommen, war in dieser Zeit nahezu unmöglich, weil ihm völlig klar war, dass er nichts zu erzählen hatte und es nur darum ging, ein Nullereignis mit so viel Papiermagie aufzuladen, dass die Leser davon verzaubert waren und den Eindruck bekamen, es habe tatsächlich etwas von Bedeutung stattgefunden.

Auch als er, dank seines ehemaligen Weggefährten Ken Wilder, bei CBS wieder eine Festanstellung bekommen hatte – honorabel und gut bezahlt, aber in der zweiten Reihe –, hatte er nichts geleistet, was seinen Ansprüchen genügt hätte. Bis dieser Anruf von Dayton gekommen war, dem Anwalt des fünften Piloten am 11. September. Dieser scheinbar nicht ernst zu nehmende Anruf, der ihn in die ernsteste und gefährlichste Recherche seines Lebens verstrickt hatte, an deren Ende die aufregendste Geschichte stand, die für einen Journalisten nur vorstellbar war – und die er, um des Lebens seiner Freunde willen, nicht hatte erzählen können.

Aber dieses Mal, dieses Gefühl hatte er während der letzten Stunde gewonnen, als ihm die Worte wie ein Wasserfall in die Tastatur geströmt waren, sodass er mit dem Festhalten, dem Niederschreiben kaum hinterherkam und er seinen schmerzenden Mittelfinger dabei völlig vergessen hatte – dieses Mal würde ihn niemand aufhalten. Er würde den Beitrag selbst produzieren, schnell und schmutzig, mit dem Equipment aus Nicks rollendem Studio, und wenn CNN ihn nicht sofort und ungekürzt annähme, einfach im Internet veröffentlichen. Kein Rickler mit seinen Klingonencowboys, keine Chefredakteure mit ihren Bedenkenträgern, keine Schadenersatzforderungen von Mördern könnten ihn daran hindern, die ganze Geschichte zu erzählen. Niemand. Diesmal nicht.

Nachdem dieser Gedanke klar und unverrückbar zum Entschluss gereift war, hatte der *flow* eingesetzt und Fuller innerhalb einer Stunde den kompletten Ablauf und alle Moderationstexte einer Sendung geschrieben, an denen drei Redakteure üblicherweise mindestens einen halben Vormittag basteln. Und er hatte sich gut dabei gefühlt. Und danach Liz angerufen und ihr das Neueste mit der Begeisterung eines Fünfjährigen erzählt, der beim Dosenwerfen gerade eine große Batmanpuppe gewonnen hat. Und jetzt, als er sich vorbeugte und seinem Freund Matt Brooks mit einem Absinth zuprostete, fühlte er sich so blendend wie seit langer Zeit nicht mehr.

»Wie stehen die Wetten, Freunde?«, fragte Fuller. »Gibt's bei CBS noch Restbestände von echtem Journalismus, finden sich in der Hose von Ken Wilder noch Restbestände von Testikeln?«

»Was wettest du?«, fragte Nick.

»Keine Spur. Er kneift, er lässt sich von dieser Großwindmaschine Cunningham verarschen. Und mittlerweile ist mir das sogar sehr recht. Wir machen das selbst und übers Netz.«

»Ich halte dagegen«, sagte Matt.

Fuller sah ihn überrascht an.

»Dein Freund Ken«, sagte Matt, »kann rechnen. Der Scoop über die Sieben ist mehr wert als das Risiko einer Klage eines vom FBI gesuchten Killers, selbst wenn er einen teuren Anwalt hat.«

»Schließe mich an.« Nick blies ein Wolke Hanfrauch aus. »Mit dem Zusatz, dass sie auch die Cunningham-Drohung zur Nachricht machen. Der Typ ist bekloppt, perfekt für Publicity.«

»Zwei Flaschen Absinth«, sagte Fuller.

Der Trailer lief, die Kamera zoomte von der Studiototalen auf den Moderator.

»Guten Abend, meine Damen und Herren, willkommen bei *60 Minutes.* Bevor wir zu den Themen des Tages kommen, eine Sondermeldung der Nachrichtenredaktion. Patricia, bitte.«

»Sie bringen es!«, rief Nick triumphierend.

Matt nickte, und Fuller knurrte ein murrendes »Hmmhmm«.

31

Ein Sonderkommando des FBI hat heute im Auftrag des Generalstaatsanwalts die Geschäftsräume der Bodano Waste Management (BWM) in New York und Miami durchsucht und den Besitzer John Bodano in seiner Ferienvilla in Punta Gorda, Florida, verhaftet. Vorausgegangen war eine Anzeige wegen Falschdeklaration und illegaler Deponierung radioaktiver Abfälle. BWM wird vorgeworfen, nuklearen Müll ohne die vorgeschriebenen Schutzmaßnahmen in internationalen Gewässern entsorgt zu haben. Umweltschützer und Menschenrechtsgruppen hatten seit Jahren auf diese Praxis verwiesen und BWM bezichtigt, den fehlenden Küstenschutz nach dem Zusammenbruch der öffentlichen Ordnung in Somalia genutzt zu haben, um in somalischen Gewässern Nuklearmaterial und anderen Sondermüll zu versenken.

Die Staatsanwaltschaft betont, dass sie erst seit heute aussagekräftige Beweise und Zeugenaussagen für die illegalen BWM-Praktiken in der Hand habe und umgehend aktiv geworden sei. BWM ist nicht nur einer der größten Entsorgungsbetriebe des Landes, sondern als Spezialist für Sondermüll auch Vertragsunternehmen des Pentagon. Wo immer auf der Welt der teilweise radioaktive Giftmüll des US-Militärs zu entsorgen ist, sind BWM-Fachleute dafür zuständig. Das Unternehmen hat sich zu den aktuellen Vorwürfen noch nicht geäußert. Die Anwälte John Bodanos haben unterdessen die sofortige Haftentlassung ihres Klienten beantragt …

»Rickler!«, hatte Fuller dazwischengerufen, kaum dass der Name Bodano gefallen war, und es war nicht auszumachen, ob in diesem Ausruf mehr Verachtung oder mehr Bewunderung lag. »*Erst seit heute aussagekräftige Beweise* … Ja, klar – eine Stunde, nachdem Rickler die Infos von uns hatte.«

Nick saß für einen Moment mit offenem Mund da, dann sagte er nur: »Hammer. Somalia. Supersau.«

Matt Brooks nickte stumm und lächelnd und sah auch ohne sein Professorenkostüm aus wie ein wissender und nachsichtiger Weiser.

Aber bevor einer der Männer einen weiteren Kommentar abgeben konnte, war der kurze Beitrag zu Ende und der Moderator wieder bildfüllend an der Reihe.

So weit diese aktuelle Nachricht, die uns in den kommenden Tagen weiter beschäftigen wird. Zumal der folgende Exklusivbericht damit in einem Zusammenhang stehen könnte. Unser Investigativreporter Max Fuller …

»Maaax!«, johlte Nick, und Matt ergänzte ganz gelassen: »Zwei Flaschen La Valote, 72 Prozent.«

… berichtet von einer bemerkenswerten Form von illegaler Kartellbildung, bei der John Bodano und weitere Multimilliardäre eine unrühmliche, wenn nicht kriminelle Rolle spielen. Darunter auch der Unternehmer Robert Cuttler, dessen Sohn David sowie Davids Freundin Layla ermordet wurden – nach dem derzeitigen Stand der Ermittlungen vom Sicherheitschef Cuttlers, Charles M. Dillon. Max Fuller wurde bei den Recherchen zu diesem Fall gefoltert, einer seiner Mitarbeiter von Dillon lebensgefährlich verletzt. Das FBI hat eine

internationale Fahndung nach Dillon und seinen Mittätern, zwei Weißrussen, ausgeschrieben. Sehen Sie dazu unseren Special Report. Bleiben Sie dran.

Die Fahndungsfotos von Dillon, Igor und Iwan blieben noch einen Moment auf dem Schirm – »gesucht wegen Mordes« –, dann flatterten Buchstaben und Logos auseinander und wieder zusammen und schufen so einen nahtlosen Übergang – in die Werbeunterbrechung.

Fuller empfand weder Befriedigung noch Triumph. Dass man seinen Forderungen nachgegeben hatte, dass er zur *prime time* wieder auf Sendung war, und das mit einer Enthüllung, die Geschichte machen würde – all das schien ihm in diesem Augenblick völlig normal, selbstverständlich, nichts anderes als sein Job, der Job jedes Journalisten, der diese Berufsbezeichnung verdiente. Und dass sich kein großer Sender und keine Zeitung, die noch einen Rest Format bewahrt hatten, eine Enthüllungsreportage über einen versuchten Staatsstreich, einen plutokratischen Putsch entgehen ließ – auch das verstand sich von selbst. So zumindest schien es ihm in diesem Augenblick, für Sekunden, bis die Freude über den errungenen Erfolg von Nachgedanken überlagert wurde, denen Fullers unruhiger Geist sich nicht entziehen konnte und die nur mit einem Namen verbunden waren: Rickler.

»Er führt Dossiers über Freunde und Feinde, er sammelt Material, mit dem sie erpressbar sind, und wenn einer aus der Reihe tanzt, liegen eine Stunde später Beweise auf dem Tisch des Generalstaatsanwalts und – ratzfatz … einfach irre.« Fuller sprach laut mit sich selbst und schüttelte entgeistert den Kopf.

»Du meinst, er lässt die glorreichen Sieben jetzt einfach einen nach dem anderen hochgehen?«, fragte Nick.

»Keine Ahnung.« Fuller zuckte die Achseln. Zwischen

seine Schulterblätter schien irgendwer ein sehr kaltes Kissen gelegt zu haben, und das Ding tropfte nach unten.

Matt winkte entspannt ab. »Spätestens seit Edgar J. Hoover selig gehört das doch zum Tagesgeschäft. Der hatte Spitzeldossiers über jeden Funktionsträger oberhalb vom einfachen Postboten. Nichtwissen ist Ohnmacht, Wissen ist Macht, und wer an der Macht bleiben will, muss viel wissen. Vor allem über andere Mächtige und über Dinge, die man eigentlich nicht wissen darf …« Matt unterbrach sich selbst und deutete auf den Bildschirm.

Das Nachrichtenlogo rauschte zurück auf den Schirm und machte wieder Platz für den Moderatorenkopf.

Vor einem Monat wurde David Cuttler, der Sohn des Milliardärs Robert Cuttler, mit einen Kopfschuss ermordet, seither fahnden die Behörden nach dem Täter. Vor einigen Tagen wurde Layla Winfield, die mit David Cuttler in einer Kommune in Südkalifornien lebte, ebenfalls ermordet aufgefunden. Cuttler und Winfield waren Initiatoren des Projekts ZERO, eines Alternativgeldes, das mittlerweile eine halbe Million Internetuser als virtuelles Zahlungsmittel verwenden. Mit internationalem Haftbefehl gesucht werden mittlerweile drei Männer, der ehemalige Sicherheitschef und Berater von Robert Cuttler, Charles M. Dillon, sowie zwei seiner Angestellten, Iwan Wolzog und Igor Sebotkinow. Für Hinweise, die zu ihrer Ergreifung führen, hat der Vater des Ermordeten eine Prämie von 500 000 Dollar ausgesetzt.

Unser Investigativreporter Max Fuller, der den Fall recherchierte, hat die Behörden nicht nur auf die Spur der Täter gebracht, sondern auch die Hintergründe und Motive enthüllt, die zu diesen kaltblütigen Morden führten. In einer Sondersendung wird 60 Minutes *über-*

morgen darüber berichten. Max Fuller ist uns jetzt im Studio in San Francisco zugeschaltet. Worum geht es bei diesem Fall, Max?

»Warum müssen die Ärsche mit ihrem ›zugeschaltet‹ immer so tun, als sei's live?«, murmelte Fuller, um sich dann die Aufnahme vom Vormittag ein weiteres Mal anzusehen.

Dann zeigte das Bild wieder den Moderator, neben ihm stand ein weiterer Mann, mit kurz geschnittenem, graumeliertem Haar, dunkelblauem Anzug und roter Krawatte.

»Ken!«, rief Fuller. »Lässt er sich natürlich nicht nehmen, die alte Rampensau.«

Im Studio begrüße ich Kenneth Wilder, unseren Chefredakteur. Das scheint ja ein ziemlich dickes Ding zu sein, Ken, das Max da ausgegraben hat. Kannst du mir und den Zuschauern schon etwas mehr darüber verraten? Nein, nicht wirklich – die Ermittlungen laufen noch, wie man so schön sagt –, aber ich kann schon ein paar der Namen nennen, die in dieses Milliardärskomplott verwickelt sind. Einer von ihnen ist John Bodano, über dessen Verhaftung in anderer Sache wir ja eben berichtet haben. Ein weiterer ist Wendell Barnes, außerdem der Telekommilliardär Hector Barrita. Und wie es mein Freund Max Fuller eben gesagt hat: Die Behörden sind informiert, diverse Fahndungen laufen. Von dem gesuchten Charles Dillon, vertreten durch den Anwalt Chuck Cunningham, haben wir im Übrigen heute eine Klageandrohung erhalten, für den Fall dass wir den eben gesendeten Fahndungsaufruf ausstrahlen. Dazu kann ich nur sagen: Go ahead. Make my day.

Fuller lachte laut auf, denn Ken hatte den Dirty-Harry-Tonfall wirklich perfekt getroffen.

Verklagen Sie uns, Mr. Cunningham! Aber schauen Sie sich vorher unsere Sondersendung am kommenden Mittwoch an.

Der Moderator nickte seinem Boss anerkennend zu.

Danke, Ken.

Hinter ihm flatterten die Fotos von Dillon und seinen Weißrussen ins Bild.

Hier noch einmal die Fahndungsfotos. Wenn Ihnen einer der Verdächtigen auffällt, melden Sie es umgehend der nächsten Polizeidienststelle. Mehr über diesen Beitrag finden Sie wie immer auf unserer Website. Und nun zu den weiteren Themen des Tages …

»Ich würde meine zwei Flaschen Absinth, mit Zusatzzahl Cunningham, auch gegen 'ne Unze White Widow tauschen, Max«, grinste Nick, nahm die Fernbedienung und schaltete den Ton aus. »Ich finde, du kannst ruhig ein bisschen bluten, wo jetzt die heiße Luft vom Chefredakteur seinem Freund Max Fuller on air nur so reinströmt.«

»Wenn einer aufs Trittbrett darf, dann Ken …«, bellte Fuller, und Nick hob beschwichtigend die Hände.

»Okay, okay, Meister. Wollte ja nur über die verlorene Wette hinwegtrösten«, lächelte er.

»Passt schon«, sagte Fuller, »*60 Minutes* spendiert uns 'ne ganze Badewanne Dom Perignon für die Quoten am Mittwoch.«

»Das Kopfgeld, das Cuttler auf Dillon ausgesetzt hat, ist auch nicht schlecht«, sagte Nick.

Fuller nickte. »Der Alte scheint zu wissen, was auf ihn zukommt, wenn unser Interview ausgestrahlt wird.« Er nahm sein Handy und stand auf. »Ich geh mal Ruhepuls fühlen.« Auf der Terrasse wählte er Ricklers Nummer.

»Ja.«

»Gute Arbeit, Rickler. Bodano dürfte aus dem Spiel sein.«

»Vorübergehend. Das muss genügen. Sie waren aber auch nicht schlecht, eben. Lang lebe die Heimat der Tapferen und der Freien, große Show. Kommt immer sehr gut bei den Massen, dieser Patridiotismus.«

Rickler schwieg, und Fuller lachte ausdrücklich nicht. »Was ist mit Barnes?«

»Schwierig.«

»Weil?«

»Weil Barnes aalglatt ist. Aber wir finden was.«

»Informationen, die ich für die Sendung brauchen kann?«

»Falls uns Öffentlichkeit in dem Fall nützt, kriegen Sie was. Andernfalls lösen wir das Problem wie sonst auch, stillschweigend. Aber machen Sie weiter so, Max. Wir sind sehr zufrieden, und Sie sind Ihr Geld zum ersten Mal wirklich wert.«

Ehe Fuller etwas erwidern konnte, hatte Rickler aufgelegt.

»Und?«, fragte Nick, als Fuller ins Wohnzimmer zurückkam. »Was sagt Der, Dessen Namen Man Nur Kotzt?«

»Weitermachen. Sie sind Ihr Geld zum ersten Mal wert«, brummte Fuller im Rickler-Ton.

»Oh, Mann«, stöhnte Nick.

»Zu Barnes hat er nichts, was uns weiterhelfen könnte«, sagte Fuller und setzte sich wieder in den Sessel. »Und zu Bodano habe ich ihm gratuliert.«

»Und?«

»Nichts und. Er ist zufrieden, offensichtlich. Es wird so gelaufen sein, wie wir vermuten. Bodano ist dick im Geschäft mit dem Pentagon, ist von Rumsfeld mit Lametta behängt worden …«

»Gold Medal of Honour, der höchste Orden für zivile Weicheier«, warf Nick ein.

»... und stand auf der Watchlist von Rickler. Nicht wegen des Scheißordens, sondern wegen der Millionen, die Bodano sich aus dem Fleischtopf von Army, Navy und Air Force angelt. Die Somalia-Kiste ist garantiert schon ewig bekannt, die CIA und deren freischaffende Freunde kriegen so was schnell mit. Die halten das unter der Decke, nationale Interessen sind berührt, kein Problem, aber es ist eben aktenkundig – und Rickler hat in fünf Minuten alles Vertrauliche auf dem Schirm, wenn einer aus der Reihe tanzt.«

»Eine Megasauerei, das mit Somalia«, sagte Nick. »Den Zusammenbruch eines der ärmsten Länder der Erde auszunutzen und vor ihrer Küste unseren Atommüll abzukippen. Schon dafür gehört die Drecksau lebenslänglich in den Knast.«

»Ich wusste nicht, dass Bodano dahintersteckt«, sagte Matt, »aber strategisch passt das natürlich ins Cowboy-Konzept.«

Fuller und Nick sahen ihn fragend an.

»Was war die Folge der illegalen Deponie, die dort im Meer vor Somalia eingerichtet wurde? Die Fischer versuchten sich zu wehren und die Schiffe zu vertreiben. Als ihnen das nicht gelang, holten sie sich ein paar bewaffnete Milizionäre mit an Bord, die die Schiffe kaperten. Die ersten Opfer von somalischen Piraten waren keine Schiffe mit wertvoller Fracht, sondern illegale Mülltransporte. Und die Transporte hörten auch nicht auf, nachdem sie die ersten Schiffe gekapert hatten, sondern sie wurden ihnen gegen ein Lösegeld wieder abgekauft. So kamen die Milizionäre der verschiedenen Clans, die das Land beherrschen, überhaupt auf den Trichter, dass sich mit Piraterie richtig Geld verdienen lässt. Und Bodanos Freunde im Pentagon ließen ihn weiter seinen Giftmüll dort verklappen, weil so ein Piratenzirkus ins

Konzept passte – und natürlich die verschärfte Präsenz von US- und Nato-Kräften im Persischen Golf rechtfertigt.«

»Professor«, sagte Fuller. »Merk dir deinen Text. Denn das erzählst du bitte genau so in der Sendung.«

Die Eröffnungsakkorde von »Little Wing« signalisierten einen Anruf auf Fullers iPhone. Er nahm es aus der Hosentasche und zögerte einen Moment, denn die angezeigte Nummer kannte er nicht. Dann nahm er ab.

»Ja.«

»Spreche ich mit Max Fuller?«, fragte ihn eine Frauenstimme, die nicht nach Telefonmarketing klang, sondern entfernt nach Taiga.

»Ja. Und mit wem spreche ich?«

»Parvati Barrita. Dr. Cuttler hat mir Ihre Nummer gegeben. Ich ...«

»Wie geht es Ihrem Mann?«, unterbrach sie Fuller.

»Danke, es geht ihm besser, er ist über den Berg, sagen die Ärzte.«

»Was haben Sie ihm ins Essen geschüttet, oder in den Wein, wenn ich fragen darf?«

»Bitte?«

»Mit welchem Gift haben Sie ihn außer Gefecht gesetzt, damit Barnes und Bodano das Ding durchziehen können?«

Für einen Augenblick schwieg Parvati Barrita, und danach klang sie, als setzte sie das Telefonat aus einem Eisfach fort. »Ich habe meinen Mann nicht vergiftet, Mr. Fuller. Und wegen Wendell Barnes wollte ich mit Ihnen sprechen. Robert Cuttler hat mir von dem Foto erzählt, in dessen Besitz Sie sind und das mich mit Barnes und Dillon zeigt. Ich möchte Sie dringend bitten, diese Aufnahme nicht zu veröffentlichen.«

»Nachvollziehbar. Nur kann ich Ihnen den Gefallen leider nicht tun, sorry. Nicht nur Dillon, auch Ihr Freund Barnes und Sie sind eindeutig Personen des öffentlichen Lebens, freundlicher formuliert: gefährliche Kriminelle, also vergessen Sie Ihr Recht aufs Privatbild.«

»Darum geht es nicht, Mr. Fuller. Es geht um Wichtigeres. Das habe ich gerade auch Ihrer Freundin Liz erklärt, es ist eine längere Geschichte …«

Je mehr Hektik sich ringsherum verbreitete, desto ruhiger wurde Fuller normalerweise. Aber auf eine urplötzlich hereinbrechende Katastrophe reagierte er wie jeder andere Mensch, mit einem Schock.

32

Die erste Reaktion des Körpers auf einen Schock ist ein Abfall des Blutdrucks. Dieser löst einen Alarm im Kreislaufsystem aus, der zu einer erhöhten Ausschüttung von Adrenalin und Noradrenalin führt. Diese Stoffe erhöhen die Herzfrequenz und verengen die Arterien, wodurch der Kreislauf aufrechterhalten und das Blut zum Gehirn und zu den zentralen Organen befördert wird. An Max Fuller waren diese Reaktionen wie in einem Lehrfilm abzulesen: Sein Gesicht wurde zuerst blass, seine Züge erstarrten für den Bruchteil einer Sekunde, um dann von einem offenbar sehr effektiven Adrenalinsystem mit so viel Blut versorgt zu werden, dass es rot anlief.

Als Parvati Barrita mit ihrer sanften, dunklen Stimme, der man die russische Herkunft nur noch dezent anhörte, wie beiläufig den Namen »Liz« erwähnte, lief in seinem Kopf nach einer Nanosekunde des Erschreckens ein Horrorfilm ab.

Sie hatten Liz, und Dillon würde sie foltern.

»Wenn Sie Liz auch nur ein Haar krümmen, dann …«, brüllte er, als nach einer Sekunde sein System ausreichend mit Adrenalin überschwemmt war.

»Beruhigen Sie sich, Max, Ihrer Freundin wird nichts geschehen. Ich komme gerade aus ihrer Wohnung, wir haben zusammen Tee getrunken und …«

»Sie haben was? Mit Liz Tee getrunken? Was erzählen Sie mir hier?«

»Wir haben Tee getrunken und uns Ihre Sendung angesehen. Bevor ich mit Ihnen spreche, wollte ich Liz meine Geschichte erzählen, von Frau zu Frau.«

In diesem Moment vibrierte das Telefon in Fullers Hand und signalisierte einen weiteren Anruf – Liz.

»Augenblick mal«, sagte Fuller, drückte Barrita auf Halten und nahm Liz' Anruf entgegen. »Hey. Alles in Ordnung?« Fullers Herz klopfte noch immer.

»Ja, mein Schatz, ich hatte Besuch von …«

»Ich weiß, sie hat mich auch gerade angerufen und mir einen Wahnsinnsschreck eingejagt. Ich dachte, sie und Dillon hätten dich kassiert.«

Liz lachte: »Nein, Max, es ist alles in Ordnung. Parvati hat mich vor einer Stunde angerufen und gefragt, ob ich mich mit ihr im Park Avenue Café um die Ecke treffen könnte. Sie hätte eine dringende Bitte, die mit ihrem Mann und Cuttler zu tun habe, und wolle mit mir reden. Ich wollte aber die Sendung sehen und hatte sowieso gerade Tee gemacht, also habe ich sie gebeten, vorbeizukommen.«

»Woher hat sie deine Nummer, woher weiß sie, dass wir befreundet sind, wie kommt sie so schnell nach New York?«

»Mit ihrem Learjet heute Nachmittag aus Florida. Ihr Mann ist über den Berg, deshalb ist sie gleich aufgebrochen, um das … Problem mit mir zu besprechen.«

»Sie hat ihren Mann vergiftet, Liz. Sie hat ihn im Auftrag von Barnes außer Gefecht gesetzt.«

»Nein, Max, Barrita hat am Freitag ein Heim für Demenzkranke in New Mexico eröffnet, und beim Buffet war die Mayonnaise schlecht. Am nächsten Morgen hatten 25 Besucher eine Lebensmittelvergiftung.«

Fuller schwieg für einen Moment. »Warum wendet sie sich an dich und nicht an mich?«

»Sie sagt, sie hat die Erfahrung gemacht, dass sie über die Frauen mehr erreicht.«

»Und warum will sie das Foto, das sie mit Barnes und Dillon zeigt, verschwinden lassen?«

»Weil sie ihre Ehe nicht gefährden will.«

»Aber notfalls das Leben ihres Mannes?«

»Die Mayonnaise hat sie nicht verbrochen. Max, sie sagt … Barnes hat ihr vor zehn Jahren sehr geholfen, als sie als mittellose Tänzerin aus Russland in Vegas ankam. Er hat sie gefördert, wie ein echter Mäzen, und nichts weiter dafür verlangt, als dass sie manchmal für ihn und seine Geschäftsfreunde tanzt. Nachdem seine Frau ihn verlassen hatte, wollte er mehr. Sie hat anfangs mitgespielt, aber dann fand sie es entwürdigend, für sich und für ihn, deshalb hat sie ihn verlassen und nie mehr gesehen und gesprochen. Bis auf ein Mal, an dem Tag, an dem die Fotos gemacht wurden. Barnes hatte sie zu seinem 70. Geburtstag eingeladen, und aus Dankbarkeit und alter Verbundenheit ist sie hingegangen – ohne ihrem Mann davon zu erzählen, der nichts von ihrer früheren Beziehung mit seinem Geschäftsfreund Barnes weiß.«

»Na, herrlich. Und um den guten alten Hector nicht aufzuregen, sollen wir die Sache jetzt vertuschen. Das könnte Madame Parvati so passen.«

»Ich glaube, ich mag sie«, sagte Liz. »Kluge Frau. Mit viel Herz. Und hübsch – eine seltene Kombination. Sie ist echt, und ihre Geschichte ist wahr. Sie sagt, ihre Vergangenheit mit Barnes tue nichts zur Sache und solle deshalb unter uns bleiben. Sie sagt, dass sie nichts von Barritas Aktivitäten mit den Sieben gewusst habe, weil sie mit der Stiftungsarbeit voll beschäftigt gewesen sei. Sie sagt, dass sie Hector nahezu 100 Prozent umgedreht habe und dass schon jetzt die Hälfte seines Vermögens in wohltätigen Stiftungen angelegt sei. Und dass er ihr versprochen habe, die andere Hälfte folgen zu lassen, sobald sie ihm seinen letzten Wunsch erfüllt habe.«

»Und der wäre?«

»Er wünscht sich einen Herzinfarkt beim Ficken.«

Liz kicherte, und Fuller war für einen Moment sprachlos.

Auch wenn der Schock aus seinen Gliedern gewichen war und sein Kreislauf sich normalisiert hatte, stand Liz' Heiterkeit in denkbar starkem Kontrast zu seinem Gefühl, gerade selbst dem Herztod entgangen zu sein, und zwar am Telefon, nicht im Bett.

»Was, Max?«, fragte Liz. »Ist doch ein schöner Abgang für ältere Herren, oder?«

Fullers Schlagfertigkeit war noch nicht zurückgekehrt. »Ich fühle mich nicht angesprochen, wenn du das meinst.«

Liz lachte: »Wo denkst du hin. Aber das Foto, das brauchst du doch wirklich nicht für deine Geschichte, oder?«

»Hat dich ganz ja schön eingewickelt, die Braut.«

»Nein. Sie ist in Ordnung, Max. Da bin ich mir zu 99,75 Prozent sicher. Ist das Foto wichtig oder nicht?«

Fuller mochte es nicht, wenn man ihm etwas aufschwatzen oder andienen wollte, aber noch weniger mochte er, wenn man ihm etwas ausreden wollte, was er sich vorgenommen hatte. Und das Foto von Barnes und Mrs. Barrita hatte er sich vorgenommen für die Sendung. Aber die Erleichterung darüber, dass Liz nichts zugestoßen war, und der Wunsch, seinem blonden Engel jeden Dienst zu erweisen, waren stärker als der deutsch-irische Sturkopf, den er von seinen Vorfahren geerbt hatte. Und so wurde er ohne lange Diskussion weich und seufzte: »Nein, nachdem wir Cuttlers Aussage haben, ist es eigentlich nicht mehr so wichtig. Ich überleg's mir. Und rede noch mal mit der Dame.«

»Tu das, Max, und übrigens: Herzlichen Glückwunsch!«

»Wozu?«

»Zum Wiedergeburtstag. Max Fuller, der ›Mozart der Investigativrecherche‹, ist wieder da. Zur besten Sendezeit, im besten Programm und mit einer weltbewegenden Story. Ich bin stolz, dass ich so einen tollen Mann kenne und dass er mich mag.«

Hätte man ganz genau hingesehen, wäre einem auch jetzt

eine Farbänderung in Fullers Gesicht aufgefallen. Auch wenn er das peinliche Rotwerden, das ihn früher nicht nur bei überraschenden Tadeln, sondern auch bei besonderem Lob heimsuchte, als Erwachsener gut zu kontrollieren gelernt hatte, völlig unterdrücken konnte er es nicht. Und so sorgte das große Kompliment aus dem Mund seiner Gefährtin für einen kaum wahrnehmbaren Anflug von stärkerer Durchblutung des Fuller'schen Schädels und ein verschämtes Murmeln. »Mögen ist gewaltig untertrieben, Liz.«

Dann, nach einem Moment des Schweigens, setzte er hinzu: »Aber selbst wenn Barrita eine nette Frau hat: Er ist und bleibt ein verdammter Gauner, und ich wünsche dem alten Sack einen Tod im Knast, statt zwischen den Schenkeln seiner Russentussi.«

33

Parvati war nicht mehr in der Leitung gewesen, als Fuller das Gespräch mit Liz beendet hatte, aber sie hatte eine SMS geschickt, eine Bitte um Fortsetzung des Gesprächs. Fuller steckte das iPhone in die Tasche.

»Habt ihr das mitgekriegt? Falls mal einer dringend 'ne Adrenalinkeule braucht, wendet euch an die Frau.«

»Liz?«

»Quatsch, Parvati.« Er zündete sich eine Zigarette an und berichtete seinen Freunden von den beiden Telefonaten. »Liz ist völlig überzeugt von ihrer Story, aber ich frage mich immer noch, wie Parvati überhaupt auf Liz kommt, es stand nirgendwo in der Zeitung, dass wir befreundet sind, und wir haben keinen Facebook-Account, meines Wissens.«

»Cuttler«, sagte Nick, »der hat ihr doch auch deine Nummer gegeben.«

»Aber ich hab ihm kein Wort von Liz erzählt …«

»Dafür hast du ein Interview von ihm verlangt, am Tag, bevor Dillon dich gekrallt hat.«

»Ja, und?«

»Ja, und. Du hast deinen Namen genannt, und Cuttlers Security-*Honcho* hat kurz mal gecheckt, was für ein Vogel das ist, der da den Sieben auf der Spur zu sein scheint – und seinem Chef ein kleines Dossier reingereicht. Hey, du warst monatelang mit Liz unterwegs, hast Flüge mit ihr gebucht, Schiffspassagen, Hotelzimmer, du hast ein Penthouse schräg gegenüber ihrer Wohnung gekauft – das hinterlässt Spuren, man muss nicht Stephen Hawking sein, um sich darauf einen Reim zu machen.«

»Mag sein«, antwortete Fuller, »trotzdem merkwürdig …«

»Ist jedenfalls eine durchaus smarte Strategie, über die Frauen der Entscheidungsträger zu gehen«, warf Matt ein, »wenn Mutti zu Hause etwas gut findet, ist das mehr als die halbe Miete.«

»Du meinst, jemand hätte nur Betty und Laura Bush beim Barbecue vorschlagen sollen: *Hey, bombardiert doch mal den Iran,* und ihre beiden Georges hätten losgelegt?«, fragte Nick.

Matt lachte: »Garantiert. Aber ohne Scheiß: Wir wissen aus den Zeugenschutzprogrammen und den Aussagen hoher Mafiabosse, welch wichtige Rolle die Frauen bei ihren Entscheidungsfindungen indirekt spielen. Je höher ein Elitekrimineller in der Hierarchie steht, desto weniger wirkliche Vertraute und Freunde hat er, und die Frau oder die Geliebte ist oft ihr einziger Ankerpunkt. Nicht als Mitwisserinnen – meist ahnen sie etwas, aber kennen keine Details –, aber als Hafen, in dem sie sich sicher fühlen. Und wenn von da ein bestimmter Wind weht, spielt das für die künftigen Ausfahrten der Helden eine wichtige Rolle.«

»Du meinst, Parvati kann uns auch noch so einiges über Hector Barrita erzählen?«, fragte Nick.

Matt zuckte die Achseln: »Wenn es stimmt, dass Barrita schon über die Hälfte seines Vermögens an Stiftungen übergeben hat, war sie ja wohl schon ziemlich erfolgreich.«

»Gut«, sagte Fuller. »Dann frage ich Madame morgen mal, was es mit den Bürgschaften ihrer Stiftungen auf sich hat, und überrede sie zu einer Stellungnahme in der Sendung. Mal sehn, wo dann der Wind herweht bei unserer smarten Mafiabraut. Aber jetzt …« Er gähnte und sah auf die Uhr. »Feierabend.«

»Schreib ihr noch ’ne SMS, dass du morgen anrufst«, sagte Nick.

Fuller war aufgestanden und verzog desinteressiert die Mundwinkel.

»Max, die Frau kann uns nur nützen, nicht schaden. Diplomatie. Wenn du dir zu fein bist, gib mir ihre Nummer, dann mach ich es, als dein Sekretariat.«

Fuller sah Matt an, der zustimmend nickte. Kopfschüttelnd reichte er Nick sein Handy.

»Vorletzte Nummer«, sagte er, »schreib: *Melde mich morgen früh, LG MF.* – Kein Wort mehr, Herr Sekretär.«

Nick grinste und tippte dann auf der virtuellen Minitastatur fast schon genauso schnell wie auf einem Keyboard.

Obwohl sein Körper nach 16 Stunden auf den Beinen erschöpft war, stand Fullers Geist dem Einschlafen noch eine ganze Weile hartnäckig im Wege. Er dachte über die Schrecksekunde nach, die ihm Parvatis Erwähnung von Liz beschert hatte und deren Heftigkeit ihn daran erinnerte, wie sehr ihm Liz ans Herz gewachsen war. Im Herz, in der Brust, hatte er den Schrecken zuerst gespürt. Aber anders als bei seinen trübsinnigen Gedanken vor ihrem letzten Streit auf Grand Cayman, als er der Verbundenheit, die er spürte, keine Chance geben wollte, stiegen in ihm jetzt, wo er an seinen kurz verloren geglaubten Schatz dachte, Gefühle der Freude und des Glücks auf. Er fühlte sich nicht mehr wie ein nutzloser, verknallter alter Sack, der das Beste längst hinter sich hatte und einer kraftvollen jungen Frau wie Liz nur hinterherhecheln konnte; er fühlte sich auch nicht mehr als korrupter Verräter und krimineller Komplize, weil er das Geld Ricklers angenommen hatte, das Geld der Schattenregierung. Er hatte wieder eine Arbeit, die ihn erfüllte, von Herz bis Hirn, die sinnvoll war, richtig und wichtig und gut.

Und er hatte ein sehr konkretes Ziel: den Killer Dillon und dessen Auftraggeber hinter Gitter zu bringen, die Leute, die Jake zum Krüppel gemacht und Layla und David ermordet hatten. Morgen früh würde er zuerst Ken und Cuttler anrufen und dann mit Parvati sprechen. Dann müsste man jemanden auf das FBI ansetzen, um herauszubekommen, auf welchem Weg Barnes, Bodano oder wer auch immer erreicht hatte, dass die Ermittlungen zum Mord an David Cuttler derart ins Leere gelaufen waren. Ken würde eine Stellungnahme des Weißen Hauses zu den Geheimverhandlungen mit den Anwälten der Sieben einfordern. Und einen Reporter zu Bodano und seinem Anwalt schicken. Aufnahmen von der ZERO-Kommune fehlten auch noch …

Erst mehr als eine Stunde, nachdem sich Fuller hingelegt hatte, fand auch der Zentralrechner seines Gehirns, dass es langsam an der Zeit sei herunterzufahren, die Schleusen der Zirbeldrüse zu öffnen und sich mittels einer Melatoninüberschwemmung in den Schlafmodus zu begeben.

34

»Max, Vorsicht!«, rief Nick, duckte sich in den Sitz und hielt sich die rechte Hand über den Kopf. Auf dem Dach hatte es zu prasseln begonnen, als wären sie aus heiterem Himmel in einen Schauer mindestens pflaumengroßer Hagelkörner geraten, doch das begleitende Trommeln der Rotoren ließ keinen Raum für Missverständnisse. Sie waren keinem sommerlichen Unwetter ausgesetzt, sondern Feuer aus einem Hubschrauber, und Fuller wunderte sich nicht zum ersten Mal über die Eigenschaften des Nickmobils, das nicht nur mit einem Hightech-Livestudio ausgerüstet war, sondern auch mit Scheiben aus Panzerglas.

Nick deutete auf die hintere Sitzbank und die Paintballpistole darunter, und Fuller reagierte schnell, hängte sich durch die Beifahrertür nach draußen und erwischte die Frontscheibe des Heli frontal. Er feuerte ein zweites Farbei durch die offene Tür über ihnen, wo der blonde Riese mit der Maschinenpistole saß und aufhörte zu feuern, weil seine Frisur plötzlich neonblau gesprenkelt war – und der Hubschrauber mit verschmierter Glaskuppel und einem desorientierten Piloten aus fünf, sechs Metern Höhe eine sichelartige Drift nach links unten vollzog und mit ohrenbetäubendem Knall in das Feld neben der Straße stürzte. Nick hielt sofort an, er und Fuller sprangen aus dem Wagen.

Nach dem Einschlag auf dem Boden war der Hubschrauber zu einer Flammensäule explodiert, der Geruch von brennendem Kerosin und Rauch lag in der Luft, als sie sich der Absturzstelle näherten. Fuller musste husten und schlug sich mit der rechten Hand die Rauchwolken aus dem

Gesicht. Er trampelte etwas Gras aus, das Feuer gefangen hatte, und rieb sich die brennenden Augen. Als er sie wieder öffnete, standen vier Sitze des Hubschraubers vor ihm, unversehrt und nebeneinander aufgereiht, zwei Meter vor dem rauchenden Wrack. Drei von ihnen waren leer, die Sicherheitsgurte hingen schlapp über der Rücklehne. Auf dem vierten saß ein Mann, Mitte sechzig, grau meliertes Haar, in einem dunkelgrünen Poloshirt, leinenfarbener Hose und braunen Slippern. Der Mann trug eine dunkle Sonnenbrille und lächelte.

»Nick?«, rief Fuller und sah nach links, wo Nick neben ihm auf das Feld gelaufen war. Aber Nick war nicht zu sehen. Fuller wandte sich wieder den vier Sitzen zu. Der Mann lächelte noch immer. Neben ihm auf der Wiese entdeckte Fuller einige große Postsäcke, die beim Absturz aufgeplatzt waren. Kleine, in transparentes Plastik eingeschweißte Päckchen waren über den Boden verstreut. Aus einem davon, das auf der abgebrochenen Spitze eines Rotorblatts hängen geblieben war, rieselte weißes Pulver. Einer der Säcke direkt neben dem Hubschrauber war der Länge nach aufgeschlitzt und voller grüner Dollarscheine, von denen die ersten bereits Feuer gefangen hatten. Fuller sah wieder zu dem Mann und merkte, dass sein Lächeln eingefroren war. Eine Ausgabe von *Harper's* lag auf seinem Schoß. Der Mann bewegte sich nicht. Fuller trat einen Schritt näher und nahm ihm die Sonnenbrille ab.

Buddy Rickler war eindeutig tot.

»Max!« Nick hatte kurz an seiner Schulter gerüttelt. »Es ist halb neun …«

Fuller rekelte sich mit einem tiefen, zufriedenen Brummen.

»… Kaffee ist fertig.«

Nick ließ die Tür zu Fullers Zimmer halb offen und verschwand zwei Türen weiter unter der Dusche. Er hatte bereits seinen Morgenlauf und eine halbe Stunde am Computer hinter sich. Fullers System brauchte wie jeden Morgen ein paar Sekunden zum Hochfahren. Dann aber stand ihm das letzte Bild seines Traums wieder vor Augen – die vier Sitze mit dem toten Rickler –, und er versuchte, sich einen Reim darauf zu machen. In dem Hubschrauber, aus dem sie der Blonde damals beschossen hatte, als sie hinter der 9/11-Wahrheit her waren, hatte kein Rickler gesessen, er war auch nicht abgestürzt, nachdem er mit der Farbpistole getroffen hatte, und was hatten die Säcke voll Geld und Koks in seinem Traum zu suchen gehabt?

Die Wirklichkeit roch anders.

Außer dem Duft von Kaffee zog ihm jetzt auch noch der von Croissants in die Nase, die Matt einen Stock tiefer aufgebacken hatte, und diese Kombination trieb ihn endgültig aus dem Bett.

Nach dem Frühstück telefonierte er mit Wilder und bestellte die noch fehlenden Aufnahmen für die Sendung. Vor allem aber bat er seinen Boss dringend, sich um ein Statement des Stabschefs von Präsident Obama über die Verhandlungen mit den Barnes-Anwälten an diesem Morgen zu bemühen. Dann rief er Cuttler an und fragte den alten Mann, was dieser in Sachen Silverman und der Währungsspekulationen unternommen habe. Auf Fullers Frage, ob Silverman die Transaktionen stoppen würde, erwiderte Cuttler, dass diese ohnehin an diesem Montag ausgesetzt werden sollten. Was Fuller nicht verstand. Weshalb Cuttler es ihm nach einem lauten Seufzer auseinandersetzte.

Die Aussetzung der Spekulationen gegen den US-Dollar war nur als freundliche Geste des Waffenstillstands während der Verhandlungen mit dem Büro des Präsidenten zu verstehen, der Plan der Sieben sah ursprünglich vor, dass sie nach kurzer Zeit wieder aufgenommen würden.

Da alle Mitglieder außer Barnes und Bodano mittlerweile ihre Vollmachten für Silverman zurückgezogen hätten, sei damit aber nur noch in sehr begrenztem Ausmaß zu rechnen. Silverman selbst sähe die ganze Spekulation nach wie vor als sichere Sache, hätte sich aber auf ihre Seite gestellt, um den Plan zu stoppen. Barnes hätte am Vorabend telefonisch versucht, Silverman umzustimmen, und dabei Plan B enthüllt, den er und Bodano allein in Gang setzen würden. 8000 Strohmänner, mit denen sie bereits Verträge gemacht hätten, würden an einem der nächsten Tage überall im Land zu ihrer jeweiligen Hausbank gehen und die sofortige Barauszahlung ihrer sämtlichen Guthaben verlangen. Cuttler ging recht in der Annahme, dass sein Gesprächspartner sich die Folgen ausmalen konnte.

»Letzte Ausfahrt: Massenpanik«, sagte Fuller, als er zu Matt und Nick ins Wohnzimmer trat.

Matt sah ihn fragend an, Nick hörte auf zu kauen und sagte: »Hmm?«

»Barnes und Bodano haben mehr als 8000 Leute auf der Payroll, die in den nächsten Tagen zu ihrer Bank gehen und sich ihre Guthaben auszahlen lassen. Die sollen die Kohle aber nicht in ihre Matratzen stopfen, sondern bei *CashVault* wieder einzahlen …«

»Gehört Barnes«, sagte Nick.

»Korrekt«, sagte Fuller, »und ist das größte Geldtransportunternehmen im Land.«

»Zweitgrößte«, sagte Nick.

»Von mir aus. Der Punkt ist, Schlaumeier, wer bei *CashVault* einzahlt, bekommt sofort 10 Prozent der Summe in CHIPS, als Prämie. Zwei Fliegen mit einer Klappe.«

Matt klappte den Mund auf und wieder zu. Beeindruckt. »Sie lösen eine Panik aus und bringen ihre Parallelwährung sofort ins Spiel.«

Fuller nickte. »Und ich könnte kotzen.«

»Wann soll das losgehen?«, fragte Nick.

Fuller zuckte die Achseln. »Weiß Cuttler nicht, und Silverman angeblich auch nicht. Barnes hat es ihm gegenüber nur erwähnt, um Silverman ins Boot zurückzuholen. Hoffen wir, dass es nur ein Bluff sein sollte.«

Fuller schenkte sich noch einen Pott Kaffee nach. Ihm fiel ein, dass er vergessen hatte, Cuttler nach Parvati zu fragen, aber plötzlich erschien ihm das als das allerkleinste Problem.

»Würde aber Sinn machen«, sagte Matt vorsichtig. »Also, wenn's keiner wäre, kein Bluff. Wenn Barnes und Bodano das Piratenschiff der Sieben übernehmen wollen, müssten sie eigentlich so etwas in petto haben.«

»Glaube ich auch«, sagte Nick. »Cuttler hat doch gesagt, dass sie darauf bestanden haben, für die CHIPS in die dezentral angelegte ZERO-Software irgendeine Hintertür einzubauen, die eine zentrale Kontrolle zulässt.«

Fuller nickte. »Und jetzt kontrollieren sie mit der Inszenierung einer Panik auch den Zeitpunkt, wann das Ganze startet.«

»Aber das ist doch bloß 'ne Kleinstadt«, sagte Nick und sah Matt skeptisch an.

Matt erwiderte den Blick. »Was?«

»8000 Leute. Das ist ein Witz. Du kannst nicht mit 8000 Leuten ein ganzes Land in den Bankrott treiben. No way.«

»Mit 8000 Sozialhilfeempfängern sicher nicht. Wenn jeder nur 5000 Dollar abheben kann, passiert gar nichts, aber wenn jeder im Schnitt Depots und Sparverträge von sagen wir mal 50000 auflöst, wären das schon 400 bis 500 Millionen, die auf einmal und in bar fällig würden. Die Sieben werden ein bisschen höher einsteigen, gehen wir mal von 100000 bis 200000 Dollar pro Strohmann aus, vorsichtig geschätzt. Das wären dann schon ein, zwei Milliarden Dollar Bargeld, und das reicht für einen Tsunami.«

Nick zog die linke Augenbraue hoch und sagte betont langsam: »Okay.«

»Und das ist erst der Anfang«, sagte Matt. »Abgesehen von der Geldmenge ist der psychologische Effekt entscheidend, und da wiederum spielt die Medienberichterstattung die zentrale Rolle. Wenn niemand darüber berichtet, kriegen nur ein paar Kunden, die auch an diesem Tag zur Bank gehen, von deren Zahlungsschwierigkeiten etwas mit …«

»Aber es wird jemand berichten, zumindest im Netz und allen möglichen Blogs würde so eine Nummer sofort die Runde machen.«

»Eben, und deshalb werden Bankenaufsicht und Finanzministerium dafür einen Notfallplan haben, wie in der Vergangenheit. Der Präsident wird wieder, wie 2008, sofort eine Fernsehansprache halten und eindringlich versichern, dass die Spareinlagen der Bürger nicht in Gefahr seien. Prominente, Elder Statesmen und Experten werden im Dutzend aufgefahren, um dasselbe zu erzählen …«

Fuller unterbrach Brooks kopfschüttelnd. »Was angesichts des freien Falls des Dollars an den Währungsmärkten aber keiner glaubt.«

»Denkfehler«, sagte Nick und klickte auf das MacBook auf seinem Schoß, »zur Börseneröffnung in Europa heute Morgen ist der Dollar stabil, sogar ganz leicht im Plus.«

»Was heißen würde, dass sie aufgehört haben, gegen den Dollar vorzugehen«, sagte Fuller, »zumindest an den Währungsbörsen. Warum?« Er sah Matt an. »Weil die geplante Aktion an der Heimatfront noch viel effektiver ist?«

»Es ist die alte Strategie der Macht.« Matt lächelte und öffnete seine Handflächen. »Fördere die These und gleichzeitig die Antithese, und halte als Lösung des Konflikts die Synthese bereit. Sie greifen den Dollar von außen an, sie fördern gleichzeitig die Antithese, eine Panik im Inland, und halten CHIPS als Synthese in der Hinterhand. Wenn das Ausland das Vertrauen verliert, müsste das Vertrauen im Inland steigen, um die Währung halbwegs stabil zu halten. So fördern sie das Gegenteil und … Crash.«

Fuller sah ihn an und wartete auf die Relativierung. Matt tat ihm den Gefallen nicht.

»Du meinst wirklich, es kommt zum Crash?«

Matt nickte.

»Banken schließen einfach zu? Aufstände in den Straßen, Bürgerkrieg? Wall-Street-Broker springen aus dem 18. Stock?«

Matt Brooks sah plötzlich sehr, sehr alt aus. Und seufzte schwer. »Unser gesamtes Geld- und Kreditsystem ist marode, es wird künstlich am Leben erhalten, es hängt schon lange am Tropf. Und das könnte jetzt der berühmte Hauch des Schmetterlingsflügels sein, der den finalen Tornado auslöst.«

»Und was machen wir?«, fragte Fuller.

Matt und Nick sahen ihn an.

»Was sollen wir machen?«, sagte Nick. »Im Alleingang die Welt retten? Wie denn?«

»Nein, verdammt, ich meine: Was machen wir mit unserem Geld? Ganz konkret. Guckt nicht so, Weltrettung ist ja schön und gut, aber die haben wir doch längst am Start, wir hängen das alles an die große Glocke und zeigen mit dem kaputten Mittelfinger auf Ross und Reiter, aber wenn dann der Geldautomat nichts mehr ausspuckt, alle Guthaben gelöscht werden wegen Währungsreform oder was weiß ich – dann will man doch seine Schafherde nicht im Gewitter vergessen haben.«

»Ich bin natürlich beim ZERO eingestiegen«, sagte Nick und grinste.

»Seit wann denn das?«, fragte Fuller überrascht.

»Letzte Woche. Hab das Aktiendepot meiner Oma aufgelöst und die Kohle auf die ZERO-Transmissionsbank überwiesen.«

»Hast du sie noch alle? Du hast deine komplette Erbschaft diesen ZERO-Hippies überwiesen?« Fuller war aufrichtig schockiert, doch Nick lächelte spöttisch und sah Matt an.

»Jetzt guck ihn dir an, Matt, deckt gerade auf, dass die fettesten Kapitalisten des Landes heimlich Alternativwährungen vorbereiten, und hält das alles immer noch für bekifften Hippiequatsch. Hallo, Fuller, aufwachen!« Nick winkte mit beiden Händen.

Fuller beließ es bei einem Blick für hoffnungslose Fälle.

»Max ist eben wie der Skeptiker, der in die Hölle kommt«, sagte Matt und fuhr auf Nicks fragenden Blick hin fort: »Einem Skeptiker wird vorhergesagt, dass er in die Hölle kommt, wenn er nicht an das Konzept von Himmel und Hölle glauben würde. Natürlich glaubt er nicht daran, und als er stirbt, fährt er tatsächlich zur Hölle. Dort angekommen ist er überrascht, es sieht aus wie in einem Fünfsterneressort, Cocktailbars am Pool, viele entspannte Gäste, schöne Frauen – und alle, die er fragt, bestätigen ihm, dass er in der Hölle sei. Er kann es nicht fassen und macht sich auf die Suche nach der Direktion. Dort wird er vom Teufel freundlich empfangen. ›Ist das hier wirklich die Hölle?‹, fragt er. ›Aber sicher‹, antwortet der Teufel, ›haben Sie irgendwelche Reklamationen?‹ – ›Nein, aber ein so himmlisches Luxusressort kann doch unmöglich die Hölle sein, da wird man doch geschmort und gebraten?‹ Der Teufel schüttelt lächelnd den Kopf und öffnet eine kleine Tür: Hinter einer Scheibe sieht man lodernde Feuer und Roste, auf denen sich Leiber wälzen, die von kleinen Teufeln mit einem glühenden Dreizack gequält werden. ›Sie meinen das hier?‹, fragt er, und der Skeptiker nickt. ›Ach‹, lächelt der Teufel und schließt die Tür wieder, ›das ist doch nur für Katholiken. Die wollen's ja nicht anders.‹«

Nick johlte, und Fuller stimmte lachend ein: »Und doch

wüssten die irischen Katholiken zu Lebzeiten noch gern, was sie mit ihrem Geld machen sollen, bevor alles zusammenklappt.«

»Ich traue den Bankstern ja schon seit Jahrzehnten nicht mehr«, sagte Matt, »und habe deshalb immer in Gold angelegt. Krügerrand, Maple Leaf, keine Barren, die werden sofort illegal. Roosevelt hat den Besitz von Goldbarren mit mehr als einer Unze Gewicht nach dem Crash 1929 verboten. Erst unter Reagan wurde die Goldprohibition wieder aufgehoben. Aber gültige Zahlungsmittel können sie nicht verbieten. Und den Wert von Gold können sie nicht vernichten.«

»Was ist mit dem Geld der *Academy?«*, fragte Nick, an Fuller gewandt. »Darum müsstest du dich jetzt kümmern. Jake wird das noch 'ne ganze Weile nicht können, sofern er überhaupt je wieder …« Er verstummte.

Fuller nickte. Matt hatte am Morgen mit der Klinik telefoniert, Jakes Zustand war stabil. Sobald ein Transport möglich wäre, sollte er in eine Spezialklinik in der Nähe von Washington verlegt werden.

»Mache ich, aber nicht in den nächsten Tagen.« Fuller nickte. »Wobei: Goldmünzen kaufen, na schön, aber wohin damit? Du hast deine doch nicht im Tresor bei der Bank liegen.«

»Natürlich nicht, alles oben unter der Matratze versteckt«, sagte Matt. Er grinste und setzte hinzu: »Nein, nicht alles, aber ein bisschen was habe ich schon im Haus. Ansonsten habe ich ein Tresorschließfach bei einer Sicherheitsfirma und eins bei einem Juwelier, meine Exfrau und die Kinder haben auch noch was gebunkert.«

»Operation Eichhörnchen«, lachte Nick.

»So ungefähr«, sagte Matt, »und das Wichtigste ist ja gar nicht das Gold, sondern die Nüsse.«

»Bitte?«

»Die zwei Walnussbäume vorne vor dem Haus, im Garten Orangen, Pfirsiche, Äpfel und natürlich Gemüse. Genug Wasser aus dem Brunnen, von den Solarpanels auf dem Dach Energie – also, von mir aus kann der Crash kommen, verhungern werden wir nicht. Und euch füttere ich auch noch mit durch, wenn ihr ein bisschen im Garten helft.« Matt stand auf. »Um den ich mich jetzt auch mal wieder kurz kümmern muss.« Er grinste, nahm seinen großen Strohhut vom Haken neben der Terrassentür und ging hinaus.

Nick sah ihm staunend nach.

»Kriegt man das automatisch mit dem Alter, diesen Zen-Blutdruck?«

»Fürchte, nein«, sagte Fuller kopfschüttelnd, »der hat einen an der Doppelhelix, der war schon immer so.«

Fuller rief Liz an und sagte ihr, er werde das Foto von Parvati, Barnes und Dillon in der Sendung nicht verwenden. Sie hielt die Entscheidung für richtig, er behielt seine Zweifel für sich. Danach rief er Parvati an.

»Hallo, Max, schön, dass Sie anrufen«, begrüßte sie ihn, und ihre dunkle und sanfte Stimme sprach den »Max« so vertraut und intim aus, als sei er seit Jahren ihr Liebhaber, was Fullers Laune gleich wieder verschlechterte.

»Schön dürfte übertrieben sein.«

»Wie darf ich das verstehen?«

»Das dürfen Sie so verstehen, dass ich in der Sendung auf das Foto mit Ihrem Exboss und seinem Killer verzichte …«

»Oh Max, das ist wunderbar«, jetzt klang ihre Stimme so, als hätte er ihr gerade ein 18-karätiges Diamantarmband umgelegt.

Fuller unterbrach sie energisch: »… aber Sie dafür mit den Bürgschaften Ihrer Stiftungen konfrontieren werde, mit denen Sie die gigantischen Währungsspekulationen der

Sieben überhaupt erst ermöglicht haben. Sie leiten Barritas Stiftungen und sind verantwortlich.«

»Wie meinen Sie das, Max?«

Er nahm erleichtert zur Kenntnis, dass sie wieder wie ein ganz normaler Kühlschrank klang.

»So, wie ich es sage. Mit diesem ganzen Stiftungszirkus haben sich Barrita und seine Gangsterfreunde zwar als die größten Gutmenschen aller Zeiten stilisiert, als Retter von Witwen, Waisen und der ganzen Welt. Aber eigentlich haben sie ihre ergaunerten Milliarden nur steuergünstig angelegt und sich auf dem Umweg über Bürgschaften ein Vielfaches an Spielgeld für die Börsen verschafft.«

»Ich versichere Ihnen, ich habe mit Hectors Börsengeschäften nichts zu tun, das müssen Sie mir glauben, Max.«

»Mag sein, aber das Vermögen Ihrer Stiftungen hat damit zu tun. Ich gebe Ihnen Gelegenheit, dazu Stellung zu nehmen. Sie können gern am Mittwoch in meine Sendung kommen und es den Zuschauern erklären. Und falls Ihr Mann bereit wäre, etwas dazu zu sagen, bevor er in den Knast wandert … umso besser.«

Für einen Moment war es ruhig in der Leitung. Dann sagte Parvati: »Es stimmt. Die Stiftungen haben mit ihrem Vermögen gebürgt. Das war die eine Bedingung von Hector, bevor er sein Geld überschrieb. Mir wurde gesagt, es handele sich nur um eine Formalität, ich ahnte nicht, was es mit diesen Bürgschaften auf sich hatte.«

»Dann fragen Sie Ihren Mann, er kann es Ihnen erklären.«

»Das werde ich, Max«, ihre Stimme klang wieder warm und vertraulich, »ich melde mich wieder bei Ihnen. Bald.«

Parvati hatte gerade aufgelegt, als Nick ins Zimmer gestürmt kam. »Sie haben Iwan«, rief er und klappte sein MacBook auf. »Die Zehnuhrnachrichten im Bay-TV-Kabelkanal.« Er startete eine Aufzeichnung des Videos.

Beim Ausbaggern der Hafenbecken im Süden San Franciscos wurde gestern Abend die Leiche eines Mannes angeschwemmt. Die Polizei identifizierte ihn als Iwan Wolzog. Der 38-jährige Weißrusse war einer der Verdächtigen, die wegen des Doppelmordes in der kalifornischen ZERO-Kommune an dem Milliardärssohn David Cuttler und seiner Freundin Layla vom FBI gesucht werden. Seine Komplizen Igor Sebotkinow und Charles M. Dillon, ehemaliger Sicherheitschef von Dr. Robert Cuttler, sind weiterhin auf der Flucht.

35

»Wie wir vermutet haben«, sagte Nick, »Dillon hat Iwan umgebracht, daraufhin hat sich Igor abgesetzt und uns den Film zugespielt.«

»Ja«, nickte Fuller. »Scheiße.«

Nick sah ihn mit gerunzelter Stirn an.

»Mit Iwans Fingerabdruck an der Tatwaffe, mit der Leiche und mit Dillons Aussage, die er über Cunningham lanciert hat, haben sie jetzt den Täter. Igor ist verschwunden und längst irgendwo in der Äußeren Mongolei. Es gibt keine Zeugen mehr, dass Dillon Layla getötet hat. Außer mir.«

»Du meinst, du stehst auf Dillons Abschussliste?«

Fuller nickte. »Wenn es nach ihm ginge, wäre ich längst tot. Jetzt wird er gesucht und hat keinen Mumm, mich zu jagen. Der Typ ist ein Sadist, aber kein mutiger. Also keine Panik. Er wird hier nicht aufkreuzen. Wenn er nur halbwegs schlau ist, sitzt er schon längst irgendwo im Ausland.«

»Du machst dir keine Sorgen«, sagte Nick und hängte ein leises Fragezeichen an.

»Nein«, log Fuller. »Sonst noch was?«

»Bodano«, sagte Nick. »Seine Anwälte haben Antrag auf Haftentlassung gestellt und eine Kaution von zwei Millionen angeboten. Das Gericht entscheidet morgen.«

»Und wird den Dreckskerl natürlich laufen lassen. Was ist mit Barnes?«

»Nichts. Spurlos verschwunden, keine Gerüchte, gar nichts.« Nick zuckte mit den Schultern. »Immerhin: Von einem Sturm auf die Banken ist auch noch nirgendwo berichtet worden.«

Fuller nickte. Zweimal hatte er im Laufe des Nachmittags

bei Ken angerufen und nachgefragt, ob es schon eine Stellungnahme des Weißen Hauses gäbe. Aber die gab es nicht, obwohl Ken dem stellvertretenden Stabschef die Lage erklärt und ihn in einige Details eingeweiht hatte. Für das Büro des Präsidenten bestand kein Grund mehr, die Verhandlungen mit den Anwälten der Sieben geheim zu halten, wenn schon CBS in einer Sondersendung groß darüber berichten wollte. Dennoch hatte sich der Sprecher bisher geweigert, das Treffen zu bestätigen. Befürchtete der Yankee-Präsident immer noch, dass seine Cowboy-Widersacher hinter dieser Erpressung steckten? Das schien Fuller eher unwahrscheinlich, denn Rickler hatte nicht nur Bodano hochgehen lassen, sondern sicher auch anderweitig Signale gesandt. Wahrscheinlich hatte er selbst bei Obama angerufen, Fuller konnte Ricklers entspannte Ansagen förmlich hören.

Hi, Mr. President, Rickler, ich arbeite seit Iran-Contra für die unsichtbare Regierung der Vereinigten Staaten. Wir haben uns zwar persönlich noch nicht kennengelernt, aber von meinem letzten Großauftrag haben Sie sicher gehört: 9/11. Ich wollte Ihnen nur sagen, dass Sie sich in Sachen dieses Syndikats der Sieben auf uns verlassen können. Also: Samthandschuhe aus, wir ziehen am selben Strick. Dem Kollegen Bodano – eigentlich einer aus unserem Lager – habe ich schon eingeheizt. Den Rest, zumindest für die Öffentlichkeit, wird unser Maulwurf bei CBS besorgen. Wenn Sie weitere Unterstützung brauchen, wissen Sie, wie Sie mich erreichen.

Kannte man als Chef der Klingonen die Telefonnummer von Captain Kirk? Und was würde Obama denken und tun, wenn er so einen Anruf bekäme? Die Nummer des Anrufers verfolgen und ihn sofort festnehmen lassen? Als sich der unbekannte junge Senator in der Schlacht um die Präsidentschaftskandidatur gegen Hillary Clinton durchgesetzt hatte, war bei Fuller für einen kurzen Moment Hoffnung aufgekeimt. Das Zutrauen, dass ein junger, charismatischer Präsident, geliebt vom Volk und vom Rest der Welt, tatsächlich in der Lage sein könnte, eine neue Ermittlung der Verbrechen des 11. Septembers aufzurollen. Aber dieser Moment der Euphorie hatte nur ein paar Sekunden gedauert.

Ricklers unsichtbare Regierungstruppen würden jeden Präsidenten sofort wegschießen, der sich in dieser Sache auch nur einen Zentimeter zu weit aus dem Fenster lehnte. So wie sie JFK weggeschossen hatten, als er die US-Truppen aus Vietnam abziehen wollte, und Robert Kennedy, als er ernsthaft begonnen hatte, dem wichtigsten Geschäftspartner der unsichtbaren Regierung auf die Füße zu treten, dem organisierten Verbrechen. Dass die Clintons keine Gefahr darstellen würden, war Fuller schon seit seiner preisgekrönten Reportage über den staatlich organisierten Kokainimport auf dem Flughafen von Mena, Arkansas, klar. Wegen eines Missverständnisses war Barry Seal, der Chefpilot der Schmugglerflotte, die im Auftrag von Reagans Vize Bush und seines Adjutanten Oliver North agierte, damals in Mena vom Zoll festgesetzt worden, samt einer Ladung, die aus großen Säcken voller Koks und Bargeld bestand. Nach zwei Tagen aber war Barry »Adler« Seal wieder frei und konnte weiterfliegen; der amtierende Oberstaatsanwalt, Bill Clinton, hatte freundlicherweise auf eine Anklage verzichtet.

Gegen fünf Uhr blinkte »Ken60« auf dem Display, und Fuller nahm ab.

»Das Weiße Haus hat zurückgerufen und das Treffen mit den Anwälten bestätigt«, sagte Ken, »der Präsident wird in keiner Weise auf die Forderungen der Sieben eingehen.

Aber der Stabschef selbst wird für unsere Sendung ein kurzes Interview abgeben. Morgen früh, exklusiv.«

»Gut.«

»Ich musste ihm dafür zusichern, dass wir vor der Sendung am Mittwoch nichts nach außen dringen lassen.«

»Was soll das?«, knurrte Fuller.

»Um die Maßnahmen, die die Regierung umgehend ergreifen wird, nicht zu gefährden.«

»Wie viel hast du ihnen erzählt?«

»Nur das Nötigste. Zuerst. Aber die haben gemauert wie die Irren, also habe ich heute Mittag dein Exposé geschickt, mit allen Namen und Fakten …«

»Bist du komplett irre, Ken?« Fuller wurde laut. »Das ist *mein* Exposé, *meine* Recherche. Wir haben noch nicht mal einen Vertrag, wie viel *60 Minutes* mir dafür zahlt, und du reichst es komplett weiter?«

»Reg dich ab, Max, es ist das Weiße Haus, der Präsident, nicht Fox News – und sie haben uns natürlich Vertraulichkeit zugesichert.«

»Ach, Scheiße …«

»Verlass dich darauf, Max, Rahm Emanuel hat eben noch mal angerufen …«

»Rahmbo?«

»Der Herr Stabschef war gar nicht rambomäßig drauf, sondern zahm wie ein Stubenkater. Hat sich äußerst freundlich bedankt, den Interviewtermin morgen bestätigt und äußerste Diskretion zugesagt. Obamas Pitbull frisst dir aus der Hand, Max.«

»Ich mag keine Pitbulls, und würdelose schon gar nicht«, sagte Fuller. »Hast du dem auch schon ungefragt die letzte Info von Cuttler gesteckt, wegen Plan B und Bankenpanik?«

»Ich habe ihm gesagt, dass es das Gerücht gibt, Barnes hätte ein paar tausend Strohmänner kontraktiert, aber mehr als ein Gerücht ist es ja noch nicht.«

»Gebe Gott, dass es eins bleibt. Aber wenn dein Stubenpitbull das seinen Spezis bei Goldman *Sucks* steckt, legen die gleich ein neues Derivat auf, Crash-Wetten mit 248-fachem Hebel.«

Ken seufzte. »Kannst du mal fünf Minuten mit diesem Alle-Menschen-sind-schlecht-Quatsch aufhören?«

»Ich rede nicht von Menschen, ich rede von Bankstern.«

Nick hatte die Flüge nach New York für den frühen Nachmittag gebucht. Auf dem Weg nach L.A. wollten sie vorher noch Jake in der Klinik in Bakersfield besuchen. Am Abend hatte Fuller die Texte für die Sendung zu Ende gefeilt, Nick hatte die Nachrichten im Web gecheckt und dann lange mit Debbie in Vancouver telefoniert. Matt war herunter in den Ort zu den Freunden gefahren, denen er seinen Hund immer in Pension gab, wenn er auf Reisen ging. Kurz vor neun hatte Parvati sich gemeldet und Fuller mitgeteilt, dass sie ihre Anwälte damit beauftragt habe, die Bürgschaften juristisch zu überprüfen. Die Vollmachten Barritas für Sam Silverman seien vollständig zurückgezogen worden.

»Ich weiß, dass ich nicht verlangen kann, dass Sie auf diese Bürgschaftsgeschichte genauso verzichten wie auf das Foto, Max«, hatte sie samtweich gegurrt, »aber ich bitte Sie, die Stiftungen nach Möglichkeit zu schonen. Auf das viele Gute, was mit diesem Geld geschieht, können wir einfach nicht verzichten.«

Parvati kündigte an, ihm am nächsten Morgen eine schriftliche Stellungnahme zukommen zu lassen, und bat um Verständnis, dass sie nicht für ein Interview zur Verfügung stehen könne. »Eigentlich hätte ich allen Grund, Hector in den Rücken zu fallen, denn er hat mich in dieser Sache hintergangen. Aber jetzt, wo er selbst in der Schusslinie steht und zudem schwer krank ist, werde ich das nicht tun. Ich hoffe, Sie verstehen das, Max.«

Fuller verstand. Denn so, wie er Barrita und seine Mitverschwörer porträtieren würde, war es garantiert kein Vergnügen, als Ehefrau live in der Sendung Gesicht zu zeigen. Auch wenn es ein so anerkannt schönes Gesicht war wie das von Parvati Barrita.

Nach dem Gespräch mit ihr hatte er kurz mit Liz telefoniert, bei der sie sich nicht wieder gemeldet hatte, und war dann noch einmal hinunter auf die Terrasse gegangen, wo Matt, der inzwischen zurückgekommen war, vor einem Absinth saß und las.

»Alles im Kasten?«, lächelte Matt.

Fuller nickte und schenkte sich ebenfalls ein Glas ein. »Rahmbo gibt uns ein Interview für die Sendung. Madame Barrita will sich nur schriftlich äußern. Macht aber nichts. Wir brauchen keine Promis, wir haben *content.«* Fuller streckte sich zurück und sah in den Himmel.

»Denkst du noch manchmal daran, wie knapp du Freund Hein letzte Woche von der Schippe gesprungen bist, als wir dich da in der Kommune befreit haben? Die haben deinen Freund förmlich hingerichtet, hier, vor dem Haus.« Matt schüttelte den Kopf. »Ich habe das Gefühl, ich bin auf einem Ereignisfeld gelandet, und es passieren in ein paar Tagen mehr wahnsinnige, grauenhafte Dinge als in den letzten zehn Jahren zusammen.«

»Ich denke komischerweise immer noch an meinen Finger«, sagte Fuller und hielt ihn in die Luft. »Schon dafür, dass Dillon mir so wehgetan hat, könnte ich ihn erwürgen. Dass er Jake und ein wunderbares Mädchen wie Layla eiskalt abknallt, macht mich rasend. Dass er auch mich umbringen wollte, lässt mich dagegen vergleichsweise kalt. Sie hatten mich kurz vor der Ankunft in der Kommune wieder mit diesem Ätherzeug benebelt, was mit Layla passiert ist, habe ich nur wie durch eine Betonwand mitgekriegt. Auch, dass ich selbst in Lebensgefahr war. Das erste klare Bild, das ich wieder vor mir habe, ist die auffliegende Terrassentür. Und ein blonder Engel mit einem Schwert, Liz mit dem Baseballschläger, die Goliath umnietet.« Fuller lächelte.

»Du bist einfach ein Stehaufmännchen, Max«, sagte Matt, »anderen geht so ein Trauma ein Leben lang nicht mehr aus dem Kopf, du schüttelst dich einmal und hast es vergessen. Ich hab wegen der Schüsse auf Jake jede Nacht Albträume.«

»Ich hatte heute Nacht auch einen, aber von Rickler, als lächelnde Leiche nach einem Hubschrauberabsturz. War wohl eher ein Wunschtraum, denn er lebt ja noch. Aber«, Fuller machte eine Pause und nahm einen Schluck, »ehrlich gesagt gebe ich nichts mehr auf irgendwelche Träume. Da wird nachts die Festplatte des Gehirns aufgeräumt, dabei gerät alter Schrott mit frischen Daten zusammen, zufällig, beim Aufräumen, und so entsteht ein Mash-up. Aber ohne Sinn und Plan, das läuft ab wie ein Bildschirmschoner, ohne irgendwelche tiefere Bedeutung.«

Matt lachte. »Kühne Interpretation. Freud wäre nicht amüsiert. Aber vielleicht liegst du auch gar nicht so falsch. Ich habe vor ein paar Jahren an der Uni bei einem Kollegen vom Psychologie-Department mal einen Kurs über luzides Träumen mitgemacht. Dabei geht es darum, sich im Traum bewusst zu werden, dass man träumt, und dann die Regie zu übernehmen. Also den Bildschirmschoner, wie du so schön sagst, nicht dem Zufall zu überlassen, sondern selbst zu gestalten.«

»Wozu soll das gut sein?«

»Na, stell dir vor, du kannst heute Nacht mit Rickler abrechnen, und mit Dillon. Du kannst den größten Arschlöchern, die du kennst, endlich richtig die Meinung sagen und danach die schönsten Frauen der Welt vögeln. Alles, während du schläfst, und alles so echt und realitätsnah, wie Träume eben sind, eine komplette Parallelwelt, in der du alles machen kannst.«

»Wäre mir zu anstrengend. Da wäre ich ja jeden Morgen fix und fertig, ich kenne Unmengen Arschlöcher. Und Unmengen schöne Frauen.«

»Probier's einfach mal. Der Trick ist, dass du dir einen Realitätscheck angewöhnen musst. Ein paar Mal am Tag überprüfen, ob du wach bist oder ob du träumst.« Matt klopfte auf den Tisch. »Tisch, Holz, fühlt sich an wie immer. Hier, La Valote, der gute Absinth, schmeckt wie immer, da sitzt Max, sieht aus wie immer, wir sind auf meiner Terrasse, alles normal, das ist kein Traum jetzt, sondern Wirklichkeit. So eine Art Check machst du dir zur Gewohnheit, in der Hoffnung, dass du ihn dann auch im Traum wiederholst. Und dann feststellst, dass irgendetwas nicht stimmt und dass du eben träumst, und dann die Regie übernimmst. Erwachen ohne Aufwachen.«

»Lang lebe die Esoterik«, grinste Fuller und prostete Matt zu.

»Gern. Hat aber damit nichts zu tun. Ethnologen haben unten in Indonesien ein Stammesvolk erforscht, bei dem so ein bewusstes Träumen selbstverständlich war und wo den Kindern von klein auf beigebracht wurde, sozusagen mit zwei Identitäten zu leben. Die Lektion lautet: Wenn dir in der Wirklichkeit ein Tiger begegnet, musst du wegrennen, laut schreien und alle im Dorf warnen. Wenn er dir im Traum begegnet, kannst du ihn reiten.«

Bevor Fuller sich an diesem Abend schlafen legte, nahm er sich vor, bei nächster Gelegenheit kräftig den Staub aus den Flugzeugsitzen zu klopfen, wenn ihm auf einer Wiese wieder einmal vier Sitze mit einer lächelnden Leiche drauf begegneten, aber danach schlief er so fest und traumlos, dass der Test zumindest in dieser Nacht ausfiel.

36

Fuller ging nicht gerne in Krankenhäuser, und das Bakersfield Memorial Hospital war nicht sympathischer als alle anderen. Der Geruch, die Kranken und Gebrechlichen, die frisch Operierten mit dem Tropf am Bett, die in die Fahrstühle geschoben wurden, die vielen medizinischen Spezialabteilungen mit ihren merkwürdigen Namen, die verrieten, dass Unmengen Teile des Körpers erkranken konnten, von denen man nicht einmal wusste, dass man sie überhaupt hatte – all das hatte er schon immer als Mahnung verstanden, sich in Krankenhäusern keine Sekunde länger als notwendig aufzuhalten, um nicht selbst vom Siechtum oder irgendeinem exotischen Leiden befallen zu werden. Auch wenn Krankenhäuser als Bakterienschleudern galten, war es weniger die konkrete Angst, sich mit irgendetwas anzustecken, als die Befürchtung, dass selbst ein halbwegs gesunder Körper in diesem Ambiente des Anomalen und Defekten gar nicht anders konnte, als sich ebenfalls ein Gebrechen zuzulegen. Fuller wusste, dass das, rational betrachtet, Unsinn war, aber das ungute Gefühl beschlich ihn jedes Mal, wenn sich ein Krankenhausbesuch nicht umgehen ließ. Kranke setzten ihm zu.

Leichen nicht. In Leichenschauhäusern und pathologischen Abteilungen waren die Körper tot, in einer anderen, jenseitigen Welt, von der keinerlei Bedrohung ausging. Als er klein gewesen war, hatte Fullers katholische Mutter darauf bestanden, ihren Max zum Messdiener zu machen, was ihm nach kurzer Zeit schon nicht mehr behagte, denn es gab am frühen Sonntagmorgen Besseres zu tun, als in einer kalten, leeren Kirche mit einer Kerze herumzustehen und lateinische Gebete zu brabbeln, die man zwar auswendig gelernt hatte, aber nicht verstand. Unter der Woche aber rief der Pfarrer manchmal an und bestellte ihn zu einer nachmittäglichen Beerdigung auf den Friedhof. Dabei musste er in seiner Kutte nur mit einem Kreuz hinter dem offenen Grab stehen, konnte die ganze Trauergemeinde wunderbar beobachten und bekam von den Angehörigen Trinkgeld, wenn sie hinterher in die kleine Sakristei neben der Friedhofskirche kamen.

Von dort gab es auch einen direkten Zugang zur Leichenhalle, wo die Verstorbenen für den letzten Blick der Angehörigen in offenen Särgen lagen und von Max regelmäßig inspiziert wurden. Manchmal beobachtete er auch den Beerdigungsunternehmer, den sie wegen seiner knallroten Haare *Leuchti* nannten, wenn er einem frisch aufgebahrten Toten noch die Krawatte oder die Haare richtete. Als er mit 12 oder 13 Jahren den Sonntagsdienst endgültig verweigerte und der Pfarrer es abgelehnt hatte, ihn nur noch für den interessanten Beerdigungsjob am Nachmittag zu bestellen, hatte Max über fünfzig solcher Beerdigungen und Leicheninspektionen hinter sich und so ein ziemlich selbstverständliches Verhältnis zum Tod und zu den Toten entwickelt. Anders als zu den Schwerkranken und Gebrechlichen, wenn er sich, wie in einem Krankenhaus, von ihnen umzingelt fühlte.

Und doch war er heilfroh, dass er jetzt mit diesem mulmigen Gefühl auf dem Weg zu einer Intensivstation war und nicht vergleichsweise lässig in ein Leichenschauhaus spazierte, denn es war sein bester Freund, Jake, der krank und noch am Leben war. Dennoch ließ er Matt und Nick den Vortritt, als sie in den gläsernen Raum traten, in dem Jake umringt von einer Batterie von Monitoren und Gerätschaften lag. Sein gesamter oberer Schädel und die linke Hälfte seines Gesichts waren unter einem hellblauen Verband verborgen. Dass er noch nicht ansprechbar sein würde, hatte ihnen der Arzt schon am Telefon gesagt, und so ließ es Fuller bei einem kurzen Blick auf seinen Freund bewenden.

»Hi, Jake, altes Haus«, sagte er, gab der Bettdecke an der Stelle, wo er Jakes Fuß vermutete, einen Klaps und verließ die Kabine umgehend wieder. Er ging auf dem Flur auf und ab, als Matt und Nick nach zwei Minuten wieder herauskamen.

Fuller räusperte sich. »Rede du noch mal mit dem Doc, Matt, von Professor zu Professor, ich … warte so lange draußen vor dem Foyer, muss mal eine rauchen.«

»It's crazy, it's a miracle, but it's true«, Matt ahmte, als sie wieder ins Auto stiegen, den indischen Akzent des Hirnchirurgen Dr. Singh nach, der ihm den Schusskanal, die Verletzungen und die erstaunlichen Heilungsfortschritte erklärt hatte. In der nächsten Woche könne Jake voraussichtlich in das Rehabilitationszentrum bei Washington verlegt werden.

»Jetzt fang mir nicht wieder damit an, dass das von deinem Räucherstäbchen kommt«, sagte Fuller zu Nick gewandt.

»Hab ich was gesagt? *It's a miracle.* Sagt *Slumdog* Hirnchirurg«, grinste Nick.

Sie bogen um zwölf Uhr gerade auf den Zubringer des LAX-Langzeitparkhauses ab, als Nick die Radionachrichten lauter stellte:

Ein Sonderkommando aus Kräften des IRS, FBI und des Justizministeriums hat heute Morgen mehrere Dutzend Unternehmen, Firmenniederlassungen und Büros durchsucht und Unterlagen beschlagnahmt. Die Firmen stehen in dem Verdacht, Steuerhinterziehungen in Millionenhöhe begangen oder geplant zu haben, indem sie in ihren Unternehmen eine Parallelwährung einführten. Mit diesen CHIPS genannten elektronischen Zahlungsmitteln wurden Angestellte, an der Einkommensteuer vorbei, entlohnt und konnten Güter des täglichen Bedarfs damit einkaufen. Insgesamt sollen mehr als 2000 Unternehmen diesem CHIPS-Verbund angehören. Die Durchsuchungen sind nach Angaben des Generalstaatsanwalts noch nicht abgeschlossen. Mit Anklagen sei in den nächsten Tagen zu rechnen.

37

Nach dem Einchecken am Gate rief Fuller bei Ken Wilder an.

»Hast du die Nachrichten von den Durchsuchungen mitbekommen über den Ticker, kam eben im Radio?«

»Habe ich, das ist fantastisch, Max.«

»Ich weiß nicht, ich hoffe, die klauen mir nicht den ganzen Plot, bis wir morgen Abend senden.«

»Im Gegenteil. Alle Zeitungen werden morgen darüber berichten – und nicht darum herumkommen, auf unsere Sendung zu verweisen, denn wir decken den Hintergrund der ganzen Staatsaktion auf. Ich bereite gerade eine Pressemeldung dazu vor. Wir haben mehrere Teams draußen, die O-Töne einsammeln. Etwas Besseres konnte uns gar nicht passieren, unsere Quoten werden durch die Decke gehen, ich könnte dich knutschen, Max ...« Die Euphorie des Chefredakteurs sprudelte derart aus dem Lautsprecher, dass Fuller das Telefon ein Stück von seinem Ohr weghielt.

»Sind dir die Praktikantinnen ausgegangen? Ich mache mir Sorgen, weil du unser gesamtes Material dem Weißen Haus gegeben hast. Eine E-Mail von dort, und schon ist das Video der Sieben oder das Cuttler-Interview bei Fox oder sonst wo und läuft in zwei Stunden überall.«

»Rahmbo hält dicht. Er wird sich an unsere Absprache halten, auch ohne schriftlichen Vertrag. Was hätte er davon, Fox den Ball zuzuspielen?«

»Geld?«

»Du hast mit deinen Recherchen seinem Boss den Arsch gerettet. Er wird dir eher einen Orden anheften, als uns reinzulegen.«

»Behalte das Lametta, ich nehme das private Abendessen mit Michelle. Muss jetzt einsteigen, wir telefonieren später noch oder sehen uns morgen früh im Büro.«

Der American-Airlines-Jet war mit WLAN ausgestattet, das seit Kurzem auf längeren Inlandsflügen verfügbar war und während des Flugs Breitbandinternetzugang erlaubte. Für Nerds wie Nick, die sich ohne Netz nackt fühlten, ein längst überfälliger Service. Dass die Fluggesellschaft kurz nach seiner Einführung darangegangen war, bestimmte Seiten zu sperren – die Stewardessen hatten sich beschwert, dass ihnen beim Getränkeausteilen in jeder zweiten Sitzreihe Pornofilme zugemutet wurden –, war für Nick allerdings ein Tiefschlag. Obwohl er selbst keine Pornos guckte, stellten solche Sperren für ihn den Anfang vom Ende dar, einem Ende, das Zensur hieß und an dem Konzerne und Behörden darüber entschieden, welche Informationen über das Netz verfügbar waren und welche nicht. Doch die Seiten, die ihn jetzt interessierten, waren nicht gesperrt.

»Hier werden einige der durchsuchten Firmen genannt, alle von unserer Liste«, sagte Nick und speicherte eine Seite ab. »Bin gespannt, ob sie auch einen der Sieben festnehmen.«

»Unwahrscheinlich«, sagte Fuller. »Die werden das schön auf ihre jeweiligen Geschäftsführer abschieben und sagen, dass sie davon absolut nichts wussten, weil sie mit dem operativen Geschäft nie und nichts zu tun haben. Was ist mit Badanos Kaution?«

Nicks Finger flogen über die Tastatur. Einen Moment später sagte er: »Die Agenturen haben noch nichts. Aber es gibt ein offizielles Schreiben der Union Afrikanischer Staaten und der UN, die eine unverzügliche und vollständige Aufklärung der Nuklearmüll-Verklappung vor Somalias Küsten fordern. Und die Verurteilung der Täter durch einen Internationalen Gerichtshof.«

»Kriegen sie – ungefähr zwei Tage, nachdem die Hölle zugefroren ist.« Fuller schaute aus dem Fenster und sah unter sich die Rocky Mountains, die sie gerade überflogen. »Vergiss die UN. Wo kommen wir denn hin, wenn sich Amerika von anderen Ländern vorschreiben lassen soll, wo es seinen Giftmüll bunkert.«

»Alter Prophet«, sagte Nick und deutete auf den Schirm, auf eine weitere Webseite. »Hier, eine Erklärung von Bodanos Anwälten, zwei Stunden alt.« Er las vor: »*... haben sich die Entsorgungsfirmen unseres Mandanten stets an das geltende internationale Seerecht und die mit dem Pentagon getroffenen Vereinbarungen gehalten. Zu keiner Zeit wurden toxische Abfälle in den Küstengewässern fremder Nationen wie etwa Somalia deponiert, und wie aus den Logbüchern sämtlicher Schiffe unseres Mandanten zweifelsfrei hervorgeht, wurde die Dreimeilenzone bei allen Entsorgungsfahrten eindeutig respektiert ...«*

»Sie streiten eben erst mal alles ab«, sagte Fuller. »Das muss reichen, bis Seegras darüber gewachsen ist.«

»Was faseln die da von einer Dreimeilenzone?«, unterbrach ihn Matt.

Nick las den letzten Satz noch einmal vor.

Matt schüttelte den Kopf. »Irgendwann vor zweihundert Jahren haben sich die größten Nationen darauf geeinigt, dass drei Seemeilen der Küste zum jeweiligen Territorium gehören. Das ist etwa so weit, wie man damals mit einer Kanone feuern konnte. Aber mittlerweile reicht die Souveränität der Küstenstaaten zwölf Meilen weit ins Meer, und ihr wirtschaftliches Nutzungsrecht sogar 24 Meilen.«

Fuller sah ihn überrascht an. »Hey. Das heißt, dass sie Bodano doch kriegen?«

»Nein.«

»Weil?«

»Weil die USA das Abkommen nicht unterschrieben haben.«

Fuller lachte. »Super. Hätte mich aber auch gewundert. Mit so was könnte man ja glatt in Teufels Küche kommen!«

»Eben. Und was soll *God's Own Country* da?« Matt schloss die Augen und lehnte sich zurück.

»Hier ist aber noch was«, sagte Nick mit Blick auf die digitale Presseerklärung: *»… weisen wir darauf hin, dass die seit heute früh laufenden Ermittlungen und die Durchsuchungen in den Unternehmen unseres Mandanten wegen Verdachts auf Steuerhinterziehung nichts mit dem hier zur Rede stehenden Fall zu tun haben. Für die Entscheidung über die sofortige Haftentlassung gegen Kaution dürfen diese deshalb keine Rolle spielen.«*

»Ha, ha«, lachte Fuller, »Al Capone lässt grüßen. Wegen der eigentlichen Schweinereien kriegt man ihn nicht, aber wegen Steuerhinterziehung. Gibt's irgendwas Neues von den anderen Vögeln: Barnes, Milowski, Keen, Silverman?«

Nick schüttelte den Kopf. Er öffnete seinen Rucksack. »Aber hier, noch ein bisschen Arbeit für den Flug, wie von euch Gutenberg-Galaktikern gewünscht: ein kompletter Ausdruck.«

Er reichte jedem der beiden ein Skript der Sendung. »Alle Texte von Max und die Transkripte des Videos und des Cuttler-Interviews. Ich stöpsel mich mal weg und lass es mir vorlesen.« Nick steckte die Ohrhörer ein und kippte seinen Sitz zurück, Matt und Fuller nahmen sich das Manuskript vor.

Nach einer Weile konzentrierten Schweigens raschelte Matt hektisch vor und zurück durch die Seiten und sah Fuller fragend an. »Sag mal, auf dem Igor-Video behauptet Barrita: *Den Maßnahmenkatalog in Sachen Energie haben wir bereits beschlossen.* Was soll denn das sein? Welcher Katalog?«

Fuller sah ihn an: »Maßnahmen in Sachen Energie? Keine Ahnung. Da müssten wir Cuttler noch mal fragen. Warum soll das wichtig sein?«

»Für morgen ist es vermutlich egal. Aber grundsätzlich. Irgendwo reden sie ja auch allgemein von der notwendigen militärischen Kontrolle der Ölreserven im Iran und am Kaspischen Meer und dass sie Obama in dieser Richtung Feuer machen wollen. Aber dieser beschlossene *Maßnahmenkatalog* scheint was ganz anderes zu sein.«

Fuller zog die Stirn kraus. »Liz meinte … Parvati hat ihr vorgeschwärmt, zu welchen tollen Umwelt- und Ökoprojekten sie ihren Hector schon motiviert hat.«

»Militärische Kontrolle der Ölreserven klingt nicht wirklich nach *öko*.«

»Na ja, solange Bodano hinterher die uranverseuchte Munition vor Somalia abkippt, verstößt er zumindest nicht gegen US-Gesetze.«

38

»Ach ja, wozu Korruption doch alles nützlich sein kann«, lächelte Matt süffisant, als sie durch Fullers Wohnung auf die Dachterrasse getreten waren und auf den Central Park schauten.

Fuller zuckte die Achseln. »Schlechte Menschen haben schöne Wohnungen.«

»Du bist kein schlechter Mensch. Nicht wirklich.«

»Ich weiß. Und die Bemerkung hättest du dir sparen können.«

Matt lachte und ließ den Blick schweifen. »Wunderbare Bude, Max. Für mich als Landei käme so etwas ja nicht in Frage, aber wenn schon eine Legebatterie, dann nur New York, und wenn New York, dann gerne hier.«

»Liz wohnt ein paar Häuser weiter, gegenüber«, sagte Max und zeigte in die Richtung. »Sie kommt nach der Arbeit rüber, und dann kochen wir was. Magst du Kobe-Rind?«

»Nein«, sagte Matt empört. »Hundert Dollar pro Gramm, oder was? Das ist dekadent, das geht wirklich …«

»Hey«, unterbrach Fuller ihn lächelnd, »war nur Spaß. Es gibt Nudeln, puttanesca.«

Sie waren vom JFK-Flughafen mit dem *A Train* in die Stadt gerumpelt, wie Matt es sich gewünscht hatte, weil er schon ewig nicht mehr U-Bahn gefahren war. Er wunderte sich, dass alle Wagen mit der US-Flagge bemalt waren, Fuller erklärte ihm, das sei nach dem 11. September 2001 eingeführt worden und erhöhe die innere Sicherheit, jedenfalls die gefühlte innere Sicherheit jedes Einzelnen. Nick war dann in Queens ausgestiegen, wo er in der Wohngemeinschaft in der Liberty Street übernachten wollte, in der er während seiner Zeit im CBS-Archiv gewohnt hatte.

»Ein Superbursche, dein Nick, ohne seine Recherchen wüssten wir nicht mal die Hälfte«, hatte Matt gesagt, als Nick ausgestiegen war.

Fuller hatte genickt. »Ich hab mich so an ihn gewöhnt, dass ich seine Fähigkeiten längst selbstverständlich finde und nicht mehr darauf achte. Denn wenn ich darauf achte und wenn ich sehe, wie er recherchiert, Datenbanken anzapft und Informationen aus dem Netz zaubert, komme ich mir immer vor wie ein alter Mann …«

»Wir sind alte Männer«, hatte Matt gesagt, und sie hatten beide gelacht.

Fuller lag mit der *New York Times* auf dem Sofa und war kurz davor, unter dem Wirtschaftsteil einzudösen, als sein Telefon in der Hosentasche vibrierte. Es war Liz.

»Max, mein Schatz, ich bin gleich da, hab aber keine Lust zum Kochen und bringe was Fertiges vom Thai mit.«

»Okay«, sagte Fuller.

»Und eine Überraschung …«

»Was für eine Überraschung?«

»Wird nicht verraten, bis gleich.«

Fuller stand auf, als er Liz' Schlüssel in der Wohnungstür hörte.

»Hallo«, rief er.

»Huhu«, hörte er Liz mit albern hoher Stimme erwidern, und dann ein Kichern. Als er durch das Wohnzimmer gegangen war und in den Flur einbiegen wollte, kam Liz ihm entgegen. Sie stellte die zwei Plastiktüten mit dem Thaifood auf den Boden und fiel ihm um den Hals.

»Schön, dich zu sehen«, flüsterte Fuller ihr ins Ohr und drückte sie fest an sich. Liz gab ihm einen Kuss auf den Mund, befreite sich ein Stück aus seinen Armen und sagte:

»Ich habe noch jemanden mitgebracht.« Jetzt erst sah Fuller, dass im Flur hinter Liz noch jemand stand.

»Darf ich vorstellen, Max, Parvati Barrita. Parvati, mein Freund Max Fuller.«

Die Frau sah aus, wie ihre Stimme geklungen hatte, ebenso sanft, weich und verführerisch wie auch klar und bestimmt. Ihre dunkelbraunen Haare waren zu einem Pferdeschwanz zurückgebunden und gaben den Blick auf ein ungeschminktes Gesicht frei, zu dessen Zügen Fuller als erstes Prädikat nur »edel« einfiel. Welche Rassen vom Kaukasus bis Skandinavien, von der Mongolei bis Frankreich sich in den russischen Vorfahren dieser Frau auch immer vermischt haben mochten, sie hatten offenbar das jeweils Beste mitgebracht, was aus den Abteilungen Anmut und Schönheit zu holen war. Und sie hatten diesem perfekt gebauten Körper und den harmonischen Linien des Gesichts als Krönung zwei Augen eingesetzt, deren strahlendes Grün geradezu magnetisch wirkte.

Auch Fuller konnte nicht anders, als an Parvatis Augen hängen zu bleiben und für den Bruchteil einer Sekunde mit offenem Mund dazustehen. Das Strahlen über das Wiedersehen mit Liz stand noch in seinem Gesicht – und hätte jetzt eigentlich schnell wieder verschwinden müssen, denn er hatte sich auf Liz gefreut und nur auf Liz und nicht auf irgendwelchen Besuch –, doch das blaugrüne Schimmern von Parvatis Augen und ihr lächelnder Mund schienen keinerlei Unwillen zuzulassen.

»Angenehm. Freut mich. Sehr«, stammelte er etwas unsicher, verzog den Mund zu einem schiefen Lächeln und war erleichtert, als Matt hinzutrat.

»Darf ich vorstellen, Professor Dr. Matthew Brooks, ein guter Freund – Matt, Mrs. Parvati Barrita.«

»Sehr erfreut, gnädige Frau«, sagte Matt und verbeugte sich in ihre Richtung.

»Nun macht's mal nicht zu förmlich hier, Leute«, sagte Liz lachend und drückte Matt einen Kuss auf die Wange. »Hi, Professor Doktor! Und gnädige Frau«, sie wandte sich an Parvati, »würden Sie mir helfen, das Essen auf die Teller zu verfrachten? Max und Matt, ihr könntet euch schon mal um den Wein und Gläser kümmern.«

»Jawohl, Frau Doktor Brokaw«, sagte Fuller, salutierte und ging in den Vorratsraum neben der Küche.

»Es war nicht meine Idee, Sie zu überfallen, Max«, sagte Parvati, als sie wenig später am Tisch auf der Terrasse saßen. »Ich hatte heute Morgen hier in New York mit den Anwälten der Stiftung zu tun – unter anderem wegen der Stellungnahme für Ihre Sendung – und danach kurz bei Liz angerufen. Wir hatten uns bei unserem letzten Treffen so gut verstanden, und ich wollte nur fragen, ob sie Zeit hat für einen Kaffee ...«

»Ja«, strahlte Liz. »Und weil ich keine Lust hatte, den Abend allein mit zwei so alten Langweilern zu verbringen, hab ich gefragt, ob sie nicht mit uns essen will.«

»Eine sehr gute Idee«, sagte Matt, hob sein Glas und lächelte in Richtung Liz und Parvati. »Ich freue mich sehr, zusammen mit den zwei schönsten Frauen der nördlichen Halbkugel am Tisch zu sitzen.«

»Sowie dem unsichtbaren Mann?«, brummte Fuller, und alle lachten.

Danach hatte Fuller fünf Minuten lang Parvati gelöchert. Was sie von dem eigentlichen Zweck der Bürgschaften wusste – nichts –, was es mit dem Maßnahmenkatalog der Sieben zur Energiepolitik auf sich hätte – darüber wusste sie ebenfalls nichts –, und wie es ihrem Mann gehe. Dazu berichtete Parvati, dass er immer noch künstlich ernährt werde, dass die Vergiftung mit Salmonellen seinem ohnehin schon krebsgeschädigten Verdauungssystem schwer zugesetzt hätte und unklar sei, wann er das Krankenhaus wieder verlassen könne. Sosehr sich Fuller vorgenommen hatte, sich von dem Charme und der Ausstrahlung dieser Frau nicht überrollen zu lassen, konnte er doch schon nach kurzer Zeit nicht anders, als sich geschlagen zu geben. Parvati war echt, war authentisch, und Fuller fragte sich erfolglos, wie die Steigerungsform von *charmant* lautete.

»Okay«, sagte er zum Abschluss seiner Inquisition der schönen Besucherin, »lassen wir das Thema, das wird uns in den nächsten Tagen noch genug beschäftigen. Aber *off the record* hätte ich noch eine Frage, Parvati. Warum erweisen Sie dem alten Gauner nicht endlich seinen letzten Willen und kassieren auch noch den Rest seiner Kohle für die Stiftungen?«

»Liz«, sagte Parvati mit einem halb strafenden, halb lachenden Blick. Und dann sagte sie mit einem huldvollen Lächeln, an Fuller gewandt: »Es ist tatsächlich in Hectors Testament so fixiert. Aber aufgrund seiner fortgeschrittenen Krebserkrankung wird es dazu nicht mehr kommen. Leider. Bis vor anderthalb Jahren war mein Mann noch ein feuriger Liebhaber, auch ohne Viagra, die Chancen standen also nicht schlecht, und ich habe mir redlich Mühe gegeben.« Wieder lächelte sie, wieder huldvoll, und Fuller hatte Mühe, nicht zu grinsen. »Aber jetzt«, seufzte sie, »war es das dann wohl. Die Ärzte geben ihm noch ein halbes Jahr, vielleicht acht Monate.«

»Sie trauern nicht wirklich«, sagte Fuller und sah sie an.

»Ob Sie es glauben oder nicht: Hector Barrita ist ein wundervoller Mann. Wenn Sie ihn nach seiner Vergangenheit beurteilen, mag das anders aussehen, aber es kommt nicht auf die Vergangenheit an, sondern auf die Gegenwart. Auf das, was man aus seiner Vergangenheit macht. Und als achtes Kind eines mexikanischen Tagelöhners bleibt einem wahrscheinlich am Anfang nichts anderes als Gewalt, um aus diesem Elend herauszukommen. Als vierte Tochter eines alkoholsüchtigen Kolchosearbeiters kann ich das beurteilen. Auch bei mir ging es nicht ohne Gewalt. Nicht gegen andere, sondern von anderen, deren Gewalt ich zulassen musste, um aus dem Elend herauszukommen – und nach Amerika. Deshalb verstehe ich auch einen *bandido* wie den jungen Hector Barrita.«

»Mir kommen die Tränen, werte Parvati«, sagte Fuller. »Bei allem Respekt: Ihr *bandido* ist kein Robin Hood, sondern ein Großkrimineller, der mit sechs anderen versucht, die Macht im Staat zu übernehmen. Der dem Präsidenten Kriege aufzwingen, unsere Währung kontrollieren und sich mit seiner Bande zum Diktator aufschwingen will. Hitler hatte auch eine schwere Kindheit, aber ab dreißig gilt das nicht mehr als Ausrede.«

Liz warf Fuller einen missbilligenden Blick zu, aber Parvati schien unbeeindruckt. »Ich wusste von den Aktionen der Sieben absolut nichts. Und wenn es stimmt, was Sie herausgefunden haben – was ich nicht bezweifle –, dann hat Hector mich auf unglaubliche Weise hintergangen. Ich habe heute mit meinen Anwälten nicht nur wegen dieser Bürgschaftssache, sondern auch über die Auflösung meines Ehevertrags gesprochen. Bevor ich darüber eine Entscheidung treffe, will ich ihm aber noch Gelegenheit geben, dazu Stellung zu nehmen. Sobald er sich von der Vergiftung halbwegs erholt hat.«

»Du willst dich scheiden lassen?«, fragte Liz.

Sie nickte. »Wenn das alles stimmt, was Max recherchiert hat, auf der Stelle. Als ich ihn heiratete, war mir klar, wer er war und wer er ist. Aber mir war auch klar, dass seine schwarze Seele, die all diese Milliarden zusammengeschachert hatte, an einem Punkt angelangt war, an dem sie nach Einhalt, nach Umkehr, nach Erlösung verlangte. Und ich war mir sicher, dass ich diesen Prozess zu einem guten Ende führen könnte. Wir kannten uns ja schon einige Jahre, in denen ich nie mehr als einen Handkuss von ihm zugelassen habe. Und ein paar Cookies, die er zum Tee mitbrachte. Alle anderen seiner irrsinnig teuren Geschenke habe ich zurückgehen lassen.«

»So angelt man sich einen Milliardär«, lächelte Fuller.

»Ja«, erwiderte Parvati, »so landet man Volltreffer, ohne überhaupt zu zielen. Hector galt immer als Geizkragen, der jede Eiskugel, die er einem Kind spendiert, irgendwo notiert. Ich wusste damals nicht, dass ich ihn völlig rasend machte, weil ich selbst die großzügigsten Geschenke ablehnte, sonst hätte ich vielleicht mal eines angenommen.«

»Und wie war das mit Barnes?«, fragte Fuller.

»Wie ich Liz schon gesagt habe: Er hat mich tanzen sehen und dann wie ein echter Mäzen gefördert. Ohne ihn wäre ich vielleicht nie auf eigene Beine gekommen hier. Aber dann, nach seiner Scheidung, wollte er mehr, und das war es dann für mich. Zu seinem Siebzigsten bin ich aus alter Dankbarkeit gegangen. Ich habe ihn davor Jahre nicht mehr gesehen und danach auch nicht mehr.«

Sie hatten dann nach dem Essen noch eine Stunde auf der Terrasse gesessen und geredet, und vor allem Matt hatte sich ins Zeug gelegt, eine geistvolle Anekdote nach der anderen erzählt und, wenn alle lachten, wonnig seinen grauen Rauschebart gekrault. Seine wachen, schnellen Augen waren fast durchgehend auf Parvati gerichtet gewesen, und als sie sich verabschiedete, war Fuller nicht überrascht, dass sein Freund eine Visitenkarte herauskramte und sie ihr in die Hand drückte. »Wenn Sie mal in der Nähe sind und ein kalifornisches Landei besuchen wollen, würde ich mich sehr über einen Anruf freuen.«

Als Parvati gegangen war, sagte er: »Also wenn man da solche Frauen kriegt, will ich auch zur Mafia.«

»Hallo?«, sagte Fuller. »Hast du mir nicht gerade noch erzählt, wie toll du dein Eremitendasein auf dem Schlangenhügel findest und dass Frauen einfach viel zu anstrengend sind und zu viel Zeit kosten und dass du froh bist, denen nicht mehr hinterherhecheln zu müssen, weil das Klappmesser in deiner Hose nicht mehr dauernd aufspringt?«

»Ja. Stimmt schon alles, in der Regel«, sagte Matt. »Aber für Parvati müsste ich wohl eine Ausnahme machen. Jeder übrigens. Sofern er nicht taub, blind und ohne Geruchssinn ist.«

»Wenn sie sich scheiden lässt, ist sie wieder zu haben, Matt«, sagte Liz, »und sonst etwas später, du hast ja gehört, wie lange die Ärzte ihrem Mann noch geben. Ich glaube, ihr würdet gut zueinander passen.«

»Hey, was gibt das hier, *Bauer sucht Frau?*«, fragte Fuller. »Hast du sie mitgebracht, um sie mit Matt zu verkuppeln?«

»Unsinn«, lachte Liz.

Matt hob empört die Augenbrauen. »Wieso Unsinn?«

Als sich Liz später bei Fuller unterhakte und sie gemeinsam zu ihrer Wohnung hinübergingen, sagte sie: »Und, war das eine gute Idee, Parvati mitzubringen? Sie ist doch wirklich eine tolle Frau, oder?«

»Hmmh«, grummelte Fuller, »schon beeindruckend, zugegeben, aber doch die Frau eines Kriminellen.«

»Und ich bin die Tochter eines Kriminellen. Gut, mein Vater war ein kleineres Kaliber als Barrita, aber genauso illegal.«

»Großer Unterschied«, sagte Fuller und blieb stehen. »Väter kann man sich nicht aussuchen, Partner schon. Und ganz gleich, wie schwarz Mike Donovans Seele war, ich bin ihm ewig dankbar, dass er einen Engel wie dich in die Welt gesetzt hat.«

Er nahm Liz in die Arme, und sie küssten sich lange. Bis Liz ihm ins Ohr flüsterte:

»Nichts gegen Erregung öffentlichen Ärgernisses, aber wir haben zwei wirklich superschicke Wohnungen hier in der Nähe.«

»In meiner sitzt ein alter Mann vor dem Fernseher.«

»Dann machen wir in meiner Krach.«

39

Seit über einem Jahr hatte Fuller das CBS-Gebäude in Manhattan nicht mehr betreten, und als er an diesem Mittwochmorgen vor den Fahrstühlen wartete, wurde er umgehend daran erinnert, warum diese Abstinenz ihr Gutes hatte. Als die Tür des Lifts, den er mit einer jungen Praktikantin betreten hatte, fast schon wieder geschlossen war, klemmte sich ein feiner Lederschuh dazwischen, und Oliver Bennett trat in die Kabine. Bennett war Fullers Abteilungsleiter gewesen, als er nach seinem Entzug dank Ken Wilder den Job im Backoffice von *60 Minutes* bekommen hatte, und Bennett war derjenige gewesen, der die Rehamaßnahme für Fuller zu einer permanenten Herausforderung hatte werden lassen. Sich als gestandener Profi von einem Streber aus der Journalistenschule herumkommandieren zu lassen, der 15 Jahre jünger war als er und nicht mal halb so intelligent, wäre noch halbwegs auszuhalten gewesen, doch dass dieser Streber als Zusatzqualifikation auch noch sämtliche Eigenschaften eines intriganten Arschlochs mitbrachte, war eindeutig zu viel gewesen.

»Max!«, sagte Bennett, strahlte und zwinkerte Fuller tatsächlich zu. »Schön, dich mal wiederzusehen.« Er rückte die Sonnenbrille in seiner Gelfrisur zurecht und strahlte weiter.

»Tag auch«, murmelte Fuller und setzte ein neutrales Minimallächeln auf.

»Mann, du hast ja einen großen Scoop ausgegraben, wie man hört, gratuliere, gratuliere. Bin schon sehr gespannt, Ken hält dicht wie ’ne Schweizer Taucheruhr, was die Details betrifft.« Bennetts kumpelhafter Ton und sein Grinsen deuteten an, dass er gern das eine oder andere Detail erfahren würde, um dieses Herrschaftswissen dann gleich irgendwo im Haus karrierefördernd einzusetzen.

Fuller behielt sein Neutrallächeln bei. »Na ja«, sagte er. »Mal sehn, wie's läuft, fehlt ja noch die DNA-Analyse, nachher ist der Typ gar nicht *wirklich* Michael Jackson.«

Bennett schwieg.

Fuller ließ die Augenbrauen kurz hochspringen und zuckte die Achseln. »Weiß man's?«

Bennett schnappte sich ein Grinsen ins Gesicht und schnaubte kurz. Es klang nicht besonders attraktiv. »Und sonst, Max, was hast du so getrieben die ganze Zeit?«

»Ach«, sagte Fuller, weiter im Plauderton, »ich habe im letzten Jahr so gut wie keine charakterlosen Schleimbeutel getroffen und kaum arschkriechende Abteilungsleiter, also so weit prima, danke.«

In diesem Moment öffnete sich die Fahrstuhltür, und die Praktikantin sprang mit besorgtem Blick ins Freie. Bennett stand noch eine halbe Sekunde mit offenem Mund da. Dann stieg er ohne ein weiteres Wort durch die zugleitende Tür auf den Flur, zwei Stockwerke unter seinem Büro.

Zu der Besprechung in Ken Wilders Büro waren neben Fuller und Nick noch zwei Redakteure und die Moderatorin Nina Celine erschienen. Die Redakteure hatten Ausdrucke des geplanten Ablaufs mitgebracht und Nina einen Stapel Karteikarten, die sie im Lauf der Sitzung mit Notizen füllte.

»Bevor wir anfangen«, sagte Ken Wilder, »kurz zur aktuellen Nachrichtenlage. Gibt es irgendetwas Neues über Nacht?«

»Bodanos Haftentlassung wurde genehmigt«, sagte Nick. »Gestern Abend um zehn.«

»Muss man erst mal hinkriegen, einen Richter um die

Uhrzeit noch vom Kamin und seinem Whisky wegzuholen«, sagte Fuller.

»Immerhin zehn Millionen Kaution und alle zwei Tage Meldepflicht beim lokalen Polizeirevier«, ergänzte Nick.

»Okay, das haben wir sowieso in den Nachrichten«, sagte Wilder, »und am Ende des Zweiminutenporträts von Bodano kann Nina das noch mal *on air* ansagen. Sonst noch was?«

»Die Liste der durchsuchten Firmen ist noch etwas länger geworden«, sagte einer der Redakteure, »und alle gehören zum Imperium der Sieben.«

»Was ist mit dem Interview mit dem Weißen Haus?«, fragte Fuller, an Ken gewandt.

»Haben wir. Dreieinhalb Minuten Rahmbo persönlich. Begründet die laufenden Ermittlungsmaßnahmen und bedankt sich am Ende bei *60 Minutes* für die Recherchen.«

»Den Faden könnte ich aufnehmen und an Max weiterleiten«, sagte Nina und schenkte zuerst Max und dann ihrem Chefredakteur ein Lächeln.

»Äh, ich dachte ...« Ken Wilder zögerte, Fuller sprang ein.

»Ken möchte als alte Rampensau das Lob aus dem Weißen Haus gern selbst in Empfang nehmen«, sagte er, an Nina gewandt, und grinste. »Vielleicht nehmen wir ihn nach dem Rahmbo-Take kurz dazu, im Studio.«

Die Redakteure am Tisch grinsten, und Wilder machte eine abwehrende Geste.

»Doch«, sagte Fuller bestimmt, »so machen wir das. Du erzählst was über die Tugenden des investigativen Journalismus, und dass *60 Minutes* diese Tugenden immer hochgehalten hat, blablabla ... und dann kannst du ja mich angemessen preisen. Ich werde sowieso lieber von einem guten Kumpel wie dir gelobt als von irgendeinem Karrierefuzzi aus dem Weißen Haus.«

Ken Wilder runzelte zwar immer noch die Stirn, aber man merkte ihm an, dass er einverstanden war. Nina und Fuller sahen sich für einen Moment verschwörerisch in die Augen und lächelten. Als Nina vor zwei Jahren als Moderatorin eingestellt worden war, hatte niemand im Haus der gerade mal 29-Jährigen zugetraut, dass sie in die Fußstapfen der erfolgreichen Stefie Straightburger treten könnte, die zum Disney-Konzern gewechselt war. Fuller aber hatte schnell gemerkt, dass Nina außer blond, hübsch und sexy auch smart, witzig und schnell war und genau der Typ Frau, an deren Tür er früher so lange gekratzt hätte, bis sie ihn entweder in den Hudson River geworfen oder reingelassen hätte. Nachdem er sie bei einigen Meetings in der Redaktion ein bisschen näher kennengelernt hatte, hatte er sogar mit dem Gedanken gespielt, ihr seine große Zuneigung einfach zu gestehen. Doch mit realistischem Blick auf sein Geburtsdatum, die dazugehörige Visage sowie die zu erwartende Aussicht auf ein mitleidiges Lächeln hatte er von diesem Plan wieder Abstand genommen. Dennoch hatte er, als er mit Ken die Sendung besprochen hatte, natürlich Nina als Moderatorin verlangt.

»Okay, Nina, so machen wir es«, sagte Wilder, »nach dem Take mit Rahmbo Statement von mir, Statement von Max und danach …«

»Einspieler von den Durchsuchungen«, sagte einer der Redakteure, »Statement von einem IRS-Typen und einem aus dem Justizministerium. Stichwort ›Steuerhinterziehung‹ wäre dann der Anschluss für Nina.«

»Ja«, sagte Fuller und schaute in das Skript, »wenn Nina dann noch ein paar Takte zur Steuerhinterziehung erzählt, hätte ich via Al Capone eine schöne Überleitung zum Gespräch mit Matt, Professor Brooks, über die Devianz der Eliten und die Kooperationen von *Mob* hier und *White Collar Crime* da.«

»Nehmt als Jingle für den Talk ›Woke Up This Morning‹

von Alabama 3, die Titelmusik der *Sopranos*«, schlug Nick vor.

»Sehr gut«, sagte Wilder und zu einem der Redakteure: »Besorgt die Musik.«

»Was sagt das FBI zu den Nichtermittlungen nach dem Mord an Cuttler junior?«, fragte Fuller. »Da wolltest du jemanden drauf ansetzen.«

Ken nickte. »Ja, unser Mann hat da tatsächlich einen FBI-Agenten in Kalifornien aufgetan, und der hat am Telefon rumgemault, die Zentrale hätte ihn zurückgepfiffen. Aber nachdem wir dann in Washington nachgefragt haben, war er auf einmal ganz klein mit Hut und meinte, das sei nur seine persönliche Empfindung gewesen.«

»Und?«

»Der FBI-Pressesprecher hat ein Statement abgegeben, die Vorwürfe schleppender Ermittlung im Fall David Cuttler zurückgewiesen und die Fahndungserfolge in dem damit verbundenen Mordfall Layla Winfield herausgestellt.«

»Bullshit«, sagte Fuller. »Die haben einen Handlanger des Mörders aus dem Hafenbecken gefischt, sonst nichts. Keine Laudatio für *Kommissar Zufall,* den PR-Heini können wir weglassen.«

»Sind nur dreißig Sekunden«, sagte Wilder.

»Okay, dann nehmt ihn rein. Aber wenn der Clip gelaufen ist, will ich kurz kommentieren.«

Ken Wilder runzelte die Stirn, doch bevor er etwas sagen konnte, fuhr Fuller fort. »Ken, das Ergebnis der FBI-Ermittlungen war drei Wochen lang gleich null. Und ich schau mich in der Kommune mal einen Tag um, und schon weiß ich fast alles und hab Dillon am Hals. Wären meine Freunde nicht dazwischengekommen, wäre ich jetzt erstens tot, und zweitens hätte das FBI zu den dann drei Morden immer noch keinen Täter. Da muss es wohl erlaubt sein, das Federal Bureau of Incompetence beim Namen zu nennen.«

Wilder machte ein beschwichtigende Handbewegung. »Bring deinen Spruch zum FBI, und dann leitet Nina über zur aktuellen Fahndung nach Dillon. Da haben wir einen Clip, zwei Minuten, danach Nina im Gespräch mit Max und dem Professor als Zeugen der Schüsse auf Layla und Jake.«

Um kurz vor zwölf beendeten sie die Sitzung. Die beiden Redakteure verschwanden mit ihren Notizen in ihre Büros, Max und Nina zündeten sich mit Kens freundlicher Erlaubnis eine Zigarette an. Wilder nahm einen Stapel Fotokopien von seinem Schreibtisch.

»Die Presse von heute. Landesweit überall mindestens zweispaltige Berichte über die Ermittlungen gegen die Sieben. Und Anfragen von allen TV-Stationen nach Vorabmaterial.« Der Chefredakteur strahlte.

»Apropos«, sagte Fuller. »Wir haben noch gar nicht über Geld geredet. Sollten wir noch, bevor ich auf Sendung gehe.«

»Sicher«, sagte Wilder und lächelte. »Machen wir noch heute Nachmittag. Wird keine Probleme geben.«

»Schau'n wir mal.« Fuller lächelte ebenfalls. »Du kennst ja meine neuen Tarife mit Scoop-Bonus und Quotenzuschlag noch nicht.«

Nachdem sie in der Cafeteria etwas gegessen hatten, ging Nick in einen der Schneideräume, wo er noch an einigen Grafiken für den Bericht über die Kommune und das ZERO-Projekt arbeiten wollte. Fuller fuhr mit seinem Kaffeebecher bis ins oberste Stockwerk. Einer der Hausmeister hatte ihm hier einmal den verborgenen Zugang auf das für das Publikum gesperrte Dach gezeigt. Der Zugang war immer noch offen, und Fuller ging um das kleine Gebäude herum, aus dem oben die Abzüge der Klimaanlagen ragten. Er setzte sich auf den Boden, windgeschützt mit dem Rücken zur Wand und dem Blick auf das Empire State Building.

Hierhin hatte er sich öfter verzogen, um sich abzuregen, wenn ihm das Gebaren des Ressortleiterdarstellers Bennett nur noch die Alternativen Hauen, Boxen oder Rauchen gelassen hatte. Oder wenn er vor Verzweiflung über den Stumpfsinn seiner Arbeit am liebsten zum nächsten Schnapsladen oder Drogenhändler gerannt wäre, um sich einfach die Birne zuzuknallen. Manchmal hatte er länger als eine Stunde hier gesessen, und der Blick auf die einzigartige Landschaft Manhattans und das in den Schluchten dieser aufragenden Türme hektisch wuselnde Ameisenvolk, zu dem er normalerweise ebenfalls gehörte, hatte ihn irgendwie beruhigt. Hier oben fühlte er sich von diesem Gewusel und auch von seiner eigenen Unruhe immer ein Stück enthoben, und diese Entrückung trug dazu bei, seine Gedanken und Stimmungen zu klären. So wie er die Stadt von oben beobachtete, schaltete sich in seinem Gehirn der innere Beobachter ein, der das, was Max Robert Fuller war, dachte und fühlte, ebenfalls von oben betrachtete – und oft genug lachend den Kopf schüttelte über diesen Idioten. Aber heute waren es kein Ärger und keine Verzweiflung, über die der innere Beobachter mit ihm in Dialog trat, sondern das Gefühl des Triumphs, die Genugtuung, wieder auf der Erfolgsspur zu sein. Und das wühlte ihn fast ebenso auf wie früher die Wut, sich Arschlöchern wie Bennett unterzuordnen und bescheuerte Dossiers über irgendwelche Promis schreiben zu müssen.

Als er sich die zweite Zigarette ansteckte, begann der entspannende Effekt seines Meditationsplatzes auf dem Dach Wirkung zu zeigen. Er erinnerte sich an den Rausch, in den es ihn damals versetzt hatte, als er mit seinen Recherchen in Mena schlagartig bekannt geworden war und er geglaubt hatte, von dieser Startrampe ginge es nur noch in eine Richtung: aufwärts. Dass diese Vorstellung naiv sein könnte, dieser Zweifel war ihm keine Sekunde lang gekommen. Als er dann fast ganz unten gewesen war, hatte er in derselben Naivität einfach das Gegenteil angenommen: dass das Leben, sein Leben, eben einfach immer nur abwärts gehe. Allein wäre er aus diesem trostlos zynischen Zustand nicht mehr herausgekommen, doch zu seinem großen Glück hatte es helfende Hände gegeben, die seinen endgültigen Sturz einfach nicht zulassen wollten und ihn aufgefangen hatten. Frauen, die ihn immer noch mochten, obwohl er allzu oft nur noch das versoffene Arschloch gab, und Freunde wie Jake Williams und Ken Wilder, die ihn dabei unterstützt hatten, sich wieder aufzurappeln.

Und so hatte er gelernt. Endgültig begriffen, dass das Leben immer und grundsätzlich aus Aufwärts *und* Abwärts besteht und dass es deshalb gilt, keine dieser Phasen wirklich ernst zu nehmen, sondern sie als das zu nehmen, was sie sind: Veränderungen, denen weitere Veränderungen folgen würden, und zwar in die eine wie in die andere Richtung. Dieses Bild des Lebens als Achterbahn, auf der man den Druck der Schwerkraft beim Sturz ins Tal ebenso annehmen musste wie die Euphorie beim Aufstieg und die Böen und Stürme auf dem Gipfel, kam Fuller jetzt wieder in den Sinn. Er war, wie damals, *tock-tock-tock* mit dem hölzernen *Thunderbolt* auf Coney Island, mühsam und langsam nach oben gekrochen und jetzt – mit einem einstündigen Special in der wichtigsten Nachrichtensendung des Landes – wieder ziemlich weit oben angelangt.

Es war eine wunderbare Aussicht von hier, auf das Meer und die Stadt, man durfte sich als kleiner Junge schon als *king of the world* fühlen, als Erwachsenem indes musste einem klar sein, dass es sich auch dabei wieder nur um einen temporären Zustand handelte. Vielleicht würde es auf dieser Hochebene ein Stück weitergehen, vielleicht nach einem kurzen Knick und mit neuem Schwung sogar noch eine Etage höher oder fast senkrecht rasend nach unten und auf dem Weg durch ein paar derart schwindelerregende Kurven, dass man das Kotzen bekäme. Vielleicht, weil irgendein Teil an dem alten Wagen versagte oder weil einer der Bremser einen Fehler machte, würde sich sogar ein Unfall ereignen. Auf dem *Thunderbolt* hatte es jedes Jahr ein paar Tote gegeben, wie im richtigen Leben.

Als Rationalist und Selbstdenker hatte Fuller gern Blockaden gegen die Psychologen und Therapeuten aufgebaut, mit denen er im Rahmen seiner Suchtbehandlungen konfrontiert worden war, und ihre Weisheiten als Philosophie auf dem Niveau von Glückskeksen abgetan. Aber jetzt, nach diesem Bild von der Achterbahn des Lebens, fiel ihm einer dieser Merksätze wieder ein, und er schien ihm genau zu passen: *Bleibe im Fluss und erwarte das Unerwartete.*

»Max, wo hast du gesteckt?«, fragte Ken Wilder, als Fuller auf die Redaktionsetage zurückgekommen war. »David hat angerufen, er will dich heute in der *Late Night.*«

»Auf keinen Fall«, sagte Fuller.

»Hey, Max. Letterman!? Ich hab ihm zugesagt, dass du kommst.«

Fuller schüttelte den Kopf. »Bist du mein Agent, oder was? Wenn du zugesagt hast, geh selber hin. Ich rede heute Abend mit gar keinem mehr, schon gar nicht im Fernsehen. Ich bin seit sieben auf den Beinen, mache deine ganze Sendung und soll danach noch auf die Showbühne? Sorry, aber nicht mal dir zuliebe fange ich wieder mit dem kolumbianischen Marschierpulver an.«

Wilder stöhnte. »Mensch, Max, ist doch nicht mal 'ne Viertelstunde. Wir müssen doch das Eisen schmieden, solange es heiß ist.«

»Quatsch«, sagte Fuller. »Wir heizen den Ofen heute derart an, dass das Eisen wochenlang glüht, in allen Medien, weltweit. Da ist es völlig überflüssig, bei Letterman nachzulegen. Keine Talkshows. Gib's weiter an die Telefonzentrale, falls die Büros von Oprah oder Larry King anrufen. Wir machen keinen *Boulevard.*«

Wilder kniff die Lippen zusammen und atmete tief aus. Normalerweise waren dies die Vorzeichen eines seiner gefürchteten Wutausbrüche. Aber er schwieg.

»Hey, Kennyboy«, lächelte Fuller und legte ihm die Hand auf die Schulter, »die Geschichte ist so groß, da brauchst du keine Lettermans für die PR. Du hast doch mich, und das exklusiv.«

Wilder rang sich ein Lächeln ab. »Okay, hoffen wir, das reicht.«

Als nach Beginn der Sendung am Abend die ersten Hochrechnungen der Ratingagenturen hereinkamen, wurde rasch klar, dass es nicht nur reichte. Am Ende wurden für »Staatsstreich in Amerika« 15,8 Millionen Zuschauer gezählt, nur Obama bei seinem ersten *60-Minutes*-Auftritt hatte mehr Zuschauer, 16,2 Millionen, angezogen.

Alles hatte gestimmt, alles hatte gepasst, Nina und Max hatten sich bei den Livegesprächen traumwandlerisch sicher die Bälle zugespielt, dass die Pointen nur so sprudelten, Ken Wilder hatte kurz und souverän die Tugenden des Journalismus gelobt, Matt hatte in seinem besten Anzug nicht nur großartig ausgesehen, sondern in einer Schärfe und Brillanz vom Leder gezogen, die kritische Professorenkollegen wie Noam Chomsky wie Schuljungen aussehen ließ, die Telefonleitungen für das *call in* der Zuschauer waren noch eine Stunde nach Sendeschluss völlig überlastet, und der Webserver, auf dem das Video der Sieben und das Cuttler-Interview in voller Länge angeboten wurden, brach schon nach 15 Minuten zusammen. Beim FBI waren Dutzende Hinweise auf den Aufenthaltsort von Dillon beziehungsweise einer ihm ähnlichen Person eingegangen und in der CBS-Pressestelle zwei Dutzend Interviewanfragen für Max Fuller.

»Die Nation ist in Aufruhr, sieben Großverschwörer stehen am Pranger und bald vor Gericht, und Max Fuller ist der Mann, der sie im Alleingang zur Strecke gebracht hat. Nicht nur wir bei *60 Minutes*, das ganze Land ist ihm zu Dank verpflichtet. Danke, Max.«

Auf Ninas euphorischen Überschwang bei der Abmoderation hatte Fuller geantwortet: »Sosehr ich es wirklich liebe, der einzige Held von so wundervollen Frauen wie dir zu sein, Nina: Wäre ich tatsächlich im Alleingang unterwegs gewesen, wäre ich nicht mehr da. Ohne meine Freunde Nick Larson, Matthew Brooks und Jake Williams hätte ich das nicht geschafft, und vor allem nicht ohne Dr. Elisabeth Brokaw. Die so freundlich ist, auch meine weniger heldenhaften Seiten zu ertragen. Ihnen gebührt euer Dank. Und an die Zuschauer habe ich jetzt nur noch eine Bitte: Findet den Mörder und Folterer Dillon.«

40

Nach dem Abspann und Fullers Victory-Zeichen mit grünem Fingerhut war die Studiocrew in Jubel ausgebrochen, Nina war Max spontan um den Hals gefallen, was eine breite Lippenstiftspur auf seiner Backe hinterlassen hatte, und Ken Wilder war mit einem Servierwagen Veuve Cliquot hereingerollt. Sie hatten abgeräumt, die zweitbeste Quote seit Jahren, und das ohne einen Ausnahme-Entertainer wie Obama, sondern mit ambitioniertem, investigativem Journalismus.

Ken hatte Fuller mehrmals in den Arm genommen und immer wieder gesagt: »Das gibt den zweiten Pulitzer, das gibt den zweiten Pulitzer.« Die Assistentinnen waren alle zehn Minuten mit neuen »dringenden« Anfragen gekommen – von ausländischen Korrespondenten, Literaturagenten und der Marketingagentur eines Spieleherstellers, die Fuller als Werbefigur für ihr »Antimonopoly«-Brettspiel anheuern wollte –, und der CBS-Vizepräsident war persönlich aus der Direktionsetage herabgestiegen, um zu gratulieren. Nick war grinsend aus den Kulissen gekommen, hatte – Daumen hoch – ein »Gute Arbeit, Meister« gemurmelt, und Max hatte ihn an sich gedrückt und sich bei ihm bedankt. Matt Brooks saß mit blinkenden Augen mit zwei Politikredakteurinnen zusammen, die ihn nach seinem fulminanten Auftritt gleich für eine Sendung über die »Schwerkriminalität der Schwerreichen« anheuern wollten.

In den benachbarten Büros hatten sich der Quotenhit von *60 Minutes* und der Champagnerausschank des Chefredakteurs herumgesprochen, sodass sehr schnell eine größere Party zustande gekommen war. Doch je ausgelassener um ihn herum gelacht und geredet wurde, desto mehr sehnte sich Fuller nach Ruhe. Eine halbe Stunde Schulterklopfen und Belobigungen waren ihm mehr als genug, und von französischer Brause bekam er spätestens ab dem zweiten Glas Sodbrennen. An Lagavulin oder einen anderen amtlichen Malt hatte Ken nicht gedacht, oder er hatte daran gedacht und unter Rücksicht auf Fullers feucht-tragische Vergangenheit darauf verzichtet. Aber wann, wenn nicht jetzt, hatte er sich einen Schluck verdient?

Deshalb war Fuller der Erste, der die kleine Feier wieder verließ. Matt hatte einen Zweitschlüssel zu seiner Wohnung und wollte später nachkommen, sobald er den Redakteurinnen *alles* erzählt hatte, was er wusste. Falls er das ernst meinte, würde Fuller ihn vermutlich wochenlang nicht wiedersehen.

Er winkte sich ein Taxi heran und war zehn Minuten später in seiner Wohnung. Liz war am späten Nachmittag nach Rhode Island hinausgefahren, wo sie am nächsten Morgen einen Termin hatte und bei einer Freundin übernachten wollte. Sie hatte ihn vor der Sendung noch kurz angerufen und danach, wie er erst jetzt merkte, als er das Telefon aus der Jacke nahm, eine SMS geschickt. »Du warst Klasse. Dicker Kuss.«

Auch Parvati hatte ihm eine Nachricht gesendet. »Vielen Dank, Max – und alles Liebe.« Ihre Nachricht war in derselben Minute eingetroffen wie die von Liz.

Fuller nahm sich ein Glas Wasser, füllte ein zweites Glas drei Finger hoch mit Whisky und setzte sich aufs Sofa. Ken hatte ihm Kopien der ganzen Vorabberichte über die Sendung mitgegeben, aber sie interessierten ihn nicht. Früher hätte er sich mit roten Ohren darüber hergemacht und jeden Artikel, in dem er erwähnt wurde, mindestens drei Mal gelesen und abgeheftet, jetzt wanderten die Kopien, nach ein paar lustlosen Blicken, direkt auf den Altpapierstapel.

Beim ersten Schluck Whisky wunderte sich Fuller einmal mehr, wie es den Schotten auf ihren bitterarmen Inseln gelungen war, aus ihrer Not – sie hatten kein Holz – eine solche Tugend zu machen und aus dem mit Torf gerösteten Malz einen solchen Geschmack zu zaubern. *Glenlivet* war nicht zu verachten, der *Balvenie* mit seinem Portweintouch originell, aber hatte man je einen rauchigen, würzigen Schluck *Lagavulin* genossen, schmeckten alle anderen feinen Whiskys bloß noch wie Kindertee.

Es war kurz nach elf, und Fuller hatte sich gerade das zweite Glas eingeschenkt, die Augen geschlossen, und versuchte entspannt zwischen all den himmlischen Torf-, Malz- und Rauchnoten herauszuschmecken, wie wohl das Inselwetter zum Zeitpunkt der Malzernte gewesen sein mochte, als Jimi Hendrix einen Anruf signalisierte und das Display einen Namen zeigte, den er nicht mochte, schon gar nicht jetzt: Rickler. Dennoch nahm er ab.

»Gratulation, Max, großartige Sendung.«

Mit mehr als einem »Mmmmhhh« wollte Fuller den Beifall von der falschen Seite nicht kommentieren.

»Sagen Sie, ich sehe noch Licht bei Ihnen, würde es stören, wenn ich kurz vorbeikomme?«

Jetzt war es mit Fullers stoischem Antwortmodus vorbei. »Wo sehen Sie Licht bei mir?«, fragte er und war hellwach.

Rickler lachte. »Na, in Ihrem Penthouse und auf Ihrer Terrasse. Wenn Sie rauskommen, können Sie mich sehen.«

Fuller sprang vom Sofa auf, öffnete die doppelt- und dreifachverglaste Terrassentür und trat in dröhnendes Wummern. Er hob den Kopf und sah den schwarzen Hubschrauber, der höchstens zwanzig Meter über seiner Terrasse in der Luft stand. Die Innenbeleuchtung der Kabine war eingeschaltet, und Fuller konnte sehen, dass ihm jemand zuwinkte. Eine Sekunde war er versucht, zurückzuwinken. Doch dann machte der Hubschrauber einen scharfen Bogen und ging direkt hinter ihm, auf dem Dach seines Wohnzimmers, nieder.

»Entschuldigen Sie meinen kleinen Überfall«, sagte Rickler, als er die Leiter heruntergeklettert war, die von Fullers Terrasse auf das Dach führte, »aber ich hatte ein Meeting hier im Rockefeller Center zum Thema Ihrer Sendung – die wir natürlich angeschaut haben – und wollte Ihnen nur rasch persönlich gratulieren. Wirklich großartige Arbeit, Fuller.«

Fuller nickte, stand in der Terrassentür und sagte nichts. Rickler trug einen blauen Anzug, ein weißes Hemd und eine rot-blau gestreifte Krawatte. Er sah älter aus als in Fullers Traum und inzwischen wirklich fast wie James Baker, der Anwalt, der im Jahr 2000 die Geschichte aufs falsche Gleis geschickt und den Florida-Coup der Bush-Familie bewerkstelligt hatte. Rickler nestelte eine Flasche aus der Plastiktüte, die er im Arm hatte. »Kleine Anerkennung«, sagte er und reichte sie Fuller.

»Danke«, sagte Fuller und nickte nach einem Blick auf das Etikett: *Lagavulin – 30 Years – Distillers Edition.* Rickler hatte sich Mühe gegeben.

»Das ist doch das Mindeste, bei den Milliarden, die Sie uns gespart haben«, sagte Rickler und lächelte. Fuller hatte zuvor für einen kurzen Moment mit dem Gedanken gespielt, ihm die Flasche einfach vor die Füße zu werfen und die Tür vor der Nase zuzuziehen. Aber er brachte es nicht übers Herz, die Flasche umzubringen.

Er trat einen Schritt zurück, deutete auf die Sofas in seinem Wohnzimmer und sagte: »Nehmen Sie ein Glas mit mir.«

Rickler nickte und trat ein. »Eins. Mein Lear wartet in Newark, ich will noch auf die Insel zurück.«

Fuller holte zwei frische Gläser, öffnete die geschenkte Flasche und schenkte ein.

»Bodano ist schon wieder draußen«, sagte er.

»Ja«, antwortete Rickler. »Das war ja auch nur als Warnschuss gedacht. Und es hat schon Wirkung gezeigt. Bodano wird nicht mehr aus der Reihe tanzen.«

Rickler hob sein Glas. »Santé.«

Fuller hob ebenfalls das Glas, trank und nahm entsetzt zur Kenntnis, dass die Sonderabfüllung noch besser war als sein ohnehin schon sündhaft teurer *normaler* Lagavulin. Er nahm sich fest vor, sich nicht daran zu gewöhnen.

»Und Barnes?«, fragte er.

»Darüber haben wir heute Abend gesprochen. Der IRS wird ihm an die Gurgel gehen, das Verfahren wegen Steuerhinterziehung überlebt er nicht.«

»Und die anderen, Barrita, Cuttler, Keen, Milowski ...«

»Dasselbe. Barrita macht es, wie Sie vermutlich wissen, sowieso nicht mehr lange, Cuttler hat seinen Bußgang heute Abend bei Ihnen im TV angetreten, und die anderen sind wegen Steuerhinterziehung dran. Wirklich ein genialer Schachzug, Max.«

Rickler hob sein Glas, nahm einen weiteren Schluck und sah dem bronzenen Malt zufrieden beim Kreiseln zu.

»Schachzug?«, sagte Fuller.

»Schachzug, ja. Dass Sie die *CHIPS* in den Vordergrund gestellt und das Wörtchen ›Öl‹ in der ganzen Sendung kein einziges Mal erwähnt haben. Genial. Wirklich perfekt.«

Rickler lächelte.

Fuller trank einen Schluck. Er wusste nicht, wovon Rickler redete. »Perfekt?«

»Absolut.« Rickler nickte. »Die Sieben hatten unsere Luschen-Administration ja tatsächlich schon fast weichgekocht, unfassbar – unfassbar vor allem, dass die das unter unserem Radar so weit vorantreiben konnten. Glauben Sie mir, Sie haben einige meiner besten Leute den Job gekostet – wer Fehler macht, bezahlt, jedenfalls bei mir. Und

Obama stand kurz davor, deren energiepolitischen Maßnahmenkatalog zuzustimmen – und die Ölindustrie zu verstaatlichen. Die Presidential Executive Order für die ersten Schritte dazu war schon vorbereitet. Und wären Sie nicht dazwischengekommen, Fuller …« Rickler hob erneut sein Glas und leerte den Rest auf ex. »Nicht auszudenken. Die hätten uns wirklich in Schwierigkeiten gebracht. Mehr als das. Sie hätten uns ausradiert. Sicher, wir hätten uns nicht kampflos ergeben, da können Sie sicher sein, aber gegen die Executive Order, gegen ein Gesetz und einen Präsidenten auf *deren* Payroll hätten wir es schwer gehabt. Präsidenten haben auf *unserer* Payroll zu stehen, nicht auf der anderer. Und dass das so bleibt, verdanken wir Ihnen. Also noch mal: Gratulation, wie Sie das, quasi *über Bande,* erledigt haben, und dann auch noch so loyal, ohne die wahren Hintergründe überhaupt zu erwähnen. Ohne uns ins Spiel zu bringen. Bemerkenswert.« Rickler stand auf. »Ich habe Sie unterschätzt, Max. Auf bald.« Rickler salutierte mit einem Finger.

Fuller trottete wie betäubt hinter Rickler her auf die Terrasse. Als er bis an das äußere Geländer herangetreten war und den Hubschrauber betrachtete, der direkt über den beiden Sofas in seinem Zimmer auf dem Dach stand, erkannte er ein bekanntes Gesicht im Cockpit: groß, quadratisch und mit einer wasserstoffblonden Kurzhaarfrisur, Frankensteins Junior. Als er Fuller erblickte, schob er seine Kiefer mechanisch zu einem Nussknackerlächeln auseinander. Im selben Augenblick sprangen die Motoren des Hubschraubers wieder an.

Fuller wandte sich ab, ging zurück, wie auf Bambusrohren, schloss die Glastür und zog die großen Vorhänge vor.

Als Matt Brooks eine Stunde später in die Wohnung kam, sah er zuerst, dass im Badezimmer Licht brannte, die Tür offen stand und ein Handtuch auf dem Boden lag. Er rief nach Fuller, bekam aber keine Antwort. Nach einem Blick ins Bad, in dem niemand war, ging er in den Wohnraum. Fuller saß am Tisch, das Kinn auf beide Hände gestützt und stierte vor sich hin. Das Glas und die Flasche, die neben ihm standen, waren leer.

»Hey, Champ, pennst du im Sitzen?«, fragte Matt.

»Ich bin ganz unwahrscheinlich unheimlich weit entfernt von eingepennt.« Fullers Worte kamen langsam und waren kaum zu verstehen. »Und wenn ich noch ein bisschen länger nachdenke, finde ich auch gleich sofort 'ne Antwort auf die Frage, wie ich morgen vor den Spiegel treten soll, ohne mir 'ne Wumme ans Gehirn zu halten.« Das Kinn immer noch auf die Ellbogen gestützt, drehte er langsam den Kopf nach links, wo Matt sich besorgt an den Tisch gesetzt hatte.

»Bisschen viel vielleicht«, sagte Matt und nahm die leere Lagavulin-Flasche.

»Kein Problem, kein Problem«, lallte Fuller, »is' noch was da.« Er setzte sich aufrecht, schwankte und deutete mit dem Finger auf den Couchtisch: »30 Jahre alt, Superstoff.«

»Nein, Max, ich glaube, wir trinken jetzt jeder noch ein Gläschen Wasser und gehen ins Bett.«

»Scheiß auf Wasser, scheiß aufs Bett, ich will noch 'n Whisky, Matt.«

Fuller versuchte aufzustehen, was ihm mit einiger Mühe auch gelang. Matt hakte sich bei ihm unter und ging mit ihm in Richtung Sofa. »Setz dich hier hin.«

Fuller plumpste in die Polster. »Einen Kleinen noch und ein großes Glas Wasser und dann gehen wir ins Bett. Vielleicht.«

Matt holte zwei große Gläser Wasser und schenkte zwei winzige Whisky ein.

»Auf den Quotenkönig«, sagte er und hob das Glas.

Fuller stürzte seines in einem Zug herunter und nahm das Wasserglas.

»Auf den Idiotenkönig, Matt. Den Idiotenkönig, der Rickler, seiner ganzen Massenmörder-9/11-Bande und *Big Oil* den Arsch gerettet hat.«

41

»Sehen Sie sich diese Scheiße an, die ganze Drecksarbeit bleibt wieder an uns hängen«, sagte der Mann. Seine Stimme war ruhig, aber der empörte Unterton war nicht zu überhören. »Aber wehe, wir machen einen Fehler. Dann will keiner was gewusst haben, alles wäscht sich die Hände in Unschuld, und am Ende muss ich wieder einen meiner fleißigen Arbeiter, einen meiner tapferen Kämpfer als Bauernopfer bringen. Es ist jedes Mal dieselbe gottverdammte Scheiße. Sehen Sie sich das Chaos hier nur an.«

Was Fuller zuerst sah, war ein Flugzeugflügel mit zwei großen Propellermotoren, der in die Luft ragte. Sein Pendant auf der anderen Seite der Maschine war unter hohem Gras und Gebüsch verborgen und schien abgeknickt zu sein, jedenfalls lag der Rumpf des Flugzeugs schräg auf der Seite. Das Ruderwerk am Heck war abgebrochen, die hintere Ladeluke stand weit offen. Mit dem klaffenden Loch im Bauch sah die Maschine aus wie ein torpedierter Wal mit offenem Maul. An die Öffnung war eine Rampe angestellt, über die ein Trupp Männer im Inneren der Maschine verschwand, um kurze Zeit später im Laufschritt mit großen Metallkisten, die sie jeweils zu viert schleppten, wieder herauszukommen. Hinter dem Flugzeug war ein großes Zelt aufgebaut, in der Form, wie sie bei größeren Barbecues oder Sommerfesten verwendet werden, doch anders als die Partyzelte war dieses nicht weiß, sondern im gescheckten Muster militärischer Tarnfarben gehalten.

»Meine Herren«, sagte der Mann, als sie in das Zelt traten, »darf ich Ihnen Max Fuller vorstellen, Sie haben ihn sicher in *60 Minutes* gesehen. Fuller ist ein hervorragender

Mann. Er hat uns sehr geholfen, er hat voll getroffen, ohne überhaupt zu zielen.«

An den Tischen an der Längsseite des Zelts drehte sich ein Dutzend Männer, die an Monitoren und Telefonen saßen, auf ihren Bürostühlen um. Jeder von ihnen hob die Arme, klatschte drei Mal in die Hände und drehte sich zurück, um sich wieder den Tabellen und Kurven auf den Bildschirmen zuzuwenden. Auch der Mann am Zelteingang neben ihnen war aufgestanden. Er hatte seine Stoppuhr zur Seite gelegt und drei Mal geklatscht.

Die vier Männer, die gerade eine Kiste hereingetragen und auf eine große Waage gestellt hatten, hatten ebenfalls applaudiert, nahmen ihre Fracht wieder auf und trugen sie zum anderen Ende des Zelts, wo ein dunkler Gang in der Erde verschwand.

»Sehen Sie, Fuller«, sagte der Mann, »jede Sekunde zählt und jedes Kilo. Und so ein Unfall« – er deutete mit dem Daumen auf das Flugzeugwrack hinter ihnen – »bedeutet Kursverluste in Millionenhöhe. Rechnen Sie mal: 500 Milliarden im Jahr sind über 1,3 Milliarden am Tag, Sonn- und Feiertage mit eingerechnet, und fragen Sie mal einen der Wall-Street-Kollegen hier« – er deutete auf den langen Tisch mit den Monitormännern – »was es bedeutet, wenn dieser Zufluss ein paar Tage ausbleibt. Hier, ungewaschen, ist ein Dollar nur einen Dollar wert, beziehungsweise noch etwas weniger, denn die Reinigung kostet natürlich.« Er zog die Lippen zu einem angedeuteten Lächeln auseinander und ließ es gleich wieder fallen. »Aber unsere Zauberer hier, die Banker, beherrschen als Einzige den magischen Trick, aus einem Dollar zehn, zwanzig oder gar hundert Dollar zu machen, mit ihrem Zauberstab namens *leverage.* Was aber, weil jede Medaille zwei Seiten hat, auch bedeutet: Wenn hier nur eine Milliarde ausbleibt, fehlen ihnen dort am Abend mindestens zehn. Und gerade in einer angespannten Situation, wo ein paar größenwahninnige Schlauköpfe wie die Sieben die Börsen- und Finanzmärkte massiv unter Druck setzen, um ihre *energiepolischen Maßnahmen* durchzudrücken, wäre so ein Ausfall tödlich.«

»Kleine Erfrischungspause!«, rief der Mann mit der Stoppuhr am Eingang, und so synchron, wie sich die aufgereihten Männer eben zum Klatschen umgedreht hatten, standen sie jetzt auf und gingen zur anderen Seite des Zeltes hinüber, wo eine ebenso lange Reihe von Tischen stand. Doch deren Tischplatten bestanden aus Spiegeln, und auf jedem lagen ein Röhrchen und ein Berg weißen Pulvers.

»Neben dem magischen Hebel unserer Geldzauberer gibt es nur zwei Produkte, die ebenfalls derart fantastische Gewinnmaximierungseigenschaften aufweisen: Heroin und Kokain. Bei einem Herstellungspreis von einem Dollar pro Gramm beträgt der Straßenverkaufspreis bis zu hundert Dollar – einfach sagenhaft. Na schön, ein paar Hände dazwischen müssen geschmiert werden, doch letztlich, wenn man auf den Nettoprofit schaut, gibt es nichts Attraktiveres als illegale Drogen. Aber da erzähle ich Ihnen ja nichts Neues, Fuller.«

Der Mann lachte und gab ihm einen Klaps auf die Schulter. Fuller schaute ihn an. Der Mann sprach wie Rickler, aber er sah anders aus. Der Flugzeugbauch hinter ihm war in glänzendem, schwarzem Klavierlack gestrichen, und als Fuller noch einmal hinschaute, sah er, dass davor ein kleines Schild im Boden steckte: »Operation Black Eagle«.

Die Männer vor den Spiegeltischen standen auf, fuhren sich mit Daumen und Zeigefinger drei Mal über die Nase und gingen an ihre Arbeitsplätze zurück. Die Träger, die mit weiteren Kisten aus dem Flugzeug herangelaufen kamen, trugen jetzt orange Overalls mit Kapuzen, obwohl die Sonne schien und es sehr warm war. *Das ist nicht die Wirklichkeit, ich träume,* begriff Fuller. Er sah sich nochmals in dem Zelt um. Der Mann mit der Stoppuhr trug eine Admiralsuniform mit goldenen Ärmelstreifen und dazu eine Baseballmütze, verkehrt herum. Und der Mann mit Ricklers Stimme sah jetzt plötzlich auch aus wie Rickler, blauer Anzug, blauroter Schlips.

Fullers innere Stimme meldete sich laut zu Wort. *Erinnere dich, wenn dir der Tiger im Traum begegnet, kannst du ihn reiten. Okay, das heißt, ich kann Rickler jetzt mein Knie mit voller Wucht in die Eier rammen und dann aufspringen, wenn er sich bückt. Mal sehen, wie weit wir kommen. Der dunkle Gang dahinten interessiert mich, da müssen wir noch mal runterreiten. Aber vorher mache ich Admiral Pointdexter auf seine unvorschriftsmäßige Kopfbedeckung aufmerksam und drehe ihm den Schirm nach vorn. Und kriege raus, ob geträumtes Kokain genauso wirkt wie echtes.*

Der Neurotransmitterschub, ausgelöst von Aufregung, Neugierde und Begeisterung, der ihn bei diesen Gedanken erwischte, versetzte sein Gehirn schlagartig in den Wachzustand. Er öffnete die Augen, sah den Kleiderschrank gegenüber seines Bettes und schloss die Augen sofort wieder. *Weiterträumen!*

Aber es war zwecklos, er war wach. Es war zwanzig nach neun. Fuller stöhnte und drehte sich auf die andere Seite. Neben dem Bett stand eine Flasche Wasser. Er nahm sie, trank halb liegend einige gierige Schlucke und ließ sich wieder zurückfallen. Er schüttelte den Kopf ein paar Mal schnell hin und her, sein üblicher Kater-Check. Dass das Vieh vergleichsweise zahm daherkam, musste an seinem sauberen Stammbaum liegen, denn außer Whisky und Wasser hatte Fuller nur einen Fingerhut Champagner im Blut. Er stand auf, ging ins Badezimmer, stellte den Temperaturregler der Dusche auf 37 Grad und den Wasserstrahl auf *Tropical Shower.*

Es war wieder passiert. Aufwärts und Abwärts, Sieg und Niederlage, Triumph und Fall im selben Moment. Er hatte alles gewonnen und doch nur seinem größten Feind in die Hände gespielt, er wurde als autonomer Held gefeiert und hatte doch nur als Handlanger gedient, er war nicht Sand im Getriebe des großen Uhrmachermeisters gewesen, sondern Schmiermittel.

»Guten Morgen«, strahlte Matt ihn an, der mit einem Pott Kaffee am Küchentresen saß und die *New York Times* vor sich hatte.

»Morgen«, brummte Fuller hob kurz die Hand und schenkte sich dann auch einen Kaffee ein.

»Dein Handy hat schon ein paar Mal geklingelt, ich bin nicht rangegangen, es liegt da auf dem Sofa«, sagte Matt.

Fuller knurrte ein »Egal« und schlürfte einen Schluck Kaffee.

»Dicker Kopf?«

»Hält sich in Grenzen«, sagte Fuller und starrte über seine Tasse hinweg auf den Tisch.

»Die *Times* schreibt«, sagte Matt und nahm sich einen Artikel vor, *»dieser Fall hat gezeigt, dass selbst eine Einmannarmee eine milliardenschwere Verschwörung zur Strecke bringen kann, wenn sie aus einem hartnäckigen und fabelhaften Journalisten wie Max Fuller besteht.«*

Fuller starrte immer noch vor sich auf den Tisch.

»Was ist los, Max?«

»Nur müde«, sagte Fuller, und dann erzählte er Matt, was vorgefallen war, bevor er sich seinem Freund Lagavulin in die Arme geworfen hatte.

Dass Rickler zu einem Rendezvous mit dem Hubschrauber auf dem Wohnzimmerdach gelandet war und sich mit einem sündhaft teuren Whisky bedankt hatte. Dass er dessen Begeisterung anfangs gar nicht verstanden hätte und erst bei dem Stichwort *energiepolitische Maßnahmen* der Groschen gefallen sei.

Matt sah ihn verständnislos an.

»Du hast mich auf dem Flug hierher noch gefragt, was es damit auf sich hätte, erinnerst du dich?«

»Dunkel«, sagte Matt. »Ja. Aber es erschien mir nicht sonderlich relevant.«

»Mir auch nicht. Ich wollte bei Cuttler nachfragen und habe es dann einfach vergessen. Ich hab gepfuscht, geschlampt, war zu ungenau und zu ungeduldig und hab es verbockt. Komplett.« Fuller nahm einen weiteren Schluck Kaffee und zündete sich eine Zigarette an. »Wir haben das eigentliche Ziel aus den Augen verloren, Matt. Nicht unseres, diesen Plan zu stoppen, sondern den ursprünglichen Plan. Das, was die Sieben vorhatten, bevor Barnes und Bodano das Kommando übernommen haben.«

Matt schüttelte den Kopf. »Ich kann dir nicht folgen.«

»Gutmenschen. Barrita und Cuttler. Das Ziel war ursprünglich nicht Gewinnmaximierung. Macht, ja, aber nicht mit dem Ziel, sich die eigenen Taschen zu füllen.«

»Das Ziel war von Anfang an, den Präsidenten zu steuern.«

»Ja. Sie wollten das Kommando übernehmen, ohne Frage. Und das ist nicht demokratisch. Es war auch nie politisch korrekt. Aber am Ende sollte dabei herauskommen, dass wir, du und ich und die paar hundert Millionen anderen Amerikaner, die hier mit uns rumlaufen, überleben. Und zwar als Imperium. Dazu brauchen wir billiges Öl. Aber was wir nicht brauchen, ist eine Ölindustrie, die zusammen mit der Rüstungsindustrie alle politischen Entscheidungen trifft und sich dabei auch noch die Taschen vollmacht. Die Ölindustrie hat den Irakkrieg gewollt, sie hat ihn gekriegt. Die Ölindustrie kriegt den Irankrieg, wenn sie will – und wenn sie wahnsinnig und gierig genug ist.«

»Was soll das? Die Sieben hätten genauso wenig auf Öl verzichten können ...«

»Wahrscheinlich hätten sie nicht mal auf Krieg verzichtet. Aber sie hätten die Gewinne nicht in ihre eigenen Taschen geschaufelt. Ich weiß, Matt, ich klinge bescheuert, wie der letzte Redneck-Patriot, aber sie hatten zumindest die Idee, anfangs, das alles zum Nutzen der Menschen zu tun. Ihrer imperialen amerikanischen Mitmenschen. Und vielleicht aller Menschen. Frag mich nicht; woher soll ich wissen, was in Barritas Kopf vorgegangen ist, was Parvati da alles reingeflüstert hat. Aber entscheidend für das Gelingen dieses Plans war das Ende von *Big Oil.* Entscheidend waren nicht die CHIPS, entscheidend war, mit diesem Druckmittel den Präsidenten zu zwingen, *Big Oil* ein für alle Mal vernichtend zu schlagen. Big Oil, Big Business, den ganzen militärisch-industriellen Komplex. Die Leute, die ich gejagt habe, die Leute, die 9/11 veranstaltet haben. Rickler.«

Beide schwiegen lange.

Dann sagte Matt: »Was hättest du denn anders machen können?«

Fuller atmete tief aus. »Keine Ahnung. Ich hätte genauer hingucken müssen. Ich habe ein paar größere Eierdiebe zur Strecke gebracht und damit Rickler und seinen Massenmördern den Arsch gerettet.«

»Es ging doch nicht anders, Max. Die ›Eierdiebe‹ hatten einen Staatsstreich geplant. Du musst dir keine Vorwürfe machen.«

»Nein? Das ist doch alles nur Scheiße, abgrundtiefe Scheiße. Das letzte Mal hatte Rickler Liz und Jake in seiner Gewalt, ich hatte keine Wahl, ich *musste* mitspielen; aber dieses Mal habe ich nicht nur freiwillig mitgespielt, ich hatte nicht einmal eine Ahnung, dass ich auf seiner Seite spiele, und ich sag dir, Matt, so beschissen hab ich mich noch nie gefühlt. Und das sagt dir einer, der sich in seinem Leben schon verdammt oft verdammt beschissen gefühlt hat.«

Fuller ging zum Sofa und sah auf die Anrufliste seines Handys. Zweimal Ken, zweimal Nick und dann noch eine SMS von Nick: »Komme gegen zehn Uhr vorbei.« Im selben Augenblick läutete es.

Fuller ging zur Tür, drückte auf den Summer und wartete, bis Nick aus dem Fahrstuhl trat.

»Morgen, Quotenkönig, hast du's nicht mehr nötig, abzunehmen?«

Fuller klatschte Nicks ausgestreckte Hand müde ab und berichtete von Ricklers spätem Besuch.

»Ich hatte ja gleich ein ungutes Gefühl, als du Rickler informieren wolltest«, sagte Nick, »aber das ist chronisch, insofern: keine Vorwürfe. Es ging nicht anders. *Catch 22* …«

»Deinen Frohsinn möchte ich haben«, stöhnte Fuller.

»Kein Problem.« Nick kramte aus seinem Rucksack ein Gerät hervor, das mit seiner Stummelantenne auf den ersten Blick aussah wie ein Handy der vorletzten Generation. »Wenn du mal kurz meine Guten-Morgen-Mischung inhalieren willst. Grüner Earl-Grey-Tee und ein bisschen Gras. Macht munter und gute Laune.«

Fuller und Matt sahen ihn an.

»Das ist ein Vaporizer«, sagte Nick. »Cooles Teil, wirklich. Hier an der Längsseite seht ihr die kleine Gasflamme, die heizt die Kräutermischung, die ich reingetan habe, auf 190 Grad an. Kein Feuer, kein Rauch, nur Dampf. Und der Dampf enthält alle Wirkstoffe. Wenn die Flamme ausgeht, ist die Temperatur erreicht. Und durch das kleinen Rohr da, das aussieht wie eine Antenne, atmest du den Dampf ein.«

Fuller und Matt schüttelten den Kopf.

»Kein Witz, Professor«, sagte Nick, »die ätherischen Öle, die Wirkstoffe der Pflanzen, lösen sich bei dieser Temperatur. Man muss sie dazu nicht verbrennen und schädlichen

Rauch einatmen. Nur aromatischen Dampf, in diesem Fall mit dem anregenden Teein und dem bewährten THC, das die Synapsen bekanntlich zum Kichern bringt.«

»Gibt's demnächst auch als iPhone-Application, allerdings nur in Holland«, sagte Fuller zu Matt. Dann nahmen beide einen Zug aus Nicks Hightech-Verdampfer, spürten aber außer dem Aroma von Bergamotte und Hanf keine unmittelbare Wirkung.

Nick hatte unterdessen sein Notebook aufgeklappt: »Wartet 'ne Minute, gute Laune kommt gleich. Ich mach euch noch mal kurz schlechte.«

»Lass es«, sagte Fuller, »keine Steigerung möglich.«

»Dillon.«

»Okay, geht doch.«

»Wenn Dillon noch irgendwo im Land ist, müsste er sich schon wie Osama selig mit reichlich Knabberkram in einer Höhle verkrochen haben. Jede Provinzzeitung, jeder Kabelsender, alle Radios haben den Fahndungsaufruf verbreitet, die 500000 Belohnung von Cuttler tun ihr Übriges. Aber noch hat man ihn nirgends gefunden.«

»Die Ratte hat sich längst verpisst«, sagte Fuller

»Die Fahndung läuft auch über Interpol, auch im Ausland braucht er auf Dauer mindestens eine Gesichtsoperation.« Nick klickte weiter auf seiner Tastatur. »Und dann hier, Presseerklärung von Rechtsanwalt Cunningham, diesmal für seinen Mandanten Wendell Barnes, von heute Morgen 8 Uhr 30: *… hat sich mein Mandant mit dem Generalstaatsanwalt und der Leitung des IRS darauf verständigt, dass die Ermittlungen gegen ihn und seine Unternehmen gegen die Zahlung eines Bußgelds von 40 Mio. US-Dollar umgehend eingestellt werden.«*

»Eingestellt?« Fuller traute seinen Ohren nicht. »Das gibt's doch nicht. Das ist doch …«

»… nicht mehr als ein Parkticket. Eben. Vom Anwalt

Silvermans gibt es eine ähnliche Erklärung, der hat noch zusätzlich ein Verfahren der Börsenaufsicht SEC an der Backe, aber da sitzen nur Freunde von ihm im Vorstand, alte Goldman- und AIG-Brüder, da wird nichts weiter passieren.«

Fuller schüttelte den Kopf. »Wo sind wir hier, beim Pfadfinderausflug? Wer da ›Fick dich‹ oder ›Arschloch‹ gesagt hat, musste immer fünf Cent in die Gemeinschaftskasse zahlen, aber das war's dann auch. Und wer bei diesen frommen Yankee- und Cowboy-Brüdern mal einen kleinen Putschversuch unternimmt, ein bisschen den Präsidenten erpresst und ein paar Leute umbringt, zahlt einfach ein paar Millionen in den Pott – und das fröhliche Spiel geht weiter.«

Matt nickte und lächelte. »Die alte Denunziation der kriminellen Unterschichten ist in Bezug auf die Elitekriminellen eben eine absolut korrekte Beschreibung.«

Fuller hielt sich den Kopf. »Übersetz mal für meinen Kater.«

»Pack schlägt sich, Pack verträgt sich.«

42

In der Woche nach der Sendung waren die Machenschaften der Sieben noch überall in den Schlagzeilen, doch keiner der Verschwörer gab den Medien ein Interview oder äußerte sich persönlich zu den Vorfällen. Sie akzeptierten die Bußgelder im zweistelligen Millionenbereich, die ihre Anwälte mit der Staatsanwaltschaft und der Steuerbehörde ausgehandelt hatten.

Zwei Wochen später war das Thema aus den Wiederholungsschleifen der Großmedien verschwunden. Nur Samuel Silverman, der Chefbanker des Syndikats, erregte am Ende der zweiten Woche noch einmal Aufsehen, als sein Sprecher eine Anfrage des *Wall Street Journal* über die Höhe der Verluste beantwortete, die mit den fehlgeschlagenen Spekulationen gegen den Dollar entstanden seien. Da ein eventueller Fehlschlag mit ausreichend Optionen abgesichert worden sei, wären keinerlei Verluste entstanden, im Gegenteil habe man durch die kurzfristige Erholung des Dollars in den letzten Tagen sogar ein Plus erwirtschaftet und die Währungspositionen »glattgestellt«.

John Bodano hatte zwei Rechtsgelehrte der Yale- und der Princeton-Universität mit einem Gutachten zur Strafbarkeit nach internationalem Seerecht betraut, das ihn zumindest juristisch mit weißer Weste dastehen ließ; das Pentagon indes strafte sein Ausbrechen aus dem Cowboyrudel mit der Ankündigung ab, den zum Jahresende auslaufenden Vertrag mit *Bodano Waste Management* nicht mehr zu verlängern. Die Medien lobten das Pentagon.

Wendell Barnes, der sich an unbekanntem Ort aufhielt – mehrere Blogger behaupteten, er residiere auf seiner schwimmenden Casinoinsel vor Hongkong –, ließ über seine Anwälte sämtliche Anschuldigungen zurückweisen, in die Morde verwickelt zu sein oder den gesuchten Charles M. Dillon beauftragt zu haben. Gleichzeitig kündigte er die Gründung einer mit 200 Millionen Dollar ausgestatteten »Last-Chance«-Stiftung an, die straffällig gewordenen Jugendlichen Schulabschlüsse und Ausbildung ermöglichen solle.

Ein Sprecher der *Hector Barrita Holding* betonte, bei sämtlichen Verschwörungsanschuldigungen gegen Señor Barrita handle es sich um bedauerliche Missverständnisse, die der Direktor nach seiner hoffentlich baldigen Genesung umgehend und restlos aufklären werde. Bis dahin bat man die Öffentlichkeit um Verständnis, dass zu dem »schwebenden Verfahren« nicht weiter Stellung genommen werden könne.

Die Großfahndung nach Dillon blieb ergebnislos. Ein Sprecher des FBI wurde mit der Vermutung zitiert, der Verdächtige habe sich wahrscheinlich ins Ausland abgesetzt.

Das Weiße Haus hatte die Gespräche mit den Anwälten der Sieben bestätigt, keine näheren Angaben zu den Inhalten gemacht und diese »Konsultationen« als ebenso üblich wie unverbindlich heruntergespielt. Die vom Syndikat geforderte und beinahe durchgesetzte Verstaatlichung der Ölindustrie wurde nicht erwähnt.

Und auch Fuller hatte geschwiegen, zumindest was die zahlreichen Gesprächsanfragen betraf, die bei CBS für ihn eingegangen waren. Den Ritt durch die Morgenmagazine und Talkshows hatte er ebenso abgelehnt wie die Anfragen nach »seriösen« ausführlichen Radio- oder Zeitungsinterviews – Erstere wegen ihrer zwangsläufig bescheuerten Dreiminutenbeiträge, und Letztere, weil er mit dem Erzählen der *ganzen* Geschichte sich ebenso zwangsläufig selbst als Vollidiot hätte porträtieren müssen. Als Mann, der auszog, die Welt, die Freiheit und die Demokratie zu retten, und doch nur den Arsch von *Big Oil* in Sicherheit gebracht hatte.

Jake war aus Bakersfield in die Spezialklinik bei Washington verlegt worden. Seine extrem harten Schädelknochen, die wie eine unwahrscheinlich optimal im Weg stehende Leitplanke den Lauf der Kugel ein Stück geführt und das Gehirn vor schwereren Verletzungen bewahrt hatten, heilten langsam wieder zusammen. Sein linkes Auge würde er nicht zurückbekommen, wohl aber, mit etwas Glück, seine kognitiven und sonstigen Fähigkeiten.

Fuller wagte es kaum mehr, seinen Freunden gegenüber die Schmerzen in seinem um ein Glied verkürzten linken Mittelfinger überhaupt noch zu erwähnen. Geschweige denn zu quengeln, dass er nicht wisse, wie er mit einen solchen Behinderung tippen solle. Aber er musste auch gar nicht quengeln, denn Liz bemitleidete ihn in regelmäßigen Abständen.

Nick war schon zwei Tage nach der Sendung zu Debbie nach Vancouver geflogen und versorgte Fuller weiter mit Neuigkeiten, vor allem über den ZERO, auf den ein solcher Run eingesetzt hatte, dass nach wenigen Tagen ein vorläufiger Aufnahmestopp verkündet werden musste, weil der Server zusammenzubrechen drohte. Kurz darauf – und das hatte bei Nick Alarmstufe Rot ausgelöst – war von einigen Abgeordneten des Kongresses ein Gesetzesentwurf eingebracht wurden, wonach jede Art von Alternativ- oder Parallelwährung der Kontrolle des Finanzministeriums unterworfen und zulassungspflichtig werden sollte. Das *Federal Reserve Board* hatte den Entwurf gelobt und als »in Zeiten der Finanzkrise absolut notwendige Kontrollmaßnahme« gewürdigt. Die Medien hatten applaudiert: Nie wieder sollte eine Alternativwährung ihr hässliches Haupt erheben und die Herrschaft des Dollar gefährden. Man hatte ja gesehen, wohin das führen konnte. Und die Wirtschaftsteile der Zeitungen fand ihren Helden im »Totengräber der absurden Alternativkonzepte«: Max Fuller.

Das Google-Management wurde von derart zahlreichen Journalisten mit der Frage bestürmt, ob die mit dem ermordeten David Cuttler besprochene Projektidee eines ZERO-ähnlichen »G-Moneys« weiterverfolgt würde, dass man sich am Ende genötigt sah, eine schriftliche Stellungnahme dazu abzugeben. Die Idee eines freien Tauschmediums von Usern für User entspreche grundsätzlich sowohl der Google-Philosophie als auch der Geschäftsstrategie, möglichst alles zu tun, was die User wünschten. Angesichts der politischen Diskussion und des Gesetzesentwurfes zur Kontrolle solcher Währungen wolle man mit einer definitiven Entscheidung allerdings noch abwarten. Die Google-Stiftung wolle in der Zwischenzeit dennoch einen hoch dotierten Wettbewerb – »Re-design Money« – ausschreiben, um die Entwicklung zu einer umfassenden und nachhaltigen Neugestaltung des Geld- und Kreditsystems zu fördern.

Am Morgen, als Fuller diese Nachricht von Nick bekommen hatte, waren auch die Depotauszüge des *Academy*-Kontos eingetroffen, die sich in Jakes Büro gesammelt hatten und die Lauren ihm nachgeschickt hatte. Fuller hatte zwar eine Vollmacht für die Konten, und irgendwo im Haus auf den Caymans lagen auch noch sämtliche PINs und TANs für das Onlinebanking herum, aber gekümmert um die Geldanlagen hatte sich ausschließlich Jake. Und das, stellte Fuller jetzt mit Entsetzen fest, war nicht nur eine Nachlässigkeit seinerseits gewesen, sondern ein so gravierender Fehler, dass er sich für eine Sekunde wünschte, dem malträtierten Schädel seines Freundes Dr. Jake Williams mit einem Vorschlaghammer den Rest zu geben. Jake hatte nicht nur schon Ende 2008 – ohne ein Sterbenswort davon zu verraten – 1,3 Millionen Dollar mit Papieren der

Lehman Brothers verloren, er hatte daneben auch mit geradezu traumwandlerischer Sicherheit in diverse hochgegangene beziehungsweise ins Bodenlose gestürzte Tretminen investiert: Citigroup, Fannie Mae und – Fuller sah es fassungslos – ein riesiges Paket *General Motors.* Die 500000 Aktien, gekauft für 21 Dollar, notierten aktuell bei einem Dollar und zwölf Cent. Das Wertpapierdepot der *Invisible Academy* hatte innerhalb der letzten 18 Monate fast drei Viertel seines Wertes verloren.

Fuller saß allein auf seiner Terrasse, als er diese Überschlagsrechnung anstellte, und schaute dabei in den Abendhimmel. Und dann brach ein Lachen aus ihm heraus, das ihn aufspringen und wie besessen im Kreis hüpfen ließ und erst wieder aufhörte, als er sich so fest auf die Oberschenkel schlug, dass der Schmerz in seinem Finger ihn fast besinnungslos werden ließ.

43

»Ende Juni, wenn die Tage am längsten sind, werden offenbar die hellen und wachen Menschen geboren. Astrologen beschreiben die Krebse als aktiv, sensibel, idealistisch und prinzipientreu. Empfindsame soziale Tierchen, ausdrucksgewandt und kommunikationsstark, ebenso gesellschafts- wie genussfreudig. Und auch wenn ich eher der Wissenschaft der Anthropologie Glauben schenke als der Astrologie, muss ich zugeben, dass an diesen Zuschreibungen etwas dran ist – denn mit Max und mit Nick haben wir hier gleich zwei Exemplare dieser Spezies, auf die die Beschreibung zutrifft. Obwohl die Juniwochen, in der sie geboren wurden, genau zwanzig Jahre auseinanderliegen. Ich jedenfalls kenne keine helleren, wacheren, aktiveren und empfindsameren Tierchen als euch beide. Happy Birthday, lieber Max, lieber Nick … und *ad multos annos!*«

Matt Brooks hob sein Glas und blinzelte den beiden zu. »Ach ja, ich habe noch vergessen«, setzte er hinzu, »in Vollmondnächten soll man sich vor Krebsmännern in Acht nehmen. Und heute ist Vollmond. Also Liz, Debbie, ihr seid gewarnt.«

Die Angesprochenen lachten und prosteten einander zu. Und Matt schenkte seiner Tischnachbarin noch eine Extraration seines verschmitzten Strahlens.

Es war nicht leicht gewesen, Matt Brooks aus der Eremitage seines Schlangenhügels herauszulocken, denn »nur« für einen Geburtstag, selbst wenn es ein doppelter war, nach Grand Cayman zu fliegen, wäre für Mr. Natural normalerweise überhaupt nicht in Frage gekommen. Doch als Max erwähnt hatte, dass Liz Parvati Barrita mitbringen würde, war der Professor umgehend überzeugt. Zum Abendessen und Reinfeiern in Fullers 49sten hatte Liz ein Separee im Ritz-Carlton reserviert. Sündhaft teuer. Viel zu teuer für Fullers Geschmack. Das ganze Gebäude roch, als stopften die betuchtesten der ohnehin betuchten Cayman-Gäste es zwischen den Gängen mit Geldscheinen voll. Was sie wahrscheinlich auch taten. Aber Liz hatte darauf bestanden, hier zu feiern. 49 war, in ihren Augen, die Glückszahl schlechthin, und besonders nach dem, was sie erlebt hatten, verdiente »siebenmal die Sieben« eine ganz besondere und wegweisende Location. Fuller hatte sich gefügt. Und sich gefreut, dass Debbie für Nicks 29sten, drei Tage später, eine Raveparty am Strand vor dem Haus organisiert hatte.

Als der dritte Gang ihres Menüs – gerösteter Mahi Mahi mit Red Pepper Chutney in Shrimp-Ginger-Emulsion – absolviert war, hatte Fuller reichlich unvernünftigen Weißwein und noch mehr vernünftiges Wasser im Körper und musste sich entschuldigen. Er verließ den kleinen Raum, der zusammen mit drei weiteren Separees am hinteren Ende des Hauptrestaurants lag. Als er in dem seitlichen Galeriegang im vorderen Teil des Restaurants angekommen war, nahm er im Vorbeigehen einen Kellner wahr, der sich mit einer leichten Verbeugung von einem Gast verabschiedete, der allein an seinem Tisch gesessen hatte und gerade von seinem Platz aufstand, mit den Worten: »Danke sehr, ausgezeichnet.«

Fuller war schon an dem Tisch vorbei, als die Worte, die der Gast an den Kellner gerichtet hatte, ihn von der Seite erreichten. Er wusste, dass er die Stimme schon einmal gehört hatte, und er wusste auch genau, wo. Aber es konnte nicht sein, konnte nicht stimmen, deshalb verweigerten seine Synapsen den einzig logischen Schluss.

Er drehte sich um und sah den korrekt gekleideten Kellner freundlich lächeln. Der Gast, den Fuller jetzt von hinten sah, trug einen weißen Leinenanzug und hatte blondes, kurz geschorenes Haar, im Nacken scharf ausrasiert. Als er jetzt, dem Kellner Richtung Ausgang folgend, zur Seite sah und sich um 45 Grad herumdrehte, erkannte Fuller die schwarzen Knopfaugen, die er nie im Leben wieder vergessen würde.

Für einen Augenblick glaubte er, ein Glas zu viel getrunken zu haben, aber das Gefühl verflog schlagartig. Er war sicher, sich nicht getäuscht zu haben.

Der Mann ging auf die Fahrstühle zu, und Fuller folgte ihm im Seitengang der Galerie. Er sah, wie er auf den nach unten weisenden Pfeil des Fahrstuhls drückte. Unten war nur noch die Parkgarage. Vor sich, am Ende des Ganges, sah er den Wegweiser zu den Toiletten und zum Treppenhaus der Parkgarage. Als er die Tür öffnete, stand der Blonde immer noch wartend vor dem Lift. Fuller rannte die Treppe nach unten und öffnete gerade die Stahltür zur Garage, als der Fahrstuhl hinter ihm mit einem leisen Gong seine Ankunft im Tiefgeschoss meldete.

Fuller ging einen Schritt nach links, wo direkt neben der Tür ihr GMC Pick-up geparkt war. Er hörte, wie sich die Stahltür öffnete, und duckte sich hinter den Wagen. Wenn der Blonde nach links in den langen Schlauch der Garage ginge, würde er ihn hier gleich sehen, aber er ging nach rechts, wo sich ebenfalls eine auf beiden Seiten dicht besetzte Reihe parkender Autos entlangzog. Fuller sprang in den Pick-up, startete den Motor und ließ den Wagen anrollen.

Der Blonde ging langsam, etwa fünf Meter vor ihm, und hatte jetzt gerade die links nach oben führende Ausfahrt passiert.

Fullers Gedanken rasten.

Die Caymans waren ein wunderbares Ziel, ohne Frage.

Auch für gesuchte Mörder. Aber es gab eindeutig bessere Locations, um sich eine Weile mit neuer Frisur zu verstecken, wenn man vom FBI gesucht wurde. Weiter entfernte Ziele. Mauritius war eine Reise wert. Okinawa hatte schöne Strände. Australien sowieso.

Dillon war nicht auf den Caymans, um Urlaub zu machen. Und er war ihnen offenbar schon verdammt nah, obwohl sie den örtlichen Behörden einen Haufen Geld gezahlt hatten, um ihre Firma und ihre Villa unter originellen Pseudonymen anmelden und kaufen zu können. Selbst Rickler wusste nicht genau, wo ihre Villa stand. Wer Max Fuller und die *Invisible Academy* suchte, musste es schon auf dem elektronischen Postweg versuchen, mit einer Bitte um einen Termin an neutralem Ort. Und wer den reichen Max Fuller zufällig persönlich treffen wollte, musste sich schon die Mühe machen, entweder vor Autosalons zu campieren oder in guten Restaurants auf sein Glück zu hoffen.

Dillon hatte beinahe Glück gehabt.

Fuller tastete seine Taschen ab und fluchte leise. Er hatte nicht vorgehabt, auf dem Klo zu telefonieren, deshalb hatte er sein Handy oben auf dem Tisch liegen lassen. Er war inzwischen mit dem Pick-up bis zu der Stelle gerollt, wo er nach links zur Ausfahrt fahren müsste. Sollte er draußen warten, den Wagen des Blonden verfolgen und dann, sobald der sein Ziel erreicht hatte, die Polizei alarmieren? Was, wenn er den Kontakt verlor? Sollte er mit quietschenden Reifen rote Ampeln überfahren?

Der Blonde ging weiter in der Mitte der Fahrbahn, ohne nach links oder rechts zu sehen. Fuller ließ den GMC im Leerlauf weiterrollen. Jetzt war er nur noch drei Meter von dem Mann entfernt, der das leise Motorengeräusch gehört hatte und, ohne sich umzuschauen, zwei Schritte rechts zur Seite ging. Fuller zog ebenfalls etwas nach rechts und rollte hinter ihm weiter. Sie waren jetzt fast am Ende der Sackgasse angelangt. Auf der rechten Seite waren noch fünf Parkplätze, die mit vier Autos besetzt waren. Die ersten beiden konnten nicht die des Blonden sein, sonst wäre er jetzt eingestiegen.

Dahinter stand ein kleines Wohnmobil mit einem Surfbrett auf dem Dach, dann kamen eine freie Parklücke und am Ende ein großes SUV.

Der blonde Mann war auf Höhe des Wohnmobils und der Kuhfänger von Fullers Pick-up keine zwei Meter mehr hinter ihm, als er sich mit einer unwilligen Armbewegung umdrehte. Im selben Augenblick trat Fuller kurz aufs Gas, und der Wagen sprang nach vorn. Mit einem Sprung zur Seite und einem Schrei geriet der Blonde ins Straucheln und verschwand in der Parklücke.

Fuller war jetzt endgültig sicher, sich nicht getäuscht zu haben.

Er gab noch einmal etwas Gas, zog das Steuer nach rechts, rammte die Stoßstangenecke des Wohnmobils und schob seinen Wagen ebenfalls in die Parklücke.

Der Blonde hatte sich wieder aufgerichtet und wich zwei Schritte zurück.

Fuller sah ihm ins Gesicht. Und hörte das Blut in seinen Ohren rauschen. Laut und unbeherrscht.

Er gab nochmals Gas, und die vordere linke Stoßstangenecke des GMC rammte die Fahrertür des SUV. Fuller ließ den Motor aufheulen, zog das Steuer scharf nach rechts, rollte langsam weiter vorwärts und trat erst auf die Bremse, als der Blonde mit dem Rücken zur Wand stand, mit der schweren Chromstange des Kuhfängers direkt unter den Rippen.

Dass Dillon seinen hitlerartigen Handkantenscheitel durch eine wasserstoffperoxidblonde Kurzhaarfrisur ersetzt und sich einen Vollbart hatte stehen lassen, machte ihn zwar zu einem optisch völlig neuen Menschen, ließ aber die üblen pechschwarzen Augen noch markanter funkeln. Fuller fuhr das Fenster herunter und lehnte sich heraus.

»Wolltest du zu mir, Arschloch?«, fragte er.

Dillon brauchte nicht lange, um zu realisieren, wen er vor sich hatte. Er antwortete nicht, sondern verzog bloß die zusammengekniffenen Lippen.

»Ich hab dich was gefragt, Dillon.«

Als Dillon versuchte, sich zu bewegen, tippte Fuller kurz aufs Gas und sofort wieder auf die Bremse. Dillon schrie auf und beugte seinen Oberkörper lang auf die Motorhaube.

»Antworte einfach, solange du noch Luft dazu hast. Und erzähl mir nicht, dass du dir für deinen Urlaub zwischen zwei Jobs rein zufällig *ausgerechnet* die Caymans ausgesucht hast. Wer hat dich geschickt, Arschloch?«

Dillon richtete sich wieder auf. Und funkelte Fuller an. Und schwieg.

»Soll ich noch mal Gas geben?«, brüllte Fuller ihn an. »Wer hat dich geschickt?«

Dillon schwieg.

»Okay«, sagte Fuller und hatte sich schon wieder ins Wageninnere zurückgebeugt, als er Dillon sagen hörte: »Nein.«

Er wand sich hin und her und versuchte sich aus seiner Klemme zu befreien. In Richtung des einzigen Ausweges, der ihm blieb. Nach unten. Unter den Wagen.

Fuller lehnte sich wieder aus dem Fenster. Er stand mit dem linken Fuß auf der Bremse, mit dem rechten gab er Gas. Das Motorengeräusch ließ den sich abwärts windenden Dillon innehalten.

»Ich höre«, sagte Fuller.

»Was glaubst du, Trottel?«, fragte Dillon und klang trotz seiner Lage wieder genau so, wie Fuller ihn in Erinnerung hatte. Nur dass es diesmal für seinen Tonfall keinen Anlass gab. Jedenfalls keinen für Fuller ersichtlichen.

Und Fuller hatte Glück.

Denn als Dillon immer noch mit dem gleichen eiskalten Tonfall »Rickler« sagte und den rechten Arm hochriss, blieb er mit dem Zierknopf seines Anzugärmels am geriffelten Kühlergrill des GMC hängen. Das Geräusch, im Zusammenspiel mit der verzögerten Bewegung Dillons, ließ Fuller einen Schrecksekundenbruchteil Zeit zum Reagieren. Er duckte sich mit einer schnellen Bewegung ins Wageninnere, im selben Moment knallte es ohrenbetäubend, und die Windschutzscheibe regnete in Form von zigtausend Hagelkörnern auf Fuller herunter. Instinktiv nahm Fuller im Fallen den linken Fuß von der Bremse und trat mit dem rechten das Gaspedal durch. Quer über dem Sitz liegend, das Pfeifen nach dem Knall und das Kreischen des auf Hochtouren drehenden Motors im Ohr, hatte er zum ersten Mal das Gefühl, mit 400 PS keineswegs übermotorisiert unterwegs zu sein.

Erst nach über einer halben Minute Vollgas nahm er den Fuß wieder hoch und richtete sich langsam im Sitz auf.

Dillons Oberkörper hing reglos über der Motorhaube. Er rutschte, als Fuller den Rückwärtsgang einlegte und zurücksetzte, wie eine Puppe mit ausgestrecktem rechten Arm auf den Boden.

Fuller stieg aus, sah nach links und rechts an die Decken der Parkgarage, wo sich erwartungsgemäß Kameras befanden. Er machte in ihre Richtung eine kreiselnde Bewegung mit seinem rechten Zeigefinder, die mit etwas Fantasie als Andeutung eines Blaulichts zu deuten war, und zeigte auf den am Boden liegenden Körper. Dann ging er zurück in Richtung Fahrstuhl und ließ von der Rezeption aus die Polizei alarmieren. Dem hinzugerufenen Geschäftsführer teilte er mit, der Verletzte oder vielleicht auch nicht mehr Verletzte in der Tiefgarage habe ihn im Fahrstuhl bedroht und mit der Pistole seine Autoschlüssel verlangt. Er sei ins Treppenhaus entkommen und dann in der Parkgarage hinter dem Mann hergefahren, um ihn zu stellen. Der Mann habe, was die Überwachungskameras sicher eingefangen hätten, seine Pistole gezogen und auf ihn geschossen. Deshalb habe er ihn außer Gefecht gesetzt. Möglicherweise fatal, allerdings in Notwehr.

Zwei Männer des privaten Sicherheitsdiensts des Hotels wurden sofort zur Sicherung der Unfallstelle geschickt. Fuller ging ins Restaurant zurück zu seinen Freunden.

Liz sah ihn besorgt an, als er neben dem Tisch stehen blieb.

»Wo warst du denn so lange?«

Fuller angelte sich sein Weinglas, hob es und sagte: »Möge uns allen mein Glück erhalten bleiben.«

Die anderen hoben ebenfalls ihre Gläser, aber Nick zog verwundert die Augenbrauen hoch.

»Nichts für ungut, aber: glückliche Verdauung, oder was?«

»Eher glückliche Verrichtung, wenn schon. Kommt mal mit.«

»Mit?«, fragte Liz.

»Tiefgarage«, sagte Fuller. »Ich hab unser Auto zerlegt. Und noch was.«

Als sie in der Parkgarage ankamen, sahen sie zuerst nur einen Polizei- und einen Notarztwagen. Dahinter stand der GMC der *Academy* mit der zersplitterten Frontscheibe.

»Geburtstagsgeschenk«, sagte Fuller. »Ohne Schleife.« Er deutete auf den leblosen blonden Mann, den zwei Sanitäter gerade umgedreht hatten.

Liz sah Fuller entsetzt an. »Max, bist du wahnsinnig geworden? Du hast jemanden überfahren und …«

»Nicht jemanden«, sagte Fuller.

Nick japste, als einer der Sanitäter Dillons noch immer offene Augen sanft zudrückte. »Fuck. Oh, shit. Mann. Nein. Das ist nicht wahr, Mann.« Er deutete fahrig auf die fehlende Scheibe des GMC. »Er hat? Die Scheibe? Der hatte 'ne Wumme?«

»Das war Dillon?«, fragte Matt, ungläubig und fast tonlos.

Fuller nickte. »Und er hatte 'ne *Wumme,* ja. Aber er hatte keine 8 Zylinder und 400 PS.«

44

»Man kann dich nicht mal alleine aufs Klo lassen, mein Held«, sagte Liz, als sie Stunden später im Bett lagen und sie sich an ihn schmiegte. Fuller gab ein tiefes Brummen von sich.

»Vielleicht hatte die Astrotante in der ZERO-Kommune ja recht.«

Liz sah ihn fragend an.

»Na, irgend so ein kosmischer Saturn-Cocktail, der jetzt für eine neue Phase im kollektiven Unbewussten sorgt, neue Aufbruchsstimmung, wie damals in den Sechzigern.«

»Seit wann gibst du was auf Horoskope?«

»Tue ich nicht. Ich hab nur irgendwie das Gefühl, die Karten werden gerade neu gemischt. Geburtstag, sieben mal sieben, Vollmond und nach sieben Wochen internationaler Großfahndung läuft Dillon ausgerechnet mir vor die Kühlerhaube. Das kann doch kein Zufall sein.«

»War es doch auch nicht. Rickler hat ihn geschickt, hast du gesagt.«

Fuller zuckte die Achseln und murmelte müde. »Weiß nicht, ob das stimmt. Hat Dillon gesagt, aber was sagt man nicht alles, wenn man so in der Scheiße steckt wie er in dem Moment. Warum soll denn Rickler mir erst dreißig Jahre alten Whisky schenken, da hätt' der mir doch gleich seine Kammerjäger schicken können.«

»Ach, Max«, Liz drückte den fast schon Schlafenden an sich, »versprich mir einfach, dass du nicht mehr so gefährliche Sachen machst. Jedenfalls mal 'ne Weile.«

»Versprochen, Engel«, murmelte Fuller. »Ab morgen geh ich nur noch mit Bodyguard pinkeln.«

Am nächsten Morgen, nach dem Frühstück, fuhren Debbie und Liz zum Karatetraining und nahmen Matt mit nach Georgetown, wo er Parvati im Hotel abholen wollte. Fuller rief bei der Polizei an, die die Identität Dillons anhand der Fingerabdrücke verifiziert hatte, und schrieb danach einen kurzen und sehr sachlichen Bericht, den Nick über den *Academy*-Verteiler an Sender, Agenturen und Blogger weiterleitete.

»Was ist eigentlich mit der halben Million?«, fragte Nick Fuller, der auf seinem Liegestuhl lag und las.

»Hä?«

»Na, Cuttlers Belohung für die Ergreifung von Dillon.«

Fuller sah von seinem Buch auf und grinste. »Stimmt. Hatte ich ja ganz vergessen. Das ist natürlich meine.«

»Auch noch Kopfgeldjäger«, lachte Nick

Fuller winkte ab. »Ich hab nicht gezielt, ich hab nur getroffen. Aber egal: Nach den Großtaten unseres Vermögensverwalters Jake braucht die *Academy* jeden Dollar, dringend.«

»Stimmt«, sagte Nick, »und ich weiß auch schon, wofür, hör mal, was für eine Mail heute Nacht auf dem Whistleblower-Server gelandet ist.«

»Verschon mich«, sagte Fuller. »Ich darf nichts mehr machen, höchstens surfen. Und das wahrscheinlich auch nur im Netz ...«

»Vergiss es.« Nick drehte sein iPhone in die Waagerechte und las vor.

Lieber Mr. Fuller,
ich kenne Ihre Geschichte über Mena. Ich habe damals mit Barry Seal zusammengearbeitet, Costa Rica, Honduras, Nicaragua ... Ich habe in Kolumbien Drecksarbeit erledigt, für das Kalikartell und für die CIA, für die ich zuletzt in Afghanistan und in Bosnien tätig war. Aus verschiedenen Gründen kann ich nicht in die USA zu-

rückkehren, aber ich will meine Geschichte erzählen – nicht die alten Geschichten von damals, von denen Sie einige kennen dürften, sondern die von heute. »Iran-Contra« hat nie aufgehört, sondern fand seinen Höhepunkt am 11. September 2001. Die Seilschaften und Netzwerke existieren noch, und sie sind noch immer aktiv. Vor Kurzem wurde ich von meinen alten Kameraden angesprochen, bei der Vorbereitung eines Attentat auf Venezuelas Staatspräsidenten Hugo Chávez zu helfen. Big Oil hat siebenstellige Summen ausgesetzt. Wenn Sie interessiert sind, melden Sie sich bald. Hochachtungsvoll,
John

»Na, das ist doch schon eher Kopfgeld«, sagte Fuller und richtete sich auf. »Andererseits wird es Hugo nicht überraschen, dass er die Lieblingsschießbudenfigur unserer Freunde vom CIA ist. Und sonst wohl auch keinen.«

»Du solltest diesem John trotzdem mal auf den Zahn fühlen. Klingt mir nicht nach Verschwörungsspinner«, sagte Nick.

»Nee, Mann«, stöhnte Fuller. »Neuuntersuchung Iran-Contra, das ist ein Fass …«

Nick starrte ihn an. »Kannst du Gedanken lesen?«

»Was?« Fuller schaute unverständig.

»Na, wegen dem hier.« Nick wedelte mit einem Blatt Papier. »Der Hammer. Hab ich dir extra ausgedruckt, damit du es schwarz auf weiß hast. Kam heute Nacht über den Ticker. Und ›Neuuntersuchung Iran-Contra‹ klingt wie die absolut notwendige Vorstufe dazu …«

»Wozu?«

»Neuuntersuchung von 9/11«, strahlte Nick.

»Mein Gott, Nick, vergiss es.« Fuller, der die Hand schon nach dem Papier ausgestreckt hatte, winkte ab. Aber Nick strahlte weiter.

»Nein. Im Gegenteil. Im November findet in New York die nächste Volksabstimmung statt – und ›Neuuntersuchung 9/11‹ wird auf dem Zettel stehen!«

Er reichte Fuller den Ausdruck und sprudelte weiter: »Wir, das Volk, setzen eine unabhängige Kommission ein, ein Tribunal, das die gesamte Ermittlung neu aufrollt. Hey, Max, das ist der absolute *Hammer.*«

»Vergiss es trotzdem«, sagte Fuller und sah Nick an. »Auch bei JFK gab es Jahre später eine zweite Untersuchung, weil nach Stones Film wirklich *jeder* wusste, dass die Warren-Kommission ein Stunt war.«

»Aber wir können der Kommission unsere Doku zeigen …«

»Klar, so wie Bob Tannenbaum seinen Film. Kennst du?«

Nick schüttelte den Kopf.

»Bei der zweiten offiziellen Ermittlung zum Kennedymord entdeckte Untersuchungsrichter Tannenbaum einen Dokumentarfilm, auf dem der ›Kommunist‹ Lee Harvey Oswald drei Wochen vor dem Attentat zu sehen war, bei Schießübungen mit bekannten CIA-Leuten und Anti-Castro-Kubanern. Aber Tannenbaum wurde vom Kongress untersagt, die CIA-Leute ins Kreuzverhör zu nehmen. Kurz darauf war der Film aus dem Archiv verschwunden und tauchte nie wieder auf.«

»Das wird unserer Doku nicht passieren, dafür ist gesorgt«, sagte Nick.

»Aber uns wird was passieren. Meinst du, die Ricklers lassen sich von irgendeiner Kommission ins Kreuzverhör nehmen? Und was glaubst du, wie schnell wir tot sind, wenn die neue Kommission auch nur auf die Idee kommt, uns zu *suchen?*«

»Wir kommen ins Zeugenschutzprogramm, WITSEC, neue Namen, neue Adressen, auf irgend ’ner anderen schönen Insel. Der Staat zahlt die Miete, und der US Marshall Service beschützt uns.«

Fuller schüttelte den Kopf. »Du kuckst zu viel *Sopranos*, Junge. Der Arm der unsichtbaren Regierung reicht ein bisschen weiter als der von ein paar Vorstadt-Mafiosi, da hilft kein US Marshall, mag er noch so tapfer sein.«

Aber Nick ließ sich in seiner Begeisterung nicht bremsen. »Wart mal ab, wie die Abstimmung ausgeht. Laut Umfragen sind zurzeit 66 Prozent aller New Yorker dafür, das werden garantiert nicht weniger. Und, hey, Mann, es sind 'ne Menge Sachen passiert, vergiss nicht, Dick, der alte Folterer, kann nichts mehr machen, Chalid Scheich Mohammed hat alles widerrrufen, Kean und Hamilton haben ausgepackt und zugegeben, dass Zelikow fast alle relevanten Informationen aus dem offiziellen Report getilgt hat und dass niemand je nach den wahren Drahtziehern *gesucht* hat …«

Fuller seufzte. »Es werden nicht mehr Leute für eine neue Kommission sein, sondern weniger. Rickler wird uns damit beauftragen, dass es weniger werden. Und gleich morgen zur Großkampagne gegen Verschwörungsspinner blasen, was wetten wir.«

Nick zuckte die Achseln.

»Na und«, sagte er grinsend, »solche Kampagnen machen wir doch jetzt schon seit zwei Jahren, mit links – und sorgen offenbar hervorragend dafür, dass sie keinen Erfolg haben. Schon 66 Prozent Ungläubige im Staat New York. Ist doch sensationell. Und hey, Max, *Iran-Contra hat nie aufgehört, sondern fand seinen Höhepunkt am 11. September 2001* – sagt nicht irgendwer, sondern einer, der schon immer dabei war, John, und er sagt's nicht irgendwem, sondern Max Fuller, der aufgedeckt hat, wie die ganze Schweinerei anfing. Hallo?«

Fuller lächelte und sah Nick an.

Und wusste, dass er Liz enttäuschen musste. Er würde nicht allzu lange in seiner Hängematte liegen bleiben.